Sur l'auteur

Julian Semenov (1931-1993) est un écrivain russe, immensément populaire en Russie, méconnu en France. Un musée lui est consacré en Crimée et la plupart de ses livres ont été adaptés à l'écran. La chute de l'Union soviétique en 1991 occulte son œuvre dans les pays occidentaux qui ne s'intéressent qu'aux écrivains dissidents.

Aussi remarquable que John Le Carré dont il constitue l'alter ego de l'autre côté du rideau de fer, il met en scène dans la série von Stierlitz. Ami de Simenon, talentueux, fécond, exceptionnellement bien renseigné sur le grand jeu Est-Ouest, l'œuvre de Semenov est un continent à découvrir.

JULIAN SEMENOV

LA TAUPE ROUGE

17 instants de printemps

Traduit du russe
par Monique Slodzian

Préface
de Zakhar Prilepine

10
18

Grands détectives

créé par Jean-Claude Zylberstein

ÉDITIONS DU CANOË

Titre original :
Семнадцать мгновений весны
Semnadtsat' mgnovenij vesny
(Dix-sept instants de printemps)

ISBN 978-2-264-07716-5
Dépôt légal : octobre 2020

STIERLITZ, MENTOR À DISTANCE

par Zakhar Prilepine

Le critique de cinéma britannique Andrew Male a déclaré récemment que la série télévisée La Taupe rouge[1], *immensément populaire en URSS, explique l'accession au pouvoir du président russe Vladimir Poutine. Il a écrit cela dans le* Guardian *en septembre dernier.*

Si l'on suit notre Andrew, le tentaculaire KGB aurait commandé à la réalisatrice Tatiana Liozonova une série télé sur un agent secret soviétique infiltré dans les arrières allemands, sachant par avance qu'après l'école et l'université, Vladimir Poutine entrerait à l'Institut supérieur du KGB qui l'enverrait en RDA à la sortie, après quoi il irait d'abord travailler auprès de Sobtchak, le maire de Saint-Pétersbourg, puis d'Eltsine, avant de devenir à son tour président de la Fédération de Russie.

Tout se passe comme si le KGB prévoyait les choses des décennies à l'avance ! Étrange tout de même qu'ils n'aient pas vu venir l'effondrement de l'URSS !

1. *Titre original en russe :* Dix-sept instants de printemps. *Un téléfilm en douze épisodes portant le même titre a été tourné en 1973 après la parution du livre en 1969.* (*N.d.T.*)

Tout cela serait à ranger au chapitre des âneries prétentieuses si ces affirmations n'avaient quelque fondement.

Voyons cela de plus près.

On imagine sans peine la perplexité du lecteur européen qui tient le livre entre ses mains.

« Mon Dieu ! se dira-t-il. Il ne manquait plus que ça ! Une histoire de tchékiste soviétique ! »

Même chez nous, en Russie, dans notre pays sinistre et glacé qui tend toujours vers la tyrannie – c'est bien ce qu'il semble vu d'Europe –, on prend ce type de livre avec des pincettes.

Mais patientez un peu. Il y a de quoi réfléchir, je vous assure.

L'écrivain Julian Semenov, incroyablement célèbre dans toute la Russie soviétique et au-delà, avait en fait et au bout du compte, le profil d'un Européen : un cocktail de Hemingway, Saint-Exupéry et Georges Simenon pimenté d'interrogations dostoïevskiennes.

De Hem, il tenait l'intonation mâle, vitale et ironique, ainsi que l'apparence physique. De Saint-Exupéry, l'inclination philosophique et le romantisme d'un homme qui connait le prix de la douleur. De Simenon, l'architecture de la narration et l'art du récit envoûtant.

Julian Semenov a travaillé toute sa vie sous les portraits de Lénine et de Dzerjinski avec, en face de sa table, une Vierge à l'enfant.

Nos écrivains progressistes actuels ne vous acceptent plus muni d'un tel bagage. Même Lénine et la Vierge Marie seraient recalés. Ce milieu n'y voit qu'obscurantisme.

Or Julian Semenov était d'une grande culture.

Quant à sa vie, elle mériterait qu'Hollywood la porte à l'écran.

Il parlait plusieurs langues européennes, ainsi que le pashto et le dari. Cette connaissance des langues étrangères lui facilitait la tâche, avec les gens et avec la documentation.

Il parcourait le monde et devait s'étonner lui-même de se trouver tantôt sur le cercle polaire, tantôt dans la grotte de Souphanouvong, le chef des partisans lao, tantôt dans l'Antarctique, tantôt à Santiago du Chili, ou encore dans l'Afghanistan et dans le Viêtnam en guerre où, dans ce dernier pays, il passa deux mois sous les bombes américaines. Pendant ce temps, dans le camp opposé, combattait comme simple soldat le futur réalisateur américain Oliver Stone devenu depuis l'ami de la Russie et l'auteur de films sur Poutine. Semenov et Stone devaient aussi plus tard nouer des relations amicales.

Le vaste monde est bien petit, n'est-ce pas ?

Semenov avait ses entrées chez le secrétaire général du PCUS, Iouri Andropov, dont il était le protégé. Il put ainsi avoir accès aux archives secrètes, créer le Comité international de la Chambre d'ambre dérobée par les fascistes, où il fut rejoint entre autres par Georges Simenon et par le romancier britannique James Aldridge ; il obtint le retour des cendres de Chaliapine en Russie. Parallèlement, il décrocha pour Yefim Laskin, le roi de la mafia russe à Munich, l'autorisation de voyager en Russie. Même Iossif Kobzon n'y était pas parvenu ! Il avait des relations avec Rockefeller, Otto Skorzeny, Edward Kennedy et partageait des parties de chasse avec Mary Hemingway.

Aujourd'hui, la littérature n'a plus de personnages de cette trempe. Évaporés. Ajoutez à cela son originalité : anneau à l'oreille, front haut, barbu, veston bien coupé toujours un peu fripé, un type courageux, gros bosseur, un ami épatant.

À l'instar de nombreux futurs écrivains soviétiques devenus antisoviétiques, il était né en 1931 dans une famille de bolcheviks connus. Son père, Semion Alexandrovitch Lyandres, était le sous-directeur de l'un des principaux organes de presse, les Izvestia, *dirigés par Nikolaï Boukharine.*

La grand-mère de l'enfant l'avait fait baptiser et le prêtre lui avait donné le prénom du saint du jour, Stepan. Lyandres père fut horrifié en l'apprenant et il s'empressa de déclarer son fils sous le prénom de Julian, en l'honneur de Julien l'Apostat.

On se croit obligé de dire ici que c'étaient là les mœurs soviétiques de l'époque, mais nous rectifierons en précisant que telles étaient les mœurs de la famille Lyandres en particulier, celles d'un bolchevik précis, et que les comportements des Soviétiques étaient des plus variés.

Julian Semenov n'oublia pas son premier prénom puisque dans plusieurs de ses romans on trouve des Stepanov.

À cinq ans, le petit Julian accompagna son père à la datcha de Staline, « le patron » l'ayant convoqué pour quelques remontrances sur le contenu des Izvestia. *L'enfant prit place sur les augustes genoux.*

Lyandres père souhaitait que Julian choisisse après le lycée la profession de forestier, au lieu de cela le garçon opta pour l'Institut d'études orientales.

Le père de Semenov avait survécu aux années trente, mais il fut arrêté en 1952.

Encore étudiant, Julian se mit à frapper à toutes les portes pour faire libérer son père. Il fut exclu de l'université. Afin de gagner un peu d'argent, il participa à des combats de boxe – mais oui, cela se faisait sous Staline – et il recevait trente roubles par combat.

Evgueni Primakov, futur homme politique soviétique et post-soviétique (qui faillit être élu président en 1999 à la place de Boris Eltsine), et camarade d'université de Julian disait de lui qu'il était « un petit bulldozer », qu'il ne lâchait rien, se battait avec une ténacité inouïe pour faire libérer son père en envoyant des lettres à Staline.

Staline mourut et son père fut libéré en avril 1954.

Julian Semenov termina ses études et se mit à travailler comme traducteur. Il fut l'interprète de Nikita Khrouchtchev lors des pourparlers avec le dernier shah d'Iran et, de fait, il s'imposa aussitôt au plus haut de la profession.

Il se maria avec Ekaterina Kontchalovski, la fille de l'épouse de Sergueï Mikhalkov, auteur de l'hymne soviétique.

Il entretenait des relations de grand frère avec le réalisateur Nikita Mikhalkov et de copain du même âge avec Andron Mikhalkov-Kontchalovski, tous deux demi-frères de son épouse.

Nikita Mikhalkov raconte que « Julian était à lui seul une planète. Peu importe la société ou l'atmosphère, d'emblée il attirait chacun comme un aimant. Les histoires fusaient, les réparties acides, joyeuses et spirituelles jaillissaient. D'un naturel absolu, il désarmait tout le monde ».

La littérature ne tarda pas à venir.

L'une de ses premières nouvelles, « En service » (1962), une histoire d'aviateurs, spécialistes de vols polaires, a des accents clairement « antistaliniens ». En Occident, on se figure généralement qu'en URSS, il était interdit d'écrire sur les répressions staliniennes, alors qu'en réalité, ce sont des dizaines de romans édités à plusieurs millions d'exemplaires qui en parlaient et, sur ce point, Semenov ne faisait pas exception. Sa fameuse barbe ne tarda pas à être connue de tous. À l'époque, rares étaient les barbus. Aujourd'hui portent la barbe tous ceux qui veulent faire croire qu'ils ont vaincu des sommets vertigineux, les pôles ou la jungle de la taïga, alors que naguère, en général, personne ne cherchait à frimer. En un sens, la barbe, il fallait alors la mériter.

Une fois, Semenov et sa femme voyageaient en train. Leur voisin de compartiment était un officier soviétique fatigué qui ricana à la vue de Semenov : « On imite Julian ? C'est ça ? Tu sais qui c'est seulement ? » « Non, c'est qui ? » fit Semenov.

L'officier lui expliqua en détail qui était Semenov. Il fit le portrait d'un homme si extraordinaire qu'il ne pouvait exister.

Andropov téléphona pour la première fois à Julian Semenov en 1967, après la sortie du roman Le Major Tourbillon. *Il lui conseilla de se consacrer au personnage de l'agent secret infiltré à l'arrière.*

C'est ainsi qu'apparut Stierlitz.

Toute sa vie, l'écrivain devait s'attacher à creuser le personnage.

La Taupe rouge *– son roman le plus connu – dépeint Stierlitz à mi-parcours de son itinéraire d'agent secret.*

Beaucoup de choses s'étaient passées avant et devaient survenir après.

Deux romans se déroulent dans les années vingt : Des diamants pour la dictature du prolétariat *et* Le Mot de passe est inutile, *ainsi qu'une pièce intitulée* Un code secret pour Blücher *où l'on voit le tchékiste Vladimirov, ce même Maxim Issaev qui deviendra plus tard Stierlitz, œuvrer tour à tour à Petrograd, en Extrême-Orient et dans les pays baltes.*

Le récit Tendresse *– quasiment un poème en prose –*

décrit Issaev quittant les pays baltes en 1928 pour gagner l'Allemagne.

Le roman La Variante espagnole *et la pièce* Provocation *montrent Stierlitz en 1938.*

Il y eut après L'Alternative *et* La Troisième Carte, *dont l'action se déroule de mars à juin 1941 en Yougoslavie et en Ukraine.*

Vient ensuite le roman Le Major Tourbillon *où Stierlitz fait des incursions dans les territoires occupés de l'URSS en 1942 et dont l'un des héros principaux est son fils.*

La Taupe rouge *et* Ordre de survivre *se passent à Berlin en 1945.*

Expansion *se déroule en 1946-1947, en Espagne et en Amérique latine.*

Dans Le Désespoir, *Stierlitz retourne en URSS.*

Enfin, le dernier livre de l'odyssée, Une bombe pour le président, *décrit le professeur Issaev visitant encore une fois l'Allemagne en 1967.*

Au total, treize romans, deux pièces et un petit récit.

Il est essentiel de dire que Semenov a créé un héros national. Cela coûte cher et peu d'écrivains y sont parvenus.

Stierlitz fait contrepoids au « grand rêve américain » en incarnant un « grand rêve soviétique ». Il est si fiable, si tendre et plein d'humour, un gars épatant.

Tous les romans de Semenov sur Stierlitz m'ont donné un plaisir si rare et immédiat que je ne vois plus le Stierlitz du cinéma, interprété par l'acteur célèbre du téléfilm, je vois un autre homme.

Stierlitz est aussi réel que l'aviateur du Petit Prince, *Sherlock Holmes ou le prince Volkonski, qui tous trois ont un visage pour des millions de lecteurs. Dans les moments difficiles, on peut converser mentalement avec*

Stierlitz comme on le fait avec le héros de son poète préféré.

Semenov « partage » avec Stierlitz sa date d'anniversaire : l'auteur et son héros sont nés un 8 octobre (Stierlitz en 1900 et Semenov en 1931).

Heine et Pasternak sont leurs poètes préférés. Stierlitz sait par cœur la poésie de Pasternak car il aurait été étrange que l'on trouvât sous l'oreiller du Standartenführer les vers d'un poète soviétique bien-pensant, que Staline, du reste, couvrait de louanges.

Stierlitz lui-même écrit des vers. Ou plutôt, Semenov écrivait des vers qu'il offrait à Stierlitz. On les trouve dans l'épilogue de l'un des chapitres du roman Expansion, *amenés dans le récit presque à la manière de Pasternak dans* Le Docteur Jivago.

Stierlitz menait une vie monacale : il s'était séparé de sa femme Alexandra lorsqu'il était à Vladivostok et depuis, il vivait seul, sans aucune liaison.

Un moine du mont Athos confia un jour à Olga Semenova, la fille de l'écrivain, qu'il éduquait les enfants à la Stierlitz, lequel était à ses yeux un exemple unique de vingt ans d'abstinence.

Quant à Simenon, il écrit à propos des livres de Semenov qu'il a trouvé en eux des héros vivants, de vrais policiers, des criminels sortis de « la vraie vie », en un mot toute une humanité emplie d'une véracité formidable et impétueuse. Il ajoute que ses livres étonneraient les nombreux Français qui prennent encore les Russes pour des extraterrestres.

En effet, Semenov a montré les Soviétiques dans toute leur grandeur tragique. Il a su prouver au lecteur occidental que nous ne passons pas notre temps à nous entredévorer, mais que nous vivons, travaillons comme tout le monde, et qu'il nous arrive même parfois d'accomplir des exploits.

Puis vint la perestroïka.

L'URSS est partie en morceaux, le communisme a commencé à perdre ses positions dans le monde et le héros de Semenov a semblé à côté de la plaque.

Subitement, les tchékistes étaient passés de mode.

Ce fut dur pour Julian Semenov qui ne pouvait ni réécrire ses romans, ni commencer une nouvelle vie.

S'il tenait le coup, c'est sûrement grâce à son amour de la vie mais aussi grâce à la conviction qu'au-delà des séismes politiques et des désenchantements, une vérité cachée poindrait immanquablement son nez.

L'écrivain Valery Povolyaev a noté qu'au sein d'une Union des écrivains en proie aux querelles, Semenov fréquentait à la fois les démocrates et les patriotes, guidé uniquement par ses sympathies personnelles. Qu'ils en tiennent pour Eltsine, pour Gorbatchev ou pour Ziouganov ne lui faisait ni chaud ni froid. Seules lui importaient les qualités humaines. Même chose dans son œuvre : il pouvait avoir de la sympathie à la fois pour les Blancs et pour les Rouges.

Il suffit de se rappeler que Semenov avait ouvert les bras à Edouard Limonov lorsque celui-ci était revenu de France, brandissant déjà un projet soviétique. Limonov évoque son ami Semenov dans son roman Un étranger par temps de troubles, *s'étonnant de ce que Semenov, si singulier et si charmant, se soit mis à critiquer l'héritage de l'URSS tout en continuant à adorer les chansons soviétiques, les agents secrets soviétiques et les héros de l'Union soviétique.*

S'agissait-il d'une éclipse de la conscience ou de quoi d'autre ?

Peut-être une conscience nouvelle, plus éclectique, était-elle en gestation ?

Vous devinez où je veux en venir ?

Non, vous ne voyez pas ? Je vais alors vous dire les choses sans détour.

Kevorkov, général du KGB en retraite, témoigne : « Andropov aimait beaucoup Julian. Il le lisait et pensait la même chose. »

Vous entendez ? Il pensait comme lui. Retenez bien cela.

Dans le roman Expansion, *écrit au milieu des années quatre-vingt, Semenov fait prononcer par Dzerjinski une défense enflammée de la NEP, de la propriété privée et du petit commerce.*

On a le sentiment que la perestroïka serait née au sein du KGB. En tout cas, la chose est sûre, Andropov partageait les idées de Semenov.

Olga Semenova évoque ce souvenir au sujet de son père : « Il aspirait aux changements, il les désirait ardemment et écrivait à Gorbatchev : "... Mikhaïl Gorbatchev, je vous en supplie, autorisez la privatisation de la terre. Car ce qui appartient à tout le monde n'appartient à personne..." À coup sûr, il ne souhaitait pas l'effondrement de l'URSS. Il voulait un pays fort. »

Ainsi, les propos du critique de cinéma britannique sur la filiation entre Stierlitz et Poutine recèlent plus de vérité qu'il n'y paraît.

Stierlitz ressemble à son auteur, Julian Semenov.

L'actuel président de la Russie a quelque chose de Julian Semenov et de Stierlitz.

Homme du KGB, Poutine est partisan du marché. Antistalinien, il est pour une Russie forte. Il a des amis dans tous les camps, les qualités humaines et l'efficacité comptant à ses yeux plus que les idéologies. Il arpente le monde en quête de relations normales avec tous les pays.

Semenov disait souvent qu'il était un colonel du KGB. C'était pour rire bien sûr. Mais certains ne le prenaient pas ainsi.

Si vous êtes encore à vous demander avec inquiétude « Qui est monsieur Poutine ? », il vaut peut-être la peine de chercher la réponse dans ce livre, La Taupe rouge.

Je n'en dirai pas plus. Trouvez vous-même.

Nous aussi, en Russie, nous continuons à nous interroger.

Par exemple, nous nous demandons si l'actuel président, au demeurant lui aussi né en octobre, a bien compris les injonctions de Stierlitz et de son auteur, Semenov.

Cloué au lit après un accident vasculaire foudroyant, en 1990, Semenov ne put reprendre l'écriture.

Olga Semenova estime que son père a été « écarté ».

Il eut encore deux attaques.

Sa fille écrit : « ... mon père restait couché des journées entières, le regard indifférent, fixé droit devant lui. L'homme fort comme un roc, impétueux, riant à gorge déployée, travaillant seize heures par jour, n'était plus. Il n'y avait plus qu'un vieillard amaigri, à la barbe blanche, dont le visage tourmenté évoquait la beauté souffrante d'une icône. »

Il s'éteignit le 15 septembre 1993 à Moscou.

Selon ses vœux, sa mère fit inhumer ses cendres au cimetière Novodievitchi à Moscou.

Ceux qui, aux États-Unis, en Angleterre, en Espagne ou en France, ont pu découvrir le livre dans les années quatre-vingt ont aimé l'agent secret Stierlitz.

Peut-être parce qu'on voulait voir l'ennemi de près ?

Ou, plus simplement, parce qu'on savait apprécier la grande littérature, loin des désaccords idéologiques ?

On aimerait tant que ce savoir soit aujourd'hui de retour.

Que Monique Slodzian ait entrepris la traduction du roman le plus célèbre de Julian Semenov, je le vis comme une petite fête personnelle. Je crois que mon amie fait là quelque chose de très important.

D'abord, vous l'avez compris, parce que je ressens pour Semenov un amour quasi filial, je l'aime en comprenant les points forts et les points faibles des pères, d'autant mieux que je suis moi-même père depuis longtemps. Mais son voyage vers le lecteur français, je le reçois avec une joie enfantine, comme s'il me rendait moi-même plus fort.

Il m'arrive parfois de penser qu'en France, on accorde trop d'attention à des auteurs russes spécialistes des mauvaises nouvelles s'agissant de la Russie. Des littérateurs qui ressassent ce même refrain : « Oh, la Russie, c'est l'enfer, n'y allez surtout pas, vous n'y verrez que d'horribles extraterrestres... » Oui, je vous assure, ces mêmes extraterrestres qui faisaient sourire Simenon.

De fait, nous sommes en présence d'une littérature de l'instant, artificielle, absurde dans ses efforts permanents d'effrayer le lecteur occidental. Qui cherche à se faire passer pour intelligente et actuelle.

Tout cela est passager. Ne restera que ce qui fait vivre l'humanité raisonnable sur cette terre : le courage, le devoir, l'honneur et l'exploit.

Les qualités auxquelles l'homme fort et magnifique qu'était Julian Semenov a consacré sa vie.

À la mémoire de mon père

« Qui est qui ? »

Stierlitz n'en crut pas ses oreilles : dans le parc, un rossignol chantait ! L'air était froid, bleuté et quoique les couleurs eussent déjà la limpidité du printemps, la neige restait dense, on n'y voyait pas cette nuance bleue, semblant venir de l'intérieur, qui précède toujours la fonte nocturne.

Un rossignol chantait dans les noisetiers qui descendaient jusqu'à la rivière, près du petit bois de chênes. Les fûts puissants étaient tout noirs ; l'air gardait une forte odeur de terre gelée. L'arôme intense des feuilles de tremble et des aiguilles de pin en décomposition, qui vous assaille toujours au printemps, n'était pas encore perceptible mais l'oiseau éclatait déjà en trilles, modulait un vibrato innocent et fragile dans le silence du parc.

Stierlitz se souvint du père de Nicolas Boukharine, un vieillard sec et souriant qui savait parler aux oiseaux. Assis sous un arbre, il attirait une mésange, la fixait du regard et ses yeux devenaient de petites billes noires et mobiles, pareils à ceux de l'oiseau qu'il amadouait.

« Pin-pin-tarara ! » sifflait le vieil homme.

Et la mésange lui répondait, confiante et enjouée.

Bientôt le soleil toucha l'horizon et les troncs des arbres se renversèrent sur la neige blanche en ombres violettes et régulières.

« Il ne résistera pas au froid », pensa Stierlitz ; puis, boutonnant sa capote, il prit le chemin de la maison. « Je ne vois pas comment le secourir, puisqu'on dit que le rossignol est le seul oiseau à se défier des hommes. »

« Klaus sera là dans un instant, se dit-il. Il est toujours à l'heure. Je lui ai bien dit de passer par le bois depuis la gare. Pour être sûr de ne rencontrer personne. Bon, bon, je vais l'attendre. On est si bien ici… »

À l'agent Klaus, Stierlitz fixait toujours rendez-vous dans la petite villa en bordure du lac. Les lieux convenaient parfaitement à la conspiration : calmes, dérobés aux regards indiscrets, nichés au cœur d'un vénérable bois de chênes. Il avait consacré trois bons mois à persuader le SS-Obergruppenführer Pohl[1] de lui débloquer la somme nécessaire au rachat de la villa appartenant aux enfants de danseurs de l'Opéra tués par un bombardement. Ces héritiers en demandaient beaucoup et Pohl, responsable des finances des SS et du SD, lui opposait un refus catégorique. « Vous êtes fou ! disait-il. Ne pouvez-vous pas louer quelque chose de plus modeste, d'où vous vient ce goût du luxe ? Nous n'avons pas d'argent à jeter par les fenêtres ! Ce serait immoral vis-à-vis de la nation qui porte tout le poids de la guerre. »

Stierlitz dut faire visiter les lieux par son propre chef, le SS-Brigadeführer Walter Schellenberg[2], direc-

1. Oswald Pohl (1892-1951), général de corps d'armée, administrateur en chef des camps de concentration.

2. Walter Schellenberg (1904-1952), responsable de la section de contre-espionnage du RSHA (Office central de la sécurité du Reich). Grade d'officier général dans la SS.

teur des services politiques de la sécurité. Cet homme jeune – trente-quatre ans –, raffiné, intelligent, comprit aussitôt qu'on ne pouvait rêver meilleur endroit pour des entretiens avec des agents de poids ; l'achat fut promptement conclu par personne interposée. C'est ainsi qu'un certain Bolsen, chef ingénieur de la Société nationale de chimie Robert Ley, se vit accorder l'autorisation d'emménager dans la villa. Ce Bolsen engagea aussitôt un gardien pour un salaire convenable et un colis de vivres hebdomadaire qui n'était autre que le SS-Standartenführer von Stierlitz.

Après avoir dressé la table, Stierlitz alluma la radio. La BBC donnait une musique légère. Il appela le gardien.

— Vous pouvez rentrer chez vous, lui dit-il. Soyez ici demain matin à six heures et, si je ne suis pas parti, ayez donc la bonté de me préparer un café bien fort, mais vraiment fort !

*

LE 12 FÉVRIER 1945 (18 H 38)

— Qu'en pensez-vous, pasteur, qui l'emporte en nous de l'homme ou de la bête ?

— C'est moitié-moitié, à parts égales.

— Vous plaisantez, pasteur.

— Mais si, autrement il y a longtemps que l'un ou l'autre aurait pris le dessus.

— Et vous venez nous reprocher d'en appeler aux bas instincts en tenant la conscience pour… un produit secondaire ! Mais la conscience est réellement un produit secondaire ! Elle pousse comme la moisissure sur la souche.

— Et quelle serait cette souche ?

— Ah ! pasteur. Mais l'ambition ! Ce que vous appelez concupiscence et que j'appelle, moi, le robuste désir de coucher avec une femme et de l'aimer. L'envie d'être toujours le premier de la classe. Sans cela, convenez-en, l'évolution de l'humanité serait achevée depuis longtemps. L'Église, d'ailleurs, n'a pas ménagé ses efforts pour freiner le progrès ! J'imagine que vous voyez à quelle période je pense ?

— Oui, oui, bien sûr. Je vois très bien ce que vous voulez dire. Mais je sais aussi autre chose. Par exemple, je cesse de voir en quoi votre vision de l'homme diffère des vues que professe le Führer.

— Mais encore ?

— Lui voit dans l'homme la bête orgueilleuse. Un animal sain et robuste, mû par la volonté de s'assurer son espace vital.

— Vous n'imaginez pas à quel point vous vous trompez ! Ce que le Führer voit dans tout Allemand ce n'est pas une simple bête, c'est une bête aryenne !

— Tandis que vous, vous y voyez une bête en général ?

— Tandis que moi, je vois en lui… son origine. L'homme descend du singe n'est-ce pas ? Et le singe est un animal.

— Voilà où nous divergeons. Vous autres, vous croyez que l'homme descend du singe. Avez-vous seulement vu le singe en question ? Non. Vous a-t-il soufflé quelque chose à l'oreille ? Non ! Vous ne l'avez pas vu et vous ne pouvez pas le voir. Vous vous contentez d'y croire, parce que cela correspond à, comment dirais-je… votre structure mentale.

— Comme si à vous, le bon Dieu avait soufflé à l'oreille qu'il avait créé l'homme ?

— Mais non, personne ne m'a rien dit et je suis

bien incapable de prouver l'existence de Dieu. C'est une chose indémontrable en laquelle on ne peut que croire. Vous croyez au singe, je crois en Dieu. Vous y croyez parce que cela cadre avec votre univers mental, j'y crois parce que cela correspond au mien.

— Là, vous forcez un peu sur les mots… Ce n'est pas au singe, c'est à l'homme que je crois…

— Qui descend du singe. Vous croyez au singe dans l'homme. Moi, je crois à Dieu dans l'homme.

— Et votre Dieu qui serait dans l'homme, où le voyez-vous chez… le Führer ? Où le voyez-vous chez Göring, chez Himmler ?

— C'est une question difficile que vous me posez là. Nous sommes ici en train de parler de la nature humaine. Évidemment, on ne peut trouver chez chacun de ces salauds les traces de l'Ange déchu. Malheureusement, toute leur nature s'est si totalement soumise à la cruauté, à la nécessité brutale, au mensonge, au cynisme et à la violence qu'il n'y reste pratiquement plus rien d'humain. Mais en principe, je ne pense pas qu'en venant au monde, l'homme porte nécessairement en lui la malédiction de son origine simiesque.

— Pourquoi « la malédiction de son origine simiesque » ?

— Je dis cela avec mes mots.

— Voulez-vous dire par là qu'il faudrait adopter la loi divine qui commande la destruction des singes ?

— Sûrement pas.

— Mais enfin, pasteur ! Sans arrêt vous éludez les questions qui me préoccupent le plus… Vous ne dites ni oui, ni non… Celui qui cherche la foi veut pourtant du concret, j'imagine. Du oui ou du non. Vous, vous m'offrez des « non pas », des « oui, mais », des « plutôt non ». Voilà ce qui me rebute profondément, si vous voulez savoir, moins dans votre méthode que dans votre façon de faire.

— Que vous ayez ma façon de faire en aversion, je le conçois… Néanmoins, c'est moi que vous êtes venu trouver, très pratiquement, après ce camp d'internement. Comment expliquez-vous la chose ?

— Cela démontre une fois de plus qu'en chacun de nous, comme vous dites, coexistent le divin et le singe… Si j'étais de nature uniquement divine, je ne me serais pas adressé à vous. Je n'aurais pas cherché à fuir, j'aurais accepté de mourir de la main des bourreaux SS, je leur aurais tendu l'autre joue pour réveiller en eux l'humain. Tenez, j'aimerais savoir, s'il vous advenait de vous retrouver entre leurs mains, si vous tendriez l'autre joue ou si vous essayeriez d'esquiver leurs coups.

— Que signifie tendre l'autre joue ? À nouveau, vous projetez une parabole sur une réalité très concrète, la machine nazie. Tendre la joue dans la parabole est une chose. On est encore dans cette histoire de conscience humaine. Quand on tombe dans l'engrenage d'une machine qui, par définition, est étrangère à toute conscience, c'est comme si on se heurtait à un caillou sur le chemin ou encore contre un mur, on ne doit pas s'attendre à communiquer.

— Pasteur, cela me gêne de vous poser une question qui relève peut-être du secret, mais… avez-vous eu affaire à la Gestapo ?

— … Que puis-je vous dire là-dessus… ? Oui, j'ai eu affaire à elle.

— Je comprends que vous répugniez à évoquer une question douloureuse. Mais ne croyez-vous pas, pasteur, que lorsque la guerre sera finie… vous risquez de voir vos ouailles se détourner de vous ?

— Ma foi, bien des gens ont été arrêtés par la Gestapo.

— Mais… si on chuchote à l'oreille des fidèles qu'en qualité d'agent provocateur leur pasteur visitait les cellules d'où l'on ne revenait pas ? Ceux qui en sont sortis, comme vous, on les compte sur les doigts, vous le savez… Non, vraiment, j'ai l'impression qu'on ne vous suivra pas beaucoup… À qui professerez-vous votre vérité alors ?

— Évidemment, je reconnais qu'en usant de pareilles méthodes, on peut anéantir n'importe qui. Et dans ce cas, je doute que je puisse remédier en quoi que ce soit à ma situation.

— Et alors ?

— Et alors ? Alors, il ne me restera plus qu'à démentir l'accusation. Démentir aussi énergiquement que je le pourrai, démentir aussi longtemps que l'on m'écoutera. Le jour où l'on cessera de m'écouter, ce sera la mort intérieure.

— Faut-il comprendre que vous comptez perpétuer votre enveloppe charnelle ?

— Dieu en décidera.

— Votre religion, je crois, proscrit le suicide.

— Pour cette raison, je ne me suiciderai pas.

— Et qu'allez-vous faire si l'on vous retire votre ministère ?

— Je continuerai de croire sans exercer mon sacerdoce.

— Et pourquoi n'envisagez-vous pas une autre solution ? Travailler comme tout le monde, par exemple ?

— Qu'entendez-vous par « travailler » ?

— Mettons, charrier des pierres pour construire le temple de la science…

— Si vous estimez qu'un homme diplômé de la faculté de théologie n'est utile à la société que pour charrier des pierres, notre conversation n'a plus lieu d'être. Dans ce cas, effectivement, il vaut mieux pour moi retourner au camp et finir dans un four…

— Oh, vous savez, je ne faisais que poser la question ! C'était par pure curiosité, pasteur, pour vous entendre développer vos arguments… projeter votre vision de l'avenir, si vous voulez.

— Vous pensez qu'un homme qui prêche la bonne parole est un oisif, un charlatan, n'est-ce pas ? Pour vous, ce n'est pas un travail ? Pour vous, le travail consiste à déplacer des pierres ? Sachez que pour moi, le labeur spirituel vaut n'importe quel autre ouvrage, que dis-je, il est spécialement important !

— Allons, pasteur, ne vous formalisez pas ! Je vous dirai que moi-même, qui suis journaliste de profession, je me suis heurté au même ostracisme de la part des nazis et de l'Église, indifféremment.

— S'agissant de l'Église, c'est pour la même raison qui tient à votre interprétation erronée de la nature humaine, c'est clair comme le jour.

— Allons, allons ! je n'ai jamais eu la prétention d'interpréter la nature humaine. Je me suis contenté de montrer sous son vrai jour l'univers des voleurs et des prostituées qui vivaient dans les catacombes de Brême et de Hambourg. L'État hitlérien y voit une calomnie contre la race supérieure et l'Église une calomnie contre la créature de Dieu.

— Détrompez-vous, nous ne craignons pas la vérité.

— Mais si, mais si, vous la craignez. J'ai montré comment ces gens tentaient de venir à l'Église, et comment l'Église les repoussait, oui, oui, je vous assure ! Ce sont les paroissiens bien-pensants qui les repoussaient, et le pasteur n'y pouvait rien !

— Évidemment, il n'y pouvait rien. Et je ne vous reproche pas d'avoir vu la vérité, ni de l'avoir dite. Voyez-vous, je ne suis pas de votre avis en ce qui concerne l'avenir de l'homme.

— Mais, dites-moi, vous ne croyez pas qu'en disant cela vous faites de la politique ?

— Vous ne voyez en moi que ce qui cadre avec votre propre monde. Vous croyez apercevoir une arrière-pensée politique là où il n'y en a aucune. À ce compte, on peut finir par voir dans une règle à calcul un outil pour planter des clous. Bien sûr, une règle à calcul permet de le faire, elle possède une certaine longueur et une certaine masse. Mais ce n'est que l'une de ses dix ou vingt fonctions possibles… une règle à calcul sert avant tout à calculer, pas à planter des clous.

— Ah, pasteur, vous êtes déroutant… Je vous pose des questions et vous, au lieu de répondre, vous enfoncez des clous ! Vous avez une manière très habile de transformer mes questions en réponses, de faire de l'homme en quête de vérité que je suis un hérétique ! Mais pourquoi, dites-moi, prendre la pose de l'homme, comment dirais-je, placé au-dessus de la mêlée, alors qu'il est clair, reconnaissez-le, que ce n'est pas vrai ?

— Tranquillisez-vous, mon ami, je suis dans la mêlée, et je participe à la guerre. Mais en faisant la guerre à la guerre.

— Savez-vous que ce que vous dites là est très « matérialiste » ?

— Mais je parle avec un matérialiste.

— Vous voulez dire que vous entendez me combattre avec mes propres armes ?

— Vous m'obligez à le faire.

— Pasteur, écoutez-moi… Pour le salut de votre congrégation, il faut, oui, il faut que vous contactiez…

mes amis. Je vous donnerai leurs adresses. Je vous confie l'adresse de mes camarades. Pasteur, vous n'allez pas trahir des innocents…

Parvenu au bout de la bobine, Stierlitz se leva brusquement et alla vers la fenêtre ; il ne tenait pas à croiser le regard de celui qui, hier, demandait de l'aide au pasteur et ricanait aujourd'hui en écoutant sa propre voix ; il avala son cognac et tira avidement sur sa cigarette.

— Pas question d'en griller une chez le pasteur, plutôt dur, n'est-ce pas ? demanda-t-il sans se retourner.

Il se tenait près de la fenêtre qui occupait tout le mur et regardait les corbeaux bataillant dans la neige autour d'une croûte de pain : le gardien recevait une double ration et aimait les oiseaux. Celui-ci était à mille lieux de soupçonner que Stierlitz travaillait au SD ; il était convaincu que la villa appartenait à des homosexuels ou à quelques trafiquants : il n'y avait jamais vu de femmes et lorsque des hommes s'y réunissaient, la conversation restait feutrée, la nourriture raffinée, la boisson le plus souvent d'origine américaine.

— Oui, j'ai souffert le martyre sans cigarettes… Le vieux est un bavard impénitent, j'étais prêt à me pendre…

L'agent s'appelait Klaus. Il avait été recruté deux ans plus tôt, à la demande de Stierlitz : c'était un ancien correcteur d'imprimerie avide de sensations fortes. Il s'y prenait avec art, désarmant son interlocuteur par sa sincérité apparente et ses jugements abrupts. Il était autorisé à dire tout ce qui lui passait par la tête, pourvu que les résultats soient au rendez-vous. Plus Stierlitz le connaissait, plus il lui faisait peur.

« Peut-être est-il malade ? finit-il un jour par se demander. La pulsion de trahir est aussi une maladie.

Klaus bat tous les Lumbroso à plates coutures. Le pire criminel que j'aie jamais connu, mais si séduisant, si gentil… »

*

Sur cette pensée Stierlitz revint s'asseoir à la table basse, en face de son visiteur.

— Eh bien, fit-il en souriant. Vous vous dites persuadé que le vieux va arranger le contact ?

— Oui, la question est réglée. J'adore avoir affaire aux intellectuels et aux curés. Vous savez, c'est stupéfiant d'observer comment un individu court à sa perte. Je me suis souvent surpris à vouloir leur crier : « Halte ! Que fais-tu là, pauvre idiot ! »

— Allons, allons, ç'aurait été déraisonnable, fit Stierlitz.

— Vous n'auriez pas de conserves de poisson ? J'ai une envie folle de poisson. Rapport au phosphore. Pour les cellules grises…

— Je vous trouverai quelques boîtes. Qu'est-ce que vous préférez ?

— Quelque chose à l'huile d'olive…

— Oui, bien sûr… Je parle de l'origine, les nôtres ou bien…

— Ou bien ! s'esclaffa Klaus. Ce n'est peut-être pas très patriotique, mais je raffole de tout ce qui vient d'Amérique ou de France…

— Dans ce cas, je vous réserve une caisse de sardines françaises. À l'huile d'olive, délicieuses… Bourrées de phosphore… (Puis, après une pause :) Dites, j'ai jeté hier un coup d'œil sur votre dossier…

— Je donnerais cher pour pouvoir en faire autant…

— Bah, ce n'est pas aussi intéressant que vous le pensez.

— Quand vous bavardez, quand vous riez, quand vous vous plaignez de votre foie, cela fait impression, surtout si l'on tient compte que vous avez terminé à l'instant une mission casse-cou… Votre dossier est mortellement ennuyeux : des rapports et des dépositions. Tout s'est mélangé : vos rapports, les rapports qu'on fait sur vous. Non, vraiment, aucun intérêt… Quoique si, il y a bien quelques petites choses. J'ai calculé par exemple que grâce à votre intervention, nous avons pu arrêter quatre-vingt-dix-sept personnes… Et aucun de ces gens n'a soufflé mot sur vous. Aucun. À la Gestapo, on les a pourtant rudement cuisinés…

— Pourquoi me parlez-vous de ça ?

— Je n'en sais rien… Tentative de comprendre peut-être… Ça vous fait quelque chose quand les types qui vous ont offert l'hospitalité sont embarqués ?

— Le diable si je le sais moi-même… Probablement est-ce le désir de mesurer mes forces qui prévaut au début, l'attrait de la bagarre, quoi… Ce qui leur arrivera plus tard, non, vraiment je n'en sais rien… Qu'est-ce qui nous arrivera plus tard, à nous tous ?

— Ça c'est vrai, acquiesça Stierlitz.

— Après nous le Déluge ! Et puis, les gens, il faut voir ce qu'il en est : lâches, sans scrupules, avides, délateurs. Tous autant qu'ils sont, je vous assure. On ne peut pas être libre parmi les esclaves… Absolument vrai. Dans ces conditions, n'est-il pas préférable d'être le plus libre des esclaves ? Je vous dirai que toutes ces années, j'ai bénéficié d'une totale… liberté d'esprit.

Stierlitz l'interrompit.

— Dites voir, qui est passé chez le pasteur avant-hier soir ?

— Personne…

— Vers les neuf heures…

— Détrompez-vous, réaffirma Klaus. Si c'est de votre part, en tout cas, je vous assure que personne n'est venu, il n'y avait que moi.

— C'était peut-être pour le pasteur… Mes hommes n'ont pu distinguer le visage.

— Vous surveillez sa demeure ?

— Évidemment. En permanence… Ainsi, vous êtes persuadé que le vieux va travailler pour vous ?

— J'en suis sûr. D'une façon générale, je me sens une vocation d'opposant, de tribun, de chef. Je constate que les gens se soumettent à ma volonté, à ma logique.

— D'accord, Klaus, t'es un as. Mais ne te vante pas trop. Revenons-en à notre affaire… Pendant quelques jours vous resterez dans une de nos planques. Parce qu'après cela, vous aurez un boulot sérieux. Dans un secteur qui ne me concerne pas…

Stierlitz disait la pure vérité : ses collègues de la Gestapo l'avaient prié aujourd'hui même de leur prêter Klaus, pour une petite semaine ; on venait de mettre la main sur deux radios russes, à Cologne. Ils avaient été surpris en plein travail, la main sur la clef. Mais comme ils ne parlaient pas, il fallait trouver quelqu'un de futé. Klaus était le bonhomme rêvé, et Stierlitz leur avait promis de dénicher leur homme sur-le-champ.

— Prenez une feuille dans la chemise grise, commanda-t-il, et écrivez ce qui suit : « Herr Standartenführer, je suis mortellement fatigué. À bout de forces. J'ai travaillé de mon mieux, mais je suis épuisé. Je désire me reposer… »

— Pourquoi ceci ? s'intéressa Klaus en signant le papier.

— Je pense qu'il sera bon que vous passiez une

semaine à Innsbruck, répliqua Stierlitz en lui tendant une liasse de billets. Le casino est toujours ouvert et les jolies skieuses continuent de dévaler les pentes. Sans cette lettre, je ne saurais vous décrocher ce petit congé.

— Merci, mais je ne manque vraiment pas d'argent.

— Et cela vous gênerait d'en avoir un peu plus ?

— Non, bien sûr, marmonna l'autre en faisant disparaître les billets dans la poche arrière de son pantalon. On dit qu'une blennorragie revient assez cher par les temps qui courent…

— Tâchez de vous rappeler si quelqu'un vous a vu chez le pasteur.

— C'est inutile : personne ne m'a vu.

— Je parle aussi de nos hommes.

— À la rigueur s'ils surveillaient la bicoque du vieux, ils ont dû me voir. Mais j'en doute… Moi je n'ai vu personne…

Stierlitz se rappela comment une semaine plus tôt, lui-même avait déguisé Klaus en prisonnier, lorsqu'il lui avait fallu mettre en scène le passage d'un groupe de détenus dans le village où habitait maintenant le pasteur Schlag. Il revit le visage de Klaus, ses yeux rayonnants de bonté et de courage – oui, oui, de bonté et de courage, il n'y avait pas d'autres mots : l'homme était déjà entré dans le rôle qu'on lui demandait de jouer. Stierlitz lui avait parlé sur un autre ton ce jour-là, parce qu'il avait dans la voiture un véritable saint : son visage était bouleversant, sa voix accablée, il prononçait des mots d'une vérité saisissante.

— Nous posterons cette lettre sur le chemin de votre nouveau logement, dit Stierlitz. Et écrivez-en une autre au pasteur, pour détourner les soupçons. Là je vous laisse faire, et pour ne pas vous gêner, je m'en vais préparer une tasse de café.

Quand il revint, Klaus, tenait une feuille dans ses mains et il lui en fit lecture sur un ton railleur :

— « L'honnêteté doit inspirer toute action, la foi repose sur la lutte. Prêcher l'honnêteté sans rien faire, c'est trahir les fidèles et soi-même. L'homme peut se pardonner un acte malhonnête, la postérité, elle, ne pardonne jamais. Voilà pourquoi je ne peux pas me pardonner l'inaction. L'inaction est pire que la trahison. Je me retire. À vous de vous justifier, et que Dieu vous vienne en aide. » Eh bien, qu'en dites-vous ?

— Épatant. Dites-moi, vous n'avez jamais tenté d'écrire un roman ? Ou des vers ?

— Non. Si j'en étais capable, croyez-vous que…

Klaus s'interrompit brusquement et regarda Stierlitz à la dérobée.

— Continuez donc, ne faites pas l'idiot… Nous parlons cartes sur table ! Vous disiez que si vous étiez capable, vous n'auriez pas fait ce genre de besogne…

— C'est à peu près ça.

— Non pas à peu près, corrigea Stierlitz, c'est précisément ce que vous vouliez dire, non ?

— Ben… oui.

— À la bonne heure ! Quelle raison auriez-vous de me mentir ?… Tenez, avalez donc votre whisky et en route. La nuit est tombée, ils ne vont pas tarder à rappliquer.

— C'est loin, votre… logement ?

— Dans la forêt, à une dizaine de kilomètres. Oh, c'est d'un calme, là-bas ! Vous dormirez tout votre soûl…

Dans l'auto, Stierlitz demanda :

— Il n'a rien dit sur l'ex-chancelier Brüning[1] ?

— Puisque je vous l'ai écrit dans le rapport : à cette

1. Heinrich Brüning, chancelier allemand entre 1930 et 1932.

question, il se refermait immédiatement. J'avais peur de le forcer…

— Vous avez eu parfaitement raison… Et la Suisse, il en a parlé ?

— Pas un mot.

— Bon. On s'y prendra autrement. L'important, c'est qu'il ait accepté d'aider un communiste. Un vrai pasteur !

Stierlitz liquida Klaus d'un coup de revolver dans la tempe.

*

Les deux hommes se trouvaient au bord du lac au moment même où les avions alliés recommençaient à bombarder. C'était une zone interdite, mais le poste de garde, Stierlitz le savait expressément, était à deux kilomètres. Dans le vacarme des bombes, le claquement sec d'une arme d'officier est inaudible. Stierlitz calcula que de la dalle en béton où en d'autres temps s'installait le pêcheur, Klaus tomberait à pic dans l'eau.

Klaus chuta comme une pierre. Stierlitz jeta son revolver au même endroit (la version du suicide à la suite d'une dépression nerveuse était inattaquable, les lettres étaient écrites de la main de Klaus). Il ôta ses gants, les fourra dans sa poche et repartit à travers bois jusqu'à sa voiture. Le petit village où se trouvait le pasteur était à quarante kilomètres de là. Stierlitz calcula qu'il y serait dans une heure ; il anticipait le moindre détail jusqu'à l'alibi sur la durée de son absence.

*

LE 12 FÉVRIER 1945 (19 H 56)

Fiche du général SS Krüger[1]*, membre du NSDAP depuis 1930 : « Pur Aryen dévoué au Führer. Caractère fort, de type nordique. D'humeur égale et agréable avec ses amis ; impitoyable avec les ennemis du Reich. Bon mari et bon père ; exempt de relations impures dans le passé. Irremplaçable dans l'exécution de ses tâches... »*

Après qu'en janvier 1945 les Russes ont réussi à entrer à Cracovie sans que la ville systématiquement minée ne saute, Ernst Kaltenbrunner[2], chef des services de sécurité du Reich, fit appeler Krüger, chef de la Gestapo pour les régions de l'Est.

Le regard braqué sur le visage massif du général, il garda le silence un moment avant de lui demander à voix basse :

— Vous avez une justification suffisamment solide à laquelle puisse croire le Führer ?

Le solide Krüger, mine de rien, s'attendait à la question. Et il tenait la réponse toute prête. Mais il se devait de mimer toute une gamme de sentiments : quinze ans chez les SS et au parti lui avaient appris l'art de la comédie. Il savait qu'il ne fallait jamais répondre immédiatement, de même qu'on ne devait pas tenter

1. Friedrich-Wilhelm Krüger (1894-1945), chef de la police et général des Waffen-SS dans la Pologne occupée où il organisa plusieurs massacres de masse.

2. Ernst Kaltenbrunner : né en 1903, exécuté à Nuremberg en 1946. Général SS, il fut l'un des principaux responsables du système policier nazi, et patron du RSHA.

de se disculper totalement. Même en famille, il s'était aperçu qu'il était devenu un autre homme. Au début, il lui arrivait parfois de parler avec son épouse, et encore à voix basse, la nuit, mais avec les progrès techniques à propos desquels il était le mieux placé pour en connaître les succès, il cessa tout à fait de dire à voix haute ce qu'il s'autorisait parfois à penser. Même lorsqu'ils se promenaient ensemble en forêt, il restait silencieux ou s'en tenait à des banalités, sachant qu'à tout moment, on pouvait inventer un appareil capable d'enregistrer les conversations à un kilomètre de distance, sinon plus.

C'est ainsi que le Krüger d'avant disparut peu à peu ; dans l'enveloppe de celui que chacun connaissait, sans la moindre modification extérieure, vivait désormais un autre, un général totalement inconnu de tous qui avait peur non pas de dire la vérité, mais de s'autoriser à la penser.

— Non, répondit Krüger, l'air sombre, en étouffant un soupir, au comble de l'émotion, je n'ai pas de justification suffisante… C'est impossible. Je suis un soldat, la guerre est la guerre et je n'attends aucune faveur.

Il devait sans doute faire semblant. Il savait que plus il battrait sa coulpe, moins Kaltenbrunner aurait d'armes contre lui.

— Ne faites pas la femmelette, fit Kaltenbrunner en allumant une cigarette, et le général sut que sa ligne de conduite était la bonne. Il faut analyser ses propres échecs pour ne pas les répéter.

Krüger hasarda :

— Mon Obergruppenführer, je comprends toute la gravité de ma faute. J'aimerais cependant que vous entendiez le Standartenführer Stierlitz. Il était parfaitement au courant de notre opération et il pourra confirmer que tout a été préparé avec le plus grand soin, la plus parfaite minutie.

— Que vient faire Stierlitz là-dedans ? bougonna Kaltenbrunner avec un haussement d'épaules. Il appartient au renseignement. À Cracovie, il s'occupait de tout autre chose.

— Oui, je sais. Il s'occupait d'un V2 disparu, mais j'ai cru de mon devoir de le tenir informé de tous les détails de l'opération, pensant qu'au retour, il rapporterait au Reichsführer[1] ou à vous-même les détails de l'organisation. J'attendais que vous me donniez quelques indications complémentaires qu'ainsi je n'ai pas eues.

Kaltenbrunner appela son secrétaire :

— Tâchez de savoir, je vous prie, si Stierlitz faisait partie de ceux qui devaient être au courant de l'opération Schwartz fayer. S'il a été reçu par un chef à son retour de Cracovie et par lequel. Informez-vous aussi des sujets évoqués pendant l'entretien.

Krüger comprit qu'il s'était trop hâté de compromettre Stierlitz.

— Je suis le seul responsable, reprit Krüger, la tête basse, d'une voix étranglée, je serais très peiné si vous punissiez Stierlitz. J'ai le plus grand respect pour ce combattant dévoué. Ma faute est impardonnable et je ne pourrais la racheter qu'en allant verser mon sang sur le champ de bataille.

— Et qui ici combattra l'ennemi ? Moi ? Tout seul ? C'est trop facile de mourir au front pour la Patrie et le Führer ! Vivre ici sous les bombes et exterminer la vermine au fer rouge, c'est une autre paire de manches. Pour ça, il ne suffit pas d'être courageux, il faut aussi être intelligent ! Très intelligent, Krüger !

Krüger comprit alors qu'on ne l'enverrait pas sur le front.

1. Himmler.

Le secrétaire entra sans bruit et posa sur le bureau plusieurs dossiers. Kaltenbrunner les feuilleta et le regarda.

— Non, il n'a été reçu par personne, fit celui-ci. À son retour de Cracovie, il s'est immédiatement occupé d'un agent travaillant pour Moscou.

Krüger décida de continuer son jeu, sachant que comme tous les gens cruels, Kaltenbrunner était un grand sentimental.

— Mon Obergruppenführer, je vous prie malgré tout de m'envoyer au front.

— Asseyez-vous, vous êtes un général, pas une femmelette. Aujourd'hui, reposez-vous, mais j'attends demain un rapport détaillé sur l'opération. Nous réfléchirons alors où vous envoyer… Il y a peu de bras et la besogne est immense, Krüger. Immense.

Krüger sortit et Kaltenbrunner rappela son secrétaire :

— Apportez-moi tous les dossiers de Stierlitz des deux dernières années, mais arrangez-vous pour que Schellenberg n'en sache rien : Stierlitz est un collaborateur précieux, un type téméraire et il ne faut pas jeter le soupçon sur lui. Il s'agit juste d'une petite vérification normale entre camarades. Et préparez l'ordre de mission pour Krüger : nous l'envoyons seconder le chef de la Gestapo à Prague. C'est pas mal chaud là-bas…

*

LE 15 FÉVRIER 1945 (20 H 30)

Fiche du SS-Obersturmbannführer Kholtoff (IVe section du RSHA[1]), membre du NSDAP depuis 1938 : « Pur Aryen. Caractère de type nordique, résolu. Bonnes relations avec

1. Direction de la sécurité du Reich.

ses camarades de travail. Très bien noté. Sportif. Implacable avec les ennemis du Reich. Célibataire. Exempt de relations impures. Décorations du Führer et récompenses du Reichsführer-SS. »

Stierlitz avait décidé in petto qu'aujourd'hui, il finirait plus tôt et qu'il se rendrait de la Prinz-Albrecht-Strasse à Nauen : dans la forêt, à un carrefour, il y avait le petit restaurant de Paul et là, comme l'année passée et comme cinq ans auparavant, le fils de Paul Kurt, estropié des deux jambes, se procurait du cochon et offrait à ses clients les plus fidèles un véritable *Eisbein* au chou.

Quand les bombardements s'interrompaient, on pouvait croire qu'on n'était pas en guerre : la radio s'imposait de nouveau, déversant des mélodies de charme.

Stierlitz ne réussit pourtant pas à se libérer assez tôt. Il eut la visite de Kholtoff de la Gestapo.

— Je me suis complètement trompé. Soit mon prisonnier est un peu cinglé soit il est de votre ressort, au contre-espionnage. Il ne fait que répéter ce que crachent à la radio ces salauds d'Anglais.

Stierlitz passa dans le bureau de Kholtoff où il resta jusqu'à neuf heures à écouter le délire de l'astronome arrêté par la Gestapo à Wannsee.

— Vous avez les yeux dans la poche ? criait celui-ci. Vous ne voyez donc pas que tout est fini ? Que vous êtes fichus ? Vous ne comprenez donc pas que chaque victime supplémentaire est un crime ? Vous n'avez pas cessé de répéter que vous viviez pour le bien de la nation ! Arrêtez donc ! Portez secours à ce qui en reste ! Vous condamnez à mort de malheureux enfants ! Vous êtes de sanguinaires fanatiques accrochés au pouvoir ! Vous avez le ventre plein, des cigarettes et du café à gogo ! Laissez-nous vivre !

L'astronome se tut soudain, s'essuya les tempes et prononça calmement ces mots :

— Ou alors tuez-moi ici sur-le-champ…

— Attendez, dit Stierlitz, crier n'est pas prouver. Avez-vous des suggestions concrètes ?

— Quoi ? demanda l'astronome, terrorisé.

La voix tranquille de Stierlitz, sa manière calme de parler en esquissant un léger sourire laissaient le savant abasourdi. En cellule, il s'était accoutumé aux cris et aux coups de poing et une fois l'habitude prise, il est difficile de s'en déprendre.

— Je vous demande quelles sont vos suggestions concrètes. Comment pouvons-nous sauver les enfants, les femmes et les vieillards ? Que proposez-vous de faire pour eux ? Il est toujours plus facile de critiquer et de se mettre en colère. Proposer un programme rationnel est une autre paire de manches.

— Je récuse l'astrologie, répliqua le savant, mais je m'incline devant l'astronomie. On m'a retiré ma chaire à Bonn…

— C'est pourquoi tu enrages, chien ! hurla Kholtoff.

— Attendez, fit Stierlitz, agacé, inutile de crier, vraiment… Continuez, s'il vous plaît.

— Nous vivons une année de perturbations solaires. L'éruption des turbulences, l'énorme masse de matière d'énergie solaire influent sur les astres, les planètes et les étoiles, ainsi que sur notre minuscule humanité.

— Vous en avez sans doute déduit une sorte d'horoscope ?

— Un horoscope se construit sur un principe intuitif, voire génial, d'absence de preuve. Non, moi je me fonde sur une hypothèse ordinaire, qui n'a rien de génial, et que j'essaie de promouvoir : l'interaction entre chaque être vivant sur la terre avec le ciel et le soleil… C'est cette interaction qui m'aide à évaluer avec précision et lucidité ce qui se produit sur le territoire de mon pays.

— Je serais intéressé à poursuivre cette conversation avec vous, dit Stierlitz. Mon collègue va sûrement vous permettre de regagner votre cellule et de vous reposer pendant un ou deux jours, après quoi nous reprendrons la discussion.

Quand on eut emmené l'astronome, Stierlitz déclara :

— Il est quelque peu dérangé, tu ne le vois pas ? Tous les savants, les écrivains et les artistes le sont, chacun à sa façon. On ne doit pas les traiter comme tout le monde parce qu'ils s'inventent une vie à eux. Envoie ce dingo à l'hôpital pour expertise. Trop de boulot sérieux nous attend pour que nous perdions notre temps avec des bavards irresponsables, même s'ils ont du talent.

— Mais il parle comme Radio Londres. Ou comme un salaud de social-démocrate acoquiné avec Moscou.

— La radio a été inventée pour qu'on l'écoute. Bon, il aura les oreilles farcies de Radio Londres, et après ? Ce n'est pas grave. Il sera souhaitable de l'entendre dans quelques jours. S'il est un savant sérieux, nous demanderons à Müller ou à Kaltenbrunner de lui attribuer une bonne ration alimentaire et de l'évacuer dans les montagnes où l'on a envoyé la fine fleur de notre science. Il y travaillera et cessera de déblatérer quand il aura du pain et du beurre à volonté, un petit chalet dans les pins, loin des bombardements…

Kholtoff ricana :

— À ce compte, personne ne fulminerait si chacun avait un chalet en montagne, du pain et du beurre à volonté et plus de bombardements.

Stierlitz fixa un regard insistant sur Kholtoff jusqu'à ce que celui-ci, perdant contenance, détourne les yeux et se mette à farfouiller dans ses papiers ; après quoi, Stierlitz gratifia son subordonné d'un large sourire.

*

LE 15 FÉVRIER 1945 (20 H 44)

Procès-verbal de réunion chez le Führer.

Présents : Keitel[1] *; Jodl*[2] *; Hewel, expert pour le ministre des Affaires étrangères ; le Reichsleiter Bormann*[3] *; le SS-Obergruppenführer Fegelein*[4]*, représentant du quartier général du Reichsführer ; Speer*[5]*, ministre de l'Industrie du Reich ; ainsi que l'amiral Voss*[6]*, le capitaine de corvette Lüdde-Neurath*[7]*, l'amiral von Puttkamer*[8]*, les ordonnances et les sténographes.*

1. Maréchal Wilhelm Keitel (1882-1946), commandant en chef de la Wehrmacht, autorisa l'armée à fusiller sans jugement les commissaires politiques de l'Armée rouge et les fonctionnaires soviétiques, et fut l'un des instigateurs de *Nuit et Brouillard*.

2. Général Alfred Jodl (1890-1946) planifia la guerre contre l'Union soviétique (opération Barbarossa).

3. Martin Bormann (1900-1945), conseiller de Hitler, l'un des dignitaires les plus puissants du régime nazi.

4. Hermann Fegelein (1906-1945), beau-frère de Hitler, Gruppenführer de la Waffen-SS. Responsable de nombreux massacres en Europe de l'Est.

5. Albert Speer (1905-1981), architecte, ministre de l'Industrie, proche de Hitler.

6. Vice-amiral Hans-Erich Voss (1897-1969), l'un des derniers occupants du bunker de Hitler lors de la bataille de Berlin.

7. Walter Lüdde-Neurath, adjudant du commandant suprême des armées du Reich, Karl Dönitz, désigné par Hitler comme son successeur.

8. Karl-Jesko von Puttkamer (1900-1981), contre-amiral de la Kriegsmarine, adjudant naval de Hitler.

Bormann. C'est bientôt fini ces allées et venues ? Vous me gênez ! Et un peu moins fort s'il vous plaît, messieurs les militaires.

Puttkamer. J'ai demandé au lieutenant-colonel von Below de me faire un topo sur la situation de la Luftwaffe en Italie.

Bormann. Il n'est pas question de von Below : tout le monde parle en même temps et cela crée un bruit de fond insupportable.

Hitler. Ça ne me gêne pas. Monsieur le général, la situation du jour en Courlande n'a pas été reportée sur la carte.

Jodl. Mon Führer, vous ne l'avez pas remarqué : voici les corrections apportées ce matin.

Hitler. C'est écrit tout petit sur la carte. Merci, maintenant, je vois.

Keitel. Le général Guderian insiste de nouveau pour que l'on évacue nos divisions de Courlande.

Hitler. C'est un mauvais plan. Les troupes du général Rendulie demeurées aux arrières des troupes russes, à quatre cents kilomètres de Leningrad, fixent en ce moment de quarante à soixante-dix divisions ennemies. Si nous les évacuons, le rapport des forces autour de Berlin sera immédiatement renversé, et pas à notre avantage, comme le croit Guderian. Si nous retirons nos armées de Courlande, chacune des divisions allemandes autour de Berlin aura à affronter au moins trois divisions russes.

Bormann. Il faut avoir le sens du politique, monsieur le Feldmarschall…

Keitel. Je suis un militaire, pas un politicien.

Bormann. Au siècle de la guerre totale, les deux notions se confondent.

Hitler. L'évacuation des troupes de Courlande nous demanderait, compte tenu de ce que nous a appris

Liepaja[1], pas moins de six mois. C'est ridicule ! Nous disposons de quelques heures, oui, de quelques heures pour arracher la victoire, et ceci en comptant sur des faits réels et non sur des chimères ! Toute personne encore capable de voir, d'analyser, de tirer des conclusions, a le devoir de répondre à cette unique question : une victoire prochaine est-elle possible ? Au reste, je ne demande pas une réponse aveuglée par le zèle. Je n'ai que faire d'une foi aveugle, ce qu'il me faut, c'est une foi raisonnée. Jamais le monde n'a connu d'alliance aussi paradoxale dans sa contradiction que la coalition formée par les Alliés. Tandis que les objectifs de la Russie, de l'Angleterre et de l'Amérique sont diamétralement opposés, notre objectif à nous est clair. Alors qu'ils s'agitent, mus par des mobiles idéologiques contradictoires, nous avançons dans un même but dont dépend notre vie. Tandis que les contradictions entre eux vont et iront toujours croissant, désormais notre unité est parvenue à cette symbiose que j'ai recherchée des années durant, gagnée au prix de cette dure et grandiose campagne. Chercher à détruire la coalition de nos ennemis par voie diplomatique ou autre est utopique. Chimère dans le meilleur des cas, sinon manifestation de panique et refus de croire à l'avenir. C'est seulement en leur assenant des coups implacables, en faisant preuve d'un moral de fer et d'une puissance invincible que nous pouvons précipiter la fin de cette coalition appelée à se désagréger sous les salves de nos canons victorieux. Rien n'a plus d'effet sur les démocraties occidentales que les démonstrations de force. Rien ne dégrise plus Staline que

1. Deuxième ville de Lettonie sur la Baltique. Lors de l'invasion allemande en 1941, trois mille juifs de la ville furent massacrés sur la plage. Liepaja fut encerclée par l'Armée rouge en 1944 et le 9 mai 1945, l'armée allemande se rendit.

le désarroi de l'Ouest face à notre riposte. Songez qu'en ce moment Staline ne fait pas la guerre dans les forêts de Briansk ou dans les steppes d'Ukraine. C'est sur le territoire polonais, roumain, hongrois qu'il opère. En foulant un sol étranger, les Russes se sont affaiblis et, dans une certaine mesure, ils sont démoralisés. Mais ce n'est ni aux Russes ni aux Américains que je pense le plus en ce moment. Les Allemands : voilà ce qui m'importe ! Seule notre nation peut remporter et a le devoir de remporter la victoire ! Présentement, tout le pays n'est qu'un vaste camp retranché. Tout le pays, c'est-à-dire l'Allemagne, l'Autriche, la Norvège, une partie de la Hongrie et de l'Italie, un grand morceau du protectorat de Bohême-Moravie, le Danemark et partiellement la Hollande. Voilà où est le cœur de la civilisation européenne. Voilà où se concentre notre puissance matérielle et morale. Nous détenons les clefs de la victoire. Il ne dépend que de nous, les militaires, de savoir en user suffisamment vite pour assurer notre victoire.

Faites-moi confiance : aux premiers coups massifs portés par nos armées, la coalition alliée partira en fumée. Les intérêts égoïstes de chacun vont prévaloir sur la vision stratégique du problème. Pour rapprocher l'heure de notre victoire, je propose ce qui suit : la sixième armée blindée SS prend la contre-offensive devant Budapest, assurant ainsi la sécurité du bastion méridional du national-socialisme en Autriche et en Hongrie, et préparant la percée sur le flanc des Russes. N'oubliez pas que là-bas, au sud, à Nagykanizsa[1], nous disposons de soixante-dix mille tonnes de pétrole. Le pétrole est le sang qui irrigue les artères de la guerre. Je préférerais rendre Berlin que perdre ce pétrole qui me garantit l'intégrité de l'Autriche et son lien

1. Ville de Hongrie située non loin du lac Balaton.

avec le groupe italien de Kesselring[1], fort d'un million d'hommes… Je poursuis. Le groupe d'armées « Vistule » mobilise ses réserves et effectue une contre-offensive éclair sur les flancs russes, en utilisant pour cela la tête de pont de Poméranie. Les Waffen-SS du Reichsführer percent la défense russe, débouchent sur leurs arrières et s'emparent de l'initiative. Avec le soutien du groupe d'armées de Stettin[2], ils cisaillent le front russe. Pour Staline, l'acheminement des réserves est le problème numéro un. Les distances jouent contre lui. Les distances, au contraire, nous avantagent. Les sept lignes fortifiées qui protègent Berlin et la rendent pratiquement imprenable vont nous permettre d'ignorer pour une fois les canons de l'art militaire et de transférer à l'ouest une partie considérable de nos troupes du Sud et du Nord. Nous disposerons alors d'un répit : Staline aura besoin de deux ou trois mois pour regrouper ses réserves alors que cinq jours suffiront au transfert de nos armées ; les distances allemandes permettent de le faire et de lancer ce défi à la stratégie traditionnelle.

Jodl. Il serait malgré tout souhaitable d'envisager la question en accord avec la stratégie traditionnelle…

Hitler. Ce sont des détails, je parle de l'ensemble. Finalement, les points particuliers pourront toujours être réglés par les spécialistes des états-majors. Les militaires disposent de quatre millions d'hommes soudés en un puissant poing de résistance. La tâche consiste à le réorganiser en un poing d'attaque non moins puissant, pour porter le coup écrasant de la victoire. Nous sommes actuellement dans nos frontières d'août 1938. Notre unité est exemplaire. Nous sommes la nation allemande. Notre industrie de guerre

1. Albert Kesselring (1885-1960), maréchal de l'armée de l'air du IIIe Reich.

2. Chef-lieu de la Poméranie occidentale.

fabrique quatre fois plus d'armement qu'en 1939. Notre armée a doublé. Notre haine est terrible, notre volonté de victoire infinie. Je vous le demande : ne pouvons-nous pas gagner la paix par la guerre ? Notre succès militaire ne va-t-il pas nous conduire au succès politique ?

Keitel. Comme l'a dit le Reichsleiter Bormann, en ce moment les militaires sont aussi des politiciens.

Bormann. Vous n'êtes pas d'accord ?

Keitel. Je partage votre avis.

Hitler. Je vous prierai de me faire vos propositions concrètes demain matin, monsieur le Feldmarschall.

Keitel. Bien, mon Führer. Nous allons préparer un schéma général et si vous l'acceptez, nous engagerons aussitôt la mise en place des détails.

*

Quand la réunion prit fin et que tous les participants se furent dispersés, Bormann appela ses deux sténos :

— Je vous prie de coder immédiatement ce que je vais vous dicter et de dispatcher le message au nom de l'état-major à l'ensemble des officiers supérieurs de la Wehrmacht… « Dans son discours historique du 15 février à l'état-major, après avoir exposé la situation sur les fronts, notre Führer a déclaré : “Le monde n'a jamais connu rien d'aussi paradoxal que le bloc constitué par la coalition des Alliés.” Ensuite… »

*

« Pour qui me prennent-ils ? » (La mission)

Fiche du SS-Standartenführer von Stierlitz (VIe *section du RSHA), membre du NSDAP depuis 1933 : « Pur*

Aryen. Caractère de type nordique, réservé. Bonnes relations avec ses camarades de travail. Irréprochable dans l'accomplissement de sa tâche. Implacable avec les ennemis du Reich. Excellent sportif : champion de tennis de la ville de Berlin. Célibataire. Aucune relation impure notoire. Décorations du Führer et récompenses du Reichsführer-SS. »

Stierlitz fut chez lui à sept heures, au moment où le jour commençait à baisser. Il aimait cette période de l'année où la neige ne subsiste que par endroits, où la cime des sapins s'allume le matin sous les rayons du soleil levant et où l'on se prend à rêver d'un week-end au lac Müggelsee[1] : l'été, il fait bon y taquiner le goujon ou s'offrir une séance de chaise-longue. C'est ici, dans sa petite villa de Babelsberg, à deux pas de Potsdam, qu'il vivait maintenant en solitaire. La gouvernante avait fait ses bagages et était partie rejoindre une nièce dans la montagne de Thuringe. Cette femme était à bout de nerfs, les incessants bombardements lui étaient devenus insupportables.

Maintenant c'était la fille du patron d'un cabaret voisin qui venait faire le ménage. Une toute jeune créature, jolie, l'esprit vif. « Saxonne, probablement, se disait Stierlitz en l'observant évoluer dans le salon, maniant l'aspirateur, dépoussiérant la moquette, le cheveu si brun, les yeux si bleus. Certes, l'accent est berlinois, mais je parierais qu'elle vient de Saxonie. »

Il consulta son bracelet-montre démodé. « Je crois que ma Longines a fait son temps, pensa-t-il. Si elle avançait ou retardait, je finirais par m'y habituer. Mais avec sa façon d'être tantôt en avance, tantôt en retard, ça ne va plus du tout. » Il demanda :

1. Grand lac au sud-est de Berlin.

— Quelle heure est-il ?

— Dans les sept heures, monsieur…

Stierlitz sourit. « L'heureuse fille, elle peut se contenter d'à-peu-près. Vrai, les gens les plus heureux du monde, ce sont ceux qui n'ont pas besoin de penser à l'heure… Mais elle parle l'allemand de Berlin, c'est sûr. Avec une pointe de dialecte du Mecklembourg, même… »

Entendant un bruit de moteur, il s'écria :

— Petite, regarde donc qui vient !

La jeune fille jeta un œil dans le petit bureau où il se tenait dans le fauteuil près de la cheminée :

— C'est un monsieur de la police.

Stierlitz se leva, s'étira avec un craquement et se dirigea vers l'entrée. Un SS-Unterscharführer attendait, un panier au bras.

— Monsieur le Standardtenführer, votre chauffeur est tombé malade et c'est moi qui vous apporte le colis…

— Merci bien, mettez-le dans le frigo. La jeune fille va vous aider.

Il ne prit pas la peine de raccompagner l'Unterscharführer lorsque celui-ci sortit. Il n'ouvrit les yeux que lorsque la jeune fille avança sans bruit jusqu'au seuil du bureau et dit doucement :

— Si monsieur Stierlitz le souhaite, je peux rester pour la nuit.

« C'est la première fois que la pauvre fille voit autant de victuailles », comprit-il.

Il ouvrit les yeux, s'étira de nouveau et répondit :

— Petite, la moitié du saucisson et du fromage est pour toi, sans que tu aies besoin…

— Pensez donc, monsieur Stierlitz, je ne disais pas cela pour la nourriture.

— Tu es amoureuse de moi, c'est ça ? Tu es folle de moi ? De mes cheveux blancs, hein ?

— J’adore les hommes aux tempes argentées.

— Bon, petite, nous reparlerons des tempes argentées une autre fois. Quand tu seras mariée… Quel est ton nom ?

— Marie… Je vous l’ai dit… Marie.

— En effet, Marie, excuse-moi. Prends le saucisson et ne minaude plus. Quel âge as-tu ?

— Dix-neuf ans.

— Vrai, une grande fille ! Tu es arrivée de Saxonie depuis longtemps ?

— Oui. Depuis que mes parents sont venus ici.

— Maintenant va-t’en, Marie, va te reposer. Je crains que les bombardements ne reprennent et alors, tu auras peur de partir.

*

La jeune fille sortie, Stierlitz tira soigneusement les lourds rideaux de la défense passive et alluma sa lampe de bureau. En se penchant sur l’âtre, il remarqua que les bûches étaient disposées comme il aimait : une pile carrée autour d’un petit tas de brindilles dans un récipient de terre cuite.

« Je ne le lui ai pas dit… Ou bien si. En passant… Hé, hé ! Elle s’en est souvenue la petite, nota-t-il en allumant les brindilles. À force de regarder les jeunes comme un vieux maître d’école, je dois avoir l’air ridicule. Bah ! j’ai déjà pris l’habitude de me ranger parmi les croulants. Quarante-cinq ans, tout de même… »

Stierlitz attendit que le feu ait bien pris, puis il alla tourner le bouton du poste. Moscou donnait de vieilles mélodies russes. Il se souvint de ce que Göring disait aux hommes de son état-major : « Ce n’est pas patriotique d’écouter la radio ennemie, mais il y a des moments où ça me démange d'entendre les âneries qu'ils disent sur nous. » Qu'il écoutait la radio des Alliés, tout le monde le savait : ses domestiques, son chauffeur (aux ordres de Müller) ne cessaient de le signaler. Et si le « nazi numéro 2 » ne trouvait pas d'autre alibi pour se justifier, cela prouvait sa lâcheté et son désarroi total face à l'avenir. « Un vrai chef n'aurait pas cherché à s'excuser, se disait Stierlitz. Il se serait contenté de faire un commentaire approprié, de railler lourdement le contenu des émissions alliées. » Cela aurait certainement eu son effet sur Himmler dont l'originalité n'était pas le fort.

La mélodie se termina sur un accord de piano. La voix lointaine du speaker de Radio Moscou, un Allemand de toute évidence, lui succéda, communiquant les longueurs d'ondes sur lesquelles on pouvait capter les émissions du mercredi et du vendredi. Stierlitz nota les chiffres ; c'était le message qu'il attendait depuis six jours. Une colonne de chiffres se forma sur son agenda. Craignant sans doute qu'il n'ait eu le temps de les noter, le speaker répéta son annonce puis l'émission musicale reprit.

Stierlitz alla chercher sur un rayon un volume de Montaigne, traduisit les chiffres en mots, confronta les mots au code caché au sein des sereines pensées du philosophe français. Ayant terminé son travail de déchiffrement, il brûla le feuillet, mêla soigneusement la cendre avec celle de l'âtre et se versa un doigt de cognac. « Pour qui me prennent-ils ? murmura-t-il. Pour un génie, pour le bon Dieu ? C'est à peine croyable... »

On ne saurait tenir grief à Stierlitz de cette brève révolte. La mission qui venait de lui être confiée par la voix de Radio Moscou se formulait comme suit :

D'après nos renseignements, des officiers supérieurs du SD et des SS sont arrivés en Suède et en Suisse où ils tentent de contacter les agents des Alliés. À Berne, en particulier, ces hommes ont cherché à entrer en contact avec le personnel d'Allen Dulles[1]*. Il vous est demandé d'établir si ces sondages : 1) se font dans un but de désinformation, 2) sont une initiative personnelle des officiers supérieurs du SD, 3) font suite à des ordres du Centre.*

S'il s'avère qu'ils se font en exécution des ordres de Berlin, il vous est suggéré d'en découvrir la source. Concrètement : qui parmi les dirigeants supérieurs du Reich cherche à entrer en contact avec l'Ouest ?

Alex

*

Justas. C'était lui, le SS-Standartenführer von Stierlitz, également connu à Moscou comme le colonel Maxime Issaïev – mais seulement par trois dirigeants très haut placés.

Six jours plus tôt, Staline, qui venait d'être informé des dernières communications faites par les agents secrets soviétiques, avait convoqué le chef des services de renseignement dans sa datcha de la banlieue de Moscou et lui avait dit :

— Il n'y a que les politiciens en culotte courte pour estimer l'Allemagne définitivement brisée et hors d'état de nuire. L'Allemagne est un ressort comprimé à l'extrême qu'on doit et qu'on peut briser en lui opposant des deux côtés une pression d'égale puissance. Mais si

1. Allen Dulles (1893-1969) directeur de l'Office des Services stratégiques (OSS) à Berne pendant la guerre, à Berlin après 1945. Directeur de la CIA à partir de 1952. Frère de John Foster Dulles, secrétaire d'État du général Eisenhower.

la pression appliquée d'un côté est bloquée, le ressort peut fort bien se détendre et frapper dans le sens opposé. Ce sera un coup très fort, premièrement, parce que le fanatisme des hitlériens n'a rien perdu de sa virulence, et deuxièmement, parce que le potentiel de guerre de l'Allemagne est loin d'être épuisé. Aussi devez-vous envisager la possibilité très réelle que les fascistes chercheront à s'entendre avec des éléments antisoviétiques occidentaux. Bien entendu, poursuivit Staline, vous devez bien saisir que les personnages de haut rang susceptibles de prendre part à d'éventuelles négociations séparées seront probablement les plus proches collaborateurs de Hitler, ceux qui ont de l'autorité aussi bien auprès de l'appareil du parti qu'auprès du peuple. Ce sont ces gens-là qui doivent faire l'objet de vos soins les plus attentifs. Sans le moindre doute, les plus proches collaborateurs du tyran à deux pas de trébucher chercheront à le trahir pour sauver leur peau. C'est un axiome valable pour n'importe quel jeu politique. Si vous laissez échapper ces éventuels développements, il ne faudra vous en prendre qu'à vous-même.

Très loin retentirent les sirènes d'une nouvelle alerte aérienne, suivies aussitôt par l'aboiement de la DCA. L'électricité s'éteignit et Stierlitz resta un long moment assis auprès de la cheminée, à observer les tisons que pourléchaient de petites flammes bleues.

« Il suffirait de fermer la clef du tirage, pensa-t-il paresseusement, et, dans trois heures, bye-bye... J'ai déjà failli être asphyxié, un jour, avec ma grand-mère, rue Iakimanka à Moscou... » Elle avait tourné trop tôt la clef du poêle russe, il y avait encore des tisons rouges avec des flammèches bleues en tout point identiques. Le gaz qui les avait intoxiqués n'avait aucune couleur. Il était parfaitement inodore.

Stierlitz attendit que les bûches noircissent et que s'éteignent les derniers rougeoiements pour fermer le tirage ; puis il chercha sur l'étagère une grande bougie qu'il avait fichée dans le goulot d'une bouteille de champagne, et l'alluma. Maintenant, il s'amusait à regarder le dessin fantastique que la cire avait tracé en coulant sur le verre : à force de brûler des bougies de couleurs différentes, ce chandelier improvisé avait fini par ressembler à une amphore antique veinée de noir et de rouge (c'était une manie chez Stierlitz de demander à ceux de ses amis qui se rendaient en Espagne de lui rapporter des bougies colorées dans la masse). Quand la sculpture ainsi obtenue lui paraissait satisfaisante, il en faisait cadeau à quelqu'un.

*

Éclata tout près de la villa une forte explosion, aussitôt suivie d'une deuxième.

« Des bombes soufflantes, décida-t-il. Et d'un calibre respectable ! Rien à dire, ils mettent tout le jus, les gars. Ce serait vexant de claquer si près de la fin. Les nôtres ne trouveraient rien de moi… En principe, ça me déplairait de périr dans l'anonymat. »

Il revit avec une précision extraordinaire le visage d'Alexandra. Et celui de son fils.

« Non, ce n'est vraiment pas le moment de mourir. C'est le moment de s'en sortir, coûte que coûte. J'envie ceux qui sont seuls, pour eux la mort ne doit pas avoir beaucoup d'importance ! Mais quand on a un fils… Ces abrutis qui écrivent dans les romans “il s'est éteint doucement, dans les bras de ses proches” ! À mon avis, il n'y a rien de plus effrayant que de mourir sous les yeux de ses enfants, de savoir qu'on les voit pour la dernière fois, que c'est la fin, le néant et pour eux, la désolation. »

Stierlitz se souvint d'une réception à l'ambassade soviétique, avenue Unter den Linden. Avec son air maussade habituel, il suivait distraitement une conversation entre Schellenberg et un jeune diplomate soviétique. Il était question de talismans, de conjurations, de signes annonciateurs et autres « sornettes de sauvages », ainsi que s'était exprimé le Russe. Comme à l'accoutumée, le chef des services de renseignement de Schellenberg se montrait plein de tact, persuasif et beau joueur. Stierlitz rageait en voyant l'habileté avec laquelle il manœuvrait son interlocuteur.

« Regarde-le braquer ses projecteurs, se disait-il, il n'y a rien qui révèle mieux un caractère que la discussion, et là, Schellenberg s'y entend mieux que quiconque. »

— Si ce monde ne vous pose pas de problème, pérorait l'Allemand, c'est votre droit de condamner les amulettes. Mais tout vous est-il si clair ? Je ne parle pas de l'idéologie, je parle de la physique, de la chimie, des mathématiques.

— Parce que vous connaissez des physiciens ou des mathématiciens qui se passent un talisman autour du cou avant de s'attaquer à une énigme ? explosait le jeune secrétaire d'ambassade. Absurde !

« Il aurait dû s'arrêter à la question, avait noté Stierlitz pour lui-même. Et ne pas donner de réponse. Ce qu'il faut dans une discussion, c'est poser des questions. C'est à cela qu'on reconnaît le savoir-faire, sans compter qu'il est toujours plus difficile de répondre que d'interroger. »

— Peut-être qu'ils en ont un sans l'afficher ? fit Schellenberg. Ou bien vous écartez l'éventualité elle-même ?

— Écarter une éventualité est naïf. La catégorie d'éventualité appartient à celle de relativité.

« Bien vu », constata Stierlitz. Mais il fallait renvoyer la balle. Demander par exemple si l'autre est d'accord. Le voilà de nouveau sur la sellette.

— Peut-être dans ce cas voulez-vous que nous rangions l'amulette dans la catégorie des éventualités inexplicables ? Qu'en dites-vous ?

Stierlitz se porta à son secours.

— Je pense que la partie allemande l'a emporté, fit-il, mais pour être justes, nous devons reconnaître qu'aux brillantes questions de l'Allemagne, la Russie a donné des réponses non moins brillantes. Nous avons épuisé le sujet, mais je ne sais pas ce qu'il en serait advenu si la partie russe avait pris l'initiative des attaques, en posant elle aussi des questions…

« Tu as pigé, frérot ? semblaient dire les yeux de Stierlitz, et à la façon dont les mâchoires du Russe se contractèrent, il sut que la leçon avait été entendue. Te fais pas de bile, mon brave, poursuivit-il à part lui en suivant du regard le diplomate qui, décontenancé, battait en retraite. Il vaut mieux que ce soit moi qui te fasse le sermon, plutôt qu'un autre… Quant au talisman, tu fais erreur… Quand cela va très mal, quand je vais au-devant d'un risque mortel – et crois-moi que ça m'arrive souvent ! –, je me passe au cou le médaillon dans lequel j'ai mis la boucle de cheveux d'Alexandra. Le médaillon russe, d'origine, j'ai dû le jeter, trop voyant ; j'en ai un allemand maintenant, bien lourd, bien opulent, mais c'est ce qu'il y a dedans qui compte. »

Il y avait vingt-trois ans qu'il n'avait pas revu Alexandra, sa femme : depuis ce jour lointain, à Vladivostok, où il l'avait quittée pour se mêler à l'émigration blanche, Shanghaï d'abord, Paris ensuite – mission personnelle que lui avait confiée Dzerjinski[1]. Curieusement, son image n'avait jamais cessé de vivre en lui depuis ce jour venteux, lointain et triste ; elle était devenue une parcelle de lui-même, confondue avec son moi le plus secret…

Il se souvint aussi de sa rencontre avec son fils Sacha à Cracovie, une nuit, à l'improviste. Sacha portait le pseudonyme de Grichantchikov. Il se souvint de leur tête-à-tête à l'hôtel, de leurs longs conciliabules chuchotés sous le couvert de la radio, de la douleur intolérable qu'il avait ressentie au moment de se séparer d'avec un enfant qui, par le caprice du destin, avait choisi une voie identique à la sienne. Stierlitz savait qu'il se trouvait en ce moment à Prague, et que c'était un peu son devoir de père de sauver cette ville de la destruction, exactement comme il venait de le faire, en coopération avec le commandant Tornade[2], pour Cracovie. Il était conscient des difficultés inouïes qui s'accumulaient obstinément devant lui, devant sa mission ; mais il comprenait aussi qu'une tentative de sa part pour revoir son fils (Berlin était à six heures de route de Prague !) représentait d'énormes risques pour l'un comme pour l'autre.

*

En 1942, pendant le bombardement près de Velikie Louki[3], son chauffeur, Fritz Rochke, un gars tranquille et toujours souriant, avait été tué. Honnête. Stierlitz savait qu'il avait refusé de servir d'agent de rensei-

1. Félix Dzerjinski (1877-1926), chef du contre-espionnage soviétique après la Révolution. Créateur de la Tchéka.

2. Les hauts faits du commandant Tornade ont donné lieu à un roman de Julian Semenov portant ce titre.

3. Région de Pskov en Russie centrale.

gnement à la Gestapo et qu'il n'avait fait sur lui aucun rapport, en dépit des fortes sollicitations de la IVe section du RSHA.

Remis de sa contusion, Stierlitz se rendit à Karlkhorst où vivait la veuve de Rochke. Elle était couchée dans un appartement sans chauffage, en proie à une forte fièvre. Le petit Heinrich, âgé de dix-huit mois, rampait par terre et pleurait sans bruit : il avait perdu la voix à force de crier. Stierlitz appela un docteur qui diagnostiqua une pneumonie aiguë et envoya la malade à l'hôpital. Stierlitz emmena l'enfant chez lui et sa vieille cuisinière, une brave femme, le lava, lui donna du lait chaud et proposa de le prendre.

— Non, mettez-le dans ma chambre, dit Stierlitz, je le garde.

— Les enfants crient la nuit.

— Peut-être est-ce ce que je recherche, objecta-t-il doucement, peut-être ai-je besoin d'entendre les petits pleurer la nuit.

La cuisinière rit :

— Qu'y a-t-il là de plaisant ? Une vraie plaie.

Mais elle ne discuta pas avec le patron. Elle se réveilla vers deux heures. Dans la chambre, l'enfant s'époumonait à crier. La cuisinière passa son peignoir molletonné, arrangea ses cheveux et descendit. Elle vit la lumière dans la chambre. Stierlitz allait et venait, tenant contre lui l'enfant enveloppé dans un plaid, lui chantonnant doucement une mélodie. La vieille femme n'avait jamais vu Stierlitz dans cet état : il était méconnaissable. Était-ce vraiment lui ? se demanda-t-elle d'abord. Son visage sévère et résolu avait vieilli d'un coup, prenant une expression presque féminine.

Le matin, la cuisinière s'approcha de la porte de la chambre et attendit un long moment avant de frapper.

D'ordinaire, Stierlitz était à la table du petit-déjeuner à sept heures. Comme il aimait ses toasts bien chauds, elle commençait à les faire griller à 6 h 30, sachant une fois pour toutes qu'à l'heure dite, il boirait sa tasse de café sans lait ni sucre, puis mangerait un toast à la confiture avec une seconde tasse de café, cette fois avec du lait. Au cours des quatre ans qu'elle avait passés dans la maison, jamais son patron n'avait été en retard pour le petit-déjeuner. Or huit heures avaient sonné et aucun bruit ne parvenait de la chambre. Elle entrouvrit la porte et vit Stierlitz et le petit qui dormaient dans le grand lit. Le bébé était installé en travers, ses pieds appuyés contre le dos de Stierlitz qui se tenait tout au bord du lit. Sans doute avait-il entendu la porte car il ouvrit aussitôt les yeux et, avec un sourire, mit le doigt sur ses lèvres. Dans la cuisine où il était venu s'enquérir de ce qu'elle allait donner à l'enfant, il continuait de murmurer.

— Mon neveu m'a dit que seuls les Russes mettent les enfants dans leur lit, dit-elle en souriant.

— Vrai ? s'étonna Stierlitz. Et pourquoi donc ?

— À cause des cochonneries…

— Vous pensez donc que votre patron est un cochon ? demanda-t-il en riant.

Elle se troubla et son visage se couvrit de taches rouges.

— Monsieur Stierlitz, loin de moi… Vous avez pris l'enfant dans votre lit pour remplacer les parents. Par pure bonté.

Stierlitz téléphona à l'hôpital. On lui apprit qu'Anna Rochke était morte une heure auparavant. Il fit rechercher l'adresse d'éventuels parents du chauffeur et de sa femme. La mère de Fritz répondit qu'elle était seule et très malade et qu'elle ne pouvait pas prendre en charge son petit-fils. Les parents d'Anna avaient été tués lors du bombardement de Hessen par l'aviation britannique. À sa propre surprise, Stierlitz éprouva une joie secrète à l'idée qu'il pourrait maintenant adopter le bébé. Il l'aurait fait, n'eût été la terreur que lui inspirait l'avenir du petit de Heinrich. Il savait quel sort attendait les enfants de ceux qui étaient devenus les ennemis du Reich : l'orphelinat, le camp de concentration et, pour finir, le four crématoire…

Stierlitz emmena l'enfant dans les montagnes, en Thuringe, dans la famille de la cuisinière.

— Vous aviez raison, dit-il, sarcastique, au cours du petit-déjeuner, les petits enfants sont un lourd fardeau pour les hommes seuls.

La vieille femme ne répondit rien, se contentant d'un sourire entendu. Elle aurait aimé lui dire qu'il était cruel et immoral de s'attacher un bébé pendant trois semaines pour l'expédier ensuite chez des inconnus, à la montagne, où il devrait à nouveau s'habituer, faire confiance à celui qui dormirait auprès de lui la nuit et le bercerait avec des chansons.

— Je comprends que cela vous semble cruel. Mais que peut faire un homme qui exerce ma profession ? Vaudrait-il mieux qu'il devienne orphelin une deuxième fois ?

La cuisinière était toujours frappée par la capacité de Stierlitz à lire dans ses pensées.

— Pas du tout, fit-elle, je ne trouve pas que vous vous conduisiez avec cruauté. Vous êtes sage, monsieur Stierlitz, extrêmement sage.

Elle-même ne comprenait pas si elle lui disait là la vérité ou si elle lui mentait de peur qu'il ne lise à nouveau dans ses pensées.

*

Stierlitz se leva, prit le bougeoir improvisé, s'approcha de la table. D'un tiroir il sortit plusieurs feuilles de papier qu'il disposa devant lui comme pour une partie de patience. Sur l'une des feuilles il dessina un bonhomme boursouflé. Il allait écrire en bas « Göring », mais se ravisa. Sur une autre, il représenta le profil de Goebbels, sur une autre encore le mufle puissant, balafré d'une cicatrice, de Bormann. Après un temps de réflexion, il écrivit sur la quatrième feuille : *Le Reichsführer-SS*, titre de son chef Heinrich Himmler.

L'agent secret qui est jeté au point le plus chaud d'événements très importants se doit d'avoir une nature infiniment émotive, sensuelle même, à la façon d'un acteur, mais cet élément de vulnérabilité affective doit être solidement tenu en laisse par la froide logique d'un jugement rigoureux et précis.

Les rares nuits d'insomnie où Stierlitz se permettait de se sentir dans la peau d'Issaïev, son raisonnement était à peu près le suivant : « Qui est le véritable agent de renseignement ? Celui qui recueille l'information, qui dépouille les données objectives pour les transmettre au Centre, lequel les évaluera d'un point de vue politique pour prendre une décision ? Ou celui qui en tire ses propres déductions, strictement personnelles, celui qui dessine son propre schéma, suggère ses propres hypothèses ? Et si tu te crois capable d'avoir une intuition exacte de l'avenir, as-tu le droit, toi, Maxime Issaïev, d'agir sur cet avenir ? Le fléau des services de renseignement, se disait-il, n'est-ce pas cette avalanche d'informations immédiates qui bouche la perspective, qui fait que les décisions deviennent les suites subjectives, et nullement objectives, de l'analyse d'une situation vraie, fût-elle sinistre ou prometteuse ? » Issaïev imaginait que si on laissait les services de renseignement s'occuper de planifier la politique, on en viendrait rapidement à une situation où les recommandations seraient pléthoriques et les renseignements insuffisants. Il en déduisait que l'agent de renseignement devait être avant tout objectif. Rien ne va plus quand les services secrets sont totalement subordonnés à une ligne politique décidée à l'avance. Il y avait l'exemple de Hitler qui s'était persuadé de la faiblesse de l'Union soviétique et ne voulait pas écouter les appels à la prudence des militaires : la Russie n'est pas si faible qu'il y paraît, répétaient-ils. Mais ça ne va pas mieux quand les services de renseignement prétendent soumettre la politique. Dans l'idéal il faut que l'agent secret ait sa propre idée sur les principaux développements de la situation et qu'il donne aux politiques à choisir entre plusieurs solutions, les plus appropriées selon lui. L'agent secret, pensait Issaïev, a le droit de douter de l'infaillibilité de sa prévision ; une seule chose lui est interdite, c'est de s'écarter de sa méthode objective d'investigation. En abordant maintenant l'analyse ultime d'un matériel amassé durant des années, Issaïev-Stierlitz avait le devoir de peser soigneusement tous les pour et tous les contre. L'enjeu portait sur le destin de millions d'hommes, une erreur de jugement aurait été impardonnable.

*

Informations à méditer (Göring)

Pilote de guerre durant la Première Guerre mondiale, héros de l'Allemagne du Kaiser, après la première offensive des nazis, Göring avait fui en Suède. Là-bas, engagé dans l'aviation civile, au cours d'une terrible tempête, il réussit par miracle à poser son monomoteur au château de Rokklstadt où il fit la connaissance de Carin von Karntzow, fille du colonel von Fock et, l'ayant enlevée à son mari, il rentra en Allemagne, rencontra le Führer et participa au putsch nazi de novembre 1923 au cours duquel il fut blessé. Il échappa par hasard aux arrestations et s'enfuit à Innsbruck où l'attendait Carin. Ils étaient sans le sou, mais le propriétaire de l'hôtel, lui aussi national-socialiste, les hébergea gratuitement. Après quoi, invités à Venise par le patron de l'hôtel Britannia, les Göring résidèrent dans cette ville jusqu'à ce que l'Allemagne décrétât l'amnistie en 1927. Moins de six mois après, il était élu député du Reichstag avec onze autres nazis. De nationalité autrichienne, Hitler ne pouvait pas se présenter aux élections.

Dans une lettre à sa mère en Suède, Carin écrivait : *Hermann siège au Reichstag auprès du général von Epp de Bavière. Ils sont entourés de nombreux voyous de la Garde rouge, arborant l'étoile de David et les étoiles rouges, ce qui est une seule et même chose. Le Kronprinz*[1] *a envoyé ce télégramme à Hermann : « Vous seul avez la stature pour représenter les Allemands ».*

*

Il s'agissait maintenant de préparer les élections suivantes. Sur décision du Führer, Göring lâcha l'organisation du parti, ne gardant que son poste de député. Il lui incombait désormais de nouer des liens avec les

1. Guillaume de Prusse.

grands de ce monde : le parti qui cherchait à prendre le pouvoir devait entretenir un large réseau de relations. Toujours sur décision du parti, il loua un luxueux hôtel particulier sur la Badenstrasse où il recevait les princes Hollenzollern et de Saxe-Cobourg, ainsi que les grands magnats de la finance et de l'industrie. Carin était l'âme des lieux : son charme et ses origines aristocratiques en imposaient à tous. Pensez donc : la fille d'un haut dignitaire suédois, devenue l'épouse en secondes noces d'un héros de la guerre, d'un exilé en lutte contre la corruption de la démocratie occidentale incapable de tenir tête aux bolcheviks.

Chaque fois qu'il y avait réception, Goebbels, chef du parti nazi à Berlin, arrivait dès le matin au château. Il était l'intermédiaire entre Göring et le parti. Goebbels s'asseyait au piano tandis que Göring, Carin et Thomas, son fils du premier lit, entonnaient un répertoire de chansons folkloriques. Dans la maison d'un chef nazi, les rythmes déchaînés du jazz américain et français n'avaient pas droit de cité.

C'est dans cet hôtel particulier loué aux frais du parti que Hitler rencontra les grands patrons Schacht[1] et Thyssen[2], le 5 janvier 1931. C'est dans ce cadre luxueux que fut signé l'accord entre les patrons de la finance et de l'industrie et le Führer national-socialiste appelant les travailleurs allemands à « se débarrasser du joug du

1. Hjalmar Schacht (1877-1970), grand argentier de Hitler, ministre de l'économie du IIIe Reich.

2. Le groupe Thyssen fondé au XIXe siècle dans le bassin de la Ruhr participa activement à la montée du régime nazi et, à son armement. Fritz Thyssen créa l'Union Banking Corporation représentée aux États-Unis par Prescott Bush, père et grand-père de deux présidents américains. Fritz Thyssen s'enfuit d'Allemagne après la Nuit de cristal (9 novembre 1938).

bolchevisme et de son Komintern, de l'impérialisme pourri et à faire de l'Allemagne l'État du peuple ».

Après le putsch de Röhm, quand de nombreux vétérans passèrent dans l'opposition à Hitler, le bruit courut que Göring n'était plus le Hermann qu'ils connaissaient, qu'il se conduisait en président. Qu'il ne recevait plus les camarades du parti en toute simplicité, les obligeant à s'inscrire au préalable à son secrétariat. Qu'il nageait dans le luxe…

Au début, seuls les membres de base du parti disaient cela à mi-voix, mais lorsqu'en 1935, il fit construire le château de Carinhall près de Berlin, le mécontentement qui parvint aux oreilles de Hitler provenait déjà de responsables du parti comme Ley[1] et Sauckel[2]. Goebbels pensait aussi que Göring avait commencé à se pervertir dans son hôtel particulier.

— Le luxe est contagieux, disait-il. Il faut venir en aide à Göring, il nous est trop précieux.

Hitler se rendit à Carinhall, inspecta les lieux et déclara :

— Fichez la paix à Göring. Lui sait très bien comment on doit se montrer aux diplomates occidentaux. Carinhall n'a qu'à servir de résidence pour la réception des hôtes étrangers. Laissons-le faire ! Hermann l'a bien mérité. Disons que Carinhall appartient au peuple, et que Göring se borne à y vivre…

Dans ce palace, Göring passait le plus clair de son temps à lire et à relire Jules Verne et Karl May, ses deux

1. Robert Ley (1890-1945), directeur du Front allemand du travail et organisateur du Parti nazi.

2. Fritz Sauckel (1894-1946), administrateur de Thuringe, chargé du recrutement des travailleurs étrangers à partir de 1939. Surnommé « le négrier de l'Europe », il organisa les déportations de travailleurs vers l'Allemagne.

auteurs favoris, à organiser de somptueuses chasses au cerf et à projeter des films d'aventures, jusqu'à cinq par soirée. Au cours de ces séances, Göring rassurait ses invités d'un « ne vous inquiétez pas, le film finit bien ».

C'est du château de Carinhall, après une de ces projections, qu'il s'envola pour Munich afin d'y recevoir la capitulation de Chamberlain, puis à Varsovie pour assister à la répression du ghetto et à Jitomir en vue de planifier l'extermination des Slaves.

En avril 1942, après le terrible bombardement de Kiel par huit cents « forteresses volantes » américaines qui détruisirent la ville, Göring déclara au Führer que l'opération avait été menée par trois cents avions ennemis. Mais Groche, le gauleiter[1] de Kiel dont les cheveux avaient blanchi en l'espace de vingt-quatre heures, réfuta l'information, documents en main : c'étaient bel et bien huit cents appareils qui avaient participé au raid et la Luftwaffe n'avait rien pu faire pour l'empêcher.

Hitler commença par fixer longuement Göring. Un rictus dégoûté déforma son visage. Enfin il éclata :

— Pas une bombe ennemie ne tombera sur les villes allemandes ! scanda-t-il lentement, douloureusement, en détournant les yeux. Qui a fait cette déclaration à la face de la nation ? Qui l'a confirmée au parti ? J'ai pas mal lu sur les jeux de hasard et je sais ce que bluffer veut dire ! L'Allemagne n'est pas le tapis vert d'une table de jeu sur lequel on dispose les cartes ! Vous vous vautrez dans le confort et le luxe, Göring, continua-t-il. Au plus fort de la guerre, vous vivez comme un empereur romain ou un ploutocrate juif ! Vous chassez le cerf à l'arc tandis que les avions ennemis déciment mon pays

1. Administrateur de district.

au canon ! La vocation du chef, c'est la grandeur de la nation ! Il se doit d'être modeste ! Son métier est de veiller à ce qu'il n'y ait pas d'écart entre ses promesses et leur exécution !

On apprit plus tard du rapport de son médecin qu'après cette entrevue, Göring s'alita avec une forte fièvre, en proie à une crise nerveuse. En 1942, donc, Göring, le « nazi numéro 2 », successeur désigné de Hitler, dut écouter sans broncher, en présence de tout l'appareil nazi, les acerbes remontrances du Führer. L'événement fut immédiatement consigné dans les papiers de Himmler et, dès le lendemain, sans même en demander l'autorisation à Hitler, le Reichsführer-SS donna l'ordre de mettre tous les téléphones du « plus proche compagnon du Führer » sur table d'écoute.

Au demeurant, Himmler écoutait pour la première fois de la semaine les conversations du maréchal du Reich avec son frère Albert, directeur des exportations aux usines Skoda. Connu pour sa propension à défendre les victimes d'abus, cela sur un papier à en-tête de son frère, Albert avait écrit au commandant du camp de Mauthausen une lettre demandant la libération immédiate du professeur Kisch, signée Göring. Effrayé, le commandant libéra deux Kisch, l'un professeur, l'autre résistant. Il ne fut pas aisé pour Göring de tirer son frère du pétrin : il dut faire passer l'histoire auprès du Führer comme une anecdote professionnelle.

Il n'empêche que le Führer répéta encore à Bormann que personne d'autre ne pouvait devenir son successeur : « Premièrement, jamais Göring ne s'est lancé dans une politique vraiment autonome ; deuxièmement, il est populaire ; troisièmement, c'est la principale cible des caricaturistes de la presse ennemie », dit-il.

Les propos de Hitler concernaient un homme qui avait

tout de même assumé tous les aléas de la conquête du pouvoir, un homme qui avait déclaré en toute sincérité à sa femme, pas aux micros – à l'époque il ne pouvait certes imaginer qu'un jour viendrait où ses « frères de combat » écouteraient ses conversations –, non, la nuit, dans le lit : « Ce n'est pas moi qui vis, c'est le Führer qui vit en moi. »

*

LE 15 FÉVRIER 1945 (22 H 32)

Fiche du SS-Gruppenführer Müller, chef de la IVe section du RSHA (Gestapo) depuis 1939 : « Pur Aryen. Caractère nordique, réservé. Sociable et d'humeur égale avec ses amis et ses collègues de travail. Impitoyable avec les ennemis du Reich. Excellent père de famille : exempt de toute relation impure. Remarquable organisateur. »

Le chef des services de la sécurité du Reich, Ernst Kaltenbrunner, était affligé d'un fort accent viennois. Il savait que la chose avait le don d'exaspérer à la fois le Führer et Himmler et, pendant un moment, il avait pris des cours chez un phonologue distingué, dans l'espoir d'apprendre à parler correctement le *Hochdeutsch*. Mais la tentative fut infructueuse : Kaltenbrunner aimait trop Vienne à laquelle tout le reliait, et rien au monde n'aurait pu le forcer à parler le haut allemand à la place de ce dialecte viennois plein de verve, quoiqu'un peu vulgaire, fût-ce une petite heure par jour. Il avait donc fini par renoncer à imiter les Allemands et par ne plus parler avec ses interlocuteurs, si haut placés fussent-ils, que dans son viennois natal. Avec les subalternes, Kaltenbrunner se permettait même de passer à l'idiome très particulier que cultivent les montagnards d'Innsbruck ; il lui plaisait de lire le désarroi et la gêne sur le visage des hommes de son appareil lorsque ceux-ci butaient sur un mot incompréhensible.

Il regarda le chef de la Gestapo, le SS-Gruppenführer Müller.

— Je n'ai pas l'intention, dit-il, d'éveiller en vous le douloureux aiguillon de la suspicion à l'égard des camarades du parti et de notre combat commun. Mais les faits sont les suivants : primo, quoique indirectement, Stierlitz est mêlé à l'échec de l'opération de Cracovie. Il y était et la ville, par un étrange concours de circonstances, est restée intacte, alors qu'elle devait sauter. Secundo, il s'est occupé de la fusée V2 volatilisée, il ne l'a pas retrouvée, et il ne me reste plus qu'à prier le bon Dieu qu'elle ait sombré quelque part dans les marais de la Vistule. Tertio, il s'occupe jusqu'à présent de certaines questions relatives à l'arme suprême, et quoiqu'on ne puisse parler expressément d'échec, les progrès dans ce domaine ne sont pas plus évidents. Or, il ne s'agit pas seulement de coffrer les chercheurs qui ne partagent pas nos idées, il s'agit aussi d'aider ceux qui ont des idées précises et intéressantes. Quarto, l'émetteur itinérant qui travaille, comme tout semble l'indiquer, pour les services de renseignement bolcheviques et dont il s'occupe, poursuit son entreprise dans les environs de Berlin. Voyez-vous, Müller, je serais heureux si vous pouviez dissiper mes soupçons sur-le-champ, sans attendre qu'on nous apporte son dossier. J'ai de la sympathie pour Stierlitz et j'aimerais recevoir de vous une réfutation argumentée de mes doutes soudains.

Müller avait travaillé toute la nuit sans désemparer ; il

avait une horrible migraine et c'est pourquoi il répondit en faisant l'économie de ses habituelles plaisanteries un peu lourdes :

— Personnellement, je n'ai jamais reçu de signaux le concernant. Pour ce qui est des erreurs et des échecs, dans notre travail, personne n'en est exempt.

— Autrement dit, vous pensez que je me fourvoie totalement ?

Le ton avec lequel Kaltenbrunner avait dit cela était assez sec et Müller, tout harassé qu'il fût, en comprit parfaitement le sens.

— Pourquoi donc ? répondit-il. Lorsqu'un soupçon surgit, nous devons l'examiner sous toutes ses facettes. À quoi servirait mon service, autrement ? Encore un peu, on nous considérerait comme des tire-au-flanc qui ont trouvé une planque, loin des premières lignes. Avez-vous d'autres faits à sa charge ?

Un moment, Kaltenbrunner se contenta de mâchonner sa cigarette. Un brin de tabac intempestif lui tira soudain une longue quinte de toux ; son visage bleuit, les veines du cou prirent un relief saisissant.

— Comment vous dire, parvint-il enfin à articuler en s'essuyant les yeux. Pour être franc, rien de précis. Depuis quelques jours, j'ai pris mes dispositions pour faire enregistrer tous ses propos. Dans l'intimité, les gens à qui je fais une confiance totale parlent franchement du tragique de la situation, de l'incapacité de nos militaires, du crétinisme de Ribbentrop[1], de cette commère de Göring, du sort qui nous attend si les Russes entrent dans Berlin. Stierlitz, lui, répond : « Balivernes que tout cela ; tout va pour le mieux, la

1. Joachim von Ribbentrop (1893-1946), ministre des Affaires étrangères sous le IIIe Reich.

situation évolue normalement… » Je ne crois pas que l'amour de la patrie et du Führer consiste à mentir aux collègues de travail… Au début, je me suis demandé s'il n'était pas lui aussi un gros bavard. Ils ne manquent pas chez nous, les gens qui se contentent de rabâcher sans réfléchir les palinodies de Goebbels. Non, Stierlitz est loin d'être un âne. Pourquoi alors n'est-il pas plus franc ? De deux choses l'une : ou bien il n'a confiance en personne et craint pour sa peau, ou bien il a quelque chose en tête et désire rester d'une pureté de cristal. Dans ce cas, que manigance-t-il ? Je me suis aperçu que les fils de toutes les opérations qu'il dirige conduisent finalement à l'étranger, en pays neutres… Je me demande donc s'il en reviendra et, s'il en revient, si ce ne sera pas après avoir dûment contacté l'opposition et les crapules du même acabit. Malheureusement, je ne puis rien avancer de précis, ni dans un sens ni dans l'autre.

Müller demanda :

— Vous désirez examiner son dossier le premier, ou dois-je le faire d'abord ?

— Commencez donc vous-même, répondit Kaltenbrunner, qui avait déjà consulté tous les documents qui l'intéressaient. Je dois me rendre chez le Führer.

Müller posa sur lui un œil interrogateur. Il espérait que l'autre lui donnerait quelque nouvelle fraîche du Bunker, mais Kaltenbrunner ne dit rien. Se contentant de tirer une bouteille de Napoléon du tiroir de son bureau, il en remplit un petit verre et l'offrit à son visiteur.

— Vous avez bu ? demanda-t-il.

— Pas une goutte.

— Pourquoi alors ces yeux rougis ?

— Je n'ai pas fermé l'œil de la nuit. Prague me

donne beaucoup de soucis. Nos hommes sont aux trousses de plusieurs groupes clandestins.

— Krüger vous sera utile. Certes, il ne brille pas par l'imagination, mais c'est un excellent officier. Avalez donc ce cognac, cela vous ravigotera.

— Non, le cognac me brouille le cerveau. J'aime la vodka.

— Celui-là ne vous brouillera rien du tout, répliqua Kaltenbrunner en levant son verre. Santé !

Müller avala le contenu d'un trait, et comme chez tous les alcooliques, sa pomme d'Adam remonta brusquement.

« Pour boire, il s'y entend, se dit Kaltenbrunner en dégustant son cognac à petites gorgées. Je parie qu'il va remettre ça ! »

Il alluma une Caro – ce qu'il y avait de moins cher comme cigarette forte – et lui demanda s'il prendrait un second verre.

— Avec plaisir, répondit Müller.

*

Information à méditer (Goebbels)

Stierlitz écarta la feuille sur laquelle il avait dessiné le gros Göring et s'empara de celle où il avait esquissé une silhouette malingre. Goebbels… Ses aventures de Babelsberg, où se trouvaient les studios cinématographiques du Reich et où résidaient les actrices en vogue, lui avaient valu le sobriquet de « taurillon de Babelsberg ». Son dossier personnel contenait l'enregistrement d'un entretien entre Mme Goebbels et Göring, à un moment où il s'était entiché de l'actrice tchèque Lida Baarová. Göring y déclarait :

— Il va se rompre le cou pour des filles ! Une honte !

L'homme responsable de notre idéologie se couvre d'opprobre par ses liaisons avec des salopes de Tchèques !

Le Führer avait recommandé à l'épouse bafouée de demander le divorce.

— Je vous soutiendrai, avait-il promis. Quant à votre époux, je lui refuse toute entrevue personnelle jusqu'à ce qu'il apprenne à se conduire comme il sied à un véritable national-socialiste, ayant une haute moralité et nourrissant un respect sacré pour la famille.

*

Maintenant tout ceci était passé à l'arrière-plan. Au mois de janvier, Hitler s'était rendu chez les Goebbels pour son anniversaire. Il avait offert à madame un bouquet de fleurs, avec ces mots :

— Je suis navré de mon retard, mais j'ai dû faire toute la ville pour trouver ces quelques roses : le gauleiter de Berlin, Goebbels, a fait fermer les boutiques de fleuristes ; la guerre totale n'aurait pas besoin de fleurs, selon lui.

Quand Hitler s'en fut allé, quarante minutes plus tard, Magda Goebbels souffla, au comble de la félicité :

— Quand même, jamais le Führer ne serait allé chez les Göring.

Berlin était en ruines, la ligne de front passait à cent-quarante kilomètres de la capitale de l'empire millénaire, mais la rayonnante Magda savourait sa victoire. Sur le visage blême de son mari se lisait le même bonheur triomphant : après une interruption de six ans, le Führer avait franchi le seuil de sa maison.

Stierlitz reprit son crayon, traça machinalement un grand cercle qu'il entreprit de hachurer. Le journal personnel de Goebbels. Stierlitz savait qu'à ce document s'intéressait le Reichsführer et, à un moment donné, il avait fait lui aussi tout son possible pour y mettre le nez. Hélas, le résultat était maigre : juste la photocopie de quelques pages. Stierlitz possédait une formidable mémoire. Il était capable de « photographier » visuellement un texte, de l'enregistrer quasi mécaniquement, sans effort. Il revit ces pages comme s'il les avait eues devant les yeux :

... *Épidémie de grippe en Angleterre. Même le roi est malade. Puisse cette épidémie être fatale à Albion (trop beau pour être vrai).*

2 mars 1943. Je n'aurai de trêve tant que le dernier Juif n'aura été expulsé de Berlin. Après un entretien avec Speer à Obersaltzberg[1]*, me suis rendu chez Göring. Ce national-socialiste possède une cave de vingt-cinq mille bouteilles de champagne ! Il portait une tunique dont la couleur a réveillé en moi un début de manie. Que faire, il faut le prendre comme il est.*

Stierlitz se rappela que Himmler avait dit la même chose de Goebbels, mot pour mot. C'était en 1942. Goebbels habitait à la campagne, seul, dans une maisonnette dite « de travail ». Le cottage se trouvait au bord d'un lac et il était facile de faire le tour de la clôture en passant à travers les roseaux : la guérite du planton se trouvait de l'autre côté. C'était particulièrement commode pour recevoir les petites actrices, qui prenaient le train électrique jusqu'à la gare voisine et finissaient à pied à travers bois. Goebbels, en effet, avait des principes : transporter ces dames dans son automobile était une marque de luxe indigne d'un national-socialiste, estimait-il. Il les guidait donc lui-même à

1. « La montagne de Hitler », dans les Alpes bavaroises, où le Führer fit construire son immense complexe de Berchtesgaden.

travers le marécage et les raccompagnait au petit matin. Évidemment, Himmler fut rapidement au courant du manège et c'est à ce propos qu'il déclara : « Il faut le prendre comme il est… »

(C'est dans cette même villa que Goebbels avait signé le décret rédigé par le secrétariat de Göring chargeant la Gestapo de Berlin d'exterminer en trois jours soixante mille Juifs travaillant dans l'industrie ; c'est aussi là qu'il proposa à Alfred Rosenberg d'exterminer trois millions de Tchèques au lieu des cinq cent mille prévus ; c'est encore là qu'il mit au point le plan visant la destruction de Leningrad.)

Göring m'a dit, continuait Goebbels dans son cahier, *que nous n'avions que faire de l'Afrique. Que nous devions nous consacrer aux forces anglo-américaines. Nous perdrons l'Afrique de toute façon. Il y a envoyé son représentant à l'aviation, le Feldmarschall Albert Kesselring. Il m'a redemandé pour la énième fois où les bolcheviks trouvaient leurs réserves en hommes et en armes. Il ne croit pas que les industriels britanniques puissent coopérer avec les Soviétiques, faisant allusion au message de Churchill à l'occasion du vingt-cinquième anniversaire de l'Armée rouge. Il a très bien parlé de la propagande antibolchevique. Mes projets à ce sujet l'ont impressionné. Certes, il est apathique. Il faut le secouer. Sans lui, on n'aura pas le dessus. Lorsque ces salauds de généraux prétendent que nos succès sur le front de l'Est sont dus à l'hiver russe, ils mentent – dit Göring. Paulus*[1] *serait un héros ? On ne va pas tarder à l'entendre à la radio russe ! Pourquoi mentir au peuple en le disant mort*

1. Friedich Paulus (1890-1957), maréchal de l'armée allemande qui perdit la bataille de Stalingrad en 1943 et fut capturé par les Soviétiques.

en héros ? Depuis trois ans, le Führer n'a pris aucun repos. Il mène une vie spartiate. Ces trois ans de guerre ont été plus éprouvants que cinquante ans d'existence ordinaire. Mais il refuse de m'écouter. Il faut retirer au Fürher le commandement de l'armée. Comme toujours quand le parti traverse une crise, ses plus proches compagnons doivent se regrouper autour de lui et le sauver !

Göring ne se berce pas d'illusions sur ce qui nous attend si nous perdons la guerre : la question juive à elle seule en valait la peine !

— La guerre se terminera par un effondrement politique, lui concédai-je.

C'est là où je lui ai proposé de créer un comité de défense du Reich dirigé par un homme qui aiderait le Führer à faire la révolution, plutôt que d'un « comité des trois ». Göring resta abasourdi, il hésita longtemps avant de donner son accord de principe. Göring veut la peau de Himmler. Funk[1] *et Ley, c'est moi qui les ai eus. Speer est mon homme. Göring a décidé de venir à Berlin dès son retour d'Italie. Nous nous rencontrerons. Speer aura alors parlé au Führer. Moi également. Nous verrons plus tard la répartition des postes.*

9 mars 1943. Arrivé à Vinnitsa[2]*. J'ai vu Speer. Il a dit que le Führer se sentait bien mais qu'il est très remonté contre Göring à cause des bombardements de l'Allemagne. Le Führer m'a reçu et était heureux de passer la journée avec moi. Il m'a écouté attentivement et a beaucoup critiqué Göring. À son propos, il a aussi parlé des généraux. Il m'a dit qu'il ne faisait confiance*

1. Walther Funk (1890-1960), journaliste et haut fonctionnaire du IIIe Reich.

2. Ville d'Ukraine où vingt-huit mille Juifs furent massacrés par les nazis en septembre 1941.

à aucun d'eux et que pour cette raison, il commandait l'armée.

12 mars 1943. J'ai ordonné que notre presse publie ce que les Anglais exigeaient du peuple allemand en matière de réparations en cas de défaite. Cela sera un choc pour les Allemands. Je me suis engueulé avec Ribbentrop pendant deux heures car il exige que la France reste un pays souverain qu'on ne soumet pas à la propagande du parti. Heureusement que Göring se montre plus souvent en public. Il faut renforcer son autorité.

12 avril 1943. Je suis allé à la conférence organisée par Göring sur la crise qui affecte la direction. À peine arrivé à Freïlassing avec Funk, je suis tombé malade. J'ai fait venir le professeur Morell[1] *qui m'a interdit de poursuivre le voyage. Au cours de la conférence, Sauckel s'est bagarré avec Speer.*

20 avril 1943. Commémoration des cinquante-quatre ans du Führer. Ley m'a rendu visite et m'a raconté la conférence d'Oberzaltsberg. Il n'a pas du tout aimé l'atmosphère. Il ne croit pas que Göring puisse diriger les affaires du Reich car il s'est grillé avec l'aviation et les bombardements. Le Führer se réjouit que Göring et moi soyons réconciliés. Pour lui, lorsque les leaders du parti sont unis pour le bien de la patrie, le parti et lui-même sont gagnants. Visite de Speer. Il trouve Göring fatigué et Sauckel en pleine paranoïa. Comme le Führer l'a dit, Schirach est tombé sous l'influence des réactionnaires viennois et sabote l'idée d'une guerre totale dans ses discours…

1. Theodor Morell (1896-1948), médecin personnel d'Adolf Hitler.

*

Stierlitz fit une boule avec les portraits de Göring et de Goebbels, alluma le papier à la flamme de la bougie et ne le jeta dans la cheminée que quand il sentit le feu lui brûler les doïgts. Une fois de plus il prit soin de bien mélanger la cendre avec la pince puis il revint à sa table et alluma une cigarette. Après quoi, il s'attaqua aux deux feuilles restantes : celles de Himmler et de Bormann.

« Göring et Goebbels sont à exclure. Göring pourrait sans doute se risquer à entamer des pourparlers, mais il est en disgrâce et lui-même ne croit plus en personne. Goebbels ? Non, ça n'ira pas. C'est un fanatique, un type qui s'accrochera jusqu'au bout. Restent Himmler et Bormann, l'un des deux. Sur lequel miser ? Sur Himmler ? Jamais, me semble-t-il, celui-ci ne se lancera dans des pourparlers avec l'ennemi. Cet homme sait trop bien de quelle haine est entouré son nom… Oui, je crois que ce sera Himmler… »

*

Au même instant Göring rentrait chez lui à Carinhall, après la réunion orageuse au bunker du Führer qui l'avait laissé abattu, livide, affligé d'un terrible mal au crâne. Le matin, il s'était rendu sur la ligne de front, dans un secteur où les chars russes venaient de percer. Il s'était précipité chez Hitler.

— La désorganisation est complète, avait-il déclaré au Führer. Les soldats vous regardent avec des yeux fous, j'ai vu des officiers ivres. L'offensive bolchevique sème une terreur animale dans nos armées. J'estime…

Hitler, qui l'écoutait les yeux mi-clos, en tâchant de maîtriser de sa main droite le tremblement ininterrompu de son coude gauche, ne le laissa pas terminer. Il se leva lourdement de son siège, ses yeux rougis par l'insomnie s'ouvrirent tout grands, sa moustache se hérissa dans une moue de mépris :

— Dorénavant je vous interdis de vous rendre en première ligne ! hacha-t-il d'une voix métallique. Je vous interdis de semer la panique !

— Il ne s'agit pas de panique, mais de la vérité, balbutia Göring, en sentant aussitôt ses mains et ses pieds se glacer : pour la première fois de sa vie, il venait de répliquer au Führer ! C'est la pure vérité, mon Führer, et mon devoir est de vous la dire !

— Taisez-vous ! aboya Hitler. Occupez-vous plutôt de votre aviation, Göring ! Et ne vous mêlez pas de choses qui exigent une tête froide, un jugement clair et une volonté inflexible. Je vois enfin que ce n'est pas votre fort. Je vous interdis de visiter le front, à partir d'aujourd'hui et définitivement !...

Göring quitta le bureau du Führer à la fois écrasé et humilié, en sentant dans son dos les sourires railleurs des deux ordonnances du Führer, deux imbéciles.

À Carinhall l'attendaient déjà les officiers de l'état-major de la Luftwaffe, qu'il avait donné l'ordre de convoquer en quittant le Bunker. Mais la conférence projetée ne put avoir lieu : son ordonnance lui annonça l'arrivée de Himmler.

Göring le reçut dans sa bibliothèque. Comme à son habitude, le Reichsführer était souriant et sûr de lui. Il avait apporté un épais porte-documents en cuir. Himmler s'installa dans un fauteuil, retira ses lunettes dont il nettoya longuement les verres avec une peau de chamois et déclara sans autre préambule :

— Le Führer ne peut plus être le chef de la nation.

— Que voulez-vous qu'on y fasse ? répliqua Göring,

sans avoir eu le temps de s'effrayer des paroles que venait de prononcer le chef des SS.

— Certes, le Bunker est contrôlé par nos hommes, continua Himmler de la même voix impassible, mais il ne s'agit pas de cela. La volonté du Führer est paralysée, il ne peut plus prendre de décision. Nous avons le devoir d'en appeler au peuple.

Göring posa son regard sur le porte-documents que Himmler avait gardé sur les genoux. Il songea que sa femme, à peine un an auparavant, avait dit à l'une de ses amies qui lui téléphonait : « Passe plutôt nous voir, la ligne est surveillée. » Il se souvint aussi avoir alors tambouriné du doigt sur la table et fait un geste signifiant à peu près : « Que dis-tu là, c'est de la folie ! » De même, songeait-il maintenant, les yeux rivés sur le porte-documents noir, celui-ci renfermait peut-être un magnétophone dont la bande, dans deux heures, serait remise au Führer. Là, ce serait la fin.

« Il peut dire tout ce qui lui passe par la tête, supputait Göring. Le chef des spécialistes de la provocation ne peut pas être honnête. Il est déjà au courant de mon humiliation de tout à l'heure, chez le Führer. Il est venu parachever la besogne. »

Himmler, de son côté, n'était pas dupe de ce qui se passait dans la tête du « nazi numéro 2 ». Il décida donc de lui tendre la perche. Avec un soupir, il déclara :

— Étant donné que vous êtes le dauphin, la présidence vous revient. Et par conséquent, je prends la chancellerie.

Il savait que la nation ne suivrait pas le chef des SS. Il lui fallait un paravent et il était difficile d'en imaginer de meilleur que Göring. Celui-ci répondit, toujours machinalement :

— C'est impossible…

Il hésita un instant et ajouta, très bas, dans l'espoir que le magnétophone ne pourrait enregistrer ce chuchotement :

— C'est impossible. La présidence et la chancellerie doivent être aux mains du même homme.

Himmler eut un sourire imperceptible, resta quelques secondes silencieux puis se leva d'un bond. Les deux hommes firent le salut nazi et le visiteur repartit comme il était venu.

*

LE 15 FÉVRIER 1945 (23 H 54)

Stierlitz descendit au garage. Les bombes continuaient de pleuvoir, mais le vacarme s'était déplacé quelque part vers Zossen, c'est en tout cas ce qui lui sembla. Il s'installa au volant, mit le contact. Le moteur de la Horch répondit aussitôt par un puissant ronronnement régulier.

« Allons-y, titine ! » se dit-il en russe, et il mit la radio. Elle passait une musique légère. Pendant les attaques aériennes, d'ordinaire on passait des chansons joyeuses. Il était devenu habituel de donner des programmes récréatifs lorsque les combats faisaient rage ou que les bombes tombaient dru. « Allez titine, fonce ! Faut filer vite pour ne pas attraper une bombe sur le nez. Elles frappent le plus souvent des cibles immobiles. Montons à soixante-dix et la probabilité d'être touché diminuera d'autant ».

Erwin et Käthe, ses deux agents radio, habitaient à Koepenick, au bord de la Spree. À cette heure, ils devaient dormir. Ils se couchaient très tôt, les derniers temps : Käthe était sur le point d'accoucher.

— Tu es superbe, lui avait dit Stierlitz. Tu es de ce type de femmes que la grossesse rend irrésistibles.

— La grossesse rend belle n'importe quelle femme, avait répondu Käthe. Il y a longtemps que tu aurais pu le remarquer.

— Je n'en ai pas eu l'occasion, avait-il répondu avec un petit rire, mais tu dis vrai.

— Un café au lait ? demanda Käthe.

— D'où viendrait le lait ? J'ai oublié de vous en apporter… Merde !

— Je l'ai troqué contre un costume, répondit Erwin. Il faut absolument qu'elle boive un peu de lait.

Stierlitz avait tapoté la joue de la jeune femme et lui avait demandé :

— Tu ne veux pas nous jouer quelque chose ?

Käthe s'installa au piano, ouvrit une partition de Bach. Lui-même alla près de la fenêtre et demanda à Erwin à voix basse :

— Tu as vérifié s'ils ne t'ont pas posé des micros dans le soupirail ?

— Oui, tout semble en ordre, dit Erwin. Pourquoi me demandes-tu ça ? Tes collègues du SD auront encore manigancé une nouvelle saloperie ?

— Est-ce que je sais ?

— Mais encore ? demanda Erwin.

Stierlitz grogna et secoua la tête.

— Tu comprends, commença-t-il sans se presser, j'ai reçu une nouvelle mission…

Il se racla la gorge.

— Ils me demandent de découvrir lequel des bonzes nazis a l'intention d'engager des pourparlers séparés avec l'Ouest… Ils songent aux piliers du régime, ni plus ni moins. Que dis-tu de ce petit boulot ? Ils s'imaginent sans doute à Moscou que si je tiens depuis vingt ans, je suis devenu tout-puissant. Ce serait pas mal de devenir l'adjoint du Führer, hein ? Ou Führer moi-même, pourquoi pas ?... Je deviens râleur, l'as-tu remarqué ?

— Ça te va bien, répondit Erwin.

— Comment vois-tu ton accouchement, petite ? demanda Stierlitz à Käthe qui avait fini de jouer.

— Que je sache, rien de nouveau sous le soleil.

— Avant-hier j'ai parlé avec un gynécologue... Je ne veux pas vous faire peur, mes petits...

Il poussa sa chaise plus près de Käthe.

— Continue donc de jouer. Je ne veux pas vous faire peur mais j'avoue ne pas en mener large moi-même. Ce vieux toubib m'a assuré qu'il se fait fort de déterminer la nationalité de n'importe quelle femme au moment où elle accouche.

— Je ne saisis pas, murmura Erwin, tandis que Käthe s'arrêtait au milieu du morceau.

— Joue, joue donc, petite, et ne t'en fais pas, reprit Stierlitz. Écoute-moi d'abord, nous réfléchirons ensuite à la façon dont on peut s'en sortir. Une parturiente, ça hurle, non ?

— Merci de me l'avoir rappelé, fit Käthe en souriant. Moi je croyais que ça fredonnait.

Stierlitz secoua la tête et soupira :

— Vois-tu, petite, ça crie dans sa langue natale. Dans le parler du terroir. Tu peux donc t'apprêter à appeler ta maman à la mode de Riazan.

Les doigts de Käthe coururent plus vite sur le clavier et Stierlitz remarqua qu'elle s'efforçait de réprimer ses larmes.

— Qu'allons-nous faire ? demanda Erwin.

— Que diriez-vous d'un voyage en Suède ? Je crois que c'est dans mes moyens.

— Et tu restes ici sans personne ? objecta Käthe.

— Il y aura moi, dit Erwin.

Stierlitz fit non de la tête.

— Toute seule, tu ne passeras pas. Ce n'est possible qu'avec Erwin : un mutilé de guerre qui nécessite un traitement en sana, invité par des parents allemands résidant à Stockholm… Toute seule il ne faut pas y compter. Songe aussi que son oncle est un nazi suédois.

— Alors nous restons ici, dit Käthe. Je crierai en allemand.

— Oh, tu peux ajouter quelques expressions russes, ma fille, mais avec l'accent berlinois, plaisanta Stierlitz. Bon ! Remettons la décision à demain. Il faut y réfléchir à tête reposée et sans velléités héroïques. Tiens, Erwin, allons-y, il est temps de passer la musique. Nous déciderons en fonction de la réponse que j'aurai demain.

Cinq minutes plus tard, ils étaient en route. Erwin avait à côté de lui la précieuse valise contenant l'émetteur. Ils firent une quinzaine de kilomètres en direction de Rangsdorf, puis quittèrent la route et s'enfoncèrent dans un bois, Stierlitz arrêta le moteur. Le bombardement n'avait toujours pas cessé ; Erwin consulta sa montre et dit :

— On y va ?

— On y va, répondit Stierlitz.

*

Justas à Alex

Toujours persuadé qu'aucun politicien sérieux à l'Ouest ne voudra négocier avec les SS ou le SD. Conformément aux ordres reçus, j'entame néanmoins ma mission. Je l'estime réalisable à condition que je puisse communiquer à Himmler une partie de l'information fournie par vous. Avec son concours je compte pouvoir entrer en contact direct avec ceux qui, selon vous, tâtent les possibles filières. Mes « révélations » à Himmler – les autres détails seront réglés sur place, sans consultation avec vous – doivent m'aider à vous tenir au courant de tous les développements favorables ou non à votre hypothèse. À l'heure actuelle je ne vois pas d'autre voie. En cas de feu vert, faites passer les lettres OK *par le canal Erwin.*

Justas

Ce rapport fit à Moscou l'effet d'une bombe.

— Il est au bord de la catastrophe, dit le directeur du Centre en recevant ce message. S'il va trouver Himmler, l'échec est immédiat, et rien ne pourra plus le sauver. Même en supposant que Himmler va vouloir encore un peu se servir de lui. Mais cela me paraît improbable, ce n'est pas son genre. Faites-lui parvenir demain matin un refus catégorique.

Stierlitz ne pouvait pas connaître les dernières informations collectées par le Centre au cours des derniers mois ; or, ces renseignements fournissaient la clef de l'univers psychologique de l'homme qui s'appelait Himmler.

*

Information à méditer (Himmler)

Himmler se réveilla d'un seul coup, totalement, comme si quelqu'un lui avait tapé sur l'épaule.

Il s'assit au bord du lit et promena son regard autour de la pièce. Le silence était absolu. Les aiguilles phosphorescentes du réveille-matin indiquaient cinq heures.

« Trop tôt, pensa Himmler. Il faudrait dormir encore une petite heure. »

Il bâilla, s'étendit à nouveau et se tourna vers le mur. Par le vasistas entrouvert lui parvinrent les bruits de la forêt. Depuis la veille au soir la neige n'avait cessé de tomber ; Himmler imagina ce que devait être le spectacle du sous-bois hivernal, vide et silencieux. Il pensa qu'il aurait eu peur, comme quand il était gosse, d'aller seul dans la forêt.

Il sauta du lit, passa un peignoir et s'approcha du bureau. Sans allumer la lumière, il s'installa sur le bord du fauteuil en bois et mit la main sur le combiné noir.

« Téléphonons à ma fille. Ça lui fera plaisir, les occasions ne sont pas si nombreuses. »

Son regard se posa sur la photographie de ses deux garçonnets, le visage espiègle et insouciant, qu'il avait glissée sous le verre de la table.

Mais au même instant s'y superposa le visage de Bormann. « C'est la faute à cette crapule, pensa-t-il, si je ne peux pas appeler la petite et lui dire : "Bonjour, ma puce, c'est papa. Quel rêve as-tu fait, mon petit soleil ?" C'est à cause de lui que je ne peux pas téléphoner aux deux garçons, nés d'une liaison illégitime ! »

Himmler n'avait pas oublié le silence de Bormann lorsqu'en 1943 il lui avait demandé une provision de quatre-vingt mille marks sur les fonds du parti pour faire construire à Marta, la mère de ses deux garçons, une petite villa en Bavière, à l'écart des bombardements. Il n'avait pas oublié la façon dont le Führer, que Bormann avait évidemment informé, l'avait examiné à plusieurs reprises pendant les dîners au Q.G. C'est ce qui l'avait retenu de divorcer, quoiqu'il n'eût plus vécu avec sa femme depuis six ans.

« Mais non, Bormann n'y est pour rien, pensa encore

Himmler. Ce n'est pas à cause de cette brute épaisse. Je sais bien que j'aurais accepté les pires humiliations pour arracher ce divorce. Je l'aurais tenté en dépit de la désapprobation inscrite dans les principes du Code SS relatifs à la famille. C'est à cause de ma fille, c'est pour elle. Je n'aurais jamais pu lui causer ce traumatisme… »

Il sourit au souvenir de leurs débuts, du temps où l'on ne mangeait pas à sa faim et où il louait, avec sa femme et la petite, une chambre glacée à Nuremberg. Il y avait dix-huit ans de cela ! À l'époque, il était secrétaire de Gregor Strasser[1], le « frère » du Führer. Il circulait aux quatre coins de l'Allemagne, passait ses nuits dans les gares, se nourrissait d'un quignon de pain et d'un verre d'un breuvage infâme qu'on osait appeler café, occupé à relier entre elles les organisations du parti. En cette année 1926, il ne comprenait pas encore que l'idée de Strasser – créer les *Schutzstaffeln*, les fameuses sections de protection SS – résultait moins de la nécessité d'assurer la sécurité du parti, que de celle, beaucoup plus urgente, d'abattre Ernst Röhm[2], le chef des SA. Himmler était sincèrement persuadé que la création des SS était dictée par le souci de protéger les leaders du parti contre les Rouges. Il croyait dur comme fer que ceux-là s'étaient donné pour objectif d'exterminer le grand chef, l'unique ami des travailleurs allemands, Adolf Hitler, dont il avait accroché au mur,

1. Gregor Strasser (1892-1934), leader berlinois du Parti national-socialiste jusqu'en 1930. Sa concurrence avec Hitler provoquera son éviction, puis son assassinat en 1934, pendant la Nuit des longs couteaux.

2. Ernst Röhm (1887-1934), créateur des sections d'assaut et des « chemises brunes » du parti nazi. Accusé par Himmler et Heydrich de fomenter un coup d'État, il fut emprisonné, puis assassiné dans sa cellule, officiellement pour homosexualité.

au-dessus de sa table de travail, l'immense portrait. Un jour que Hitler, de passage chez Strasser, avait aperçu sous sa colossale photographie le grêle jeune homme qu'il était à l'époque, il avait dit :

— Est-il raisonnable d'élever si haut au-dessus des autres nationaux-socialistes l'un des leaders de leur parti ?

Himmler avait répondu :

— Si vous n'étiez qu'un leader, je n'aurais pas adhéré au parti. J'adhère à un parti qui est conduit par un chef !

Hitler n'oublia pas.

Plus tard, quand il suggéra au Führer de faire de Himmler le Reichsführer des sections SS fraîchement écloses, Strasser comptait bien être le premier à s'en servir pour son propre compte, contre son grand rival Röhm, afin d'assurer son influence sur le parti et sur le Führer. Au tout début, la nouvelle formation ne comptait que deux cents hommes. Deux cents SS ! Mais sans cette poignée de fanatiques prêts à tout, jamais le Führer n'aurait gagné en 1933, et ceci, Himmler en était parfaitement conscient. Toutefois, le Führer ne le nomma que chef de la police criminelle de la ville de Munich. Quelques jours plus tard, Himmler vit arriver chez lui Gregor Strasser. L'homme qui l'avait fait entrer au parti, le théoricien et l'idéologue du NSDAP, le père des SS, s'attaquait déjà au Führer, déclarant en présence des vétérans du parti que Hitler s'était vendu aux magnats de l'industrie, aux capitalistes sanguinaires Krupp et aux Thyssen. « Le peuple nous a suivis seulement parce que nous avons déclaré la guerre aux petits génies de l'argent, qu'ils soient juifs ou allemands. Hitler est en contact avec eux. Il finira mal, disait alors Strasser, les SS peuvent être encore plus forts et, sous votre pouvoir, remettre le mouvement sur le droit chemin, tel qu'il était à ses débuts. »

Mais Himmler ne lui avait pas laissé ouvrir la bouche, déclarant que l'allégeance au Führer était le premier devoir de tout membre du parti.

— Vous pouvez faire part de vos doutes à la tribune du congrès, mais vous n'avez pas le droit d'user de votre autorité dans une lutte d'opposition. Cela nuit à notre unité, avait-il dit.

Himmler observait soigneusement tout ce qui se passait au sommet. Il vit que l'enivrement de la victoire avait relégué le travail pratique – relativement, bien sûr – au second plan. Il lui semblait, et non sans fondement, que les chefs du parti n'arrêtaient plus de prendre la parole aux meetings, de parader dans des réceptions diplomatiques, bref, qu'ils savouraient les fruits de la victoire du national-socialisme. Lui-même considérait tout cela comme très prématuré. Alors, en moins d'un mois, il organisa à Dachau le premier camp d'internement modèle.

— Ce sera une excellente école d'éducation par le travail pour créer un esprit civique authentiquement national chez les huit millions d'Allemands qui ont voté communiste, dit-il. Mais il serait ridicule de vouloir interner tout ce monde. Créons pour commencer un seul camp, faisons-y régner l'atmosphère de terreur appropriée et remettons en liberté ceux qui y auront laissé leurs illusions. Je suis sûr que ces affranchis seront les meilleurs propagandistes du national-socialisme. Eux sauront inculquer à leurs amis et à leurs enfants une allégeance religieuse à notre régime.

Le représentant personnel de Göring vint à Dachau. Après une visite qui dura plusieurs heures, il demanda :

— Ne croyez-vous pas que ce camp va susciter de

violentes réactions en Europe et en Amérique, déjà pour le simple fait qu'il s'agit d'une initiative anticonstitutionnelle ?

— Pourquoi l'arrestation des ennemis du régime serait-elle contraire à la Constitution ? avait demandé Himmler.

— Mais parce que la majorité des gens que vous avez internés ne sont même pas passés devant un tribunal. Aucune procédure, pas le moindre simulacre de légalité…

Himmler avait promis d'y réfléchir. Le représentant de Göring parti, il rédigea au nom de Hitler une longue missive dans laquelle il accumula les arguments les plus enjôleurs en faveur de l'arrestation suivie d'internement des adversaires du régime, sans enquête ni jugement.

Après tout, écrivait-il au Führer, *ce n'est jamais qu'un moyen généreux de sauver les ennemis du national-socialisme de la colère populaire. Si nous ne les mettons pas à l'abri dans nos camps, comment pourrions-nous protéger leurs vies ? Le peuple se chargerait de leur faire lui-même justice.*

Himmler organisa le même jour un meeting monstre, au cours duquel il répéta tout cela mot pour mot ; le lendemain, sa diatribe figurait dans tous les journaux.

Quand, à la fin de 1933, un scandale éclata à la police de Berlin (placée sous les ordres directs de Göring), Himmler quitta Munich en pleine nuit et fut chez le Führer dès l'aube. Sans transition, il le supplia de remettre « la police corrompue du vieux régime au contrôle des SS, les meilleurs d'entre les fils de la nation ».

Hitler ne voulait pas fâcher Göring. Sa réponse fut évasive. Il se contenta de serrer la main de Himmler et de le raccompagner jusqu'à la porte de son bureau ; là, il se tourna vers lui, le regarda droit dans les yeux et, l'air épanoui, fit cette remarque :

— À l'avenir, je vous prierai tout de même de

m'envoyer vos excellentes suggestions vingt-quatre heures à l'avance. Je songe à la note que vous m'avez envoyée et à votre discours de Munich.

Himmler quitta les lieux désemparé.

Un mois plus tard, sans être convoqué à Berlin, il était pourtant nommé chef de la police politique des villes du Mecklembourg et de Lübeck. Le mois suivant, ce fut encore une nouvelle vague de promotions : le 20 décembre, chef de la police politique de Baden ; le 21 décembre, de Hessen ; le 24, de Brême ; le 25, de Saxonie et de Thuringe ; et le 27, de Hambourg. En l'espace d'une semaine, il passa à la tête de toute la police allemande, celle de Prusse exceptée, qui demeurait sous la tutelle de Göring.

À ce dernier, Hitler proposa ce compromis : nommer Himmler chef de la police secrète de tout le Reich, mais en le subordonnant à sa personne. Göring accepta. Il donna ordre à son secrétariat de faire passer par la chancellerie du Führer une circulaire au terme de laquelle Himmler se voyait conférer le titre de vice-ministre de l'intérieur et de chef de la police secrète, avec droit de participer aux délibérations du cabinet chaque fois que l'ordre du jour aurait trait à des questions de police. Les mots *et à la sécurité du Reich*, par quoi se terminait la phrase, Göring les biffa de sa propre main : c'en était assez comme ça pour Himmler.

À peine Himmler eut-il ce document sous les yeux qu'il convoqua deux de ses collaborateurs spécialisés dans le recueil de matériau compromettant sur les journalistes de presse et leur demanda de commenter sa nomination de manière plus élogieuse que la presse officielle. La grande erreur de Göring fut d'accepter le compromis : il avait oublié que personne n'avait abrogé le titre principal de Himmler, celui de Reichsführer-SS. Le lendemain, une bonne partie de la presse de la capitale, et notamment les journaux à scandale, firent paraître ce commentaire : *Grande victoire de la jurisprudence national-socialiste : le Reichsführer-SS Himmler cumule la direction de la police criminelle et politique, de la Gestapo et de la gendarmerie. C'est un avertissement à tous les ennemis du Reich : la main de fer du national-socialisme menace chaque opposant et chaque adversaire, à l'intérieur comme à l'extérieur.*

Himmler monta à Berlin, où il occupa une luxueuse villa, non loin de celle de Ribbentrop. Et pendant qu'on continuait de fêter la victoire remportée sur les communistes, il entreprit sans plus de délai, avec l'aide de son bras droit Heydrich[1], d'accumuler les dossiers sur ses ennemis, bien sûr, mais aussi et surtout sur ses amis. Celui de son ex-chef Gregor Strasser, Himmler se chargea de le constituer lui-même. Il avait compris qu'il ne pourrait se blanchir intégralement qu'au prix du sang de Strasser, son patron et son premier mentor. Il mit donc un soin spécial à recueillir miette par miette tout ce qui pouvait conduire Strasser au poteau d'exécution.

Le 20 juin 1934, Hitler convoqua Himmler pour s'entretenir avec lui des mesures qu'il envisageait de prendre contre Röhm. Himmler s'y attendait. Il n'était pas dupe : ce qui se préparait n'était qu'un prétexte pour anéantir tous les militants avec qui le Führer avait débuté. Pour ceux-là Hitler était un homme, un compagnon d'armes. Désormais, aux yeux de tous les Allemands, Adolf Hitler devait être un chef et un dieu. Les vétérans du parti devenaient encombrants.

Oui, Himmler était parfaitement lucide en écoutant

1. Reinhard Heydrich (1904-1942), général SS, directeur du RSHA, vice-gouverneur de Bohême-Moravie, assassiné à Prague en mai 1942 par trois résistants tchécoslovaques.

Hitler fulminer à l'adresse du groupe pourtant insignifiant des anciens du parti que la propagande adverse paraissait avoir ébranlé. Hitler ne pouvait dire à personne toute la vérité, pas même à ses amis les plus proches. Ça aussi, Himmler le comprenait. Aussi vint-il au secours du Führer. Un matin, il posa sur sa table une liste noire de quatre mille vétérans du parti, soit pratiquement tous ceux avec qui Hitler avait commencé à bâtir le NSDAP. Il estimait que le Führer n'oublierait pas ce petit service et il avait calculé juste : rien n'est mieux apprécié qu'un coup de main de ce genre lorsqu'il s'agit de justifier un crime.

Mais devinant les desseins du Führer, il ne s'en tint pas là et fit en sorte qu'à l'avenir toutes les actions similaires passent exclusivement par lui.

Ainsi, alors qu'il se rendait à la villa de Göring, il avait imaginé le spectacle à venir : un faux agent en uniforme de la SA de Röhm tirerait sur la voiture décapotable du Führer tandis que lui, Himmler, protégeant le chef de son corps, lancerait, pour la première fois dans le parti :

— *Mon Führer*, je suis si heureux de pouvoir donner mon sang pour vous !

Jusque-là, personne n'avait dit « mon Führer ». Il était l'auteur de cette adresse au « dieu », à « son dieu ».

— À cet instant, Heinrich, vous êtes devenu mon frère de sang, lui avait dit Hitler, et tous ceux qui étaient là purent l'entendre.

Et après qu'il eut magistralement orchestré l'opération contre Röhm – restée dans l'histoire comme « la Nuit des longs couteaux » –, après qu'eurent été fusillés son maître Strasser et les quatre mille anciens du parti dont il avait fourni la liste, les plumitifs de service fabriquèrent en un tour de bras le mythe comme quoi Himmler fut le second du Führer dès la naissance du mouvement !

Simultanément – et tout en multipliant les poignées

de mains fraternelles avec les Göring, les Hess[1] et les Goebbels – Himmler ne cessa pas un instant d'alimenter les dossiers qu'il avait constitués sur chacun de ces « compagnons de combat ».

*

LE 16 FÉVRIER 1945 (03 H 12)

Quand il eut ramené Erwin chez lui, Stierlitz se mit à rouler à petite allure parce que chaque séance de radio avec le Centre le laissait vidé.

La route courait à travers bois. Le vent était tombé. Dans un ciel clair brillaient les étoiles.

« Après tout, Moscou n'a pas tort d'envisager la possibilité de pourparlers, poursuivait-il dans sa tête. Même en l'absence de preuves concrètes, l'hypothèse est fondée puisqu'elle répond à la logique. On sait à Moscou quel rififi règne autour du Führer. Avant, on jouait des coudes pour être plus près de lui. Maintenant, c'est l'inverse. Tous, aussi bien Göring que Bormann et Ribbentrop ont intérêt à conserver le Reich. Obtenir une paix séparée signifie le salut assuré pour chacun d'eux. Chacun pense à soi, l'Allemagne et les Allemands sont le cadet de leurs soucis. Cinquante millions d'Allemands ne pèsent pas lourd. Tant qu'ils auront en main l'armée, la police et les SS, ils peuvent mener le Reich où bon leur semble, pourvu qu'ils soient assurés de l'impunité pour eux-mêmes... »

Brusquement la lumière d'un projecteur l'aveugla.

1. Rudolf Hess (1894-1987), adjoint de Hitler dès les années vingt, chef du parti nazi, participa à la rédaction de *Mein Kampf* et des lois antisémites. Il fut arrêté en 1941 par les Britanniques alors qu'il cherchait à proposer un traité de paix séparé avec le Royaume-Uni avant l'entrée en guerre contre la Russie.

Stierlitz donna un coup de frein brutal : émergeant du sous-bois, deux motocyclistes vinrent se placer en travers de la route. L'un des militaires dirigea le canon de sa mitraillette sur la voiture.

— Vos papiers, ordonna le motard.

Stierlitz s'exécuta et demanda :

— De quoi il s'agit-il ?

L'homme examina les papiers, fit le salut réglementaire et répondit :

— Mission d'urgence. On recherche des agents émetteurs.

— Et alors ? fit Stierlitz en rangeant sa carte dans la poche. Avez-vous trouvé quelque chose ?

— Votre voiture est la première.

— Voulez-vous visiter le coffre ? plaisanta Stierlitz.

Les motocyclistes s'esclaffèrent.

— Prenez garde, Standartenführer, il y a deux cavités de bombe un peu plus loin.

— Merci, je fais toujours très attention.

« Ils ont coïncé Erwin, se dit-il, et ils barrent les routes à l'est et au sud. Naïf quoique juste, en principe, s'ils supposent qu'il s'agit d'un amateur ne connaissant pas l'Allemagne. »

Il contourna les deux entonnoirs, dont le vent lui apporta une odeur de TNT toute fraîche.

« Revenons à nos animaux. Du reste, moins bêtes qu'on le croit à Moscou. La bonne clef ce serait donc l'intérêt personnel qui pousserait Ribbentrop, Göring, Bormann ou le maréchal Kluge[1] à conclure la

1. Hans Günther von Kluge (1882-1944), maréchal de la Wehrmacht, commandant de la 4e armée durant l'invasion de la Pologne en 1939, la bataille de France en 1940 et l'opération Barbarossa (bataille de Moscou en 1941). Commandant suprême sur le front ouest (bataille de Normandie), il se suicida en juillet 1944.

paix. Par conséquent, après avoir inspecté les hautes sphères du Reich, il me faudra observer d'un peu plus près l'amiral Speer, grand maître de l'industrie allemande, excellent ingénieur et politicien non moins avisé, je suppose. Voilà un personnage qui a toutes les raisons de contacter ses homologues du monde des affaires en Occident et dont je ne me suis pas encore occupé. »

*

Stierlitz laissa la voiture près du lac. Dans l'obscurité, il ne le voyait pas mais il savait qu'il était juste derrière les pins. Il aimait à y venir l'été, lorsque l'air chargé de résine était cerné par les troncs jaunes et les rayons du soleil qui perçaient à travers les puissantes branches piquantes. Il pénétrait dans le bosquet, s'allongeait dans l'herbe haute et restait là, immobile, pendant des heures. Il avait d'abord cru que c'étaient le silence et la solitude qui l'attiraient, l'absence de plage bruyante, ces hauts pins bleutés, le sable blanc bordant le lac sombre. Mais il devait par la suite découvrir d'autres coins aussi déserts autour de Berlin, les bois de chênes près de Nauen, les immenses forêts près de Sacksenhausen dont le bleu foncé s'assombrissait encore lors de la fonte des neiges qui découvrait la terre brune. Il comprit plus tard pourquoi il était si attiré par le petit lac : il avait passé jadis un été sur la Volga, près de Gokhorovets, dans la région de Vladimir, où il y avait les mêmes pins bleutés, le même sable blanc et les mêmes petits lacs dans les bosquets verdoyants au milieu de l'été. Cette attirance pour le lac était en quelque sorte involontaire, et il arrivait que Stierlitz s'inquiétât de ce besoin têtu car, avec le temps, il quittait l'endroit affaibli, amorphe, avec une forte envie d'alcool. Lorsqu'en 1922, Dzerjinski l'avait envoyé au Japon, en Mandchourie et en Chine sur les talons de l'Armée blanche en déroute et qu'il avait commencé à travailler au sein d'une émigration en état de décomposition, les choses étaient plus faciles car, en Asie, rien ne lui rappelait le pays : la nature y est raffinée, miniaturisée, soignée et belle à l'excès. Quand le Centre lui affecta la mission de combattre les nazis et qu'il lui fallut aller en Australie pour se présenter au consulat d'Allemagne avec l'identité de von Stierlitz, soit disant détroussé à Shangaï, il avait eu un premier accès de nostalgie lors du trajet entre Sydney et Canberra. La voiture traversait d'immenses forêts et il crut se retrouver dans la région de Tambov. Ce n'est que lorsque la voiture s'arrêta devant un bar, après un trajet de soixante-dix-huit miles, et qu'il alla faire quelques pas, pendant que ses compagnons de voyage commandaient des sandwiches et des cafés, qu'il comprit que les arbres n'étaient pas du tout ceux de Russie : leurs eucalyptus au bon parfum épicé sentaient tout autrement. Muni du nouveau passeport, après avoir passé un an à Sydney au service d'un propriétaire d'hôtel allemand qui finançait les nazis, Stierlitz demanda à être envoyé à New York où il se fit embaucher au consulat d'Allemagne, devint membre du NSDAP et remplit ses premières missions dans les services secrets du Reich. Il fut ensuite envoyé au Portugal, cette fois officiellement, comme officier SD. Il y travailla à la mission commerciale jusqu'à ce qu'éclate le putsch franquiste en Espagne. Il arriva alors à Burgos en uniforme SD pour la première fois. Depuis, il avait passé la majeure partie de son temps à Berlin, s'absentant pour de courtes missions, à Zagreb, à Tokyo (où il avait vu Sorge[1] pour la dernière fois avant la guerre), ou encore à Berne. Or l'unique endroit qui l'attirait était le petit lac dans la forêt de pins. Ce coin d'Allemagne était sa Russie, il s'y sentait chez lui, il pouvait y rester couché dans l'herbe pendant des heures à regarder passer les nuages. Habitué qu'il était à disséquer les événements, les gens et les moindres changements d'état d'âme le concernant, il en déduisit que cette attirance était tout à fait logique et qu'elle ne recélait rien de mystique ou d'incompréhensible. Il le comprit le jour où il était venu y passer la journée, emportant le déjeuner préparé par la cuisinière : quelques sandwiches au saucisson et au fromage, une petite bouteille de lait et un thermos de café. Il avait pris une canne à pêche spinning car c'était la saison des brochets voraces, et deux hameçons. Il avait acheté du pain noir pour nourrir les carpes, nombreuses dans les petits lacs. Il en émietta un peu dans les roseaux, fit demi-tour dans la forêt, disposa sur une couverture son déjeuner soigneusement enveloppé dans de petits sacs de cellophane dignes d'être exposés dans la vitrine d'un boulanger. Et soudain, comme il se versait du lait dans le gobelet bleu, ces sandwiches de vitrine lui semblèrent ennuyeux et il prit un morceau de pain noir qu'il mangea par grosses bouchées tout en sirotant son lait. Il eut une sensation douce-amère, entre gaieté et inquiétude. Il lui revint cette même herbe, cette forêt sombre, les mains de sa nounou dont il ne se souvenait que des longs doigts tendres, le pain noir et le lait dans

1. Richard Sorge (1895-1944), surnommé « l'espion du siècle », communiste allemand devenu chef du bureau d'information allemand à Tokyo. En 1941, il prévint les Soviétiques de l'imminente attaque nazie sur Moscou, et fut pendu en 1944 par les Japonais.

une cruche en terre, la guêpe qui l'avait piqué au cou, l'eau dans laquelle il avait plongé en hurlant, le rire de sa nounou, le faible bourdonnement des insectes et le ciel blanc du couchant.

« Pourquoi me suis-je arrêté ? songea Stierlitz en ralentissant sur la route sombre. J'ai voulu me reposer… Je l'ai fait. Demain, ne pas oublier de prendre du lait en boîte, lorsque j'irai voir Erwin pour prendre la réponse d'Alex. Je vais sûrement l'oublier. Je dois mettre les boîtes dans la voiture dès aujourd'hui, et sur le siège avant. »

*

Information à méditer (Himmler)

Himmler alla se placer devant la fenêtre. Le spectacle de la forêt enneigée, des arbres nimbés de lune, le silence ouaté de ce monde nocturne sur lequel régnait un ciel violet essaimé d'étoiles toutes proches, était d'une beauté saisissante. Sans trop savoir pourquoi, il pensa à son opération – menée tambour battant – contre l'homme le plus proche du Führer : Rudolf Hess. Il est vrai qu'il s'en était fallu d'un cheveu que lui-même ne trébuchât : Hitler était l'homme des décisions les plus paradoxales. Himmler avait réussi à faire prendre par ses hommes un film montrant Hess en train de se livrer à des pratiques « très spéciales » dans les toilettes. Sitôt qu'il fut en possession du document, il courut chez Hitler pour le lui projeter.

Le Führer entra dans une rage folle. Bien que la nuit fût déjà avancée, il convoqua Göring et Goebbels, tandis que Hess était invité à se présenter dans le hall et à attendre. Göring arriva le premier, le visage défait. Himmler savait les raisons de sa frayeur : le maréchal du Reich entretenait une liaison très mouvementée avec une ballerine viennoise. Hitler pria ses amis de regarder « cette saleté » de Hess. Göring fut pris d'un fou rire. Mais Hitler le rabroua.

— Ne soyez pas si cruel !

Il fit introduire Hess et se mit à hurler :

— Vous n'êtes qu'une créature immonde et répugnante ! Vous vous adonnez au vice d'Onan !

Sur le coup, Himmler, Göring et Goebbels crurent assister à la chute d'une idole : Hess était le deuxième personnage du parti.

— Oui, mon Führer, et je ne le nie pas, répondit-il d'une voix parfaitement sereine. Pourquoi je préfère ça aux petites actrices ?

Il ne regarda pas Goebbels, mais celui-ci se ratatina dans son fauteuil (le scandale de sa maîtresse, l'actrice tchèque Baarová avait éclaté).

— Pourquoi je ne vais pas passer mes nuits à Vienne, dans le lit des ballerines ? Parce que je n'ai qu'une chose dans la vie, et cette chose c'est le parti ! Oui, le parti et vous, mon Führer, ne font qu'un pour moi ! Il ne me reste plus de temps pour avoir une vie personnelle, je vis donc seul !

Hitler parut ému. Il s'approcha de Hess, lui donna l'accolade avec une mine gênée, tapota son épaule.

Rudolf Hess avait gagné le premier round. Himmler n'avait qu'à bien se tenir : l'homme avait la vindicte tenace. Mais lorsque ce dernier fut sorti, Hitler déclara :

— Himmler, trouvez-lui donc une femme. Je comprends très bien cet homme merveilleux, dont la fidélité au mouvement est admirable. Vous me montrerez les photos de quelques candidates et je la choisirai personnellement ; je suis sûr qu'il acceptera mon parrainage.

Himmler sut que son sort était suspendu à un fil.

Il attendit que Göring et Goebbels fussent partis pour déclarer :

— Mon Führer, vous venez de sauver pour le national-socialisme l'un de ses plus fidèles combattants. Nous mesurons tous le sacrifice de Hess. Personne n'aurait su trancher son destin avec autant de sagesse. Aussi permettez-moi de vous apporter sans plus attendre un certain nombre de documents complémentaires. Quelques autres de vos soldats ont besoin d'une aide identique à celle que vous venez d'accorder si généreusement à Hess.

Vingt minutes plus tard, il remettait à Hitler le dossier de Robert Ley, le chef du Front du travail. Celui-ci était un ivrogne dont les esclandres n'étaient un secret que pour le Führer. Il apporta aussi le dossier du « taurillon de Babelsberg », le ministre du Reich, Goebbels, dont les liaisons scandaleuses avec des femmes qui n'étaient pas toujours de pures Aryennes choquaient les vrais nationaux-socialistes. Les rejoignit cette nuit-là sur le bureau de Hitler un rapport compromettant sur Bormann : suspicion d'homosexualité.

— Non, non, se récria Hitler, il a neuf enfants ! Les homosexuels sont incapables de procréer. C'est un ragot !

Himmler ne chercha pas à le convaincre mais il nota que le Führer feuilletait avec la plus vive curiosité ces documents un peu particuliers et qu'il relut même certains des rapports dressés par ses agents. Cette fois, il avait eu gain de cause, et définitivement.

*

Quelque temps après, le Führer donna l'ordre de célébrer dans toute l'Allemagne les dix années de présence de Himmler au poste de chef des SS. À partir de ce jour, tous les responsables provinciaux du NSDAP (les gauleiters) surent qui était l'unique personnage après Hitler disposant de la totalité du pouvoir. Aussitôt toute la province, toutes les organisations locales du parti entreprirent de diriger le gros de leur information vers sa chancellerie. Les documents les plus importants, ceux qui provenaient d'un groupe d'agents triés sur le volet, étaient directement acheminés vers ses archives blindées personnelles, sans passer par les départements ; dans la plupart des cas, il s'agissait de matériaux particulièrement compromettants pour les grands bonzes du parti. Et en 1942, Himmler ouvrit un dossier au nom du Führer.

En 1943, après Stalingrad, il décida de montrer ces documents à l'un de ses plus proches amis, le docteur Kersten, meilleur médecin et meilleur kiné du Reich. Il avait pris soin de fermer la porte avant de sortir du coffre-fort une copie du dossier médical du Führer. Stupéfait, Kersten se laissa choir sur le divan : les données médicales témoignaient à l'évidence que le Führer était atteint d'une forme aiguë de syphilis.

Après avoir lu les soixante-dix pages du document, il dit à voix basse :

— Paralysie évolutive au premier stade… Psychiquement, il n'est déjà plus normal…

— Peut-être accepterez-vous de le soigner ? demanda Himmler.

— Non, le Führer est trop malade pour changer de médecins. Il faut vouloir sa mort pour lui en donner d'autres…

C'est alors seulement que Himmler donna un accord muet à son adjoint à la Sécurité politique, le SS-Brigadenführer Walter Schellenberg, afin que celui-ci tente de savoir dans quelle mesure les Alliés occidentaux étaient prêts à conclure une paix honorable avec l'Allemagne. Il suivait de près la manière dont les généraux conspirateurs issus de la Wehrmacht menaient leur jeu avec Allen Dulles, le représentant du contre-espionnage américain à Berne. Il s'était particulièrement intéressé au billet d'un des conspirateurs disant que « les représentants occidentaux seraient volontiers disposés à entreprendre des pourparlers et à conclure la paix avec le Reich par peur du bolchevisme, mais qu'ils craignaient le génie instable du Führer qui ne faisait pas de lui un partenaire fiable pour négocier. Ils recherchent un petit groupe de personnes lucides, éduquées et dignes de confiance, tel le Reichsführer-SS… »

« J'ai été un minable trouillard, se disait Himmler tout en continuant à tendre l'oreille au murmure de la forêt de pins. Le 20 juillet 1944, cinq heures après l'attentat contre Hitler, j'aurais pu devenir le Führer de l'Allemagne. J'avais la possibilité de m'emparer de tout à Berlin pendant qu'y régnaient la panique et le chaos. Au lieu de jeter Gerdler en prison, j'aurais pu l'envoyer chez Dulles à Berne avec une proposition de paix. Fusiller Hitler, Goebbels et Bormann, comme le fut Strasser en 1934. Ils auraient pu comme lui se débattre, se jeter à genoux, implorer la grâce… Enfin non… Hitler n'aurait jamais imploré. Et Goebbels non plus. Seul Bormann l'aurait fait. Il aime trop la vie et porte un regard d'une extrême lucidité sur le monde… Mais moi j'ai été une poule mouillée, je repensais au bon temps passé auprès du Führer, j'ai cédé aux sentiments… »

Himmler s'était alors efforcé d'obtenir un maximum de bénéfice de l'échec de juillet. Goebbels avait écrasé le putsch de Berlin, mais Himmler lui vola la victoire. Il connaissait son point faible. Le fanatique Goebbels ne pouvait céder la victoire qu'à condition d'être anesthésié par la phraséologie du parti devenue une seconde nature et qu'il acceptait avec une sentimentalité enflammée.

Himmler lui expliqua donc la nécessité de mettre en avant le rôle des SS et de la Gestapo dans l'écrasement du putsch.

— Nous devons expliquer au peuple, avait-il dit à Goebbels, qu'aucun autre État n'aurait été capable de neutraliser aussi efficacement une bande de tueurs à gages grâce à nos héros SS.

La radio et la presse lancèrent une campagne célébrant « l'exploit des SS ». Le Führer montra alors une bienveillance particulière à l'égard de Himmler. Au point que ce dernier crut un moment que l'échec total s'était transformé en victoire : en particulier le 9 novembre, lorsque pour la première fois dans l'histoire du Reich, le Führer lui confia le soin, à lui, le Reichsführer-SS, de prononcer à sa place à Munich le discours de commémoration de la Nuit de cristal.

Il se remémorait avec un pincement au cœur la sensation exquise qu'il avait éprouvée en montant sur le podium du Führer, avec Goebbels, Göring, Ribbentrop et Ley à ses côtés, mais une marche au-dessous, se tenant à la place qui lui était d'ordinaire assignée. Ils l'avaient applaudi et, sur son ordre, avaient fait le salut nazi. Au rythme des pauses, ils avaient aussitôt donné le signal des ovations. Reprises immédiatement par la salle. Ils pouvaient le haïr, le trouver indigne du rôle éminent qu'il jouait, peu importait, l'éthique nationale-socialiste les obligeait à lui rendre, à lui Himmler, tous les honneurs devant l'assemblée des deux mille gauleiters.

Bormann… Ah, comme Himmler le haïssait… C'est Bormann, inquiet de l'ascension fulgurante de Himmler, qui avait réussi à convaincre le Führer. Il le connaissait mieux que quiconque et savait que lorsque celui-ci aimait quelqu'un et lui faisait confiance, il ne fallait pas le critiquer.

Il avait dit au Führer :

— Nous avons pu nous convaincre définitivement que les espoirs placés dans l'armée sont plus que douteux. C'est une grande chance pour la nation que nous disposions des divisions SS, l'espoir du parti et du national-socialisme. Seul le chef des SS, mon ami Himmler, peut assumer le commandement du front oriental, du groupe d'armées Vistule. Sous sa direction, et sous sa direction seulement, les Waffen-SS et la Wehrmacht repousseront les Russes et les écraseront.

Himmler se présenta le lendemain matin au Q.G. du Führer sans rien soupçonner de sa « promotion ». C'est d'une main légère que Hitler parapha la circulaire qu'il lui soumit, aux termes de laquelle tous les gauleiters d'Allemagne, qui obéissaient jusque-là à Bormann, passaient sous sa sujétion parallèle. Himmler avait cru préparer là un coup mortel contre Bormann. Il fut même étonné de la facilité avec laquelle le Führer approuva son texte. Mais l'explication lui fut fournie quelques secondes plus tard.

— Je vous félicite, Himmler, lui dit le Führer. Vous êtes promu commandant en chef du groupe d'armées Vistule. Vous seul saurez démolir les hordes bolcheviques. Vous seul pouvez briser Staline et lui dicter mes conditions de paix !

Himmler ne fut pas long à réaliser : l'édifice qu'il avait patiemment assemblé s'écroulait d'un seul coup. Il perdait tout ce qu'il avait à perdre. On était en janvier 1945, et il ne subsistait plus le moindre espoir de victoire. Au diable les illusions romantiques ! Il n'y avait qu'une solution : traiter immédiatement avec l'Ouest et lutter ensemble contre les bolcheviks.

Himmler remercia donc le Führer pour une promotion aussi flatteuse et s'en fut trouver Göring. La conversation ne donna rien.

*

Il était là, dans le petit matin, incapable de se rendormir, écoutant le silence des sapins, craignant d'appeler sa fille parce que Bormann pouvait en avoir connaissance, craignant d'appeler ses fils et leur mère, qu'il aimait, parce que c'était un sujet de scandale. « Le Führer ne souffre pas la "corruption morale", comme il se plaît à dire. Cochon de vérolé… Pureté morale ! » Himmler jeta un regard haineux sur le téléphone : oui, le mécanisme qu'il avait minutieusement mis en place pendant dix-huit ans venait de se retourner contre lui.

« Cette fois, se dit-il, c'est bien fini. Si je ne commence pas à jouer des coudes pour mon propre compte tout de suite, immédiatement, je suis perdu. »

Au vu des renseignements dont il disposait, Himmler était en droit de supposer que le commandant en chef du groupe d'armées d'Italie, le maréchal Kesselring, n'aurait pas d'objection majeure contre les pourparlers. Cela, il n'y avait que Schellenberg et Himmler à le savoir. Les deux agents qui avaient acheminé l'information n'existaient plus ; on leur avait arrangé un petit accident d'avion sur le chemin du retour vers Kesselring. D'Italie la route menait tout droit en Suisse. En Suisse, il y avait le chef des services de renseignement américains en Europe, Allen Dulles. Ça, c'était plus sérieux. Un contact direct entre gens compétents, d'autant plus que l'ami de Kesselring, le chef des SS en Italie, le général Karl Wolff[1], était aussi l'homme de Himmler.

Himmler prit l'appareil.

1. Karl Wolff (1900-1984), général de la Luftwaffe et des Waffen-SS, chef d'état-major de Himmler, chef de liaison de la SS auprès de Hitler.

— Convoquez d'urgence l'Obergruppenführer Wolff, je vous prie.

Il avait confiance en ce vétéran des SS. Wolff entamerait des négociations en bonne et dûe forme avec l'Ouest et il le ferait en son nom.

*

Équilibre des pouvoirs

Quand le pasteur Schlag lui fut amené pour un premier interrogatoire, Stierlitz était loin d'envisager une opération quelconque pour son propre compte : il ne faisait qu'exécuter les ordres de Schellenberg. Mais trois jours de conversation lui firent concevoir le plus vif intérêt pour cet ecclésiastique déjà âgé, dont le comportement était un mélange de dignité surprenante et de naïveté tout enfantine.

Pendant, donc, qu'il conversait avec le pasteur, pendant qu'il consultait son dossier, il se surprenait à penser à ce qu'il pourrait en tirer d'utile pour sa cause.

Maintenant qu'il s'était persuadé que l'homme avait non seulement le nazisme en horreur, mais qu'il était prêt à aider la résistance clandestine – l'enregistrement de son entretien avec Klaus, l'agent provocateur, ne laissait aucun doute là-dessus –, Stierlitz entrevoyait un rôle possible pour Schlag, bien que ses contours exacts ne lui fussent pas encore clairs.

Stierlitz n'avait pas l'habitude d'échafauder des hypothèses pour les temps à venir ; en revanche, il avait toujours une vision précise du topo général de l'opération en préparation. Ces romans policiers où le détective ultra-lucide a prévu dès le début la marche de son enquête, du commencement à la fin, le faisaient sourire. Un épisode tiré d'une lecture faite dans le train, alors qu'il traversait l'Europe pour se rendre à Ankara, lui revenait souvent à l'esprit. L'article portait sur *Eugène Onéguine.* Un jour quelqu'un demanda à Pouchkine ce qu'il adviendrait de la charmante Tatiana. « Adressez-vous à elle, moi je n'en sais rien », avait répondu le poète, agacé. Nous ne pouvons en effet que donner la direction générale des recherches, le reste vient en chemin.

Cela vaut aussi pour le renseignement. Quand une opération est préparée dans un cadre trop précis, il y a de fortes chances qu'elle échoue car le moindre accroc à l'un des rouages si soigneusement mis en place suffit à gripper l'ensemble. Au contraire, si l'on se concentre sur l'objectif principal tout en prévoyant des solutions de rechange, les chances de succès se multiplient, surtout quand on travaille en solitaire.

« Le pasteur, se reprit-il. Revenons au pasteur. J'ai donc dit à Schellenberg qu'aucune liaison entre le vieux et l'exchancelier Brüning n'a pu être établie, et tout semble indiquer qu'il a cessé de s'intéresser à lui. En revanche, depuis les nouveaux ordres du Centre, mon intérêt à moi augmente singulièrement. »

*

LE 16 FÉVRIER 1945 (04 H 45)

Fiche du SS-Obersturmbannführer[1] *Kurt Eismann*[2] *(IVe section du RSHA), membre du NSDAP depuis*

1. Grade correspondant à celui de lieutenant-colonel dans l'armée française.
2. Adjoint de Müller. Personnage en partie fictionnel.

1939 : « Véritable Aryen. Caractère proche du nordique, ferme. Bonnes relations avec ses camarades de travail. Irréprochable dans l'exécution de ses fonctions. Implacable avec les ennemis du Reich. Sportif, lauréat de compétions de tir à l'arc. Excellent père de famille. N'a jamais eu de relation honteuse. Plusieurs décorations du Reichsführer-SS. »

Tard dans la nuit, Müller convoqua l'Obersturmbannführer Eismann. Après le cognac de Kaltenbrunner il avait fait un petit somme et se sentait dispos.

« C'est vrai que son breuvage n'est pas mal, constata-t-il en se frottant la nuque de la main droite. Après le nôtre, on a la gueule de bois. »

Eismann posa sur Müller des yeux rougis par le manque de sommeil ; comme d'habitude, un sourire puéril et désarmant illumina son visage.

— J'ai moi aussi le crâne qui se fend en mille morceaux, annonça-t-il. Je rêve de sept bonnes heures de sommeil comme un cadeau du ciel. Jamais je n'aurais cru que l'insomnie pouvait vous torturer à ce point !

— L'un de nos agents russes, un ex-truand féroce, m'a raconté que dans les camps, ils se faisaient une décoction spéciale de thé « tchifir » qui enivre et réveille tout à la fois. On devrait essayer, non ? (Müller éclata soudain de rire.) Comme de toute façon il nous faudra goûter au breuvage dans leurs camps, autant essayer avant, non ?

Müller faisait confiance à Eismann parce qu'ensemble ils s'envoyaient des vannes carabinées et se parlaient sans détour.

— Écoutez-moi bien, rattaqua Müller. Il s'agit d'une histoire assez nébuleuse. Le chef me convoque aujourd'hui. Ce sont tous des imaginatifs, nos boss…

Ils peuvent se le permettre, eux qui n'ont rien à faire de concret. Donner des ordres, c'est pas sorcier… Bref, le voilà pris de doutes au sujet de Stierlitz…

— De qui ?!

— Oui, oui, de Stierlitz. L'unique type des services de Schellenberg dont la tête me revienne. Pas lèche-botte pour deux sous, équilibré, pas de zèle intempestif. Vous savez, je n'aime pas beaucoup ceux qui rôdent autour des supérieurs et font des discours, sans qu'on le leur demande, d'ailleurs… Des nullités, des fainéants, des bavards… Stierlitz sait se taire. J'aime les taciturnes… Si mon copain ne dit rien, c'est un copain. Certes, si c'est un ennemi, c'est un ennemi ! Mais c'est le genre que je respecte.

— Il y a huit ans que je connais Stierlitz, dit Eismann. J'étais avec lui à Smolensk, je l'ai vu sous les bombes : ce garçon est taillé dans le roc.

Müller fit la grimace.

— Voilà que vous aussi vous vous adonnez aux métaphores, Eismann. La fatigue ? Laissez donc ça aux bonzes du parti. Nous autres, policiers, nous devons raisonner précis, verbe et complément : « vu un tel », « fait ceci », « dit cela »… Donc vous n'admettez pas l'idée…

— Non, répondit Eismann. Je ne puis croire que Stierlitz soit un faux jeton.

— Moi non plus.

— Sans doute va-t-il falloir tâcher d'en convaincre Kaltenbrunner ?

— Est-ce bien nécessaire ? fit Müller après une pause. Si cela lui plaît de soupçonner Stierlitz, pourquoi l'en dissuader ? Après tout, l'homme n'est pas des nôtres. C'est la sixième Direction, Schellenberg n'a qu'à se dépatouiller tout seul…

— Schellenberg va exiger des preuves, et vous savez qu'il aura le soutien du Reichsführer.

— À propos, pourquoi n'êtes-vous pas allé avec lui à Cracovie, l'automne dernier ?

— Je ne prends pas l'avion, Gruppenführer. J'ai peur… C'est mon point faible, pardon… Il serait malhonnête de le cacher.

— Moi je ne sais pas nager, j'ai peur de l'eau, ricana Müller en recommençant à se masser la nuque entre l'index et le pouce de la main droite. Qu'allons-nous faire, dans le cas de Stierlitz ? demanda-t-il pensivement.

Eismann haussa les épaules.

— Personnellement, je pense qu'il faut d'abord être honnête avec soi-même, et jusqu'au bout. Cela décidera de toutes les actions et décisions à venir.

— Actions et décisions, c'est la même chose, releva Müller. Ah ! comme j'envie ceux qui se bornent à exécuter les ordres ! Comme je voudrais être à leur place. « Être honnête » ! On pourrait croire que je n'ai que ça en tête : être malhonnête… À votre aise, Eismann. Je vous laisse toute latitude pour être honnête : prenez ces documents.

Et Müller jeta sous le nez de son auxiliaire plusieurs classeurs.

— Prenez et tirez-en votre conclusion. Honnête jusqu'au bout. Je m'y référerai pour présenter au chef les résultats de mon enquête.

— Pourquoi est-ce moi qui dois le faire, Gruppenführer ?

Müller éclata de rire.

— La voilà donc votre honnêteté, mon ami ! Fichtre, c'est facile de conseiller aux autres d'être honnête. Mais dans son for intérieur, chacun se préoccupe surtout de faire honnêteté de sa malhonnêteté… Se justifier soi-même et justifier ses agissements. Non ?

— Je suis prêt à faire mon rapport.

— Ce sera quoi ?

— Je vais écrire que je connais Stierlitz depuis des années et que je me porte garant de sa personne, intégralement et sans restriction.

Müller resta quelques instants rêveur ; il s'agita ensuite sur son siège, prit une feuille blanche et la plaça devant Eismann.

— Écrivez, dit-il. Allez-y.

Eismann sortit son stylo, soupesa longuement sa première phrase et calligraphia d'un seul jet :

Au chef du Quatrième bureau, le SS-Gruppenführer Müller. Étant convaincu que le SS-Standartenführer von Stierlitz est un pur Aryen totalement dévoué aux idéaux du Führer et du NSDAP, je demande l'autorisation de ne pas avoir à enquêter sur ses activités. Signé : SS-Obersturmbannführer Eismann.

Müller prit la feuille, passa un coup de tampon buvard, lut le texte puis le relut. Il murmura :

— Eh bien, c'est parfait… Je vous ai toujours témoigné ma considération et ma confiance. J'ai pu à l'instant me convaincre une fois de plus de votre haute probité, Eismann.

— Je vous remercie, Gruppenführer.

— Inutile, c'est moi qui vous dis merci. Oui, parfait, répéta-t-il. Maintenant, prenez ces trois classeurs et pondez-moi un avis favorable sur Stierlitz. Je n'ai pas à vous dicter : agent de premier ordre, fin limier, courageux national-socialiste. Combien cela vous prendra-t-il ?

Avant de répondre, Eismann feuilleta rapidement le matériel.

— Pour que ça ait de la gueule et soit assorti de preuves, je vous demanderai une semaine, dit-il enfin. Cinq jours maximum.

— Bien. Et tâchez de le montrer à son avantage dans l'histoire du pasteur, fit Müller en plantant l'index dans l'un des classeurs. Kaltenbrunner est persuadé qu'il y a quelqu'un qui essaie de contacter l'Ouest par le truchement des curés : le Vatican et ainsi de suite…

— Ce sera fait.

— Alors bonne chance et rentrez donc chez vous. Bonne nuit !

Resté seul, Müller rangea le billet dans un autre classeur et se plongea dans une longue méditation. Au bout d'un moment, il appela un autre de ses proches collaborateurs, l'Obersturmbannführer Holtoff.

— Dites, mon ami, commença-t-il sans même lui proposer de s'asseoir – Holtoff était un jeune –, je désire vous confier une mission d'une importance et d'un caractère confidentiel tout particuliers…

— À vos ordres, mon Gruppenführer.

« Celui-là va se mettre en quatre, pensa Müller. Regardez-moi ce poulain rétif ! Nos petits jeux ne l'ont pas encore dégoûté… Capable de renverser des montagnes… Bon, bon, j'aurai de quoi tenir la dragée haute à Schellenberg. »

Et tout haut :

— Voilà de quoi il est question. Vous aurez à étudier quelques dossiers : le travail accompli en un an par le Standartenführer von Stierlitz. L'opération concerne l'arme totale… La bombe atomique, quoi… Le physicien Runge… Bref, une affaire fumeuse, mais je vous prierai de la fouiller un peu… Vous pouvez venir me consulter aussi souvent qu'il le faudra.

Quand Holtoff, assez déçu mais s'efforçant de cacher ses sentiments, passait déjà la porte du bureau du chef de la Gestapo, Müller ajouta :

— Voyez aussi quelques-unes de ses opérations antérieures, au front. Il s'agit de vérifier si les chemins de Stierlitz et d'Eismann se croisent quelque part.

*

Information à méditer (Dulles)

La Gestapo, l'Abwehr et la police de Vichy savaient qu'au cours de l'été 1942 un mystérieux Américain devait traverser la France. Les services du contre-espionnage français, la Gestapo et le département de l'amiral Canaris furent lancés sur la piste.

Des inspecteurs en civil surveillèrent les gares et les aéroports, posant un regard inquisiteur sur toute personne ressemblant de près ou de loin à un Américain.

Ils firent chou blanc. L'homme possédait l'art de se fondre discrètement dans les restaurants, de changer de train dans des gares anonymes. Intelligent, lucide et brave, il sut déjouer la surveillance de la meute lancée à ses trousses et, de façon quasi miraculeuse, finit par toucher, à la fin de l'automne 1942, au bout de son voyage : la Suisse neutre.

C'était un de ces Américains de haute taille dont les yeux – cachés en l'occurrence derrière les verres scintillants du pince-nez – braquent sur le monde un regard condescendant, bon et sévère à la fois. Son éternelle pipe anglaise entre les dents, il préférait généralement garder le silence et sourire. C'était d'ailleurs ce qui faisait son charme : une certaine façon d'écouter, attentive et bienveillante, de jeter de temps à autre une plaisanterie gaillarde et, aussi, de reconnaître ses erreurs, sans ambages et sur-le-champ, avec une totale impartialité.

Sans doute les services de Himmler, de Canaris et de Pétain auraient-ils redoublé de vigilance, dans cette France dont la précaire « souveraineté » venait d'être définitivement mise à mal avec l'entrée de l'armée allemande en zone libre, s'ils en avaient su l'identité exacte : Allen Dulles, de la direction des Services stratégiques américains, envoyé à Berne par le général Donovan[1].

En Suisse, on ne tarda pas à parler de l'arrivée du représentant personnel du président Roosevelt.

Dulles publia aussitôt un démenti, ambigu et mystérieux. Cette double publicité – bruits incontrôlés et démenti brumeux – n'était pas sans utilité, pensa-t-il, et il ne se trompa pas. Dès son apparition à Berne ce fut une véritable ruée de personnages hétéroclites, venant de tous les horizons : banquiers, vedettes du sport, diplomates, philologues, princes du sang, acteurs de cinéma, c'est-à-dire cette faune assez trouble dans laquelle tous les services de renseignement du monde puisent leurs agents les plus sérieux.

Avant d'ouvrir les bureaux des Services stratégiques en Suisse, il éplucha soigneusement les documents rassemblés par ses collaborateurs.

— Le carton bleu, lui expliqua l'agent du FBR chargé de vérifier et de centraliser tous les dossiers sur les collaborateurs, contient tous ceux qui ont des parents

1. Général Joseph Donovan, vétéran de la Première Guerre mondiale, ami personnel du président Roosevelt, créateur en 1942 de l'Office of Strategic Services, ancêtre de la CIA.

ou des amis proches dans les pays de l'Axe et les pays neutres. Celui-ci, ceux qui sont nés en Allemagne et en Europe, ainsi que ceux nés de parents allemands. Ici, les noms des personnes avec qui vos collaborateurs ont correspondu… Et là…

Perplexe, Dulles l'interrompit.

— Qu'est-ce que cela a à voir avec notre travail ?

— Pardon…

— Ce n'est pas ce qui m'intéresse : je veux savoir si quelqu'un parmi mes collaborateurs est adhérent de l'Institut germano-américain, membre du Parti communiste, homosexuel ou lesbienne… Quelle est sa famille ? Son mariage est-il solide ? A-t-il une épouse hystérique qui le pousserait à l'alcoolisme et à envoyer au diable son foyer ? Quant aux cousins en Allemagne ou en Italie, j'ai moi-même un lointain parent qui s'est installé en Allemagne au siècle dernier.

Malheureusement, le *Who's who* se montrait peu loquace sur son passé ; or celui-ci méritait que les services de contre-espionnage allemand l'eussent étudié beaucoup plus tôt… Ce ne fut pas le cas.

Le jour où l'officine de Himmler réussit à placer dans la villa de Dulles son agent (une cuisinière aussi dévouée que charmante, qui cumulait ses talents de cordon bleu avec un emploi au Sixième bureau de la sécurité du Reich), Schellenberg, Himmler, puis Müller de la Gestapo et enfin Kaltenbrunner apprirent une foule de petits renseignements, à première vue anodins, mais qui finirent par donner un portrait assez instructif de l'homme.

La « cuisinière » annonçait par exemple que le livre de chevet – et probablement la lecture favorite – d'Allen Dulles était le *Ping-fa* (*L'Art de la guerre*) de Sun Tzu.

L'ouvrage exposait la théorie de l'espionnage tel qu'on le concevait en Chine en l'an 400 avant J.-C.

Dulles semblait revenir avec une insistance particulière sur la partie du *Ping-fa* où l'auteur analysait les qualités requises pour le renseignement. Sun Tzu définissait cinq catégories d'espions : les « aborigènes », les agents de l'intérieur, les agents doubles, les agents « irrécupérables » et les agents « vivants ».

Les deux premiers types (Dulles l'avait consigné sur des feuilles d'agenda dont la photocopie tomba aux mains de Schellenberg) correspondaient à ce qu'on appelle aujourd'hui les « pénétrants », c'est-à-dire les agents installés dans la place.

L'agent double était un espion démasqué, qui, dûment récupéré, était renvoyé à l'expéditeur en qualité de serviteur de son nouveau maître.

Dulles souligna d'un trait rouge le terme d'« agent irrécupérable » ; selon toute vraisemblance, ce raffinement chinois lui plaisait. Pour Sun Tzu, les agents irrécupérables étaient ceux qui communiquent à l'adversaire des informations réputées fausses. Il les dénommait ainsi parce qu'une fois découverte, la supercherie leur valait d'être passés par les armes.

Les agents « vivants » (selon l'expression de Sun Tzu, précisait Dulles) sont appelés de nos jours agents opérationnels. Ceux-là pénétraient sur le territoire ennemi, y accomplissaient leur mission et rentrent sains et saufs au bercail.

Sun Tzu écrivait que le véritable directeur du renseignement devait pouvoir disposer simultanément des cinq types d'espions. Dans ce cas, il était en possession de ce qu'il appelait « le réseau divin », une espèce de filet de pêche noué en un fil très fin et invisible, mais d'une solidité à toute épreuve et retenu par une corde maîtresse.

La pensée de Sun Tzu était intéressante et Dulles notait sur des feuilles volantes beaucoup de citations concernant le contre-espionnage, la désinformation, la guerre psychologique et les stratégies de protection des agents.

L'espionnage chez Sun Tzu défiait celui de la Grèce et de la Rome antiques où l'on s'en remettait aux signes fournis par les dieux et les esprits. En matière d'espionnage, on ne pouvait se fier qu'à l'homme, ami et ennemi.

*

L'agent de la Gestapo avait réussi à photographier une Bible dont les marges avaient été abondamment annotées par l'espion américain. Le passage où Josué envoie deux de ses hommes à Jéricho pour ce que nous appelons aujourd'hui une mission de reconnaissance, portait les marques d'une attention spéciale. Ainsi que Dulles s'en confia à des amis, c'était là selon lui le premier exemple consigné dans les textes historiques de ce que les professionnels de l'espionnage moderne dénomment la quête de renseignements auprès de l'habitant. En bref, les deux espions furent recueillis sous le toit de la prostituée Rahab, qui les aida à fuir une fois leur mission accomplie ; elle et sa famille durent à ce petit service d'avoir la vie sauve le jour où les Hébreux, foulant les ruines fumantes des murailles de Jéricho miraculeusement renversées, mirent la ville à feu et à sang. De cette époque, notait Dulles, date la coutume de récompenser ceux qui apportent leur concours aux services de renseignement.

Au nombre des livres favoris d'Allen Dulles, rapportait la cuisinière, figurait aussi le *Robinson Crusoé* de Daniel Defoe ; de même l'Américain semblait-il relire assidûment *Moll Flanders* et le *Journal de l'année de la peste*. Or on sait que parallèlement à ses activités d'écrivain, Daniel Defoe fut l'organisateur d'un remarquable réseau d'espionnage, ce que le monde n'apprit que bien des années après sa mort. De toute évidence, Dulles espérait découvrir dans les pages de ces livres quelque indice trahissant la main de celui qui fut le premier chef des services de renseignement de la couronne britannique. Il semble bien qu'il en eût été pour ses frais.

Allen Dulles, poursuivait l'agent de Schellenberg, consacrait encore son temps de loisir à l'étude de la théorie et de la pratique des principales organisations d'espionnage du XIXe siècle européen. Bien d'autres informations de ce genre s'accumulèrent dans les archives blindées des services de Himmler. Néanmoins, jamais les dirigeants du troisième Reich ne purent reconstituer une biographie complète et exacte de celui qui est resté l'un des plus habiles agents secrets du milieu de notre siècle.

Au départ, sa carrière s'annonçait assez quelconque. Après avoir obtenu à l'âge de vingt-trois ans une licence d'histoire de l'art, Dulles voyagea en qualité de missionnaire en Inde et en Chine, et en mai 1916, occupa son premier poste diplomatique à Vienne. Il fit ensuite partie de la mission Wilson à Paris, puis se vit confier un travail « spécial » qui le mena tour à tour en Suisse et en Autriche, où il tenta de colmater les brèches de l'empire austro-hongrois qui prenait l'eau de toute part. C'est dans ce dernier pays qu'en 1918 il monta sa première conspiration, qui aurait pu être grandiose s'il avait eu le loisir de la mener jusqu'au bout. Mais la révolution allemande de novembre vint se mettre en travers de ce projet. La future monarchie des Habsbourg qui, dans son idée, devait devenir la pièce maîtresse du cordon sanitaire mis en place pour endiguer la marée bolchevique en Europe, avait fait long feu.

Un an plus tard, en 1919, Dulles fut nommé premier secrétaire de l'ambassade des États-Unis en Allemagne. C'est là, au 7 Wilhelmplatz, qu'il se trouva enfin en face d'interlocuteurs dont l'objectif principal était de barrer la route au bolchevisme. Sans perdre de temps, Allen Dulles ménagea une rencontre entre Drussel, le chargé d'affaires des États-Unis en Allemagne et le général Hoffmann, l'homme qui avait conçu le premier plan allemand de conquête du Kremlin.

Hoffmann leur confia alors :

— De toute ma vie, je n'ai eu qu'un regret. Celui de n'avoir pas rompu les pourparlers de Brest-Litovsk, de n'avoir pas foncé immédiatement sur Moscou. À ce moment-là, c'était un jeu d'enfant.

Le même Hoffmann justifia à cette occasion, en des termes élégants et précis, la doctrine qui reçut par la suite le nom de Drang nach Osten[1].

Après Berlin, Allen Dulles travailla deux années consécutives à Constantinople, la capitale d'un pays dont les frontières jouxtaient celles de la Russie soviétique ; la capitale d'un pays qui, d'une part, détenait la clef des Dardanelles et, d'autre part, représentait une tête de pont irremplaçable sur la route des principales réserves pétrolières du monde.

De là, Dulles regagna Washington, où il prit au Département d'État la tête du secteur chargé des affaires du Moyen-Orient. À cette époque, la région était déjà l'un des points chauds du globe. Le Moyen-Orient c'était le pétrole, c'est-à-dire le nerf de la guerre. Les rois du pétrole yankee s'inquiétaient sérieusement de la rapide progression opérée sur le marché mondial par leurs concurrents britanniques. Mister Butford,

1. Marche vers l'Est.

président de la Standard Oil of New-Jersey, déclarait : « À l'heure actuelle, il importe que les États-Unis appliquent une politique agressive. »

C'est à quoi Dulles s'employa sans réserve. Sous sa direction personnelle, une première victoire fut remportée sur la Grande-Bretagne en 1927, lorsque le groupe Rockefeller racheta 25 % des actions de l'Iraq Petroleum Company. La même année la Gulf Oil, du groupe Mellon, s'assura une concession sur les gisements pétroliers des îles de Bahreïn.

Apparemment satisfait de ces succès, Dulles résolut de présenter sa démission. Mais une étude attentive de l'organisation des services de renseignement de la banque Rothschild fit germer en lui l'idée que son passage au Département d'État n'était peut-être que la première étape d'une carrière à venir beaucoup plus intéressante.

À ce moment, Allen Dulles entra à la Sullivan & Cromwell, une des principales firmes juridiques de Wall Street, travaillant en étroit contact avec les dynasties Rockefeller et Morgan. D'emblée, le nouveau collaborateur monta une opération d'envergure qui aboutit à la mainmise américaine sur les concessions pétrolières de Colombie. Auparavant, la Sullivan & Cromwell Corporation avait collaboré avec le gouvernement de Panama pour achever la construction du canal. Voilà qu'elle nouait les contacts les plus étroits avec l'Allemagne, pays où les industriels américains, après le traité de Versailles, injectaient d'énormes capitaux.

Toujours à cette époque, Allen Dulles et son frère John Foster collaborèrent avec l'I.G. Farbenindustrie de Thyssen et le puissant consortium Robert Bosch & C°, dont ils devinrent les fondés de pouvoir américains.

Mais la guerre éclata et Allen Dulles était à deux doigts de la banqueroute : l'American Bosch Corporation, filiale de la firme allemande, était en passe de figurer sur la liste noire des compagnies à boycotter. En toute hâte, ses propriétaires passèrent un accord avec des banquiers suédois, les frères Wallenberg. Aux termes de cet accord, la banque suédoise prit le contrôle nominal de l'American Bosch Corporation, tout en s'engageant à la restituer à ses propriétaires sitôt que les hostilités prendraient fin.

Les Wallenberg n'y mirent qu'une condition : que les frères Dulles acceptent d'être leurs commissionnaires américains pour les différentes formalités requises. Allen s'acquitta à merveille de cette tâche, réussissant à sauvegarder à l'ombre du drapeau suédois ce qui était bel et bien la propriété des nazis. Par la suite, il devint non seulement le copropriétaire de la Sullivan & Cromwell, mais aussi le directeur de la Schroder Trust Company et de la J. Henry Schroder Banking Corporation.

Qui était ce Schröder ?

Un citoyen allemand en Allemagne, un citoyen américain aux États-Unis, un citoyen anglais en Grande-Bretagne. Dans les années trente, le consortium était dirigé par un autre membre de la famille : le baron Kurt von Schröder. Le 7 janvier 1933, Hitler rencontra von Papen dans la villa que Schröder possédait à Cologne, et c'est là qu'il mit au point le plan qui devait conduire les nazis au pouvoir. Ceci valut au baron le grade de SS-Gruppenführer. En outre, il devint président de la société secrète Cercle d'amis, qui collectait parmi les magnats de la Ruhr les fonds nécessaires à la formation des détachements SS de Himmler.

À Londres, la filiale anglaise du consortium Schroder finança l'officine anglo-allemande chargée de la propagande national-socialiste en Grande-Bretagne. De fil en aiguille, on peut imaginer ce qu'étaient les fonctions de la J. Henry Schroder Banking Corporation aux États-Unis, dont le directeur, répétons-le, était Allen Dulles…

Voilà donc l'homme, parfait connaisseur de l'Europe, de l'Allemagne, du nazisme, du monde des affaires et du pétrole, qui devint l'agent permanent pour l'Europe des Services stratégiques des États-Unis.

À Berne, faut-il le préciser, Dulles ne représentait nullement Roosevelt. Son entrée dans les services de renseignement stratégiques pouvait ne pas être étrangère à une certaine conversation qu'il eut huit jours après l'attaque japonaise sur Pearl Harbor avec une haute personnalité du monde des affaires américain.

— Vous vous intéressez à la perspective, avait dit pensivement Dulles, tout en tirant de petites bouffées de fumée de son inséparable pipe anglaise. Je ne suis pas en mesure de vous donner une réponse exhaustive. Pour dégager la perspective, il faut commencer par étudier les finances du pays et les anecdotes qui y circulent, les nouvelles pièces de théâtre et les comptes rendus des meetings du parti à Nuremberg. Pour l'instant, je ne sais qu'une chose : c'est que l'Allemagne ne restera pas muette – je parle de l'Allemagne des financiers sérieux, du genre de ce Schacht qui vient d'être mis à la retraite, et des écrivains qui en sont réduits à traduire les classiques latins.

— Schacht, cela me paraît sérieux, certes ; quant aux écrivains…

— Ce n'est pas moins sérieux, poursuivit Dulles, c'est même beaucoup plus sérieux que vous ne l'imaginez. Himmler a commis sa première erreur en 1934, quand il a interné le prix Nobel Carl von Ossietzky[1]. Du même coup, il en a fait un martyr. Or, ce martyr, au lieu de l'enfermer dans un camp, il suffisait de l'acheter. À l'aide de la gloire, de l'argent, des femmes… Il n'y a rien de plus facile que de débaucher un acteur, un écrivain ou un artiste. Avec un minimum de doigté, il n'est pas de meilleur moyen de compromettre quelqu'un que de l'acheter.

— Tout ceci ne nous intéresse pas, simples contingences…

— Que non, avait protesté Dulles, loin de là ! Hitler a dressé soixante-dix millions d'Allemands dans un esprit d'obéissance absolue. Son théâtre, son cinéma et sa peinture éduquent des automates aveugles. Nous autres, ça ne nous convient pas ; nos automates à nous doivent être mus par le désir de commercer, de gagner des appuis, d'imaginer une affaire lucrative. Un Schacht n'a rien à faire avec des automates bornés. C'est nous qui avons besoin de lui. C'est dire que tout ceci s'imbrique étroitement, très étroitement même, avait enchaîné Dulles. Et cette interdépendance ne peut que conduire les intellectuels vers l'armée, c'est inévitable… Les intellectuels dans l'armée, ce sont des gradés allant du maréchal au commandant, pas moins. Au-dessous, ce sont des robots obéissant à l'ordre quel qu'il soit, aveuglément et sans réfléchir…

— Cet aspect-là est déjà plus intéressant, avait fait laconiquement l'interlocuteur anonyme. Intéressant parce qu'ouvrant une perspective. Et vous vous disiez incapable de répondre à ma question…

1. Journaliste progressiste allemand (1889-1938).

*

LE 17 FÉVRIER 1945 (10 H 03)

Assis à son bureau, Himmler, tel une statue de marbre, fixait la porte qui venait de se refermer sur le général Wolff. Ce qu'il éprouvait à cet instant ce n'était pas de la peur, non ; du moins le croyait-il. Pour la première fois de sa vie, Himmler avait conscience de trahir. Des renégats, il en avait connu des quantités ; il lui était même arrivé de ne pas chercher à leur mettre des bâtons dans les roues, quand, par exemple, il avait choisi d'observer sans intervenir la tournure que prendrait l'affaire de juillet 1944, histoire de voir qui en sortirait vainqueur. Mais cette fois son cas était autrement grave : il fomentait lui-même un acte de trahison nationale. Entrer en pourparlers avec l'ennemi n'avait qu'une sanction : la mort.

Cette fois pourtant le général Wolff se rendait en Italie pour nouer des contacts directs avec Dulles : un officier supérieur des SS rencontrait le premier agent secret des Alliés.

D'un geste machinal Himmler déchaussa ses lunettes, simples verres sans monture de ceux que portent les vieux instituteurs, et se mit en devoir de les essuyer avec une peau de chamois. Quelque chose en lui avait changé. D'abord il ne sut pas quoi au juste, mais bientôt un sourire se forma sur ses lèvres : « J'ai commencé à bouger, comprit-il. Le plus éprouvant, au fond, c'est cette terrible immobilité, une véritable torture. »

Il convoqua Schellenberg. Le chef de la Sécurité politique fut chez lui dans la minute, comme s'il n'avait attendu que cette invitation, ici même, dans le hall de réception et non dans son bureau du troisième étage.

— Wolff prend l'avion pour contacter Dulles, dit Himmler en faisant craquer ses phalanges.

— C'est une sage décision…

— Vous voulez dire une folie, Schellenberg, une folie qui frise l'aventurisme.

— Vous pensez à un possible échec ?

— Je pense à une série de problèmes ! Ah, c'est encore votre besogne, tout ça ! C'est vous qui m'avez entraîné !

— Si Wolff échoue, nous récupérons tous les matériaux.

— Oui, mais ils peuvent d'abord tomber entre les mains du Viennois.

Schellenberg fixa sur Himmler un œil interrogateur. Celui-ci, agacé, précisa :

— Chez Kaltenbrunner. Et après lui, je ne sais pas où ces documents iront, chez moi ou chez Bormann. Or vous savez très bien ce que Bormann va faire sitôt qu'il sera en possession d'un butin de cet ordre, et vous pouvez imaginer la réaction du Führer quand il sera mis au courant de l'affaire, assaisonnée en outre des explications de Bormann…

— Cette éventualité-là, je l'ai envisagée aussi.

Himmler eut une grimace d'indécision. Il sentait grandir en lui l'envie irrésistible de stopper Wolff, de lui intimer l'ordre de demeurer à Berlin, d'oublier leur entretien.

— Oui, j'ai envisagé toutes les possibilités, répéta Schellenberg. Premièrement, Wolff ne parlera pas à Dulles en son nom et encore moins au vôtre, mais au nom du maréchal Kesselring, sous les ordres duquel il se bat en Italie. Le général étant l'adjoint du commandant en chef des armées d'Italie, ceci le soustrait automatiquement à votre subordination directe…

Himmler jeta un rapide coup d'œil sur Schellenberg. « Bien raisonné, pensa-t-il, mais la ficelle est un peu grosse… Et comme cela recoupe ma conversation avec

Göring ! » En son temps, Kesselring avait été le bras droit de Göring pour la Luftwaffe. On le considérait comme sa créature.

— Pas mal, ça, fit-il à l'adresse de Schellenberg. L'idée vous est juste venue ou c'est une improvisation ?

— L'idée m'est venue aussitôt que j'ai eu connaissance du voyage de Wolff, répondit l'autre. Vous permettez que je fume ?

— Je vous en prie.

Schellenberg s'était mis à fumer en 1936 et depuis, toujours des Camel. Une fois, en 1942, après l'entrée en guerre de l'Amérique, on lui avait demandé d'où il sortait ces cigarettes ennemies. Il avait rétorqué : « Au fond, achetez des cigarettes américaines et on vous soupçonnera de trahir la patrie… »

— J'ai envisagé toutes les possibilités, reprit Schellenberg. Même les plus désagréables.

— C'est-à-dire ? fit Himmler, de nouveau alarmé.

Sa première inquiétude s'était dissipée, il voyait poindre une perspective raisonnable. De quels désagréments voulait-il parler ? Tout s'arrangeait si bien…

— C'est-à-dire au cas où Kesselring et, encore pire, où son protecteur Göring, parviendrait à inventer un alibi.

— Nous ne les laisserons pas faire. Il suffit que vous les preniez de court.

— Nous autres d'accord, mais il y a votre adjoint Kaltenbrunner, et puis Müller.

— Bon, bon, grogna Himmler avec lassitude. Et qu'est-ce que vous proposez ?

— Je propose de faire d'une pierre deux coups.

— Ce serait trop beau, fit Himmler d'une voix encore plus lasse, presque éteinte.

— Le Führer ne dit-il pas que les Alliés sont au bord

de la rupture ? Ceci ne fait-il pas de ce point de rupture l'un de nos objectifs essentiels ? Que va faire Staline s'il a vent des pourparlers séparés que le général Wolff entame avec les Alliés occidentaux ? Je ne m'aventurerai pas à préjuger de sa réaction, mais qu'il ne restera pas les bras croisés, ça je n'en doute pas un instant. En conséquence, ce voyage de Wolff que nous pouvons présenter comme une vaste manœuvre visant à désinformer Staline, ne peut que servir le Führer. Autrement dit, notre version des pourparlers, c'est un bluff en direction de Staline ! Voilà comment nous pourrons nous justifier devant le Führer au cas où l'opération tournerait court.

Himmler se leva – il n'aimait pas les fauteuils, auxquels il préférait invariablement sa vieille chaise de bureau –, alla se placer devant la fenêtre et se perdit dans une longue contemplation des ruines berlinoises. Par endroits, véritable défi à la mort, pointait la première verdure. Des enfants, rieurs malgré tout, s'en revenaient d'une école encore épargnée. Deux mères de famille poussaient le landau du petit dernier. À ce spectacle étonnant Himmler sentit monter en lui une grande paix. « Partir, partir tout de suite, n'importe où, dans la forêt, passer la nuit auprès d'un feu de bois… Quel cerveau ce Walter, tout de même… »

— Je vais réfléchir à ce que vous venez de me dire, dit-il tout haut, sans se retourner.

Cette victoire, il désirait se l'attribuer. Schellenberg, d'ailleurs, était tout prêt à la lui abandonner ; c'était une habitude chez lui : laisser à Himmler et à Heydrich le soin de glaner les lauriers.

— Les détails vous intéressent-ils, ou dois-je m'en occuper moi-même ? demanda-t-il.

— C'est ça, terminez vous-même, fut la réponse.

Mais au moment où Schellenberg était déjà sur le pas de la porte, Himmler se ravisa :

— À proprement parler, dit-il en pivotant sur ses talons, tout est important dans une telle affaire. Dites-moi ce que vous envisagez concrètement.

Schellenberg ne se fit pas prier.

— Primo, l'opération de couverture… à savoir : il nous faudra prévoir un interlocuteur, qui ne soit pas de chez nous dans ces tractations avec l'Ouest… Ensuite nous remettrons au Führer un petit dossier sur ce bouc émissaire. Au cas où… Ce sera un grand succès pour nos services de renseignement : nous aurons déjoué les intrigues criminelles de l'ennemi, comme le dit, je crois, Goebbels. Secundo, en Suisse, Wolff sera observé par des milliers de personnes, et parmi elles, on pourra compter sur l'œil de nos agents, qui vont immédiatement en référer. À qui va parvenir l'information ? Quel agent va la transmettre, le mien ou celui de Müller ? Un intellectuel capable d'apprécier froidement la situation ou un fanatique du type Kaltenbrunner ? Autrement dit, je désire que les mille paires d'yeux au service des Alliés soient encore surveillées par cinq ou six paires d'yeux à moi. Wolff ne saura rien de ces gens, qui me feront parvenir leurs informations personnellement. Ceci sera le bouquet pour un troisième alibi. En cas d'échec, nous serons obligés de sacrifier Wolff, mais le résultat de sa surveillance viendra alimenter notre dossier.

— Votre dossier, corrigea Himmler.

« Je l'ai encore effarouché, regretta Schellenberg. Ces détails lui donnent toujours la trouille. Il a une peur bleue d'une opération un peu audacieuse. Tout lui fait peur… Combien de fois je me suis juré de m'assurer de son accord de principe et d'agir seul ! »

— Qui voulez-vous envoyer là-bas ?

— J'ai de bons candidats. Mais ce sont là des détails que je puis régler moi-même, sans vous distraire de tâches plus importantes, répondit Schellenberg.

Pour la première partie de sa mission il avait porté son choix sur Stierlitz et son protégé de pasteur.

*

LE 17 FÉVRIER 1945 (10 H 05)

C'était le jour où Erwin attendait la réponse du Centre. Dès les premières heures de la matinée, Stierlitz roulait à petite allure dans les rues de la ville, empruntant un itinéraire détourné pour gagner le logement de son radio. Sur la banquette arrière, il avait posé un encombrant tourne-disque. Ceci pour donner le change. Erwin, en effet, se camouflait sous l'état civil d'un petit réparateur de matériel radiophonique, ce qui lui permettait de beaucoup se déplacer dans le pays, au hasard des dépannages.

L'automobile fut arrêtée par un barrage : un bombardement nocturne avait soufflé un immeuble de six étages. Secondées par la police des équipes de déblaiement s'apprêtaient à faire place nette.

Stierlitz se retourna. Derrière sa Horch s'alignaient déjà une bonne trentaine de véhicules. De la cabine de son camion, un tout jeune chauffeur lui lança :

— Si les avions reviennent de suite, ça va faire du vilain !

— Ça ne risque rien, répondit Stierlitz en louchant vers le ciel.

Les nuages étaient bas, et leur lourde panse grise annonçait la neige.

Sans raison apparente, il se souvint d'un astronome rencontré autrefois : « Une année de turbulences solaires. Tout est relié sur le globe. Nous sommes tous interconnectés, le globe est relié à l'astre, l'astre à la galaxie. » Stierlitz eut soudain un petit rire. « Cela ressemble fort à un réseau d'espionnage de la Gestapo… »

L'agent de la circulation fit du bras un geste martial et commanda d'une voix sans réplique :

— Circulez !

« Nulle part au monde les policiers n'aiment tant distribuer les ordres et faire valser le bâton comme chez nous », songea Stierlitz. Au même instant, il s'étonna d'avoir pensé aux Allemands et à l'Allemagne comme à sa nation, à son pays. « C'est sans doute mieux comme ça, se dit-il ; autrement il y a belle lurette que je serais cuit ! Paradoxal, assurément : j'aime ce peuple et ce pays… Au fond, c'est sans doute vrai : les Hitler passent, le peuple reste… »

Il manœuvra, gagna une voie dégagée et appuya sur l'accélérateur. Stierlitz ne niait pas que les virages sur les chapeaux de roue sont funestes pour les pneus et que l'article était des plus déficitaires ; mais c'était plus fort que lui : il lui fallait aborder les tournants en catastrophe, entendre hurler le caoutchouc sur le goudron, sentir la voiture se déporter, comme un esquif balayé par la tempête.

À Kopenick, à l'endroit où il devait tourner avant d'atteindre l'immeuble d'Erwin, il fut stoppé par un second barrage.

— Qu'est-ce que c'est ? demanda-t-il à un jeune blondinet portant képi.

— La chaussée est en compote, répondit l'autre ; ils ont dû balancer une torpille aérienne d'un sacré calibre.

Stierlitz sentit un froid dans le dos.

— Et le numéro 9 ? demanda-t-il.

— En miettes.

Stierlitz rangea sa voiture le long du trottoir et fit quelques pas en direction de la ruelle de droite. Le même blondinet d'allure maladive vint s'interposer :

— C'est interdit.

Stierlitz exhiba sa carte. L'autre fit le salut et expliqua :

— Les pompiers craignent qu'il y ait une bombe à retardement…

— Qu'à cela ne tienne, nous sauterons tous ensemble, lui répondit Stierlitz avant de continuer en direction de ce qui restait de l'immeuble numéro 9.

Il ressentait soudain une fatigue immense, inhumaine ; il aurait voulu marcher très, très lentement, mais il devait conserver son pas habituel, élastique, et afficher son habituel sourire blasé. Au prix d'un immense effort, Stierlitz parvint à retrouver sa démarche sportive et son expression dégagée mais c'était Käthe qu'il avait devant les yeux : Käthe avec son gros ventre tout rond. « Ça présage une fille, lui avait-elle dit dernièrement. Quand c'est un garçon, on a un ventre comme un concombre. Pour moi la chose est sûre : ce sera une fille ! »

— Pas de survivants ? s'enquit-il auprès du policier qui continuait de le surveiller du coin de l'œil tandis que les pompiers s'affairaient.

— Difficile à dire… ça les a cueillis au petit matin, j'ai vu un tas d'ambulances…

— Et leurs affaires ?

— Pensez-vous… Vous voyez ce bordel ?

Avant de regagner son automobile, il aida une femme en pleurs à extraire des décombres un landau d'enfant.

*

LE 17 FÉVRIER 1945 (10 H 05)

— Mamotchka ! hurlait Käthe. Mon Dieu ! Mama-a-a-a ! Mais aidez-moi donc !

Elle était étendue sur la table d'accouchement. On l'avait transportée à la maternité en état de commotion : deux blessures au crâne. Elle criait en russe des mots incohérents. Le docteur qui venait de faire naître un bébé de sexe masculin – un braillard à la voix de basse – dit à la sage-femme :

— Une Polonaise, et pourtant voyez le géant qu'elle a mis au monde !

— Ce n'est pas une Polonaise, répliqua la matrone.

— Quoi alors ? Une Russe, une Tchèque ?

— Sur ses papiers, elle est allemande, répondit l'autre. Nous avons trouvé dans son manteau une carte d'identité au nom de l'Allemande Kathrin Kinn.

— On s'est peut-être trompé de manteau ?

— Peut-être, acquiesça la sage-femme. Regardez-moi ce magnifique bambin : au moins dix livres ! Splendide… Vous téléphonez à la Gestapo ou vous voulez que je m'en charge ?

— C'est ça, ayez cette l'obligeance, mais un peu plus tard… nous avons tant à faire encore… »

« Fini, pensa Stierlitz avec lassitude, comme si cette voix intérieure ne lui appartenait pas. Me voici seul. Vraiment seul… »

Longtemps il resta prostré dans son bureau fermé à double tour, sans même réagir au téléphone. Neuf appels, enregistra-t-il machinalement. Deux d'entre eux furent insistants, sans doute une affaire importante. À moins que ce ne fussent des subalternes, ceux-là sont entêtés comme des bourriques. Les autres sonneries étaient brèves : des supérieurs ou des amis. Stierlitz surmonta enfin sa torpeur, sortit d'un tiroir une feuille blanche et écrivit ce qui suit :

Strictement confidentiel.
Au Reichsführer-SS Heinrich Himmler, personnel.

Mon Reichsführer, les intérêts de la nation me dictent cette lettre. J'ai appris de source proche de milieux journalistiques neutres que des personnages non identifiés désirent entrer en contact avec l'ennemi, à l'insu du SD, à l'insu du Reichsführer-SS, pour sonder le terrain en vue d'un arrangement. Bien que je ne sois pas en état de fournir des documents prouvant la véracité de ces renseignements, je vous prie de m'accorder une audience et d'entendre les suggestions que je voudrais faire à ce propos, qui me paraissent de la plus haute importance et d'une urgence absolue. Je vous demande de m'autoriser, à l'aide de mes contacts, à vous informer plus en détail et à vous soumettre mon propre plan au sujet d'une hypothèse qui me paraît malheureusement fort proche de la vérité.

Heil Hitler !

SS-Standartenführer von Stierlitz.

Il savait à qui attribuer la fuite : Pueblos Wasserman, reporter portugais ayant péri trois jours plus tôt lors d'un bombardement. Cet homme était très introduit auprès des Suédois ; la version était inattaquable.

*

Information à méditer (Schellenberg)

Fiche du SS-Brigadenführer Walter Schellenberg (chef de la VIe section du RSHA), membre du Parti NSDAP depuis 1934 : « Aryen véritable. De caractère nordique, audacieux et ferme. Ouvert avec ses amis et ses collègues, de contact facile, amical. Implacable avec les ennemis du Reich. Excellent mari et père de famille. La candidature de sa femme a été visée par le Reichsführer-SS. Exempt de relation impure. Superbe sportif. S'est montré excellent organisateur... »

Si l'on excepte Kersten, son masseur personnel, Schellenberg était sans doute le seul homme auquel le Reichsführer accordait une confiance totale. Himmler le connaissait depuis le tout début des années trente, alors que Schellenberg était encore étudiant. Il savait tout de lui. Qu'après le collège jésuite, à l'âge de vingt-trois ans, ce séduisant garçon avait terminé l'université avec le grade de bachelier ès arts. Que son professeur préféré était israélite. Qu'au début Schellenberg ne prenait pas très au sérieux le national-socialisme et qu'il parlait du Führer plutôt librement.

Le jour où on lui avait proposé d'entrer dans les services de renseignement du Reich, il commençait à douter des milieux intellectuels allemands qui se contentaient de commenter d'un ton navré les crimes de Hitler et de se gausser peureusement de ses tendances à l'hystérie.

Il accepta donc la proposition de Heydrich.

Himmler disposait de milliers de brutes robustes et dociles, qu'il savait dévouées jusqu'à la moelle des os.

Mais il avait aussi besoin de quatre ou cinq auxiliaires intelligents, qu'une certaine dose de scepticisme n'eût pas empêchés de le servir sans réserve et de l'aider à mettre au point sa propre politique.

Schellenberg reçut le baptême du feu dans le salon Kitty. Le chef de la police criminelle, Nebbe[1], piochant pour l'occasion dans son fichier, délégua dans ce lieu très select quelques-unes des plus élégantes péripatéticiennes de Berlin, Munich et Hambourg. Puis, mandé expressément par Heydrich, il alla dénicher les jolies femmes des diplomates en poste à Berlin, des haut gradés, jeunes personnes rongées par la solitude, dont les maris passaient leurs jours et leurs nuits en conférences, voyageaient d'un bout à l'autre de l'Allemagne ou séjournaient longuement à l'étranger. Ces dames dont l'ennui était mortel trouvèrent dans le salon Kitty, qui rassembla bientôt la fine fleur du corps diplomatique, une distraction inespérée.

Les techniciens de la Sûreté du Reich prirent soin d'aménager des parois doubles, dont l'intervalle fut farci de tout le nécessaire pour l'enregistrement et la photographie. Cette idée de Heydrich fut mise en œuvre par Schellenberg qui devint le patron du salon, jouant le rôle de proxénète mondain.

Le recrutement se faisait dans les deux sens : les diplomates compromis acceptaient de collaborer avec les services de Schellenberg, tandis que les épouses trop complaisantes des militaires, des hautes personnalités du parti et du gouvernement du IIIe Reich étaient cataloguées dans les fichiers de la Gestapo, chez Müller.

Celui-ci, au demeurant, était soigneusement tenu à l'écart du salon : ses allures rustres, ses plaisanteries grossières eussent tôt fait d'effaroucher les visiteurs.

1. Detlef Nebbe sera adjudant-chef au Q.G. d'Auschwitz.

Müller connut donc l'amertume de se voir éconduire par un gamin de vingt-trois ans !

— Il imagine que je vais peloter ces sales putes, confia-t-il à un proche collaborateur. Ça serait leur faire beaucoup d'honneur ! Dans mon village, des dames comme ça on les appelait des vers à fumier.

Et le jour où Mme Heydrich, profitant d'une absence de son mari, appela Schellenberg au téléphone pour se plaindre de sa solitude et qu'il lui proposa une promenade au bord de l'eau, Müller, immédiatement informé de la chose, pensa que l'heure était venue de régler son compte à ce joli cœur. Oh, Müller était loin de partager l'opinion des anciens de la Gestapo, pour qui Schellenberg était une figure sans intérêt, un Adonis affectant de lire en latin et en espagnol, s'habillant comme un dandy, entretenant au su de tous des amours scandaleuses, se rendant à pied à l'Albrechtstrasse pour afficher son dédain de l'automobile. Était-ce d'un agent de renseignement sérieux ces bavardages, ces rires, ces beuveries ? Avec son intelligence paysanne, pesante, certes, mais sensible à toutes les nouveautés, Müller comprit aussitôt que Schellenberg était la première hirondelle annonciatrice de la nouvelle génération et que cette hirondelle-là saurait s'entourer de beaucoup d'autres semblables…

Donc, Schellenberg invita la dame Heydrich pour une promenade au bord du lac Pleuner. En présence de cette femme cultivée, la seule pour laquelle il eût éprouvé quelque chose qui ressemblât à du respect authentique, il pouvait enfin parler des hauteurs de la tragédie grecque et du sensualisme grossier de Rome. Les deux jeunes gens marchèrent longuement, devisant avec animation, cependant que deux nervis des services de Müller s'ébattaient dans l'eau glacée, grelottant de tous leurs membres mais ne quittant pas des yeux

« les objectifs numéro 2 et numéro 75 ». (Müller avait attribué le numéro 2 à l'épouse Heydrich par égard à la position hiérarchique de son mari au sein de la direction de la Sûreté du Reich ; la signification du 75 était moins claire). Comment Schellenberg eût-t-il pu supposer que ces deux imbéciles, les seuls baigneurs de cette journée plutôt fraîche, étaient des informateurs de la Gestapo ? Cet intellectuel ne pouvait admettre qu'un agent se permît d'attirer aussi effrontément l'attention sur sa personne. En l'occurrence, la roublardise paysanne de Müller l'emporta sur la logique raffinée de Schellenberg. Les agents avaient pour mission de faire un cliché des « objectifs » au cas où ceux-ci décideraient de s'ébattre dans les buissons, selon le mot de Müller. Mais personne ne s'éclipsa dans les buissons. Après une tasse de café dégustée avec beaucoup d'urbanité à la terrasse d'un bar, ils revinrent en ville et se séparèrent en toute innocence. Müller ne voulut pas désarmer. Pensant que la jalousie aveugle est toujours plus terrible que la preuve visuelle, il alla déposer lui-même sur le bureau de Heydrich un rapport révélant que son épouse avait été vue au bois avec Schellenberg et qu'ils avaient passé toute une après-midi ensemble.

Heydrich lut le rapport, mais ne proféra pas un mot. De la tête, il fit signe à Müller qu'il pouvait disposer. L'autre, n'ayant su lire quoi que ce soit sur ce visage pointu et fermé, en fut pour ses frais. Le reste de la journée, il le passa dans une pénible incertitude. Mais le soir, après avoir téléphoné au préalable au délateur, Heydrich passa chez Schellenberg et lui lança sur un ton patelin, avec une bourrade dans l'épaule :

— Ça ne va pas fort aujourd'hui… On va s'offrir une cuite !

Jusqu'à quatre heures du matin, les trois hommes

firent la tournée des cabarets, entreprenant des cocottes, buvant avec des trafiquants de devises, chahutant, beuglant avec les amateurs de chansons populaires, jusqu'à ce qu'au petit matin, le visage blême, Heydrich s'approchât tout près de Schellenberg, lui proposât de trinquer en frères. La chose faite, il posa sa main sur le verre vide de son « frère » et lui déclara :

— Écoutez bien ce que je vais vous dire, Schellenberg. J'ai versé du poison dans votre vin. Je veux savoir toute la vérité sur la façon dont vous avez passé votre temps avec Frau Heydrich, sinon vous êtes mort. Si vous me dites tout, si terrible que ce soit pour moi, je vous donne le contrepoison…

Pour Schellenberg ce fut une illumination. Il se souvint des deux gaillards aux faces carrées qui se baignaient dans le lac glacé, il vit les yeux fuyants de Müller, sa bouche figée dans un sourire.

— Eh bien soit, dit-il en s'efforçant de paraître calme. Je puis même vous présenter deux témoins qui savent tout de la façon dont nous avons passé le temps. Nous nous sommes promenés, nous avons parlé de la grandeur de la Grèce, victime des espions qui la vendirent à Rome… Ce n'est d'ailleurs pas l'unique cause de sa perte… Oui, je suis sorti avec Mme Heydrich, une femme que je vénère, l'épouse d'un homme que j'admire… Et maintenant, vite, où est votre contrepoison, où est-il ?

Heydrich grimaça un sourire et versa un doigt de Martini dans le verre de Schellenberg.

Six mois plus tard, celui-ci entrait dans le bureau de son chef Heydrich et lui demandait son avis.

— Je désire me marier, mais ma belle-mère est polonaise.

L'affaire fit l'objet d'une réunion spéciale chez le Reichsführer-SS Himmler. Celui-ci examina personnellement les photographies des future épouse et belle-mère ; des spécialistes des services de Rosenberg[1] vinrent vérifier au compas la structure des crânes, la hauteur des fronts, la forme des oreilles. Enfin Himmler donna son autorisation.

Au repas de noces, Heydrich, qui avait un peu forcé sur les boissons, prit à part Schellenberg, l'attira dans une encoignure et lui dit :

— Vous pensez que je ne sais pas que la sœur de votre femme est mariée à un banquier juif ?

Schellenberg sentit son sang refluer.

— Bah, fit Heydrich avec un soupir, laissons cela.

Schellenberg ne comprit que beaucoup plus tard le sens exact de ce soupir, le jour où il sut que le grand-père du chef de la Sécurité du Reich, violon à l'Opéra-Comique de Vienne, était juif lui aussi.

*

C'est en 1939 que Schellenberg avait fait les premières tentatives pour entrer en contact avec l'Ouest. Il avait entamé un jeu compliqué avec deux agents britanniques, Best et Stephens.

Une fois la liaison établie, il avait essayé non seulement de se faire passer comme le chef d'un complot de généraux contre Hitler, mais d'approcher de gros bonnets de l'espionnage anglais, au sein du ministère des Affaires étrangères et du gouvernement. Tout en manigançant officiellement une provocation contre la Grande-Bretagne, il tâtait donc le terrain pour établir des contacts sérieux avec Downing Street.

1. Alfred Rosenberg (1893-1946), l'un des théoriciens du nazisme, ministre du Reich aux territoires occupés de l'Est.

Mais la veille de son départ pour Londres, il téléphona à Himmler qui, la voix brisée, lui annonça qu'un attentat contre Hitler venait de se produire à Munich. Selon toute probabilité, le Führer attribuait l'entreprise à l'espionnage anglais, il ne restait plus qu'à enlever les agents Best et Stephens et à les transférer à Berlin.

Schellenberg monta un énorme coup à Venlo[1], en Hollande. Au péril de sa vie, il enleva Best et Stephens. On les questionna toute la nuit et comme le secrétaire retapa le protocole de l'interrogatoire sur une machine à gros caractères, Schellenberg en déduisit que tous ces documents seraient directement transmis au Führer qui avait une très mauvaise vue.

Le Führer incriminait le Front noir de son ancien ami Strasser junior, devenu son ennemi, de mèche avec Best et Stephens, les agents anglais.

Par hasard, au même moment, on arrêtait un certain Esler, charpentier de son état, qui tentait de passer en Suisse. Sous la torture il avoua qu'il avait fomenté tout seul l'attentat contre le Führer.

Lorsque le supplice devint intolérable, il finit par dire que deux hommes l'avaient rejoint juste avant l'attentat.

Schellenberg était convaincu que les deux comparses appartenaient au Front noir de Strasser et qu'ils n'avaient rien à voir avec les Anglais.

Le lendemain, dans la presse, Hitler accusait les Anglais de piloter les agissements de terroristes fous. Il se mêla du procès, ce qui gêna Schellenberg aux entournures. Mais c'était trop tard.

1. « Incident de Venlo » au cours duquel deux agents britanniques du Secret Intelligence Service furent capturés le 9 novembre 1939 par un commando allemand dirigé par Walter Schellenberg, alias le major Schaemmie.

Trois jours plus tard, tandis que se déroulait le procès, Hitler invita à déjeuner Hess, Himmler, Heydrich, Bormann, Keitel et Schellenberg. Il but un thé léger tandis qu'il régalait ses hôtes de champagne et de chocolat.

— Heydrich, dit-il, vous devez avoir recours aux plus récentes recettes de la médecine et de l'hypnose. Vous devez faire avouer à Esler quels sont ses contacts. Je suis convaincu que la bombe a été fabriquée à l'étranger.

Après quoi, sans attendre la réponse de Heydrich, Hitler se tourna vers Schellenberg.

— Quelle impression vous ont fait les Anglais ? Au cours des pourparlers en Hollande, vous étiez nez à nez avec eux, n'est-ce pas ?

Schellenberg répondit :

— Ils se battront jusqu'au bout, mon Führer. Si nous occupons l'Angleterre, ils fileront au Canada. Et Staline rigolera bien en voyant les frères anglo-saxons se crêper le chignon.

Il y eut un silence. Se faisant tout petit sur sa chaise, Himmler envoyait des signes à Schellenberg qui ne voyait rien et continuait sur sa lancée.

— Certes, il n'y a pas pire que les disputes familiales, fit Hitler, pensif et sans colère. Rien n'est pire que de se quereller avec les siens, mais il faut voir que Churchill me met des bâtons dans les roues. Tant que les Anglais ne seront pas plus réalistes, je me dois de les combattre, j'y suis contraint, je n'ai pas le droit de faire autrement.

Quand ils furent sortis, Heydrich dit à Schellenberg :

— Vous avez eu de la chance qu'il ait été de bonne humeur, sinon il vous aurait accusé d'être devenu pro-anglais après ces contacts avec l'Intelligence Service. Et même s'il m'en avait coûté, je vous aurais envoyé en taule, je vous aurais même collé au poteau, sur son ordre, bien sûr.

*

À trente ans, Schellenberg devint le chef de l'espionnage politique du IIIe Reich.

Lorsque les services de Himmler informèrent leur chef que Ribbentrop fomentait l'assassinat de Staline – prétextant des pourparlers, il voulait obtenir un rendez-vous et le tuer à l'aide d'un stylo spécial – le Reichsführer-SS s'empara de l'idée, se rendit le premier chez Hitler et ordonna à Schellenberg de préparer deux agents. L'un de ces agents connaissait des cousins d'un mécanicien du garage de Staline.

Munis de radios ondes courtes de la taille d'une boîte de cigarettes Kazbek[1], les deux hommes furent lâchés de l'autre côté de la frontière russe.

(Von Stierlitz était au courant de la date de l'opération, Moscou fut averti et les agents capturés.)

Schellenberg compensait ses échecs par sa capacité d'anticipation et d'analyse des situations. C'est ainsi qu'au milieu de l'année 1944, il avertit Himmler que son adversaire le plus dangereux dans les mois à venir ne serait ni Göring, ni Goebbels, ni même Bormann.

— Speer, oui c'est Speer qu'il faudra craindre plus que tout. Il dispose de l'information interne de l'Industrie et de la Défense. Le SS-Obergruppenführer Speer, c'est le ministère de l'Armement, l'arrière et le front. C'est le conglomérat IG Farben lié historiquement aux États-Unis. Speer est associé à Schwerin von Krosigk[2]. Des financiers. On n'a guère vu von Krosigk dissimuler son opposition aux actes de Hitler. Non pas à ses

1. Marque la plus répandue des *papirossy* (cigarettes) soviétiques.
2. Comte Lutz Schwerin von Krosigk (1887-1977), ministre des Finances du Reich de 1932 à 1945.

idées, à scs actes. Speer est une puissance silencieuse. L'ensemble des industries que l'on crée pour planifier la renaissance de l'Allemagne de l'après-guerre, ce sont la tête, le cœur et les bras de demain. Je sais à quoi travaillent nos industriels regroupés autour de Speer. Deux questions les préoccupent : comment faire un maximum de profit et comment transférer ces profits dans les banques occidentales.

Les arguments de Schellenberg suggérèrent à Himmler pour la première fois que la clef du secret de Speer, il la découvrirait en s'emparant des archives de Bormann car si lui, Himmler, n'avait pas utilisé les relations des industriels avec l'Ouest, Bormann était bien capable de le faire.

*

LE 18 FÉVRIER 1945 (11 H 46)

Schellenberg trouva Stierlitz dans l'antichambre du Reichsführer.

— Vous êtes le suivant, lui dit l'ordonnance, après avoir introduit chez Himmler le général Pohl, chef des services logistiques des Waffen-SS. Je crois que ce ne sera pas long, une affaire d'intérêt local.

C'est à ce moment que Schellenberg l'aperçut.

— Tiens, Stierlitz ! Je vous cherchais. Bonjour !

— Bonjour, Brigadenführer, répondit Stierlitz. Vous avez l'air harassé…

— Bah, ce n'est rien. Tenez, passons chez moi, j'ai justement besoin de vous.

— Impossible, j'ai une audience chez le Reichsführer.

— Ah, oui ? À quel sujet ?

— Une affaire personnelle.

— Allons, vous pouvez bien m'accorder une petite heure, insista Schellenberg. Vous n'avez qu'à demander que le Reichsführer reporte votre audience, il sera là toute la journée.

— Comme vous voulez, bougonna Stierlitz, contrarié, mais je crains que ce soit inconvenant.

— J'emmène von Stierlitz, déclara Schellenberg à l'ordonnance. Retardez donc son audience de deux heures, je vous prie.

— À vos ordres, Brigadenführer.

Schellenberg prit ostensiblement Stierlitz par le bras et, lorsqu'ils furent sortis de la pièce, il lui souffla jovialement :

— Quelle voix, hein ? Un vrai chanteur d'opérette : voix de ventre et assaut de charme.

— J'ai toujours plaint les ordonnances, répondit Stierlitz en s'efforçant de jouer le jeu. Ils doivent se donner des airs pour camoufler leur inutilité.

— Vous vous trompez, mon cher. Rien de plus utile au contraire ! C'est comme un beau chien de chasse : on peut lui dire quelques mots en passant et, s'il présente bien, les autres chasseurs crèvent de jalousie.

— Oui, j'en ai connu un, poursuivit Stierlitz tout en longeant le couloir, qui jouait le rôle d'impresario : il se répandait en éloges sur son chef. On finit par lui arranger un accident de voiture, ses louanges étaient trop énervantes…

Schellenberg éclata de rire.

— Elle est vraie votre histoire ?

— Bien sûr que non…

Près de l'escalier d'honneur, ils tombèrent sur Müller.

— Heil Hitler, les amis ! fit celui-ci.

— Heil Hitler, patron ! répondit Schellenberg.

— Heil ! fit Stierlitz sans lever le bras.

— Heureux de vous voir, mes agneaux, commença Müller. Je parierais que vous mijotez encore quelque chose !

— Il y a du vrai, fit Schellenberg. Pourquoi pas ?

— Oh, en fait de combinards, nous ne vous arrivons pas à la cheville, renchérit Stierlitz. Vous avez dit vrai, Gruppenführer. À côté de vous, nous sommes de doux agneaux.

— À côté de moi ? feignit de s'étonner Müller. Fichtre, après tout, c'est plutôt agréable d'avoir une réputation inquiétante. Au moins, on se souvient de vous quand vous êtes mort.

Müller, patelin, distribua quelques petites tapes amicales sur l'épaule de Schellenberg et de Stierlitz, puis s'engouffra dans le bureau d'un collaborateur. Il adorait apparaître ainsi à l'improviste, surtout pendant un interrogatoire.

*

Information à méditer (Churchill)

Aux derniers mois de la guerre, à force d'entendre Hitler répéter de manière incantatoire que l'éclatement de l'alliance anglo-américano-soviétique n'était qu'une question de jours, en l'écoutant jurer ses grands dieux que l'Ouest, après avoir mordu la poussière, viendrait encore quémander le secours des Allemands, beaucoup pensaient que c'était là sa façon de croire jusqu'au bout à une chimère sortie de son imagination maladive. Mais en l'occurrence le Führer s'appuyait sur des faits ! Les services de Bormann, éludant soigneusement les réseaux de Himmler et de Ribbentrop – sans parler des services de renseignement de l'armée que le comportement de l'amiral Canaris avait fortement compromis –, avaient réussi à mettre la main à Londres, dès le milieu de l'année 1944, sur un document top secret dans lequel figuraient les lignes suivantes attribuées à Winston Churchill : *Ce serait une terrible catastrophe si la barbarie russe anéantissait la culture et l'indépendance des vieilles nations européennes.*

Ce paragraphe du document subtilisé était tiré d'un cahier secret d'octobre 1942, écrit à un moment où les Russes n'étaient pas en Pologne mais à Stalingrad, pas en Roumanie mais à Smolensk, pas en Yougoslavie mais à Kharkov.

Sans doute le Führer n'aurait-il pas ordonné d'exécuter sur-le-champ quiconque tenterait d'entrer en pourparlers avec l'ennemi, s'il avait été au courant des profondes divergences qui s'étaient faites jour en 1943-1944 dans le clan anglo-saxon au sujet de la direction à donner à l'effort principal des armées. Churchill insistait sur un débarquement dans les Balkans.

— Le problème, disait-il, est celui-ci : sommes-nous prêts à nous accommoder de la communisation des Balkans et peut-être même de l'Italie ? Notre conclusion doit être que nous devons nous opposer à la pénétration et à l'expansion communistes. Il faut prendre conscience des énormes avantages dont bénéficieront les démocraties occidentales si leurs armées occupent Budapest et Vienne, libèrent Prague et Varsovie…

Ceux des Américains qui gardaient la tête froide saisissaient parfaitement que le désir de Churchill de frapper Hitler dans les Balkans plutôt qu'en France était foncièrement intéressé. Si son point de vue l'emportait, la Grande-Bretagne s'assurait l'hégémonie dans le bassin méditerranéen, elle contrôlait l'Afrique, l'Orient arabe, l'Italie, la Yougoslavie et la Grèce. L'équilibre des forces cessant dans ce cas de jouer en faveur des États-Unis, ceux-ci optèrent pour un débarquement en France.

Politicien à la fois circonspect et audacieux, Churchill aurait pu dans une situation devenue très critique entrer en contact avec des hommes animant l'opposition à Hitler, afin de constituer un front unique capable de s'opposer à la percée des Russes sur les côtes de l'Atlantique, ce qu'il craignait le plus au monde. Mais après l'écrasement du complot contre Hitler au cours de l'été 1944, ces hommes n'existaient plus en Allemagne. Churchill restait toutefois persuadé qu'un « flirt » prudent avec ceux des représentants du Reich qui cherchaient à obtenir une capitulation de la Wehrmacht à l'Ouest, tout en ayant peu de chances d'aboutir du fait de l'intransigeance de Roosevelt et de la sympathie dont les Russes bénéficiaient dans le monde entier, lui eût permis de durcir sa politique à l'égard de Staline, surtout sur les questions polonaise et grecque. Et quand les services de renseignement de l'armée britannique informèrent Churchill que les Allemands cherchaient à entrer en contact avec les Alliés anglo-saxons, il eut cette répartie qui en dit long sur le personnage :

— On peut accuser la Grande-Bretagne de lenteur, de témérité, de pinaillage ridicule… Mais personne ne pourra l'accuser de perfidie et je prie Dieu qu'on ne puisse jamais le faire. Cependant, ajouta-t-il tandis que son regard prenait la dureté de l'acier et que des étincelles rieuses ne s'allumaient plus que très loin, tout au fond, cependant j'ai toujours demandé que l'on trace une stricte ligne de partage entre une politique diplomatique, qui a pour but de consolider la communauté des nations, et la perfidie avouée, irresponsable. Seuls des Asiatiques peuvent voir de la perfidie dans une diplomatie raffinée et complexe.

— Mais les événements, sir, peuvent prendre une tournure qui fera que ce jeu cessera d'en être un, pour devenir une action beaucoup plus sérieuse, hasarda le chef adjoint des services de renseignement.

— Selon vous, donc, jouer n'est pas sérieux ? Mais le jeu, mon ami, c'est ce qu'il y a de plus sérieux au monde ! Le jeu et la peinture. Tout le reste est vanité, futilité, répondit Churchill.

Au terme de la sieste quotidienne qu'il passait allongé sur le canapé, Churchill se sentait d'humeur bienveillante et enjouée.

— La politique telle que nous avions l'habitude de la concevoir est morte, continua-t-il. La politique locale faite d'opérations brillantes dans l'une ou l'autre région du monde est remplacée par la politique globale. Ce n'est plus le libre arbitre d'une personnalité, ce n'est plus la volonté égoïste d'un groupe d'hommes, c'est une science aussi précise que les mathématiques et aussi dangereuse que les radiations expérimentées en médecine. La politique globale apportera aux petits pays d'innombrables tragédies ; ce sera celle de cerveaux détraqués et de talents gâchés. Y seront subordonnés artistes et astronomes, garçons d'ascenseur et mathématiciens, rois et génies.

Churchill tira sur son plaid et ajouta malicieusement :

— Cette association avec le génie ne vise nullement le roi ; c'est une rencontre fortuite, qui ne vise personne…

Et redevenant sérieux :

— La politique globale supposera des alliances si imprévues, des virages stratégiques si paradoxaux que mon message du 22 juin 1941 à Staline paraîtra un modèle de logique et de conséquence. Au reste, ce message était logique ; quant à sa conséquence, c'est une question secondaire. L'essentiel, ce sont les intérêts de la communauté des nations ; tout le reste nous sera pardonné par l'histoire…

*

LE 18 FÉVRIER 1945 (12 H 09)

— Bonjour, madame Kinn, fit l'homme qui s'inclinait sur le chevet de la jeune maman.

— Bonjour, monsieur, répondit Käthe d'une voix à peine audible.

Elle avait encore du mal à parler, sa tête était pleine de bruits, le moindre mouvement lui soulevait le cœur. Les tétées lui apportaient toutefois un certain répit : le petit s'endormait, une douce torpeur l'envahissait en même temps qu'un sentiment insolite, qu'elle n'arrivait pas à s'expliquer : c'était un amalgame de peur et de vertige, mais de fierté aussi et, surtout, une paix extraordinaire, qu'elle n'avait jamais ressentie auparavant.

— Avec votre permission, madame Kinn, je voudrais vous poser quelques questions…, reprit l'homme. Vous m'entendez ?

— Faites donc, murmura-t-elle.

— Je ne vous importunerai pas longtemps… C'est de la part de notre compagnie d'assurance.

— Mon mari… est mort ?

— Je vous demanderai un effort de mémoire : où se trouvait-il lorsque la bombe est tombée ?

— Dans la salle de bains.

— Vous avez encore du bois ? Le bois manque tellement ! Chez nous, au bureau, on gèle.

— Il en avait acheté… une occasion…

— Vous n'êtes pas fatiguée ?

— Il est… mort ?

— Oui, madame Kinn. Je vous apporte une triste nouvelle. Votre mari n'est plus… Nous offrons notre assistance à toutes les personnes sinistrées. De quelle sorte de secours souhaiteriez-vous bénéficier pendant votre séjour à la clinique ? Je suppose qu'on vous nourrit convenablement ; quant aux vêtements, ils seront prêts quand vous sortirez, pour vous et pour le petit… Quel mignon bébé !… une fillette ?

— Un garçon.

— Il pleure beaucoup ?

Käthe se rendit compte qu'elle n'avait pas encore entendu sa voix.

— Et ils doivent pleurer souvent ? s'inquiéta-t-elle.

— Les miens poussaient des cris à vous percer les tympans ! répondit l'homme. Mais je dois dire qu'à côté du vôtre, c'étaient de petits maigrichons… Les costauds préfèrent se taire. Madame Kinn, pardonnez-moi, mais si vous avez encore quelques forces, je voudrais que vous m'indiquiez le montant de votre assurance immobilière.

— Je n'en sais rien… C'est mon mari qui s'occupait de ces choses-là…

— Et la caisse qui vous a assurée, vous souvenez-vous de son numéro ?

— C'est au coin du Ku'damm et de la Kantstrasse.

— Je vois, le numéro 27… Voilà qui facilite bien les choses, déjà… Vous souviendriez-vous du montant exact ?

— Dix mille marks, je crois.

— Une grosse somme…

L'homme griffonna quelque chose dans un vieil agenda, puis, après s'être éclairci la voix, s'inclina de façon à être tout près d'elle.

— Une jeune maman comme vous, dit-il en s'efforçant de paraître rassurant, ne doit ni pleurer ni s'inquiéter. Croyez-moi, je vous le dis comme un père de trois enfants. Tout ceci va se répercuter sur le bébé, et cette fois vous n'entendrez que trop sa petite voix de basse. Vous n'avez plus le droit de penser à vous seule ; pour vous, ce temps est révolu, une fois pour toutes. Maintenant vous devez penser avant tout à votre petiot.

— Je tâcherai, souffla Käthe en touchant de sa paume moite les doigts glacés de l'inconnu. Je vous remercie.

— Où se trouve votre famille ? reprit l'autre. Notre compagnie va l'aider à venir vous voir. Nous payons les frais de voyage et offrons le gîte. Évidemment, et vous ne le savez que trop bien, beaucoup d'hôtels sont détruits, d'autres sont occupés par les militaires. Mais nous disposons de logements particuliers. Votre famille sera enchantée, j'en suis sûr. Où devons-nous lui écrire ?

— Mes parents étaient à Königsberg, mais il y a longtemps que je n'ai pas de nouvelles.

— Et les parents de votre mari ? À qui dois-je faire parvenir la triste nouvelle ?

— Ils vivent en Suède… mais il ne faut pas leur écrire, l'oncle de mon mari est un grand ami de l'Allemagne, et on nous a demandé de ne pas correspondre avec lui. Nous faisions passer une lettre à l'occasion ou par l'ambassade.

— Vous rappelez-vous l'adresse ?

À cet instant le nouveau-né donna de la voix.

— Excusez-moi, dit Käthe, je dois lui donner le sein.

— Je vous laisse, fit l'homme à contrecœur en quittant la pièce.

Käthe le suivit du regard et étouffa un sanglot. Sa tête était toujours aussi douloureuse, mais la nausée avait disparu. Elle n'eut pas le loisir de vraiment réfléchir aux questions qui venaient de lui être posées : son enfant était là et toutes ses angoisses se dissipaient comme par enchantement. Il n'y avait plus que ce gros garçon qui tétait avidement en bougeant drôlement ses menottes. Käthe défit avec précaution ses langes et resta à l'observer un long moment.

Cela lui revint tout à coup : deux jours plus tôt, elle se trouvait dans une grande pièce, en compagnie de plusieurs autres mères ; à l'heure de la tétée, l'air s'emplissait d'un concert de vagissements. « Pourquoi suis-je seule ? pensa-t-elle. Où suis-je ? »

Bientôt, l'homme revint. Après avoir regardé quelques instants le nourrisson, il sortit d'un dossier des photographies qu'il étala sur ses genoux.

— Pendant que je note l'adresse de votre oncle, soyez assez aimable pour voir s'il n'y a pas là des objets qui vous appartiennent. Les équipes de secours ont réussi à retirer ces quelques objets des décombres. Dans votre situation, une valise, c'est déjà quelque chose…

— Franz Paakenen, 25 place Gustav Georg, Stockholm.

— Merci. Vous êtes fatiguée ?…

— Un peu, répondit Käthe, parce que parmi les objets soigneusement alignés sur le trottoir elle venait de reconnaître la grande valise dans laquelle Erwin rangeait son émetteur…

— Regardez bien, madame, et je vous laisse, insista l'homme en lui mettant les clichés sous les yeux.

— Il me semble que non, répondit Käthe, je ne vois rien qui m'appartienne dans tout cela.

— Dans ce cas, je vous remercie. Nous considérerons que cette question est classée, fit l'homme en rangeant ses papiers.

Il se leva, salua poliment et conclut :

— Avec votre permission, je repasse sous quarante-huit heures pour vous informer des résultats de mon enquête… Ma commission, ne vous inquiétez pas, sera plus que modique.

— Je vous serai infiniment reconnaissante, répondit Käthe, exténuée.

L'inspecteur de la Gestapo qui avait rendu cette visite à l'accouchée envoya aussitôt à l'expertise la photographie qu'il avait soumise à Käthe pour avoir ses empreintes digitales. Celles qu'on avait relevées sur la valise de l'émetteur étaient déjà tirées. Les experts constatèrent qu'elles appartenaient à trois personnes différentes. L'inspecteur envoya également au Sixième bureau une demande d'information sur la biographie et les activités du ressortissant suédois Franz Paakenen…

*

LE 18 FÉVRIER 1945 (12 H 17)

Eismann faisait les cent pas dans son bureau. Il marchait trop vite, les mains dans le dos, avec l'impression permanente qu'il lui manquait quelque chose de familier et d'indispensable. Cela l'empêchait de se concentrer ; ses idées s'éloignaient sans cesse de l'essentiel, de cette question qui le bouleversait : comment avait-il pu se faire que Stierlitz ait attiré des soupçons ?

Et quand les sirènes recommencèrent à hurler leur mélopée lancinante, Eismann sut enfin ce qui lui manquait : le fracas des bombes. La guerre était devenue une réalité si quotidienne que le silence lui paraissait suspect ; plus redoutable en tout cas que l'explosion des bombes.

« Dieu merci, songea Eismann lorsque se fut installé le silence angoissant qui suit l'alerte de la sirène. On peut se mettre au boulot. Tout le monde va descendre se terrer dans la cave… Je vais pouvoir réfléchir tranquillement, sans avoir à répondre à des questions imbéciles ni à faire des suggestions absurdes… »

Eismann se carra dans son fauteuil et se mit à feuilleter le dossier de l'ecclésiastique protestant Fritz Schlag, arrêté durant l'été 1944 et suspecté d'activités anti-État. L'arrestation avait été décidée à la suite de la réception de deux lettres dans lesquelles les paroissiens signalaient que le pasteur appelait de ses vœux la paix et la fraternité des peuples, qu'il condamnait la guerre comme une barbarie. Une vérification plus objective permit d'établir qu'avant 1939, Schlag avait eu des contacts répétés avec l'ex-chancelier Heinrich Brüning, maintenant réfugié en Suisse. Les deux hommes entretenaient des relations amicales, mais rien n'autorisait à leur conférer un quelconque caractère politique, en dépit du soin qu'on y mit tant en Allemagne qu'en Suisse…

Eismann s'interrogeait : pourquoi le pasteur avait-il été déféré aux services de contre-espionnage ? Pourquoi n'avait-il pas été envoyé à la Gestapo ? Pourquoi les hommes de Schellenberg s'y étaient-ils intéressés ? La réponse prit la forme d'une courte information versée au dossier : en 1933, Schlag s'était rendu à deux reprises en Grande-Bretagne et en Suisse, à l'occasion de congrès pacifistes.

« J'y suis, se dit Eismann. Ils s'intéressent à ses relations, ils veulent savoir qui il a vu là-bas. Voilà pourquoi ce sont les services de contre-espionnage qui s'en occupent, voilà pourquoi ils l'ont remis à Stierlitz. Qu'a-t-il à voir là-dedans, Stierlitz ? On lui confie la mission, il la remplit… »

L'adjoint de Müller recommença à feuilleter le dossier. Ces enquêtes étaient succinctes et laconiques. Par souci d'objectivité, il voulut noter quelques phrases, afin que son rapport paraisse circonstancié, mais il n'y avait pratiquement rien à relever. Cela ne ressemblait pas à la manière de faire de Stierlitz, le style était terne, platement administratif.

Il téléphona au fichier spécial et demanda l'enregistrement de l'interrogatoire du pasteur Schlag par le Standartenführer Stierlitz, en date du 29 septembre 1944.

— Je tiens à vous avertir, pasteur… Vous êtes en état d'arrestation. Sachez donc que pour toute personne tombée entre les mains de la justice nationale-socialiste, qui a pour mission de punir les coupables et de protéger le peuple, il est pratiquement exclu de retourner à une vie et à des occupations normales. De même est-il exclu que votre famille ait désormais une vie normale. Avec ce petit « mais », toutefois : tout redevient possible à deux conditions ; premièrement, qu'après avoir reconnu votre faute, vous vous engagiez à dénoncer les gens d'Église qui ne sont pas loyaux envers notre État et, deuxièmement, que vous nous aidiez à poursuivre notre travail. Acceptez-vous ces propositions ?

— Cela demande réflexion…

— Combien de temps vous faut-il ?

— Autant que nécessaire pour se préparer à mourir. Ce que vous proposez est inacceptable.

— Je vous invite néanmoins à bien considérer ma suggestion. Dans un cas comme dans l'autre, dites-vous, vous êtes un homme fini. Mais n'êtes-vous pas un patriote allemand ?

— Certes. Mais tout dépend de ce que vous entendez par là.

— La fidélité à notre idéologie, par exemple.

— L'idéologie ce n'est pas encore le pays.

— En l'occurrence notre pays vit de l'idéologie du Führer. N'est-ce pas votre devoir, le devoir d'un guide spirituel, d'être avec le peuple qui partage notre idéologie ?

— Si je pouvais vous parler d'égal à égal, j'aurais beaucoup à dire à ce sujet.

— Mais je vous invite très sincèrement à le faire, pasteur.

— Être avec le peuple est une chose, se sentir en position d'agir selon la justice et la foi en est une autre. Les deux peuvent se rejoindre comme elles peuvent se séparer. En l'occurrence, l'issue que vous me proposez n'est pas celle qui convient à mes convictions. Vous avez l'intention de vous servir de moi pour mettre en branle des forces dont je n'ai aucune idée. Et vous me demandez de signer une déclaration. Les précautions de forme que vous y mettez tendraient à me faire croire que vous voyez en moi une personnalité publique. Mais alors, pourquoi ces égards, si vous me proposez de n'être qu'un simple rouage ? Dites-moi franchement : vous signez ce papier ou nous vous supprimons. Quant à savoir où va le peuple allemand, et dans quelle langue il parle, cela ne me concerne plus puisque je suis pratiquement déjà un homme mort.

— Détrompez-vous, pasteur. Je ne vous demande pas de signer quoi que ce soit. Admettons même que je retire la première condition, celle qui prévoit votre intervention dans la presse et à la radio pour condamner les croyants qui font opposition au régime. Ce que je vous demande, c'est de vous ouvrir d'abord à la vérité du national-socialisme et ensuite seulement, si vous estimez possible d'admettre cette vérité, de nous aider à la mesure de votre adhésion.

— Si c'est en ces termes que se pose la question, vous aurez la bonté de me convaincre que le national-socialisme apporte plus aux hommes que toute autre doctrine.

— Vous me voyez tout prêt à le faire. Laissez-moi vous dire que le national-socialisme, c'est la doctrine de notre État, un État conduit par les grandes idées du Führer, auxquelles vous autres croyants, vous n'avez pas d'alternative de rechange. Ce que vous proposez, ce n'est jamais que la recherche de la perfection morale.

— Parfaitement juste !

— Or l'homme, s'il ne vit pas que de pain, ne vit pas non plus que de perfection morale. Nous aussi, pasteur, nous travaillons pour le salut du peuple, croyez-moi. Je vous propose de considérer ceci comme le premier pas sur un chemin qui, par la suite, conduira au perfectionnement moral de la nation.

— Je n'irai pas vous chicaner là-dessus. Permettez-moi toutefois de vous demander si les camps de concentration, si les interrogatoires du genre de celui que vous êtes en train d'infliger au serviteur du culte que je suis, sont la conséquence inévitable de votre régime.

— Indiscutablement, pasteur, car nous vous gardons de la colère de la nation qui, pour peu qu'elle apprenne que vous êtes l'adversaire du Führer, l'ennemi de notre idéologie, voudra vous anéantir physiquement.

— Mais dites-moi où est le principe et où est la conséquence ? D'où vient la colère de la nation, et cette colère est-elle un élément indispensable du régime que vous préconisez ? Si oui, dites-moi depuis quand la colère est devenue un facteur positif en soi. Pour moi, d'ailleurs, ce n'est pas de la colère, c'est la réponse au mal. Si donc la colère est à la base de votre système, si elle est le principe et tout le reste n'est que la conséquence ; en un mot, si vous placez le mal à la source, comment espérez-vous me convaincre que le mal est salutaire ?

— Pardon, vous parlez de « mal », moi j'ai dit la colère du peuple. La haine d'un peuple qui pour la première fois après l'humiliation de Versailles, après la curée des banquiers et des boutiquiers juifs a reçu la possibilité de vivre tranquille. Le peuple gronde quand quelqu'un, peu importe que ce soit un ministre de Dieu, tente de jeter le doute sur les immenses bienfaits que lui ont apportés notre parti et notre Führer.

— Parfait... Vivre tranquille et faire la guerre, c'est la même chose selon vous ?

— Nous ne faisons la guerre que pour garantir notre espace vital...

— Et le quart de la population qui croupit dans vos camps de concentration, c'est ça le bonheur, c'est ça la vie harmonieuse à laquelle vous me conviez de souscrire ?

— Oh, n'exagérons rien ! Nos camps de concentration qui, soit dit en passant, ne sont pas du tout l'instrument d'extermination dont parle la propagande ennemie, sont loin d'enfermer le quart de la population... Et puis, vous savez aussi bien que moi ce qui est écrit sur les portes de nos camps : « Le travail affranchit. » Dans nos camps, nous rééduquons ceux qui se trompent. Ceux qui, sans se tromper, sont nos ennemis, nous les anéantissons.

— Vous voulez dire que vous vous arrogez le droit de décider qui est coupable et qui ne l'est pas ?

— Assurément.

— Et que vous savez a priori ce que veut tout individu, en quoi il se trompe et en quoi il a raison ?

— Bien entendu. Moi, je sais ce que veut le peuple.

— Le peuple ! Ayez la bonté de me dire ce que c'est que le peuple !

— Eh bien, mais… ce sont les gens.

— Comment osez-vous prétendre savoir ce que veut tout le peuple si vous ne savez pas ce que veut chacun des hommes qui le composent ? Ou plutôt en sachant a priori ce qu'il veut, en le lui dictant, en le lui imposant ? C'est du délire.

— Vous vous trompez. Le peuple veut manger à sa faim…

— C'est pour cela qu'il fait la guerre ?

— Vous m'interrompez… Manger à sa faim, avoir une famille, une maison, une auto, et faire la guerre pour s'assurer ce bonheur ! Oui, faire la guerre !

— Et encore, me direz-vous, il veut que ceux qui ne pensent pas comme tout le monde soient jetés dans les camps ? Votre argumentation, monsieur l'officier, est aussi boiteuse que votre conception du bonheur. Le bonheur obtenu à ce prix ne vaut rien, c'est ma conviction. Il est probable que je voie les choses dans une optique quelque peu différente. Selon vous, la fin justifie les moyens, sans doute. Les jésuites disaient la même chose.

— Visiblement, le pasteur que vous êtes ne soumet guère à la critique l'histoire du christianisme… À moins que vous préfériez ignorer certaines périodes peu reluisantes, celle de l'Inquisition, par exemple ?

— Oh, ne croyez pas me prendre de court ! Bien sûr, il y a eu l'Inquisition. Je vous dirai qu'à mon avis, l'éclipse de la nation espagnole tient justement à ce que là-bas on a confondu les moyens et la fin. L'Inquisition, dont le propos était à l'origine de purifier la foi, s'est transformée peu à peu en une fin en soi. De la pénitence à l'autodafé et aux tortures, les persécutions qui furent conçues comme un moyen de purifier la foi sont devenues un but n'ayant d'autre justification que le mal.

— Bon. Dites-moi, n'est-il jamais arrivé à l'Église d'anéantir les hérétiques sous prétexte d'assurer le salut du troupeau du Seigneur ?

— Je vois où vous voulez en venir. Oui, en règle générale, ce sont les hérétiques qui ont été victimes des persécutions. Or, nous savons que toutes les hérésies ont été des révoltes nourries par un intérêt séculier. Oui, toutes les hérésies de l'histoire chrétienne sont parties de l'idée d'inégalité, cependant que le Christ a prêché l'égalité. Quatre-vingt-dix fois sur cent, l'hérésie a résulté du constat que le pauvre et le riche sont inégaux, qu'en conséquence le pauvre doit anéantir le riche, s'enrichir à son tour et prendre sa place. L'idée de Jésus était polaire : rien ne différencie en principe un homme d'un autre, la fortune est un état aussi provisoire que la misère. Et alors que le Christ s'est efforcé de pacifier les esprits, toutes les hérésies ont réclamé le sang. Entre parenthèses, l'idée du mal est une notion introduite par les doctrines hérétiques ; si l'Église a utilisé la violence contre les hérésies, c'est pour que la violence ne s'installe pas dans le code moral du christianisme.

— Fort bien. Mais vous venez de dire que l'Église, en combattant l'hérésie qui revendiquait la violence, usait elle-même de la violence…

— Elle en usait, mais n'en faisait ni un objectif ni un principe.

— Si je ne me trompe, ces répressions se sont poursuivies pendant huit ou neuf siècles, n'est-ce pas, pasteur ? Cela veut dire que pendant huit ou neuf siècles on a violenté pour combattre la violence… Nous autres, nous avons accédé au pouvoir en 1933. Que voulez-vous de nous ? En onze ans, nous avons éradiqué le chômage, en onze ans nous avons permis à tous les Allemands de manger, oui, cela en utilisant la violence contre nos adversaires idéologiques ! Et vous nous gênez, avec vos discours !... Tenez, si vous êtes un adversaire aussi convaincu de notre régime, ne gagneriez-vous pas à agir plus concrètement ? Je vous suggérerais par exemple d'organiser un groupe clandestin parmi vos ouailles et d'entreprendre de nous combattre. À l'aide de tracts, de sabotage, d'attaques armées contre les représentants du pouvoir, que sais-je !

— Non, c'est là une voie dans laquelle je ne m'engagerai jamais, non pas que je craigne quoi que ce soit... Simplement, elle me paraît inacceptable dans son principe, car le jour où je commencerai à utiliser vos méthodes contre vous, il n'y aura plus aucune différence entre vous et moi.

— Ainsi donc, le jour où l'un de vos jeunes fidèles viendra vous trouver pour vous dire : « Mon père, je ne suis pas d'accord avec le régime et je veux me battre contre lui »...

— Je ne ferai rien pour l'en empêcher.

— Il vous dira « Je veux tuer le gauleiter », vous savez, le gauleiter, il a trois filles : deux ans, cinq ans et neuf ans. Et une femme qui a les deux jambes paralysées. Que ferez-vous dans ce cas ?

— ... Je n'en sais rien.

— Même si je vous demande de nous livrer cet homme ? Vous ne voudrez pas sauver la vie des trois petites filles et de cette femme impotente ? Non ?

— Je ne vous dirai rien car en sauvant la vie des uns, je contribuerai à perdre la vie de beaucoup d'autres. Quand il y va d'une lutte aussi inhumaine, toute action conduit nécessairement à verser le sang. La seule ligne de conduite que le serviteur de Dieu peut adopter dans ce cas, c'est fuir la cruauté, ne pas prendre le parti du bourreau. C'est une ligne passive, mais c'est la seule possible car tout comportement actif ne peut que faire couler encore plus de sang.

— Pasteur, je suis persuadé que si nous vous soumettions à un interrogatoire un peu spécial – cela fait mal, vous savez – vous nous livreriez tout de même l'homme en question.

— Vous voulez dire que vous tirerez de moi ce que vous désirez lorsque vous m'aurez transformé en animal rendu fou par la douleur ? Ce n'est pas impossible. Mais ce ne sera plus moi… Et dans ce cas, pourquoi cette longue conversation ? Faites de moi tout ce que vous voudrez, utilisez-moi comme une bête, une machine…

— Et dites-moi, si nos ennemis vous demandaient de vous rendre à l'étranger, d'aller en Angleterre, en Russie, en Suède ou en Suisse pour jouer le rôle de médiateur, pour transmettre un message, par exemple. Cette demande vous paraîtrait-elle réalisable ?

— C'est pour moi un état naturel.

— Comment ça ?

— Je ne fais pas de différence entre mon rapport à Dieu et mon rapport à mon prochain. En principe, c'est la même chose. Ma seule condition serait que ce rôle de médiateur aboutisse au bien et soit réalisé par des moyens acceptables.

— Même si cette petite mission portait préjudice à notre État ?

— Là, vous m'obligez à revenir aux généralités. Vous savez très bien que dès lors que l'État fonde son autorité sur la violence, je ne saurais le soutenir dans son principe. Bien sûr, j'aimerais que les hommes vivent autrement qu'ils ne vivent aujourd'hui. Mais j'aimerais bien savoir comment y parvenir ! Au fond, je voudrais que les gens qui constituent en ce moment l'État national-socialiste aient la vie sauve et que tous les hommes s'unissent en une grande communauté fraternelle. Vraiment, je ne voudrais avoir à tuer quiconque.

— Eh bien moi, je vous dis que si la trahison est une chose répugnante, encore plus répugnantes sont l'indifférence et la passivité devant la trahison et le meurtre.

— Dans pareille situation, la seule chose que l'on puisse faire, c'est arrêter le meurtre.

— Mais ceci n'est pas de votre ressort.

— En effet. Et qu'entendez-vous par trahison ?

— La trahison, c'est la passivité. La passivité est même encore plus abjecte que la trahison…

*

Eismann perçut très nettement une succession de chocs sourds. « Ça tombe à deux pas d'ici, constata-t-il. Ou bien ce sont des bombes de très gros calibre… Oui, étrange entretien ! Très intéressant, mais cette intonation… Oui, vraiment étrange. » Il appela l'officier de service. L'homme entra, une pâleur mortelle sur le visage. Eismann demanda :

— C'est un enregistrement fait par Stierlitz ou par vos services de contrôle ?

L'officier répondit d'une voix blanche :

— Un instant, Obersturmbannführer, je vais vérifier.

— Ça tombe pas loin ?

— Les vitres ont été brisées…

— Vous feriez bien de gagner l'abri, non ?

— Impossible, Obersturmbannführer, le règlement est formel…

Quelques instants plus tard, l'officier annonçait que

Stierlitz n'avait pas fait d'enregistrement. Celui-ci avait été réalisé à son insu, sur ordre des services de contre-espionnage, aux fins de contrôle du personnel de l'appareil central…

*

— Des bombes d'une tonne, pas moins, nota Schellenberg.

— Ça m'en a l'air, approuva Stierlitz.

Ce qui le dominait maintenant, c'était un violent désir de sortir de ce bureau et de brûler immédiatement le papier qu'il avait glissé dans la chemise, son rapport sur les contacts des « traîtres du SD » avec l'Ouest. La ruse de Schellenberg, pensait-il, n'était pas aussi naïve qu'elle en avait l'air. Probablement le pasteur l'intéressait-il depuis le début. Pour lui servir de couverture plus tard. Qu'il en ait eu besoin maintenant en disait long. Et à l'insu de Himmler, il ne s'y serait jamais risqué ! Mais Stierlitz comprenait qu'il devait sans se presser, tout en plaisantant, peser tous les détails de l'opération conçue par Schellenberg.

— J'ai l'impression qu'ils regagnent leur base, dit Schellenberg en prêtant l'oreille. Non ?

— Ils y retournent, mais pour embarquer une nouvelle cargaison de bombes.

— Pourquoi ? Ceux-là auront quartier libre… Ils ont assez d'avions pour nous arroser sans interruption… Vous disiez donc que le pasteur, si nous prenions en otage sa sœur et ses neveux, reviendrait ?

— Absolument…

— Et qu'il sera muet comme une carpe quand Müller voudra savoir si ce n'est pas vous qui l'avez prié d'aller là-bas chercher des contacts ?

— Ça j'en suis moins sûr. Tout dépendra de la façon dont il sera interrogé.

— Il vaudrait mieux que vous gardiez pour vous les enregistrements de vos entretiens avec le pasteur ; quant à lui… On pourra toujours dire qu'il a claqué pendant un bombardement.

— J'y réfléchirai.

— Combien de temps cela va-t-il vous prendre ?

— Je tâcherai de vous soumettre quelque chose ce soir même.

— C'est bon, fit Schellenberg qui ajouta : Ils sont quand même partis… Voulez-vous un café ?

— J'en meurs d'envie, mais pas avant d'avoir terminé cette affaire.

— Parfait. Je suis heureux de voir que vous m'avez compris, Stierlitz. Ce sera une excellente leçon pour Müller. Il devient insolent. Même devant le Reichsführer. Nous allons faire son boulot et lui moucher le nez… Ce sera un fameux coup de main pour le Reichsführer.

— Est-il seulement au courant ?

— Non… Enfin, disons que non… C'est clair ? Pour le reste, je dois dire que j'estime beaucoup votre collaboration…

— C'est réciproque, Brigadenführer.

Schellenberg raccompagna Stierlitz jusqu'à la porte et dit en lui serrant la main :

— Si tout va bien, vous pourrez passer cinq jours à la montagne. C'est le meilleur moment : neige bleutée, bronzage garanti… Mon Dieu, quel délice, hein ? Que de choses la guerre nous a fait oublier !

— Pour commencer, nous nous sommes oubliés nous-mêmes, répliqua Stierlitz sur le même ton. Comme un pardessus au vestiaire, après un réveillon un peu trop arrosé…

— Oui, oui, soupira Schellenberg, comme un pardessus au vestiaire. Dites, vous n'écrivez plus de poésie ?

— Je n'ai jamais essayé...

Schellenberg fit le geste de le morigéner du doigt.

— Attention, Stierlitz, petit mensonge engendre grande défiance...

— Je peux vous le jurer, fit Stierlitz en s'efforçant de sourire. Tout essayé sauf la poésie : complètement allergique à la rime...

*

LE 18 FÉVRIER 1945 (13 H 53)

Après avoir détruit sa lettre à Himmler et dit à l'ordonnance que tout avait été résolu auprès de Schellenberg, Stierlitz gagna la Prinz-Albrecht-Strasse et descendit lentement vers la Spree. En dépit des bombardements qui se répétaient maintenant deux ou même trois fois par nuit, les gravats avaient été enlevés et le trottoir balayé.

« J'étais à deux doigts de sauter, récapitulait Stierlitz. Quand Schellenberg m'a ordonné de m'occuper du pasteur Schlag, il s'intéressait à l'ex-chancelier Brüning qui a émigré en Suisse. Il voulait sonder les relations du pasteur et c'est la raison pour laquelle il n'a pas fait de difficulté pour libérer le vieux quand j'ai dit qu'il acceptait de collaborer avec nous. Or, il voyait plus loin que moi. Il escomptait faire de Schlag un paravent pour le grand jeu. Comment le pasteur entrera-t-il dans l'opération Wolff ? Et quel est le but exact de cette opération ? Pourquoi Schellenberg a-t-il mis la radio pour me parler du voyage de Wolff en Suisse ? S'il craint qu'on l'entende, cela signifie que l'Obergruppenführer Karl Wolff jouit de pouvoirs suffisants : dans la hiérarchie SS, il est l'égal de Ribbentrop ou de Fegelein. Schellenberg ne pouvait pas me cacher le rôle de Wolff, je lui aurais demandé comment il entendait préparer une opération aussi délicate dans le brouillard… Diable, est-ce que l'Ouest accepterait de s'asseoir à la même table que Himmler ? En somme, Himmler a pour lui la force, c'est sûr, et les Anglo-Saxons le comprennent… Impensable de s'asseoir à la même table ! Bon… Le pasteur sera à la fois l'appât et la couverture : ils l'ont voulu ainsi. Par contre, ils n'ont sans doute pas pensé qu'il a là-bas de puissantes relations. Il me faut donc manœuvrer le vieux pour faire en sorte qu'il use de son influence contre ceux qui – par mon fait – vont l'envoyer en Suisse. Au début, j'envisageais d'en faire une sorte d'agent de liaison de réserve, mais tout porte à croire qu'un rôle beaucoup plus considérable l'attend. Si je le nantis de mon propre scénario, en lieu et place de celui de Schellenberg, le Vatican et les Anglo-Américains vont accourir, c'est clair comme le jour. Il me faut donc lui fabriquer une histoire susceptible de faire naître un solide intérêt pour sa personne, contrebalançant celui que peuvent susciter les autres Allemands se trouvant déjà en Suisse ou s'apprêtant à s'y rendre. Bref, ce qu'il me faut maintenant c'est d'abord une bonne "légende", ensuite les noms des adversaires de Hitler et de Himmler qu'il sera censé représenter. »

Stierlitz sirotait lentement le cognac qu'on lui avait servi dans la *Weinstube*. Ici tout était calme et personne ne venait le distraire de ses pensées.

« Schlag seul, c'est à la fois beaucoup et peu. Il me faut une couverture. Mais qui ? se demanda-t-il. Qui donc ? »

Il alluma une cigarette, la posa dans le cendrier et serra dans ses mains le verre de grog brûlant. « D'où sortent-ils tout cet alcool ? La seule chose qui s'obtienne sans carte de rationnement, c'est le vin et le cognac. On peut tout attendre des Allemands sauf une chose : ils ne savent pas se saouler. Oui, il me faut trouver un homme qui haïsse cette bande. Et qui peut être plus qu'un simple agent de liaison. Une personnalité, en somme… »

Cet homme, Stierlitz l'avait. Il s'appelait Pleischner. Médecin principal à l'hôpital Koch, Hugo Pleischner avait aidé Stierlitz dès 1939. Antifasciste, il haïssait les hitlériens et faisait preuve d'une audace et d'un sang-froid incroyables. Stierlitz se demandait parfois d'où ce brillant médecin, ce savant distingué, tirait une telle haine du régime nazi. Lorsqu'il parlait du Führer, son visage se figeait. À plusieurs reprises, Hugo Pleischner avait mené à bien de superbes opérations aux côtés de Stierlitz : en 1941, ils avaient sauvé un groupe d'espions soviétiques ; ils avaient réussi à s'emparer de documents ultrasecrets sur l'imminente attaque de la Crimée par la Wehrmacht que Pleischner avait transmis à Moscou, obtenant de la Gestapo un visa pour la Suisse, sous prétexte de cours à l'université.

Il était mort brutalement six mois auparavant, d'un arrêt cardiaque. Le professeur Pleischner, son frère aîné, ancien recteur de l'université de Kiehl, avait été interné à Dachau à titre préventif. À son retour du camp c'était un homme brisé, dont la bouche esquissait un pauvre sourire résigné. Dans l'intervalle, sa femme, sur les instances de la famille, avait divorcé. Le frère de cette dame, Hugo von Ens avait été nommé à l'ambassade du Reich en Espagne et comme ce jeune homme promettait d'aller loin, comme il était fort bien noté par les autorités locales du NSDAP, le conseil de famille plaça l'épouse devant ce dilemme : soit renier un mari devenu ennemi de l'État, ou bien, si son égoïsme prévalait, être mise au ban de la famille. Toute la parentèle ferait savoir par voie de presse qu'ils rompaient tout lien avec elle.

Frau Pleischner avait dix ans de moins que son mari qui en avait quarante-deux. Elle aimait son mari. Ils avaient voyagé ensemble en Afrique et en Asie où, un été, le professeur avait eu un chantier de fouille avec des archéologues du musée de Pergame de Berlin. Elle avait d'abord refusé de se séparer de son mari et plusieurs membres du clan familial – liés depuis un bon siècle à l'industrie textile – exigèrent qu'on rompît carrément avec elle. Mais son plus jeune frère, Franz von Ens, dissuada la famille de provoquer ce scandale public. « De toute façon, expliqua-t-il, nos adversaires exploiteront l'affaire. La jalousie ne connaît pas de limite et ce scandale me fera du tort. Mieux vaut faire les choses en silence et proprement. »

Il présenta à Frau Pleischner un camarade du club de voile. Un beau jeune homme de trente ans du nom de Guets. Il était aussi beau que bête. Franz savait qu'il se faisait entretenir par des femmes mûres. Ils allèrent tous trois dans un petit restaurant et le comportement de Guets le rassura. Pour sûr, c'était un triple crétin, mais il savait jouer sa partition, conformément aux convenances, il suffirait ensuite de pousser les choses jusqu'au bout. Il était silencieux, sombre et imposant. À une ou deux reprises, il lâcha une histoire drôle. Il invita ensuite courtoisement Frau Pleischner à danser. Content de lui, Franz les observait avec un rien de mépris : sa sœur riait doucement tandis que Guets la serrait de plus en plus fort et lui chuchotait quelque chose à l'oreille.

Deux jours plus tard, Guets s'installait dans l'appartement du professeur. Il y passa une semaine, jusqu'à la première inspection de la police. Frau Pleischner accourut en larmes chez son frère : « Ramène-le-moi, c'est affreux que nous soyons séparés. » Le lendemain, elle déposait une demande en divorce. Le professeur en fut effondré : il voyait dans sa femme sa meilleure alliée. Dans les souffrances du camp, il se disait qu'elle le rachetait par sa probité et sa liberté de pensée.

Une nuit, Guets lui demanda si elle était plus heureuse avec son mari. Elle eut un petit rire avant de répondre en l'enlaçant : « Pense donc, chéri, il était surtout fort pour parler… »

Une fois libre, Pleischner, sans passer par Kiehl, gagna Berlin. Son frère cadet – le grand ami de Stierlitz – l'aida à trouver un emploi au musée de Pergame, section Antiquités grecques. C'était là que Stierlitz avait coutume de fixer les rendez-vous à ses agents, aussi, dès qu'il pouvait se libérer, allait-il souvent retrouver Pleischner pour de longues marches à travers les immenses salles désertes de l'illustre musée de Pergame. Pleischner savait par avance que Stierlitz s'attarderait longuement devant la statue de l'Éphèbe retirant une écharde ; il savait aussi qu'il ferait plusieurs fois le tour du buste en grès noir de César dont les yeux déments étaient faits d'un curieux minéral translucide. De même le professeur avait-il soin de prévoir un itinéraire qui permît à Stierlitz de s'attarder devant les masques antiques : la Tragédie, le Rire, la Raison. Ce qu'il ignorait en revanche, c'est qu'à peine rentré chez lui, son compagnon passait de longues minutes à grimacer devant la glace de sa salle de bains… Stierlitz était convaincu qu'un agent secret devait avoir une maîtrise totale des expressions de son visage. Les Anciens, là-dessus, s'y entendaient à merveille !

Un jour, Stierlitz demanda au professeur la clef du tiroir de verre qui renfermait de petites statuettes provenant de l'île de Samos.

— Il me semble qu'il me suffirait d'effleurer cette déesse pour que s'accomplisse un miracle, pour que je devienne un autre, doté d'une parcelle de sagesse antique, avait-il prétexté.

Le professeur lui remit la clef dont Stierlitz fit un double. Sous une statuette féminine, il aménagea une cachette secrète.

Il aimait à converser avec le professeur.

— Si beau soit-il, déclara-t-il un jour, l'art grec offre une plasticité exagérée, qui lui confère une sorte de féminité. Les Romains sont beaucoup plus abrupts. En ce sens, ils sont sans doute plus proches des Allemands. C'est le contour général qui émeut les Grecs, alors que les Romains, enfants de la perfection logique, ont eux la passion du détail. Prenez, par exemple, le portrait de Marc Aurèle. Il se présente comme un héros, un modèle à imiter.

— Détails vestimentaires, précision des proportions du buste sont en effet superbes, objectait prudemment Pleischner.

Depuis le camp, il avait désappris la controverse, ne demeurait en lui qu'un désaccord permanent et peureux. Autrefois, il fulminait et terrassait son adversaire. Dorénavant, il se contentait d'avancer de prudentes objections.

— Pourtant, regardez attentivement son visage. Quelle idée occupe Marc Aurèle ? Il est au-delà de toute pensée, rempli de sa propre grandeur. Si vous considérez l'art français de la fin du XVIIIe siècle, vous vous convaincrez que la Grèce a émigré à Paris, que la grande Hellas est arrivée chez les libre-penseurs…

Un jour, Pleischner arrêta Stierlitz devant les fresques d'une chimère : une tête humaine sur un torse de sanglier en furie.

— Qu'en pensez-vous ? demanda Pleischner.

Stierlitz resta songeur : « Cela ressemble aux Allemands actuels, transmués en un troupeau d'animaux dociles et stupides. » Il ne répondit rien, se contentant d'émettre quelques modulations « sociales », comme il désignait les « hum », les « en effet » ou les « ouille », auxquels il avait recours chaque fois qu'il était obligé de dire quelque chose et que répondre franchement était impossible.

En traversant les salles vides du musée de Pergame, il se demandait souvent pourquoi le peuple qui avait créé un art aussi sublime avait pu faire preuve de tant de barbarie avec ses génies. Pourquoi les Anciens avaient-ils détruit et brûlé, jeté à terre leurs sculptures ? Pourquoi s'étaient-ils montrés si indifférents aux talents de leurs sculpteurs et de leurs peintres ? Pourquoi nous faut-il en ramasser les miettes et, à travers ces miettes, enseigner le beau à nos enfants ? Pourquoi ont-ils si négligemment livré leurs dieux vivants à la malédiction des barbares ?

Stierlitz finit son grog et ralluma sa cigarette presque éteinte. « Pourquoi ai-je pensé si longuement à Pleischner ? Est-ce parce que son frère me manque ? Ou parce que je cogite une nouvelle stratégie de liaison ? Bon, voilà que je me mets à ruser aussi avec moi-même. Avec qui a-t-il mené ces batailles ? Avec lui-même, avec lui-même… N'est-ce pas ce qu'écrit Pasternak ? »

— Monsieur, l'addition, s'il vous plaît ! cria-t-il au garçon.

*

Information à méditer (Bormann)

On ne savait rien de précis sur cet homme. Il n'apparaissait que rarement dans les actualités et plus rarement encore sur les photographies officielles, aux côtés du Führer. De taille médiocre, le crâne aplati, une balafre sur la joue, il cherchait à se dissimuler derrière le dos des autres quand les reporters prenaient des photos.

On racontait qu'en 1924, un crime politique lui avait valu quatorze mois de prison. Avait-il été amnistié ou s'était-il évadé pour vivre dans la clandestinité ? Nul ne pouvait le dire avec précision. Bref, personne ne le connaissait jusqu'au jour où Rudolf Hess fit son malencontreux atterrissage en Angleterre. Ce jour-là, Himmler reçut du Führer l'instruction de remettre de l'ordre « dans ce sale bordel ». C'est ainsi que Hitler qualifia la chancellerie du parti dont la direction était assumée par Hess, le seul des responsables du NSDAP qui l'appelait par son prénom et le tutoyait. En une nuit, les hommes de Himmler procédèrent à plus de sept cents arrestations. Les proches collaborateurs de Hess furent arrêtés, à l'exception du plus proche d'entre eux, son premier adjoint, Martin Bormann. Bien plus, celui-ci influença fortement la main de Himmler, sauvant les hommes dont il avait besoin, envoyant dans les camps ceux qui lui paraissaient sans utilité immédiate.

Devenu le successeur de Hess, Bormann ne changea rien à ses habitudes : toujours aussi taciturne, toujours à noter sur son calepin tout ce que disait Hitler, toujours fidèle à un train de vie modeste, à l'abri des regards indiscrets. Il se montrait spécialement déférent envers Göring, Himmler et Goebbels, mais de façon insensible, en l'espace d'une ou deux années, il sut se rendre si indispensable au Führer que celui-ci parla un jour de son « alter ego ». Bormann avait de tels dons d'organisateur que lorsque Hitler s'intéressait à une question au moment de se mettre à table, Bormann avait déjà une suggestion à lui faire au café. Lorsqu'à Berchtesgaden le Führer fut l'objet d'une ovation aussi grandiose qu'inattendue, Bormann remarqua qu'il était resté en plein soleil tout le temps de la manifestation. Le lendemain, le Führer eut la surprise de voir à cet endroit un immense chêne fraîchement planté : la nuit, Bormann avait pris ses dispositions pour qu'à l'avenir il y ait de l'ombre.

Il savait que Hitler ne préparait aucun discours à l'avance : il ne croyait qu'à l'improvisation qui, en général, lui réussissait bien. Mais Bormann ne manquait pas de jeter sur le papier les points principaux auxquels, selon lui, le Führer devait prêter une attention particulière dans son discours, surtout lorsqu'il s'agissait de rencontrer des chefs d'État étrangers. Il remplissait ce travail essentiel avec la plus grande discrétion, au point que pas une fois l'idée que quelqu'un écrivait pour lui ses discours n'effleura l'esprit du Führer. À ses yeux, Bormann exécutait des tâches de secrétariat, indispensables et urgentes. Mais le jour où son secrétaire tomba malade, il plongea dans le désarroi.

Lorsque les militaires ou Speer, le ministre de l'Industrie, faisaient des rapports grossissant la réalité, Bormann trouvait les moyens de garder le rapport sous le coude ou, au cours d'une conversation franche et amicale avec Jodl ou Speer, de les amener à en atténuer le contenu.

— S'il vous plaît, ménageons ses nerfs, disait-il, ce prétexte à désolation, vous et moi devons en avoir connaissance, mais pourquoi contrarier le Führer avec ça ?

Il bégayait mais possédait à merveille l'art de rédiger

les documents officiels ; il était intelligent mais le dissimulait sous un masque de rusticité bourrue et obtuse ; tout-puissant, il savait se conduire comme le commun des mortels qui se sentait obligé de « prendre conseil » avant d'adopter une décision tant soit peu importante.

C'est à cet homme, Martin Bormann, que parvint la missive suivante du SD portant la mention *Secret, strictement personnel* :

Camarade Bormann ! À l'insu du Führer, certains personnages sont en train de flirter avec des émissaires des démocraties pourries d'Occident en Suède et en Suisse. Ceci se fait au plus fort de la guerre totale, à un moment où l'avenir du monde se joue sur les champs de bataille. Comme officier du SD, je suis en mesure de vous donner des détails sur ces pourparlers criminels. Mais il me faut des garanties au cas où cette lettre tomberait entre les mains de l'appareil du SD, ce qui signifierait mon élimination immédiate. C'est la raison pour laquelle je ne la signe pas. Si mon message vous semble important, je vous prie d'être demain devant l'hôtel Neue Thor, à treize heures.

Un membre des SS et du NSDAP dévoué au Führer.

Bormann fut longtemps à tourner et retourner cette lettre. Plusieurs fois il fut tenté d'appeler Müller. Le chef de la Gestapo avait une vieille dette envers lui. Au début des années trente, ce vieux flic de Müller avait démoli à deux reprises l'organisation nationale-socialiste de Bavière. Plus tard, quand le NSDAP devint le parti du gouvernement, cela ne l'empêcha pas d'y prendre du service. Mais jusqu'en 1939, celui qui était maintenant à la tête de la Gestapo ne put adhérer au NSDAP : ses collègues de la sécurité ne pouvaient lui pardonner le zèle excessif avec lequel il avait servi la république de Weimar[1]. C'est bien Bormann – et Müller le savait pertinemment – qui l'aida à entrer au parti, en se portant garant devant le Führer. Au demeurant, et malgré ce geste significatif, Bormann prit la précaution de garder ses distances. Il en était jusqu'à présent à observer Müller, à supputer ses chances : s'il fallait renforcer le lien, ce devait être jusqu'au bout, en le faisant entrer dans le saint des saints. Sinon, le jeu ne valait pas la chandelle.

« De quoi s'agit-il ? se demandait Bormann en relisant la missive pour la dixième fois. Une provocation ? Peu vraisemblable. Un maniaque ? Non plus, cela ressemble trop à la vérité… Et si c'est un type de la Gestapo et que Müller est dans la conspiration ? Les rats quittent le navire, tout est possible… En tout cas, cela peut faire un atout maître contre cette crapule de Himmler. J'aurai alors les mains libres pour déposer l'argent du parti dans des banques neutres, aux noms de mes hommes et pas des siens… »

Longtemps encore Bormann réfléchit à l'énigme de la lettre, sans se résoudre à prendre une décision.

*

Eismann relança la bande. Tirant sans hâte sur sa cigarette, il concentra toute son attention sur la voix légèrement rauque de Stierlitz.

— Dites, pasteur, avez-vous eu peur au cours de ces deux mois que vous avez passés dans nos murs ?

— Cela fait onze ans que j'ai peur, depuis que vous êtes au pouvoir.

1. Proclamée en novembre 1918, finit en 1933 avec l'avènement du IIIe Reich.

— Démagogie ! Je vous demande si vous avez eu peur durant votre incarcération ?

— Bien entendu.

— Vous l'avouez… Donc, vous n'aimeriez pas revenir ici, en supposant que, par miracle, on vous relâche ?

— Non. Et je dirai plus – ceci sans vouloir vous blesser – que je désirerais même ne plus avoir à vous rencontrer…

— Parfait ! Et si je pose comme condition de votre mise en liberté le maintien entre nous de relations amicales, purement humaines ?

— Là, je n'ai rien contre. Ce sont les relations que j'entends avoir avec n'importe qui. Je ne vois pas pourquoi cela ne vous concernerait pas, du moment que vous venez me trouver en tant qu'homme et non en tant que fonctionnaire d'un parti.

— Fort bien, mais je viendrai aussi vous trouver en tant qu'homme auquel vous devez la vie…

— M'aidez-vous parce que vous l'avez décidé ainsi ou attendez-vous quelque chose de moi ?

— J'attends quelque chose de vous.

— Dans ce cas je dois me convaincre que votre intention est bonne.

— Vous pouvez considérer qu'elle est des plus honnêtes.

— Et qu'allez-vous me demander en échange ?

— Voyez-vous, pasteur, j'ai pas mal d'amis un peu partout, des scientifiques, des fonctionnaires du parti, des militaires, des journalistes. Bref, des hommes. Je serais très curieux – si, bien sûr, je parviens à persuader mes chefs de vous libérer – de vous voir vous entretenir avec eux. Je ne vous demanderai pas de me rendre compte de vos conversations. Évidemment, je ne puis garantir qu'il n'y aura pas de micro dans la pièce voisine, mais vous pouvez très bien aller vous balader en forêt et y bavarder à loisir. Je vais vous dire : je suis simplement curieux de savoir la part de bien et de mal, comme vous dites, que vous trouverez dans chacun de ces hommes… Ce petit service amical, pourriez-vous me le rendre ?

— Mettons… Votre proposition est si insolite… J'aurais mille questions à vous poser.

— Mais n'hésitez pas.

— J'ai le sentiment, comment dirais-je… soit que vous me faites une confiance excessive, soit que vous me demandez un service que vous ne pouvez pas demander à d'autres… À moins qu'il s'agisse d'une provocation… Mais si c'est le cas alors, nous retombons dans le cercle vicieux.

— C'est-à-dire ?

— C'est-à-dire que nous allons compromettre le fragile terrain d'entente qui semblait s'esquisser. Nous resterons chacun ce que nous sommes : vous un fonctionnaire et moi un homme qui lutte de toutes ses forces pour ne pas le devenir.

— Comment puis-je vous convaincre de mes bonnes intentions ?

— Un regard droit dans les yeux…

— Nous considérerons que les lettres de créance ont été échangées !

*

— Montrez-moi le rapport sur le comportement du pasteur Schlag dans sa cellule, demanda Eismann à l'officier de service après avoir écouté la bobine. Tout ce qui concerne sa conduite, ses contacts, ses conversations avec les autres détenus... Bref, je veux le maximum de détails.

La réponse qu'il reçut au bout d'une demi-heure était pour le moins inattendue : Schlag avait été remis en liberté courant janvier ! Avait-il accepté de travailler pour le SD, ou bien sa libération était-elle consécutive à quelque autre intervention, le texte laissait planer le doute. Il n'y avait que la décision de Schellenberg : libérer Schlag sous la caution de Stierlitz. Rien de plus.

Au bout d'une autre demi-heure, on lui apportait un dernier document : après sa libération, Schlag avait été « cuisiné » par un agent du Sixième bureau spécialement détaché à cet effet.

— Où sont les pièces ? demanda Eismann.

— Il était sous les ordres directs du Standartenführer Stierlitz.

— Quoi ! vous n'avez pas d'enregistrement ?

— Non, fit-on savoir du fichier central. Dans l'intérêt de l'opération, il n'y a pas eu d'enregistrement...

— Trouvez-moi cet agent, trancha Eismann. Mais arrangez-vous pour que seules ces trois personnes soient au courant : vous, moi et lui...

*

LE 27 FÉVRIER 1945 (12 H 01)

Que Bormann serait au rendez-vous, Stierlitz n'en doutait guère : l'appât était trop alléchant. Il roulait lentement, empruntant des rues de traverse, vérifiant à tout hasard s'il n'était pas suivi. C'était d'ailleurs une précaution toute machinale ; depuis quelques jours le ciel lui paraissait sans nuages, pas une fois il ne s'était réveillé au milieu de la nuit, comme cela lui arrivait lorsque l'alarme se communiquait à tout son être. Ces nuits-là il restait prostré dans l'obscurité, les yeux grands ouverts, et reprenait pour la centième fois l'analyse fastidieuse, minute par minute, de sa journée, de chacune des paroles qu'il avait dites au buraliste, au laitier, à un quidam dans le métro. C'était d'ailleurs la raison pour laquelle il préférait se déplacer en voiture, cela lui épargnait des rencontres inopportunes. Mais il y voyait le risque de s'isoler complètement du monde. Pouvait-on prévoir quelle mission vous tomberait demain sur le nez ? Un brusque changement de comportement ne manquerait pas de mettre la puce à l'oreille de ceux qui le surveillaient. Or ceux-ci existaient et Stierlitz était bien placé pour le savoir, dans cette Allemagne nazie où la délation était devenue une véritable institution nationale.

Stierlitz était particulièrement attentif aux petites choses : il savait par expérience que dans son boulot, un rien suffisait à vous trahir. S'il n'était pas tombé à deux reprises, c'était bien grâce au soin qu'il mettait à élaborer le moindre détail.

Jetant un coup d'œil machinal dans le rétroviseur, il ne put réprimer un sifflement de surprise : la Wanderer qui s'était engagée derrière lui dans la Friedrichstrasse continuait de le suivre. Stierlitz donna un brusque coup d'accélérateur. Sa Horch traversa à vive allure l'Alexanderplatz, tourna dans la Bergstrasse, longea le cimetière et s'engouffra dans la Yeteranenstrasse. À tout hasard, Stierlitz fit une boucle supplémentaire et comme il passait devant Le Grossier Gotlieb, le petit restaurant où il aimait se rendre, il décida d'aller prendre quelque chose : de toute manière, il avait encore du temps devant lui.

« Si les suiveurs insistent, se dit-il, c'est qu'il est arrivé quelque chose. Qu'est-ce que ça pourrait être ? Allons donc prendre un pot et réfléchir à la chose… »

Il se plaisait énormément dans cette taverne. Le Grossier Gotlieb devait ce nom à l'habitude que le patron avait d'accueillir ses visiteurs, indépendamment de leur rang, de leur grade ou de leur situation, par une sonore et truculente apostrophe, du genre : « Te voilà, gros lard ? Et en compagnie d'une donzelle avec ça… Voilà une panse à bière, une vieille carne, un pis de girafe en gésine, mais pas ce qu'on appelle une nana ! C'est la légitime, ça se voit tout de suite ! Hier soir, il s'est amené avec une jolie poule ! Je vais m'occuper de toi, disait-il à l'épouse, tu vas voir ça, chienne galeuse ! »

Très vite Stierlitz avait remarqué que Gotlieb assaisonnait ses jurons en raison directe de l'importance du client ; une espèce d'hommage à l'envers, en somme. Lui-même n'eut droit qu'à un distrait :

— Salut, triple buse ! Allez, va te goinfrer de bière…

Stierlitz lui serra la main, commanda un cognac, sortit deux billets d'un mark et alla s'asseoir à la dernière table, derrière la colonne, où s'étalaient les inscriptions obscènes laissées par les pêcheurs mecklembourgeois. Celles qui réjouissaient les épouses vieillissantes des gros industriels.

Tout en sirotant son alcool, Stierlitz reprit méthodiquement par le début : « Qu'a-t-il pu se produire ? Je n'attends pas d'agent de liaison, de ce côté-là je suis tranquille. Les vieilles histoires ? Ils ont trop à faire avec les nouvelles : le sabotage ne cesse de s'intensifier, jamais on n'avait vu ça en Allemagne. Erwin ?… Stop ! Et s'ils avaient mis la main sur l'émetteur ? »

Stierlitz voulut prendre son porte-cigarettes mais il

se ravisa : il ressentait soudain un besoin impérieux de revenir auprès des décombres de l'immeuble d'Erwin et de Käthe, tout de suite, sans délai.

« Voilà une faute grave, reconnut-il. J'aurais dû fouiller moi-même toutes les cliniques de la ville. S'ils n'étaient que blessés ? Comme j'ai eu tort de me fier au téléphone… Je m'en occupe immédiatement, après ce rendez-vous avec Bormann. Celui-là, je suis sûr qu'il va venir : quand on les met au pied du mur, ils se font démocratiques. C'est ça, quand tout marche ils sont inaccessibles, mais il suffit que ça sente le brûlé, et les voilà devenus de braves bougres, trouillards et démocratiques. Donc, tout est à remettre à après, même Erwin et Käthe. La première chose, c'est de m'entendre avec ce bourreau. »

Stierlitz sortit du bar, remonta dans sa voiture et prit la direction du musée d'Histoire naturelle. Bormann serait bientôt là-bas, à l'hôtel Neue Thor.

Cette fois il roula très lentement, sans cesser de surveiller son rétroviseur. Peine superflue : il ne remarqua plus rien d'insolite.

« Schellenberg aurait-il voulu me tâter en prévision de l'opération Schlag ? se demanda-t-il. Au fond, pourquoi pas. À moins que ce soit la fatigue qui ait raison de mes nerfs. »

Un nouveau coup d'œil au rétroviseur : rien, la rue était déserte. À la faveur de l'accalmie, des gosses faisaient du patin à roulettes sur le trottoir, jetant une animation inaccoutumée dans ce paysage de désolation. Des files s'étiraient le long des murs écaillés des rares immeubles encore debout : visiblement, on attendait une distribution de viande.

Stierlitz gara sa voiture en face de la clinique de la Charité, traversa le grand parc de l'établissement et fut devant le musée de l'Invalidenstrasse. Le calme du lieu était impressionnant : excellente idée que d'avoir choisi cet endroit où la moindre présence suspecte se serait aussitôt signalée !

« Après tout, ils ont pu placer leurs hommes derrière les fenêtres de l'hôtel. Si Bormann a prévenu Himmler, c'est du cousu main. S'il ne l'a pas fait, ses propres agents vont battre la semelle devant l'entrée et sur le trottoir d'en face, avec des airs de collaborateurs scientifiques… »

Pour l'occasion, Stierlitz s'était habillé en civil ; ses grosses lunettes fumées en écaille et un béret achevaient de le transformer. À distance cela pouvait aller. Il respira un grand coup et pénétra dans le hall du musée. Il y avait là deux énormes pierres semi-précieuses : une malachite de l'Oural et une améthyste du Brésil. Stierlitz s'attardait toujours devant l'améthyste, mais c'était pour admirer longuement la pierre de Russie.

Cette fois encore, il observa le rituel, puis traversa l'immense salle des dinosaures, dont toutes les vitres étaient brisées. Excellent observatoire pour surveiller l'espace qui s'étend devant l'hôtel, nota-t-il. Mais non, tout était calme, trop calme même. Cette fois Stierlitz était l'unique visiteur, et cela ne jouait pas en sa faveur. Il s'arrêta auprès d'une vitrine particulièrement curieuse : les treize degrés de développement du crâne anthropoïde. Numéro 8 : le babouin ; numéro 9 : le gibbon ; numéro 10 : l'orang-outang ; numéro 11 : le gorille ; numéro 12 : le chimpanzé ; numéro 13 : l'homme.

« Pourquoi le 13 ? pensa-t-il avec amusement. Tout se ligue contre nous, ma parole, même les chiffres ! Ni le 12 ni le 14 : le 13… Il n'y en a que pour les singes, constata-t-il encore en passant devant le mannequin empaillé du gorille Bobby. Qu'est-ce qui leur vaut tant de sollicitude, hein ? »

La notice déclarait : *La femelle gorille Bobby est entrée au zoo de Berlin le 29 mars 1928, à l'âge de trois ans. Morte le 1er août 1935. Taille : 1,72 m ; poids : 266 kg.*

« On se demande d'où elle tient ça, se disait Stierlitz, dont c'était bien la dixième visite mais qui l'étonnait autant que la première. On ne peut pas dire qu'elle soit particulièrement grasse... Je suis plus grand et je ne pèse que soixante-douze kilos. »

Il recula de quelques pas, comme s'il jaugeait l'animal à distance, et se retrouva auprès d'une grande baie d'où il pouvait voir le trottoir d'en face. Un coup d'œil sur sa montre – encore dix minutes.

C'était l'heure où l'agent Klaus aurait dû se pointer. S'il était encore de ce monde. Le matin même, par son secrétariat, Stierlitz lui avait fait expédier un chiffre. Tout le monde connaissait son habitude de fixer ses rendez-vous dans les musées ; une fois de plus il avait eu recours à ce stratagème, au cas où des yeux indiscrets se seraient inquiétés de le voir en ces lieux. En convoquant le fantôme de Klaus, Stierlitz faisait d'une pierre deux coups : cela lui fournissait d'abord un excellent alibi au cas où Bormann aurait prévenu Himmler et que celui-ci aurait décidé de quadriller le quartier ; secundo, cela lui donnait l'occasion de vérifier si l'alibi avait bien fonctionné lors de la disparition de Klaus.

Stierlitz passa dans la salle suivante : l'Invalidenstrasse était aussi déserte. Il s'attarda auprès d'une pièce assez rare, découverte au XVIIIe siècle dans la forêt de Wendenschloss : un morceau d'arbre portant, fichés dans la masse, les bois et une partie du crâne écrasé d'un cerf ; sans doute, le puissant animal avait-il manqué son rival, à l'époque des amours printanières, et était-il venu frapper de plein fouet un tronc malencontreusement placé sur sa trajectoire.

Soudain Stierlitz entendit des voix étouffées, des bruits de pas nombreux et pressés. Sa première idée fut : « Une rafle ! » Mais non, c'étaient des voix enfantines. En se retournant, il vit la file docile des écoliers, conduite par une institutrice chaussée de bottes d'hommes. Éculées mais lustrées comme un miroir, nota-t-il machinalement. Une leçon de zoologie. Les gosses regardaient avidement les vitrines et s'efforçaient de ne pas faire de bruit, ce qui communiquait à leurs rapides chuchotis une teinte d'inquiétude. Stierlitz les observa. Les yeux étaient dépourvus de cet éclat espiègle si merveilleux de l'enfance. Ils écoutaient les explications de leur maîtresse avec un air concentré, inhabituel chez les enfants.

« Quelle est donc la malédiction qui pèse sur ce peuple ? se demanda une fois de plus Stierlitz. Par quelle fatalité diabolique ces enfants sont-ils condamnés à ne pas manger à leur faim, à être vieux avant l'âge ? Par quelle aberration de l'histoire des brutes tapies au fond de leurs bunkers avec des stocks de chocolat, de sardines et de fromage ont-ils pu se faire un bouclier de ces gamins fragiles ? Qui a inculqué à ces gosses l'idée criminelle que le but suprême de la vie, c'est mourir pour le Führer ? »

Il était 1 h 05 quand il sortit par l'issue de secours. Toujours personne devant l'hôtel. Stierlitz revint vers la Spree par derrière, fit un dernier crochet, retrouva sa voiture et prit le chemin de son bureau. Cette fois encore, il ne remarqua rien de suspect dans son sillage.

« Drôle d'affaire, se dit-il, vraiment curieux… Si Bormann était venu, je n'aurais pas pu le manquer. »

*

En réalité Bormann n'avait pas pu quitter le Bunker ; le Führer prononçait un discours, la salle était comble, c'eût été une folie de partir avant la fin. Il avait pourtant fini par décider de se rendre à ce rendez-vous mystérieux, mais quand il put se libérer, il était trop tard.

« Comment vais-je retrouver cet homme maintenant ? se demandait Bormann. Je ne risque rien à le voir, mais je risque beaucoup en ne le voyant pas. »

*

De D-8 à Müller

Strictement confidentiel.
Rédigé en un seul exemplaire.

Une automobile Horch immatriculée WKR-821 a échappé à notre surveillance dans le secteur de la Veteranenstrasse. Visiblement, le conducteur nous a remarqués. Conformément à votre consigne, nous n'avons pas cherché à le poursuivre, bien que notre moteur à injection nous eût permis de le faire. Nous sommes rentrés à la base en informant le service N° 2 de la direction prise par la voiture.

« *De D-192 à Müller*

Strictement confidentiel.
Rédigé en un seul exemplaire.

Après avoir pris en filature la Horch immatriculée WKR-82, mes collaborateurs ont établi que le conducteur de ce véhicule est entré à 12 h 27 au musée d'Histoire naturelle. Étant donné que vous nous aviez prévenus de la haute compétence professionnelle du sujet à observer, j'ai décidé de renoncer à le faire suivre dans les salles par des hommes déguisés en visiteurs. En conséquence, j'ai ordonné à mon agent Ilsa de se rendre d'urgence au musée avec les élèves de sa classe pour une leçon de choses. Les informations fournies par llsa permettent d'établir que le sujet surveillé n'a pas eu de contacts. Vous trouverez ci-joint un schéma des pièces auprès desquelles il s'est plus spécialement attardé. Le sujet a quitté les locaux par la porte de secours dont use le personnel du musée, à 13 h 05.

*

LE 27 FÉVRIER 1945 (15 H 00)

Müller fut interrompu par la sonnerie du téléphone. Il glissa le rapport dans une chemise et prit le combiné.

— Ici Müller, je vous écoute.

— Le camarade Müller a les hommages du camarade Schellenberg ! lança le chef des services secrets. À moins que vous préféreriez que l'on vous donne du mister ?

— De tout ce que vous me proposez, je préfère Müller, tout court, répondit le chef de la Gestapo. Au moins c'est net, sans prétention et de bon ton… Je vous écoute, l'ami.

À l'autre bout du fil, Schellenberg posa la main sur le micro du téléphone et, sur Stierlitz, un regard interrogateur. L'autre murmura :

— Eh bien oui. Attaquez de front. Sinon il va se défiler, le renard…

— Écoutez, l'ami, dit Schellenberg. J'ai ici Stierlitz. Peut-être vous vous en souvenez… Oui ? Eh bien, d'autant plus. Il est assez perplexe. Soit il est suivi par des voyous, et il faut dire qu'il habite un trou perdu dans la forêt, soit ce sont vos gens qui s'amusent à le filer. Vous ne pourriez pas nous aider à y voir clair ?

— La marque de son auto ? demanda Müller en ressortant les rapports qu'il venait de faire disparaître dans la chemise.

— La marque de votre auto ? répéta Schellenberg, en couvrant de nouveau le combiné.

— Une Horch.

— Ne mettez donc pas la main sur l'appareil, dit Müller. Stierlitz n'a qu'à parler lui-même.

— Ma parole, mais vous faites de la télépathie ? s'étonna Schellenberg.

— Et pourquoi pas !

Stierlitz prit le combiné et salua son supérieur.

— Heil Hitler !

— Bonjour l'ami, répondit Müller. Votre numéro minéralogique ne serait pas par hasard WKR-821 ?

— C'est cela même, Gruppenführer…

— Où vous ont-ils pris en chasse ? Au Kurfürstendamm ?

— Non, sur la Friedrichstrasse.

— Et vous les avez semés dans le secteur de la Veteranenstrasse ?

— Parfaitement exact.

Müller éclata de rire.

— Je leur arracherai la tête à ces incapables ! Ne vous inquiétez pas, Stierlitz, ce n'étaient pas des voyous ! Vous pouvez vivre tranquille dans vos bois. C'étaient mes hommes. Ils surveillent une Horch en tout point semblable à la vôtre… un Sud-Américain. Vous pouvez dormir sur vos deux oreilles. Mais si jamais on me rapporte, en vous prenant une fois de plus pour ce gaucho, que vous descendez au Caveau tsigane, sur le Ku'damm, ne comptez plus sur ma protection…

Cette boîte était formellement interdite aux militaires et aux membres du parti.

— Et si je dois m'y rendre pour mon boulot ? interrogea Stierlitz.

— Le résultat sera le même, répondit Müller du même ton badin. Si vous tenez tant à fixer vos rendez-vous dans des cloaques, allez donc au Mexico.

Ce café-là était l'attrape-nigaud du chef de la Gestapo, le temple des services de contre-espionnage, en quelque sorte. Stierlitz le savait de Schellenberg. Certes, celui-ci avait outrepassé ses droits en lui vendant la mèche : comme la même circulaire spéciale interdisait ce lieu aux membres du parti et aux militaires, les esprits futés s'imaginaient pouvoir y bavarder en toute sécurité, à mille lieues de supposer que la Gestapo avait encastré un micro dans chaque table.

— Parfait, je vous remercie, répondit Stierlitz. Si vous m'y autorisez, je fixerai désormais mes rendez-vous au Mexico. Si j'ai un pépin, je vous appellerai au secours.

— C'est ça ! Je serai toujours heureux de vous voir, l'ami. Heil Hitler !

Stierlitz rentra chez lui en proie à un sentiment mitigé : en gros, il n'y avait aucune raison de se défier des paroles de Müller, celui-ci semblait jouer franc jeu. Mais ne forçait-il pas un peu la dose ? Le sens de la mesure importe dans tout travail. Mais il importe surtout dans celui-là. Stierlitz en venait parfois à trouver la défiance excessive moins suspecte qu'une franchise trop marquée.

*

À Müller,

Strictement confidentiel.
Rédigé en un seul exemplaire.

Ce jour, à 19 h 42, le sujet a demandé la voiture de service immatriculée WKN-441 et a prié le chauffeur de le conduire à la station de métro Mittelplatz. Rendu sur place il s'est perdu dans la foule et toutes mes tentatives pour le retrouver aux arrêts suivants sont restées infructueuses.

Werner.

Müller rangea ce nouveau rapport dans la même chemise fatiguée qui contenait les affaires les plus secrètes et se remit à étudier le dossier Stierlitz. Il souligna au crayon rouge un passage où il était dit que celui-ci aimait passer ses loisirs au musée. L'informateur précisait que c'est là que Stierlitz donnait parfois rendez-vous à ses agents.

*

Mesure de la confiance

Le général Wolff remit un pli cacheté au pilote personnel de Himmler.

— Si l'on vous abat, lui dit-il de sa voix doucereuse, à la guerre comme à la guerre, tout peut arriver, vous devez brûler cette lettre avant même de détacher les sangles de votre parachute.

— Mon général, je ne pourrai pas le faire avant,

répondit le pilote imbu de lui-même, car je serai ballotté dans tous les sens. Mais la première chose que je ferai après avoir détaché les sangles, c'est brûler cette lettre.

— Bon, fit Wolff en souriant, restons-en à cette variante. Mais dites-vous bien que vous devez la brûler même si vous êtes abattu au-dessus du territoire du Reich.

Ce n'est pas pour rien que le général prenait autant de précautions : si le papier tombait entre les mains de toute autre personne que Himmler, son compte était bon.

*

Sept heures plus tard, sa missive était décachetée par Himmler.

Mon Reichsführer,

Sitôt revenu en Italie, j'ai mis à l'étude un plan de prise de contact avec Dulles : d'un point de vue stratégique plus qu'organisationnel. Les informations dont je dispose ici m'ont permis d'aboutir à cette conclusion essentielle : les Alliés ne sont pas moins inquiets que nous par la perspective réelle de voir se constituer en Italie du Nord un gouvernement communiste. Même si la formation d'un tel gouvernement demeure purement symbolique, Moscou disposera dès lors d'une route directe vers les côtes de la Manche, via les communistes de Tito, avec l'aide des leaders communistes d'Italie et de Maurice Thorez. Nous sommes ainsi menacés par l'apparition imminente d'une « ceinture bolchevique » allant de Belgrade à Gênes, Cannes et Paris.

J'ai pour auxiliaire dans cette opération Eugen

Dollmann[1]*, dont la mère, italienne du reste, dispose d'un vaste réseau de relations dans l'élite aristocratique de sensibilité pro-allemande mais antinazie. Les notions d'Allemagne et de nationalisme étant pour moi indissociables, j'ai cru utile, dans la mesure où la germanophilie de Mme Dollmann l'emporte sur le reste, de faire participer le fils à l'élaboration de ma mission, estimant que les relations de la mère pourraient nous servir pour une mise en condition préalable des Alliés.*

J'ai décidé, et Dollmann s'est chargé d'en informer Dulles par les canaux italiens, que l'objectif d'éventuels pourparlers consisterait en ce que l'Ouest puisse étendre son contrôle à toute l'Italie du Nord avant que les communistes ne se rendent maîtres de la situation. J'ajoute que nous avons pensé que l'initiative ne devait pas venir de nous : il m'a paru plus habile que les Alliés aient connaissance de mon « état d'esprit » par leur propre réseau de renseignement. Aussi ai-je donné le feu vert à Dollmann pour la mission suivante. Selon les rapports de la Gestapo, l'officier subalterne des troupes blindées SS Guido Zimmer était signalé pour avoir déclaré à plusieurs reprises à des Italiens que la guerre était perdue et la situation sans espoir. À l'occasion d'une soirée intime à laquelle Dollmann était comme de juste présent, ce dernier, à un moment où on avait déjà beaucoup bu, a confié à Zimmer qu'il en a assez de cette guerre « maudite et inutile ». Mon service de renseignement m'a permis d'établir que dès le lendemain Zimmer a déclaré au baron Luigi Parilli[2]

1. Eugen Dollmann (1900-1985), diplomate allemand membre de la SS, interprète de Hitler et de Mussolini.

2. Baron Parilli, originaire de Gênes, agent du SD à Rome. Homme d'affaires qui représenta la partie italienne dans les pourparlers avec Dulles.

que si Dollmann s'exprime en ces termes sur la guerre, c'est que Karl Wolff n'en pense pas moins, lui dont dépend le destin de toute l'Italie du Nord et de toutes les troupes allemandes qui y sont stationnées. Luigi Parilli est un ancien représentant de la firme américaine Kelvil Lotion Corporation ; ses contacts avec l'Amérique sont notoires ici, bien qu'il ait toujours soutenu le Duce. Par ailleurs, son beau-père est un gros banquier libanais, lié au capital britannique aussi bien qu'au capital français. Ce que Zimmer a dit à Parilli était suffisant pour que Dollmann l'invite à un rendez-vous confidentiel, au cours duquel il lui a déballé tous les chefs d'inculpation réunis contre lui : « Comme il y en a assez pour vous envoyer illico à la potence, a-t-il dit à Zimmer, je ne vois plus qu'une chose qui puisse vous sauver maintenant, c'est de lutter loyalement pour l'Allemagne. Or cette lutte suppose aussi des batailles invisibles, diplomatiques. »

Bref, Zimmer a accepté de travailler pour nous. Le jour suivant, Zimmer a rencontré le baron Parilli et lui a dit que seul Wolff, chef des Waffen-SS en Italie, pouvait sauver l'Italie du Nord de la menace communiste que font planer les partisans qui sévissent dans les montagnes et dans les villes italiennes, et que s'il pouvait agir de concert avec les Alliés, la chose, naturellement, serait réglée en un tournemain et de façon sûre. Le baron Parilli, qui a de gros intérêts financiers à Turin, à Gênes et à Milan, a écouté Zimmer avec le plus vif intérêt et promis de nous aider à contacter les Alliés occidentaux. Bien entendu, Zimmer a rédigé un rapport à mon nom sur cet entretien, ce qui fait que toute l'opération s'est trouvée doublement garantie, passant pour une manœuvre d'approche exécutée sous le contrôle des Waffen-SS dans l'intérêt du Führer et du Reich.

Le 21 février, le baron Parilli a pris le train pour Zurich, où il a rencontré un certain Max Husmann[1]*, son ami. Celui-ci l'a mis en rapport avec le capitaine Waibel, officier de carrière des services de renseignement helvétiques. Waibel a motivé son acceptation d'aider à la prise de contact entre les SS et les Américains par ses intérêts égoïstes de ressortissant helvétique. En effet, les firmes suisses utilisent très activement le port de Gênes ; si l'Italie tombe sous la coupe des communistes, ces firmes en pâtiront elles aussi. J'ai d'ailleurs pu établir que le capitaine Waibel a fait ses études en Allemagne, puisqu'en plus de l'université de Bâle, il est diplômé de celle de Francfort.*

Lors de son entretien avec le baron Parilli, Waibel a demandé que l'on prenne un maximum de précautions vu les risques qu'il encourait en favorisant la prise de contact. Ceci se fait en violation de la neutralité helvétique, a-t-il dit, à un moment où la position des Russes est plus forte que jamais et qu'une fuite obligerait son gouvernement à se désolidariser de son initiative et à concentrer sur sa personne toutes les rigueurs d'une sanction éventuelle. Parilli l'a assuré qu'en dehors des Russes et des communistes, personne n'avait intérêt à voir ce secret ébruité. « Et comme parmi nous, je l'espère, il n'y a pas de communistes et moins encore de Russes, il n'y a rien à craindre », a-t-il ajouté.

Comme l'a fait savoir Waibel, le jour après son

1. Max Husmann (1888-1965), juif ukrainien naturalisé suisse, organisateur de l'opération Sunrise et de la rencontre entre Karl Wolff et Allen Dulles à la frontière italo-suisse.

entretien avec Parilli, il a convié à un déjeuner Allen Dulles et son collaborateur Gävernitz. « Ces deux amis, a-t-il dit, ont des idées intéressantes ; si vous le désirez, je puis vous ménager une rencontre. » Dulles a répondu qu'il accepterait volontiers de voir les amis de Waibel, mais seulement après que son collaborateur aura préparé le terrain.

Parilli a donc commencé par s'entretenir avec Gävernitz. Je vous ai déjà informé que ce Gävernitz est le fils de Gerhard von Schulze-Gävernitz, professeur d'économie à l'université de Berlin, et non d'Egon von Gävernitz. Parti en Amérique après avoir soutenu à Francfort son doctorat (je me suis d'ailleurs demandé si le premier contact entre Waibel et Gävernitz ne datait pas de l'Allemagne, puisque tous deux ont terminé la même université), il a travaillé dans des officines financières internationales de New York, les mêmes où Allen Dulles fit jadis ses débuts.

Au cours de la conversation, Parilli a posé cette question : « Êtes-vous prêt à rencontrer le SS-Standartenführer Dollmann pour examiner plus concrètement ce problème, ainsi que quelques autres ? » Gävernitz a répondu par l'affirmative, quoique, de l'avis de Parilli, il ait accueilli sa suggestion avec cette dose d'incrédulité et de méfiance qui caractérise les intellectuels passés dans le renseignement.

J'ai donc pris la décision d'envoyer Dollmann en Suisse, sur l'autre rive du lac de Côme où il a été accueilli par Husmann et Parilli. À Lugano, au restaurant Bianchi, Dollmann a déclaré comme convenu : « Nous désirons entrer en pourparlers avec les Alliés occidentaux pour déjouer le projet de Moscou qui prévoit la création d'un gouvernement communiste en Italie du Nord. La nouvelle situation nous invite à oublier les rancœurs passées pour penser au lendemain et tirer un trait sur les pages douloureuses de la veille. Cette paix doit être juste et honorable. »

Husmann a répondu que les seuls pourparlers possibles concernaient une capitulation inconditionnelle.

« Ni moi ni personne en Allemagne n'acceptera une pareille félonie », a dit Dollmann.

Husmann n'en a pas moins persisté à parler de capitulation inconditionnelle, sans pour autant interrompre les conversations, en dépit de la ferme fin de non-recevoir opposée par Dollmann, conformément au plan d'action que nous avions préparé ensemble.

Interrompant Husmann, le deuxième collaborateur de Dulles, Paul Blum, a parlé à son tour. Blum s'est intéressé au sort de deux dirigeants de la résistance italienne : Ferrucio Parri et Antonio Usmiani. Ces deux hommes se trouvent dans notre prison. Comme ils ne sont pas communistes, nous en avons conclu que les Américains se soucient autant que nous de la menace communiste en Italie. Il leur faut des héros de la Résistance qui ne soient pas communistes, afin qu'au moment voulu, ceux-ci prennent la tête d'un gouvernement fidèle aux idéaux occidentaux.

« Si ces deux hommes sont libérés et extradés en Suisse, a dit le représentant de Dulles, nous pourrions poursuivre nos pourparlers. »

Quand Dollmann m'a rapporté tout cela, j'ai compris que les pourparlers avaient commencé, sans quoi je ne vois pas comment expliquer cette demande d'élargissement. Dollmann a émis la supposition que Dulles s'attendait à ma visite en Suisse. Je me suis rendu auprès de Feldmarschall Kesselring. À l'issue d'un entretien de cinq heures, je crois pouvoir conclure que le maréchal accepterait une capitulation honorable, quoiqu'il ne m'ait donné aucune assurance expresse, probablement en vertu d'une réticence traditionnelle à parler sincèrement avec un représentant des services de sécurité.

Le jour suivant, Parilli m'a rendu secrètement visite, non loin du lac de Garde, pour me remettre au nom de Dulles une invitation à me rendre à Zurich. Finalement, j'irai en Suisse après-demain. Si c'est un piège, ma version officielle sera l'enlèvement. Si c'est le début des pourparlers, vous en serez informé dans ma prochaine lettre que j'enverrai sitôt mon retour au quartier général.

Votre dévoué Karl Wolff.

*

Quand les bombes anglaises transformèrent le musée de Pergame en un monceau de ruines, le professeur ne voulut pas se faire évacuer avec le personnel scientifique. Il demanda l'autorisation de demeurer à Berlin, au titre de conservateur du peu qui restait de l'édifice.

C'est l'homme que Stierlitz allait trouver maintenant.

Pleischner ne cacha pas la joie que lui causait sa visite. Il l'entraîna aussitôt dans sa cave, mit la cafetière sur le réchaud.

— Vous n'avez pas froid dans ce trou ?

— Je gèle à un point incroyable. Mais que voulez-vous ? Qui n'a pas froid en ce moment, dites-le-moi ?

— On chauffe très bien dans le bunker du Führer…

— Ça, ça se comprend. Le chef doit vivre au chaud. Peut-on comparer nos soucis à nous avec les siens ?

Nous, nous ne pensons qu'à nous-mêmes, lui, il doit penser à tous les Allemands.

Stierlitz inspecta la cave d'un regard circulaire, puis, visiblement convaincu que ce refuge de fortune ne pouvait receler de microphone, il alluma une cigarette, happa une grande bouffée et attaqua.

— Allons donc, professeur… un énergumène enragé qui offre des millions de vies innocentes aux bombes pendant qu'il se terre en sûreté, la crapule, à visionner des films sentimentaux avec sa clique.

Mais qu'avait donc Pleischner ? Son visage était devenu si blême que Stierlitz regretta non seulement sa phrase, mais, en général, d'être venu trouver ce malheureux vieillard avec son affaire.

« Pourquoi "mon" affaire ? se reprit-il pourtant. C'est beaucoup plus l'affaire des Allemands, et par conséquent la sienne… Après tout, je fais à leur place le boulot qu'ils devraient faire eux-mêmes. »

Il poursuivit donc.

— Eh bien, professeur, vous ne partagez pas mon avis ?

L'autre ne disait mot.

— Alors écoutez-moi bien, dit Stierlitz d'un ton résolu. Votre frère, qui était mon ami, m'a beaucoup aidé. Vous ne vous êtes jamais intéressé à ce que je fais ; apprenez-le donc : j'ai le grade de SS-Standartenführer et je travaille dans les services de renseignement.

Le professeur eut un brusque geste, comme s'il voulait se protéger le visage avec les mains.

— Non, haleta-t-il, non, non et non ! Mon frère n'a jamais été et ne pouvait pas être un agent provocateur ! Non ! répéta-t-il encore plus fort. Je… je refuse de vous croire…

— Votre frère, en effet, n'était pas un agent provocateur, répondit Stierlitz en découpant ses mots. En revanche, je travaille réellement dans les services secrets. Je suis un agent soviétique…

Et il sortit de sa poche un papier qu'il tendit à Pleischner. C'était la lettre que son frère cadet lui avait écrite quelques instants avant d'expirer. Pleischner lut :

— *Ami, merci pour ton amitié. Tu m'as appris beaucoup de choses. Tu m'as appris comment il faut aimer et comment, au nom de cet amour, il faut savoir haïr ceux qui apportent l'esclavage au peuple allemand. Pleischner.*

— Cette formule, c'est pour la Gestapo, reprit Stierlitz d'une voix dure, en récupérant le papier. L'esclavage, comme vous le concevez, ce sont les hordes bolcheviques et l'armada américaine qui l'apportent au peuple allemand… N'est-ce pas ? Ce sont eux que nous avons le devoir de haïr, comme l'enseigne votre frère… À moins que ce soient Hitler et les nazis… hein, qu'en dites-vous ?

Pleischner, effondré dans son fauteuil resta longtemps sans rien dire.

— Je vous ai compris, articula-t-il enfin. Vous pouvez compter sur moi… Mais sachez une chose : dès qu'ils me frapperont à coups de fouet, je dirai tout.

— Je le sais, répliqua Stierlitz. Qu'est-ce qui vous paraît préférable : la mort instantanée par poison ou les tortures de la Gestapo ?

— S'il n'y a pas de troisième solution, dit Pleischner en esquissant un pauvre sourire, je choisis le poison.

— Eh bien, dans ce cas, nous allons faire ensemble une excellente popote, enchaîna Stierlitz et son visage s'éclaira d'un large sourire.

— Que dois-je faire ?

— Mais rien du tout, professeur. Vivre. Et être prêt à tout instant à remplir votre devoir.

*

LE 7 MARS 1945 (22 H 03)

— Bonsoir, pasteur, fit Stierlitz en se hâtant de refermer la porte derrière lui. Excusez une visite si tardive. Vous dormiez déjà ?

— Bonsoir, monsieur l'officier. En effet, je dormais, mais que cela ne vous inquiète pas, entrez, je vous en prie, je vais allumer une bougie. Asseyez-vous.

— Merci. Où dois-je m'asseoir ?

— Où vous voulez. Ici, près du poêle, vous serez plus au chaud.

— Vous savez, c'est la meilleure façon d'attraper un coup de froid. Pasteur, je passe aux faits : qui est l'homme qui a vécu chez vous le mois dernier ?

— J'ai eu quelqu'un ici.

— Qui était-ce ?

— Je n'en sais rien.

— Vous n'avez pas eu la curiosité de le demander ?

— Non. Il a demandé asile, il était mal en point, je ne pouvais pas le lui refuser.

— C'est merveilleux que vous puissiez me mentir avec une si belle aisance ! Écoutez donc, pasteur : il vous a dit être communiste, et vous avez discuté avec lui en le considérant comme tel. Eh bien, sachez que ce n'est pas un communiste et qu'il ne l'a jamais été. Cet homme est un agent de mon service, c'est-à-dire un provocateur de la Gestapo.

— Ah, voilà donc de quoi il s'agit…, fit-il. Je lui ai

parlé comme je parle à mon prochain, peu importe qu'il soit communiste ou agent de la Gestapo… Cet homme m'a demandé de le sauver, je ne pouvais pas refuser…

— Vous ne pouviez pas refuser, répéta Stierlitz en martelant ses mots, et peu vous importe qu'il soit communiste ou agent de la Gestapo. Et si à cause de votre amour du prochain quel qu'il soit, si à cause de votre sollicitude pour l'homme en général, des hommes très concrets doivent aller au poteau d'exécution, ça vous importe peu ?

— Mais si, mais si, cela m'importe…

— Et si, pour être encore plus concret, c'est votre sœur et vos neveux qu'on commencera par pendre, cela vous importe ?

— Mais ce serait un crime odieux !

— Dire qu'il vous importe peu que votre prochain soit un communiste ou un agent de la Gestapo est un crime encore plus odieux, dit Stierlitz en s'asseyant. En outre, continua-t-il, votre crime est purement théorique, ce qui le rend d'autant plus répugnant ! Asseyez-vous, pasteur, remettez-vous et écoutez-moi bien. Tout ce que vous avez dit à mon agent a été enregistré. Non, ce n'est pas moi, c'est de sa propre initiative. Lui-même, je ne sais pas ce qui lui a pris, m'a écrit une lettre bizarre. De toute façon, sans la bande que j'ai pris soin de détruire, personne ne le croira. On ne lui demandera même rien, parce qu'il est sous mes ordres. Tandis que votre sœur, je sais qu'elle doit être arrêtée sitôt que vous franchirez la frontière helvétique.

— Mais je n'ai nullement l'intention de passer cette frontière…

— Vous la passerez et je me charge de la sécurité de votre sœur.

— Vous… Vous êtes insaisissable… Comment puis-je vous croire, si vous présentez des visages si différents ?

— Vous n'avez d'autre solution que de me croire, pasteur. Et vous irez en Suisse, ne serait-ce que pour sauver la vie de vos proches. Oui ou non ?

— Oui, j'irai… Pour sauver leur vie.

— Et pourquoi ne me demandez-vous pas ce que vous aurez à y faire ? Je suppose que vous refuserez, si je vous demande de faire sauter un temple, n'est-ce pas ?

— Vous êtes un homme intelligent. J'imagine que vous avez évalué avec précision ce qui est dans mes possibilités et ce qui les dépasse.

— Vous dites vrai. Laissez-moi vous demander : avez-vous mal pour l'Allemagne ?

— J'ai mal pour les Allemands.

— Très bien. Pensez-vous que la paix, la paix immédiate soit une solution pour les Allemands ?

— C'est une solution pour l'Allemagne.

— Pasteur, assez de sophismes. C'est une solution pour les Allemands, pour l'Allemagne, pour l'humanité tout entière. Vous et moi n'avons pas peur de mourir, nous avons assez vécu et nous sommes des hommes vieillissants et seuls, mais les enfants ?

— Je vous écoute.

— Qui de vos anciens amis du mouvement pacifiste pourriez-vous retrouver en Suisse ?

— Mon Dieu, la dictature aurait-elle besoin de pacifistes ?

— Non, la dictature n'a pas besoin des pacifistes. On a besoin de ceux qui saisissent l'importance du moment, de ceux qui comprennent que chaque jour de guerre apporte de nouvelles victimes, des victimes inutiles.

— Hitler envisagerait de négocier ?

— Hitler, non. D'autres personnes s'en chargeront à sa place. Mais il est encore trop tôt pour vous en parler. Je dois être sûr que vous disposez là-bas d'interlocuteurs valables. Il me faut des gens capables de nous aider à entrer en contact avec les représentants des puissances occidentales. Qui voyez-vous ?

Le pasteur haussa les épaules.

— Le président de la république helvétique ferait-il votre affaire ?

— Non. Le canal officiel, ce n'est pas sérieux. Ce qu'il me faut, par exemple, ce sont des gens d'Église ayant du poids dans le monde.

— Tous les gens d'Église ont du poids dans ce monde, commença le pasteur, mais voyant que le visage de Stierlitz se durcissait de nouveau, il se reprit vite : Évidemment, je compte beaucoup d'amis là-bas. Il serait présomptueux de ma part de vous promettre quoi que ce soit, mais je crois que je pourrais examiner cette question avec des interlocuteurs valables. Brüning, par exemple. C'est un homme estimé en Occident. Mais je présume qu'on va me demander qui je représente ?

— Les Allemands, répondit Stierlitz. Et si l'on insiste pour que vous citiez des noms, vous demanderez à votre tour qui mènera les pourparlers pour l'Occident. Ceci se fera par la filière que je vous indiquerai.

— Par quoi ? interrogea le pasteur, qui n'avait pas compris.

Stierlitz sourit mais se dispensa d'expliquer.

— Les détails viendront plus tard. L'important dans l'immédiat c'est de se mettre d'accord sur le principe.

— Et quelles garanties aurai-je au sujet de la sécurité de ma sœur et de ses enfants ? demanda Schlag, et sa voix eut un tremblement à peine perceptible.

— Je vous ai tiré de prison, non ?

— Oui.

— Pensez-vous que ce fut facile ?

— Je pense que non.

— Et ne croyez-vous pas qu'avec l'enregistrement que m'a remis cette petite gouape, où vous parlez en assez mauvaise part du Führer, il m'était beaucoup plus aisé de vous envoyer au four crématoire ?

— Assurément…

— Ce sera ma réponse, pasteur. Votre sœur sera en sécurité, aussi longtemps, bien entendu, que vous agirez ainsi que le commande la conscience d'un homme soucieux du destin des Allemands.

— En somme, vous me menacez !

— Je vous mets en garde. Si vous agissez autrement, je ne pourrai rien pour vous sauver, ni vous ni votre sœur.

— Quand tout ceci doit-il commencer ?

— D'ici peu. Encore une dernière recommandation : quiconque pourrait vous questionner…

— Je me tairai.

— Je veux vous croire.

Il y eut un silence. Schlag fut le premier à le rompre.

— Lequel de nous deux risque davantage dans cette aventure ?

— D'après vous, pasteur ?

— Euh… je crois que vous jouez à un jeu fort dangereux.

— Je ne le nierai pas.

— Et vous êtes vraiment sincère dans… dans votre désir de trouver le chemin de la paix pour tous les Allemands ?

— Oui.

— Et cette idée est-elle récente ?

— Comment vous dire, pasteur. Il m'est assez malaisé de vous donner une réponse absolument honnête. En outre, plus je serai sincère, et plus le mensonge vous paraîtra gros.

— Tout de même, j'aimerais savoir en quoi va consister ma mission. Vous vous doutez que je ne suis pas très habile à dérober des documents et à faire le coup de feu.

Stierlitz éclata de rire.

— Primo, l'apprendre n'est pas sorcier ! Secundo, je ne vous demande pas de faire le coup de feu. Non, ce dont j'aurai besoin, c'est de vos relations. Vous aurez à dire à vos amis que tel ou tel personnage dont je vous communiquerai le nom plus tard est la créature de Himmler, qu'il cherche à mystifier les Occidentaux. Vous aurez à expliquer que cet imposteur, par définition, ne peut pas vouloir la paix, vous apporterez la preuve à vos amis qu'il s'agit d'un vulgaire agent provocateur, dénué de tout crédit et de toute estime, même au sein des SS. Vous direz qu'entrer en pourparlers avec ce type est aussi absurde que dangereux… Vous insisterez bien que c'est une folie d'entamer des conversations avec les SS, avec Himmler. Vous leur direz que c'est là une chose à entreprendre avec de tout autres interlocuteurs, et vous leur donnerez des noms sérieux, ceux d'hommes loyaux et avisés. Mais ça, c'est pour après…

Avant de quitter le pasteur, Stierlitz demanda :

— À part la domestique, y a-t-il quelqu'un chez vous ?

— La domestique est allée voir sa famille au village.

— Puis-je examiner les parages ?

— Je vous en prie !

Stierlitz monta à l'étage et alla se poster derrière le rideau : depuis cette fenêtre il pouvait voir toute la rue centrale de la bourgade. Il n'y avait pas âme qui vive.

Une demi-heure plus tard, il était au « Mexico », pour un rendez-vous au sujet de l'arme secrète. Il pouvait bien offrir cette petite satisfaction au chef de la Gestapo :

l'enregistrement d'une conversation des plus sérieuses entre un excellent agent secret nazi et un savant nazi de premier ordre. Après l'arrestation du physicien Runge, Stierlitz avait soin d'assurer périodiquement ses arrières, ce qu'il faisait avec un luxe de précautions, en envisageant toutes les éventualités.

*

LE 8 MARS 1945 (09 H 32)

— Bonjour, madame Kinn… Comment allons-nous ? Et le bébé ?

— Je vous remercie, monsieur. Depuis qu'il a commencé à crier, je suis plus tranquille. Je craignais que sa voix ait souffert du traumatisme. Les docteurs l'ont examiné et tout est en ordre.

— À la bonne heure ! Pauvres petits… Quelles épreuves pour ces bébés qui viennent au monde en un moment pareil… Vous savez, j'ai des nouvelles pour vous !

— De bonnes nouvelles, monsieur ?

— Par les temps qui courent, toutes les nouvelles seraient plutôt mauvaises. Mais, rassurez-vous, dans votre cas elles sont plutôt bonnes.

— Oh, merci, monsieur, vous êtes si gentil !

— Dites-moi donc pour commencer comment va votre tête.

— Bien mieux. Je n'ai presque plus de vertiges, et surtout, ces nausées épuisantes ont cessé. Oui, je peux dire que j'ai eu de la chance, sans ma tignasse, qui a amorti le choc, c'en était fait de moi.

— Oh, madame, quel mot ! Permettez-moi de vous faire ce compliment : vous avez une chevelure somptueuse ! Sans doute utilisez-vous des shampooings spéciaux ?

— Vous avez deviné. C'est mon oncle de Suède qui m'envoie du henné et des produits américains…

Cette nuit Käthe avait tout compris. Elle avait tourné dans sa tête toutes les questions du « monsieur des assurances ». La version de l'oncle suédois lui avait paru la plus plausible. Ensuite elle avait imaginé plusieurs variantes au sujet de la valise. Mais elle ne put décider laquelle était la meilleure : une migraine intolérable l'obligea à renoncer. Oui, elle devait à tout prix éviter cette question aujourd'hui, inventer n'importe quoi, simuler le malaise. Finalement, il fallait voir l'agent de la Gestapo à l'œuvre. Pour lui aussi l'oncle suédois était le plus facile. Ils allaient s'étudier réciproquement. Le tout, c'était de commencer la première.

— À propos, votre oncle… a-t-il le téléphone ?

— Ça alors, je n'en sais rien. Mon mari ne lui a jamais téléphoné.

Erwin… mort. Non, elle ne pouvait pas y croire. Le premier choc nerveux passé, quand les sanglots muets se furent éteints, une vieille infirmière lui avait dit :

— Pourquoi se tuer comme ça, ma petite ? J'ai connu la même chose avec mon fils. Tout le monde le croyait mort, et il n'était qu'à l'hôpital. Maintenant il boite sur une seule jambe, mais on ne l'a pas repris à l'armée, c'est toujours ça.

En avoir le cœur net ! Sur le coup, Käthe avait follement désiré faire passer un billet à Stierlitz. Mais non, c'était impossible ; d'autre part, elle comprenait qu'elle devait d'une manière ou d'une autre entrer en relation avec lui. Elle avait donc résolu de s'obliger à ne pas penser au pire et à imaginer une façon intelligente de le contacter. Stierlitz trouverait Erwin à l'hôpital et tout irait bien. La guerre finie, Erwin promènerait le petit dans Moscou, ce serait l'été indien avec des fils d'or dans l'air et le feuillage mordoré des bouleaux, si hauts, si purs…

— Notre compagnie, poursuivait l'homme, vous aidera à contacter votre oncle par téléphone, aussitôt que les médecins vous permettront de quitter la chambre. Ces Suédois se sont ingéniés à rester neutres. Ils sont riches, ils vous aideront. Vous n'aurez qu'à lui faire entendre les piaillements de votre petit, je suis sûr que son cœur va fondre… Maintenant, voici : j'ai convenu avec notre administration que vous toucherez votre premier acompte dans les jours qui suivent, sans attendre qu'on procède au calcul du montant global de votre assurance. Mais il nous faut les noms de deux personnes qui puissent se porter garantes.

— Comment dites-vous ?

— Je dis deux personnes qui puissent garantir… Pardonnez-moi, je ne suis qu'un employé, il ne faut pas m'en vouloir. Des gens qui puissent cautionner votre honnêteté. Encore une fois, comprenez-moi bien…

— Pensez-vous, monsieur, qui donc va vouloir me donner une telle garantie ?

— Euh, vous devez bien avoir des amis ?

— Des amis… Non, je ne vois pas qui voudrait.

— Très bien, mais des personnes que vous connaissez suffisamment et qui pourraient nous confirmer qu'ils ont connu votre mari ?

— Qu'ils connaissent ! ne put s'empêcher de s'exclamer Käthe.

L'autre s'anima.

— Il est vivant ? L'avez-vous vu ? Dites-moi vite !

Mais Käthe faisait déjà un signe de dénégation.

— Hélas non, monsieur, mais je suis sûre qu'il est vivant. On a dû le recueillir dans un hôpital.

— Vous savez, j'ai cherché partout…

— Dans tous les hôpitaux ?

— Oui.

— Les hôpitaux militaires aussi ?

— Pourquoi pensez-vous qu'on ait pu le conduire dans un hôpital militaire ?

— C'est un mutilé de guerre. Un officier…

— À la bonne heure, dit-il avec un sourire doucereux, je vois que vous avez recouvré tous vos esprits ! Allons, nommez-moi deux personnes que connaîtraient votre époux et je me charge d'avoir leur signature dès demain.

De nouveau elle entendait le sang cogner contre ses tempes. À chaque nouvelle question, ce bruit devenait un peu plus intolérable. Ce n'était plus un bruit, c'étaient les coups assourdissants d'un marteau sur l'enclume. Elle devait tenir bon, pourtant ; se taire maintenant, après avoir évité les plus gros pièges, c'était tout perdre. Käthe fit un effort pour se souvenir des maisons de sa rue, de préférence sinistrées… Il y avait bien ce général à la retraite dont Erwin avait dépanné la radio. Oui, il habitait à Ransdorf, elle en était sûre. À deux pas du lac. Il n'avait qu'à s'adresser à lui.

— Essayez, monsieur, de parler au général en retraite Fritz Nusch. Il habite à Ransdorf. C'est un vieil ami de mon époux. Je prie Dieu qu'il se montre bon pour nous, comme il l'a toujours été…

— Fritz Nusch, répéta l'homme en consignant le nom sur son agenda, Ransdorf. Rue… ?

— Je ne m'en souviens pas…

— Je crains que le bureau des adresses refuse de me renseigner.

— Pensez-vous, un homme si convenable... Il a quatre-vingts ans...

— Il ne travaille pas du chapeau ?

— Vous dites ?

— Euh... je demande s'il n'est pas un peu sénile. S'il ne tenait qu'à moi, il y a longtemps que j'aurais mis au repos de force les gens de plus de soixante-dix ans, que je les aurais expédiés à l'asile, tous autant qu'ils sont... Dans ce monde, tout le mal vient des vieillards.

— Mon Dieu, monsieur, ce général est un si brave homme !

— Soit. Qui encore ?

Le cerveau endolori de Käthe se remit à chercher fiévreusement : « Mme Korn ? Il y a un risque. Quand nous avons passé nos vacances chez elle, nous avions la valise. Elle peut s'en souvenir. Dommage, l'épouse d'un officier SS... » Et tout haut :

— Essayez de contacter Mme Eichenbrenner. Elle habite à Potsdam, rue du Moulin, une villa particulière.

— Eh bien ! Voilà déjà quelque chose, n'est-ce pas ? Je tâcherai de convaincre ces deux personnes d'être vos garants, madame Kinn. Ah, oui, encore ceci : votre concierge a cru reconnaître deux de vos valises parmi les objets sauvés. Je repasserai avec lui demain matin, et nous ouvrirons les deux valises en présence du médecin-chef ; si vous le voulez bien, vous m'indiquerez quelques objets que je pourrai échanger contre du linge pour le bébé.

« Nous y voilà, songea Käthe. Il voudrait que je tente d'établir le contact avec un ami dès aujourd'hui. »

— Je vous remercie infiniment, répondit-elle, je suis sûre que Dieu vous rendra votre bonté. Le Seigneur n'oublie jamais les bonnes actions...

— Merci ! Je sous souhaite un prompt rétablissement,

madame, et soyez gentille de faire une bise à votre bout de chou.

Avant de quitter la maternité le « monsieur des assurances » passa dans le cabinet du médecin de service et fit venir l'infirmière :

— Si cette jeune mère vous demande de passer un coup de fil à quelqu'un ou de faire passer une lettre, lui dit-il, appelez-moi immédiatement à ce numéro, chez moi ou au bureau, quelle que soit l'heure ! Si quelqu'un vient la voir, faites-le savoir à ce deuxième numéro : mes gens seront ici dans trois minutes. Vous retiendrez le visiteur sous n'importe quel prétexte !

*

En sortant de son bureau, Stierlitz tomba sur deux hommes qui passaient dans le couloir ; l'un d'eux portait une valise. Cette valise, il l'eût reconnue entre mille : c'était celle d'Erwin, la valise de l'émetteur…

Affichant une mine distraite, il emboîta le pas aux deux militaires, qui, tout en conversant avec animation, portèrent l'objet dans le bureau de Rolf.

Fiche du SS-Sturmbannführer Rolf (IVe section du RSHA), membre du NSDAP depuis 1940 : « Aryen authentique. Caractère nordique, digne. Entretient de bonnes relations avec ses camarades de travail. Irréprochable dans l'exécution de ses tâches. Implacable avec les ennemis du Reich. Exempt de relations impures. Décoré par le Reichsführer-SS… »

Allait-il entrer à leur suite chez le Sturmbannführer ou passer un peu plus tard, Stierlitz ne fut pas long à se le demander. Un déclic se fit en lui, il frappa deux coups à la porte et entra chez Rolf.

— Alors, ici aussi on s'apprête à lever le camp ? lança-t-il en riant.

Cette phrase, il ne l'avait pas préparée. Elle était venue toute seule, et probablement sonnait-elle juste.

— Ne plaisante pas, répondit Rolf. C'est un émetteur.

— Ah bon, tu les collectionnes ? Et où est le propriétaire ?

— Le propriétaire, je crois, a son compte. La propriétaire, elle, se trouve à la Charité avec son nouveau-né.

— Son nouveau-né ?

— Oui, et cette catin a la tête en marmelade, m'a-t-on dit.

— Mauvais, ça. Comment va-t-on l'interroger ?

— Comment ? Mais très simplement ! Je n'ai pas l'intention de faire des manières. Le larbin du Service lui a montré la photo des valises, sous prétexte de lui demander si elle n'y voyait pas ses fringues. Cette fois elle est fichue, toute seule elle ne prendra pas la fuite : elle a l'enfant dans la pouponnière où l'on ne laisse entrer personne. Je ne crois pas qu'elle partirait sans lui. Mais comme on ne prend jamais trop de précautions, j'ai décidé de l'amener ici aujourd'hui même.

— Ça me paraît raisonnable, acquiesça Stierlitz. Tu as laissé un planton ? Il faut la surveiller de près.

— Oui, nous avons mis notre infirmière et remplacé le veilleur par l'un de nos agents.

— Dans ce cas, faut-il l'amener ici ? Tu risques de tout gâcher. Et puis, imagine qu'elle cherche à contacter quelqu'un ?

— Justement, j'hésite. Je crains qu'elle ne recouvre très vite ses facultés. Tu les connais, ces Russes, il faut les prendre au dépourvu…

— D'où as-tu pris que c'est une Russe ?

— Tout a commencé par là. Pendant l'accouchement, elle s'est mise à déblatérer en russe.

Stierlitz émit un ricanement et dit en se dirigeant vers la porte :

— Coince-la vite. À moins que… Elle ferait un joli appât si elle cherche à prendre contact… Tu ne penses pas que ses gens sont en train de la rechercher dans tous les hôpitaux ?

— Voilà une hypothèse qu'il faut explorer !

— Je t'en fais cadeau. Il n'est pas trop tard de t'y mettre dès à présent. Porte-toi bien et tous mes vœux.

Sur le point de passer la porte, Stierlitz se retourna :

— Mais attention, l'affaire est intéressante, trop de précipitation pourrait nuire. Et mon conseil : pas de rapport au patron, il t'obligerait à appuyer sur l'accélérateur !…

Sur le pas de la porte, Stierlitz se frappa le front et éclata de rire.

— Je me crétinise… J'étais venu te demander un somnifère. Tout le monde dit que tu as un excellent médicament suédois.

On se souvient toujours de la dernière phrase. S'il importe de savoir amorcer la conversation nécessaire, il est encore plus important de savoir y mettre fin. « Maintenant, pensa Stierlitz avec satisfaction, si on demande à Rolf qui est passé le voir et pourquoi, il y a gros à parier qu'il dira que je suis venu lui demander des comprimés de son somnifère suédois. » Rolf approvisionnait la moitié du service : son oncle était pharmacien.

Après cette conversation « enjouée » avec Rolf, il restait à Stierlitz de simuler la colère. Il monta chez Schellenberg.

— Brigadenführer, mieux vaut que je me porte

malade, car je le suis vraiment, et que je demande dix jours de congé, sinon je craque…

En faisant cette déclaration au chef du contre-espionnage, il était d'une pâleur mortelle. Pas seulement parce qu'il y allait de la vie de Käthe et, par conséquent, de sa propre vie. Il savait trop bien ce qui attendait la jeune mère en ces lieux : au bout de cinq heures d'interrogatoire, on applique le canon d'un revolver sur la nuque du nourrisson et on menace de tirer si la maman s'obstine à se taire. Une trouvaille du vieux Müller : on n'avait encore jamais tué aucun enfant, d'ailleurs, non point par humanité mais de crainte que la mère devenue folle fasse capoter l'enquête. Mais la méthode marchait à tous les coups.

Non, la pâleur de Stierlitz n'était pas due à la peur des tortures qui l'attendaient si Käthe parlait. Tout était beaucoup plus simple : il simulait la colère noire. Le véritable agent secret a quelque chose de l'acteur et de l'écrivain. À une différence près : si pour le comédien une mauvaise prestation lui vaut une ou deux tomates, et que les lecteurs accableront de leur mépris l'auteur d'un navet, la mort est le verdict qui attend l'agent secret.

— Qu'y a-t-il ? s'étonna Schellenberg. Ça ne va pas ?

— Brigadenführer, je crois que Müller nous tient tous en laisse. Hier c'était cette filature de la Friedrichstrasse ; aujourd'hui, il met la main sur l'émetteur russe auquel je donne la chasse depuis huit mois, mais pour une raison qui me dépasse, c'est à Rolf qu'échoit l'affaire, lui qui s'y connaît dans les grilles codées autant qu'un singe en algèbre.

Schellenberg tendit la main vers le téléphone.

— Inutile, l'arrêta Stierlitz. Cela ne servirait à rien. Comme d'habitude, ça va faire des embrouilles pas possibles entre l'espionnage et le contre-espionnage. Non. Ordonnez-moi plutôt d'aller chercher cette femme et je vous l'amène, au moins pour un premier interrogatoire. Peut-être suis-je présomptueux, mais je pense pouvoir le faire mieux que Rolf. Lui n'aura qu'à s'en occuper après, le boulot doit passer avant l'amour-propre.

— Faites, dit Schellenberg, mais je donne quand même un coup de fil au Reichstandartenführer.

— Mieux vaudrait passer chez lui, je n'aime pas beaucoup cette publicité.

— Bon, bon, je descendrai le voir, lui accorda Schellenberg. Faites ce que vous avez à faire et nous parlerons ensuite du pasteur. Nous allons en avoir besoin un de ces jours.

— Mais, Brigadenführer, je ne peux pas chasser deux lièvres à la fois !

— Taratata, ne me racontez pas d'histoires ! Un agent secret se rend du premier coup ou ne se rend pas. À de rares exceptions près, il s'effondre très vite après application des techniques de la bande à Müller. Vous verrez tout de suite : si cette petite dame s'entête, remettez-la à Müller, qu'il s'y casse les dents. Il ne vous faudra pas des heures pour comprendre : si elle parle, nous l'inscrirons à notre actif et le Bavarois n'aura qu'à aller se faire voir.

C'est ainsi qu'en ses instants d'irritation Schellenberg nommait l'un des hommes qu'il abhorrait le plus : le chef de la Gestapo Hans Müller.

*

L'uniforme d'officier et la carte du SD suffirent : Stierlitz fut conduit sans délai à la chambre de Käthe. Dès que celle-ci le vit ses yeux s'agrandirent, les larmes montèrent et elle eut un élan de tout le corps vers lui. Mais Stierlitz, craignant les micros, débita d'une voix métallique :

— Frau Kinn, préparez-vous. Vous avez perdu la partie, les agents secrets doivent savoir le faire dignement. Je sais que vous allez nier, mais ce serait stupide : nous avons intercepté une bonne quarantaine de vos messages. On va vous apporter vos vêtements, et vous allez me suivre. Si vous faites preuve de coopération, je vous garantis la vie, à vous et à votre enfant. Si vous vous entêtez, je ne réponds de rien.

Stierlitz attendit que l'infirmière apportât le tailleur, le manteau et les chaussures de Käthe. Celle-ci, entrant dans son jeu, dit :

— Peut-être sortirez-vous pendant que je m'habille.

— Non, je ne sortirai pas. Je vais me retourner et vous poser quelques questions préliminaires. Vous aurez ainsi tout loisir de méditer vos réponses.

— Je ne vous dirai rien, répliqua Käthe. Je n'ai rien à vous dire. Je ne comprends pas ce qui s'est passé, je suis encore très faible, mais je suis certaine que le malentendu va se dissiper. Mon mari est officier, mutilé de guerre…

Une immense euphorie avait envahi la jeune femme. Elle voyait un des siens, elle était sûre que désormais, quelles que soient les épreuves, le plus effrayant – la solitude – avait pris fin.

— Assez, coupa Stierlitz. Votre émetteur est entre nos mains, vos messages aussi, nous les avons déchiffrés, c'est une preuve irréfutable. Nous ne vous demandons qu'une chose, d'ailleurs : que vous acceptiez de coopérer. Et je vous conseille fort… (Il se retourna pour montrer des yeux et du visage qu'il lui disait quelque chose de très important, dont il fallait bien se pénétrer.) Je vous conseille fort de vous rendre à ma proposition et, primo, de me dire tout ce que vous savez, même si vous ne savez pas grand-chose, et, secundo, de vous mettre immédiatement, dans les deux ou trois jours qui viennent, à travailler pour nous.

Il comprenait qu'il ne pourrait lui dire l'essentiel qu'une fois dans le couloir. Mais il suffisait qu'elle l'entende pour comprendre le plus important. Il ne pouvait donc compter que sur une minute ou deux de trajet dans les couloirs de la maternité, selon le calcul qu'il avait fait en venant.

L'infirmière apportait déjà l'enfant.

— Bébé est prêt, dit-elle.

Le cœur de Stierlitz se serra, pas seulement parce que le bout de chou devait aller à la Gestapo, en prison, et encore Dieu sait où, mais aussi parce que l'infirmière, une femme elle aussi, avait dit si tranquillement « bébé est prêt »…

— Vous n'êtes pas en état de le porter, ma petite, je vais vous accompagner jusqu'à la voiture.

— Inutile, intervint Stierlitz. Vous pouvez disposer. Frau Kinn portera son enfant elle-même. Et faites le nécessaire pour que nous ne croisions aucun malade sur notre passage.

L'infirmière sortit et Stierlitz, ouvrant la porte, s'effaça devant Käthe. Puis il la prit par le bras pour l'aider à porter son fardeau ; enfin, remarquant que ses mains tremblaient, il finit par prendre lui-même l'enfant.

— Écoute-moi, petite fille, commença-t-il à voix basse après s'être assuré que le couloir était vide. Ils savent tout. Écoute-moi attentivement. Ils vont te donner des informations à transmettre aux nôtres. Résiste, exige des garanties, réclame que l'enfant reste avec toi. Ensuite fais mine de céder pour lui. Dans mon bureau il s'agit de bien jouer : ils sont capables de tout enregistrer. Nos messages n'ont pas été décodés. Alors, attention ! Tu ne connais pas le chiffre, c'était Erwin qui s'en occupait. Toi tu n'es que la pianiste. Je me charge de tout le reste. Tu diras qu'Erwin rencontrait le chef dans le quartier de la Kantstrasse et au Ransdorf. Qui est-il, tu n'en sais rien. Tu diras qu'un type du ministère des Affaires étrangères venait chez Erwin. Je te montrerai sa photo dans l'auto. C'est tout. Compris ?

Le « type du ministère des Affaires étrangères » était le conseiller du département oriental Heinz Korner. Il s'était tué une semaine auparavant dans un accident de la route. Une fausse piste qui coûterait une bonne dizaine de jours à la Gestapo. Or, chaque minute était précieuse au point où on en était.

Cinq heures plus tard, Rolf rapportait à Müller que la radio russe avait disparu de la Charité. Müller entra dans une rage folle. Deux heures s'écoulèrent encore avant que Schellenberg l'appelât au téléphone.

— Bonsoir, l'ami, dit-il. Stierlitz nous a préparé une fameuse surprise : il nous amène une opératrice radio russe qui a accepté de travailler pour nous. Le Reichsführer l'a déjà félicité pour ce brillant succès...

*

Assis dans le bureau de Schellenberg qui claironnait son rapport de victoire, Stierlitz s'interrogeait pour la centième fois. Avait-il eu le droit d'amener ici, dans cette prison, sa camarade de combat Ekaterina Kozlova, alias Käthe Kinn, alias Inga, alias Annabel ? Sans doute aurait-il pu l'installer dans une autre automobile, l'emmener à Babelsberg où il lui aurait trouvé un logement et de nouveaux papiers. Mais en sauvant Käthe, il compromettait à coup sûr l'opération. Celle qui était montée par le Centre et dont dépendait le sort de centaines de milliers de soldats russes, l'opération qui pouvait décider de l'avenir de l'Europe. Évidemment, après l'évasion de Käthe, toute la Gestapo aurait été sur les dents. Il savait aussi que même en cas de réussite, tous les indices l'auraient forcément dénoncé : la carte de la police secrète, l'automobile, les signes extérieurs. Il lui aurait fallu, lui aussi, gagner la clandestinité ; autant dire un échec. La guerre tirant à sa fin, les bourreaux de Müller allaient se déchaîner et exterminer tous ceux qui se trouvaient dans leurs cellules. C'est pourquoi il avait recommandé à Käthe de poser d'abord ses conditions : rien ne la reliait plus à la Russie, son mari était mort, en aucune circonstance elle ne devait retomber entre les mains de ses anciens patrons. C'était une solution de précaution, au cas où la jeune femme serait tout de même remise à la Gestapo. Il serait autrement plus tranquille si Käthe restait dans son service. Il la logerait dans le local secret de la radio, sous la protection des SS, et le moment venu, il ferait en sorte que Käthe disparaisse avec son enfant sans laisser de trace. Encore que tout ça soit diablement périlleux. Malgré une situation militaire désespérée, malgré la masse des fuyards qui refluaient vers le cœur du pays, la mécanique de la Gestapo continuait à fonctionner sans à-coups. Une personne sur deux l'informait du comportement de son voisin, et celui-ci la renseignait sur l'autre. Seul un esprit naïf, ne connaissant pas les structures des SS et du SD, pouvait espérer se tirer indemne de la tornade…

*

Müller consacra trois heures à étudier le premier interrogatoire de la Russe. Il commença par confronter le procès-verbal présenté par le SS-Standartenführer von Stierlitz avec l'enregistrement de la conversation qui s'était déroulée dans son bureau (le micro était encastré dans une prise de courant). Les réponses de la Russe concordaient mot pour mot ; les questions que Stierlitz lui posait étaient consignées, sous une forme fortement abrégée, mais assez exactes, elles aussi.

— Rien à dire, il fait du bon boulot, ce garçon, dit Müller à Rolf. Écoutez plutôt…

Il déroula un bout de film et envoya la voix de Stierlitz :

— Je ne vous répéterai pas cette vérité élémentaire qu'à Moscou, votre arrestation signe votre condamnation automatique. Une personne qui tombe aux mains de la Gestapo doit mourir. Celui qui en revient vivant est un traître, un point c'est tout. Vrai ou pas ? Première chose. Je ne vous demanderai pas les noms des agents qui ont échappé à notre coup de filet. Ce n'est pas si important : en cherchant à vous contacter, ils viendront me trouver. C'est une seconde chose. Ensuite, vous conviendrez qu'en tant que représentant du sexe masculin et officier du Reich, je ne puis que compatir à votre situation : je conçois ce que seront les souffrances d'une mère dont nous serons obligés de mettre l'enfant à l'assistance. Cet enfant perdra sa mère pour toujours. Comprenez-moi bien. Ce n'est pas une menace, mais, même si la chose me répugnait, j'ai des chefs, et quelqu'un qui ne vous a pas vue avec votre enfant dans les bras aura infiniment moins de peine à en donner l'ordre. Moi, je ne puis que l'exécuter : je suis un soldat et mon pays est en guerre avec le vôtre. Et enfin, quatrième point, nous avons reçu il y a quelque temps des copies de films soviétiques tournés à Alma-Ata par les studios de Moscou. Vous y faites des Allemands des ânes et de notre organisation un asile d'aliénés. C'est un procédé ridicule, à mon avis. N'étions-nous pas aux portes du Kremlin ?…

Bien entendu, Müller ne pouvait pas savoir qu'à cet endroit, Stierlitz avait encouragé Käthe d'un clin d'œil ; celle-ci répliquait :

— Oui, mais maintenant c'est l'Armée rouge qui est aux portes de Berlin.

— Fort bien. Mais quand nos armées étaient devant le Kremlin, vous ne désespériez sans doute pas d'aller un jour jusqu'à Berlin ? De la même façon nous sommes sûrs que nous retournerons bientôt au Kremlin. Mais assez discuté. Je ne vous ai dit tout cela que pour vous apprendre que nos décodeurs ne sont pas des manchots et qu'ils ont bien avancé. Maintenant, votre mission d'opérateur peut être reprise par quelqu'un de chez nous…

Nouveau clin d'œil de Stierlitz. Käthe répondait :

— Vous ne connaissez pas mon style. Au Centre, on ne se laissera pas abuser.

— Nous avons des enregistrements de vos messages ; nous pouvons facilement former notre homme. C'est lui qui fera votre travail. Vous serez définitivement compromise. On ne vous le pardonnera pas chez vous, vous le savez aussi bien que moi, sans doute même mieux. Si vous vous montrez raisonnable, je vous promets un alibi complet.

— C'est impossible, répondait Käthe.

— Non. C'est possible. Votre arrestation ne figurera dans aucun de nos documents. Vous serez installée chez de bons amis à moi où la petite sera très bien.

— C'est un garçon.

— Pardonnez-moi. Je disais donc que dans l'hypothèse où vous retrouviez les vôtres, vous pourrez toujours dire que le mot de passe vous a été communiqué par un agent qui vous a contactée après la mort de votre mari.

— Je ne connais pas le mot de passe.

— Vous le connaissez, insistait Stierlitz, bien sûr, mais je ne vous le demande pas, ce sont des détails secondaires, une touche de romantisme. Vous direz donc que l'homme qui vous a communiqué le mot de passe vous a amenée dans un logement secret et que c'est lui qui vous apportait les messages à envoyer au Centre. Voilà pour l'alibi. Dans les films d'espionnage, on laisse toujours un temps pour la réflexion. Ce n'est pas ma méthode. Moi je vous demande immédiatement : c'est oui ou c'est non ?

Plage de silence.

*

Müller se tourna vers Rolf et remarqua :

— Une seule anicroche : il s'est trompé sur le sexe de l'enfant. Pour le reste, un travail de virtuose.

*

— Oui, répondait Käthe d'une voix étranglée, à peine audible.

— Je n'entends pas.

— Oui, répétait Käthe. Oui ! Oui ! Oui !

— Voilà, très bien, faisait Stierlitz. Et surtout pas de nervosité. Vous saviez ce que vous faisiez quand vous avez choisi de travailler contre nous.

— Seulement, j'ai une condition…

— Je vous écoute.

— Avec la mort de mon mari et mon arrestation, tous les liens qui me rattachaient à mon pays se sont rompus.

J'accepte de collaborer avec vous, si vous me promettez de faire le nécessaire pour que jamais je ne retombe entre les mains des Russes…

Maintenant que la vie de Käthe ne tenait plus qu'à un fil et que son attaque frontale contre Bormann, pour des raisons qui lui échappaient, avait échoué, Stierlitz ressentait un besoin impérieux de contacter Moscou. Il lui fallait un coup de main concret, sous la forme de quelques noms, quelques adresses, fussent-ils indirectement liés à la personne de Bormann. La nièce d'un vague cousin marié à la sœur du beau-frère de son cuisinier ?…

Stierlitz émit un gloussement tant le lien de parenté était saugrenu. Pourtant, le moment ne se prêtait guère au rire. Le moindre retard pouvait avoir des conséquences fatales. Impossible d'envoyer le pasteur à Berne avant Pleischner. Inutile de lancer Pleischner tant que Bormann n'avait pas été contacté. Or, même en mettant les choses au mieux, il ne fallait pas compter sur un nouvel opérateur radio avant deux semaines. Or le temps pressait, c'était une question de jours, au mieux de semaine.

*

Stierlitz supputait pour quelle raison Bormann n'était pas venu au rendez-vous. Primo, il avait pu ne pas recevoir la lettre. Celle-ci aurait été interceptée par les hommes de Himmler. Encore que cela fût douteux. Stierlitz avait réussi à la glisser dans la correspondance personnelle de Bormann : dérober quelque chose dans ce paquet était une entreprise très risquée puisqu'il avait glissé sa lettre après que le préposé du service secret du secrétariat du Reichsführer avait vérifié toute la poste. Secundo, avec le recul, Stierlitz admettait qu'il avait commis quelques erreurs substantielles dans la teneur de la missive. C'était là une précieuse habitude professionnelle : analyser rétrospectivement une action, un entretien, une lettre, et sans se formaliser des bévues possibles, chercher immédiatement une issue, sans miser sur la chance. Pour lui personnellement, cette lettre ne présentait aucun danger ; il l'avait tapée pendant une alerte sur une machine du service des expéditions. Toutefois, se dit-il, il y avait mis trop de signes d'allégeance au regard de l'envergure de Bormann, et pas assez de faits concrets, de suggestions constructives. L'énorme responsabilité que lui fait endosser la prise de décisions pratiquement incontrôlées oblige une personnalité de cette envergure à n'accepter un entretien avec un subordonné que lorsque les faits que celui-ci lui communique sont absolument inédits et d'une portée évidente pour la politique d'État. D'un autre côté, se disait Stierlitz, il était logique de s'attendre à ce que Bormann attachât du prix au moindre document susceptible de compromettre Himmler. (Stierlitz comprenait pourquoi avait commencé cette lutte entre Himmler et Bormann. Ce qu'il ne saisissait pas, c'était pourquoi elle se poursuivait jusqu'à présent avec une violence accrue.) Et enfin, tertio, pourquoi ne pas admettre que Bormann était tout simplement occupé ailleurs et qu'il n'avait pas pu venir au rendez-vous ? Du reste, il savait que Bormann n'avait accepté que deux ou trois fois ce genre de rendez-vous. Alors que chaque jour une bonne vingtaine de hauts dignitaires du parti ou de l'armée sollicitaient une audience.

« J'ai été naïf du début à la fin, conclut Stierlitz. Non seulement j'ai agi à l'aveuglette, mais je n'ai pas tenu compte de ses règles à lui. »

*

La sirène d'alerte retentit. Stierlitz consulta sa montre : dix heures du soir. Dehors, le ciel gardait une trace de rougeoiement. La nuit serait froide. « Mes roses vont geler, pensa-t-il, je me suis dépêché de les planter. Mais qui pouvait prévoir que les froids dureraient si longtemps ? »

Les bombes tombaient tout près. Il sortit de son bureau et s'engagea dans le couloir qui menait à l'escalier par lequel on descendait dans le bunker. À hauteur du poste des communications directes, il ralentit le pas. Tout d'abord il n'en comprit pas la raison. Mais l'instant d'après ce fut un éblouissement : la clef était dans la serrure. Stierlitz s'arrêta, inspecta les alentours. Le corridor était vide, tout le monde était allé se mettre à l'abri. Il poussa la porte de l'épaule. Elle ne s'ouvrit pas. Alors il tourna la clef. La lumière avait été éteinte, en dépit des épais rideaux de défense passive. Stierlitz tourna le commutateur. Parmi la dizaine d'appareils, deux grands téléphones blancs se détachaient : c'étaient les lignes qui communiquaient en direct avec le bunker du Führer et les bureaux de Bormann, Goebbels et Keitel.

Stierlitz inspecta de nouveau le couloir : celui-ci restait vide. Les vitres tremblaient follement, les explosions s'étaient encore rapprochées. L'espace d'un éclair il se demanda s'il devait refermer la porte à clef. Puis il alla à l'un des appareils blancs et composa le 12-00-54.

— Ici Bormann, dit une voix basse et rugueuse.

— Avez-vous reçu ma lettre ? demanda Stierlitz en prenant soin de changer la sienne.

— Qui parle ?

— Vous avez dû recevoir une lettre, tout à fait confidentielle, de la part d'un membre dévoué du parti.

— En effet. Bonjour. Où êtes-vous ? Ah, oui. C'est clair. Voici le numéro minéralogique de ma voiture…

— Je le connais, coupa Stierlitz. Qui sera au volant ?

— Cela a-t-il de l'importance ?

— Oui. L'un de vos chauffeurs…

— Je sais, je sais, coupa à son tour Bormann.

Ils se comprenaient : Bormann constatait que son interlocuteur savait que son téléphone était branché sur la table d'écoute, ce qui prouvait sa connaissance des secrets les plus confidentiels du Reich. Stierlitz concluait de son côté que Bormann comprenait à demi-mot – un de ses chauffeurs était au service de la Gestapo – et il sentit qu'il avait gagné.

— Je vous attendrai demain à l'endroit et à l'heure convenus.

— Non, souffla Stierlitz. Tout de suite. Dans une demi-heure !

*

LE 8 MARS 1945 (22 H 32)

Trente minutes plus tard, Stierlitz voyait se ranger devant le musée d'Histoire naturelle la Meibach blindée du Reichsleiter. Après s'être convaincu qu'il n'était pas suivi, il passa devant la voiture. Sur le siège arrière il reconnut Bormann. Stierlitz revint sur ses pas et ouvrit la portière.

— Parteigenosse Bormann, dit-il, je vous remercie de votre confiance…

Bormann lui tendit la main sans répondre.

— En route, dit-il au chauffeur. Au Wannsee.

Puis il fit glisser la vitre de séparation.

— Où vous ai-je vu ? demanda-t-il enfin à Stierlitz, en l'examinant. Allons, retirez-moi tout cet attirail.

Stierlitz posa ses lunettes sur ses genoux et souleva son chapeau.

— Non, je suis sûr de vous avoir vu quelque part, reprit Bormann.

— C'est exact. Quand vous m'avez remis la croix de fer vous avez même dit que j'avais un visage de professeur de mathématiques et non d'espion.

— En ce moment, c'est l'inverse : vous ressemblez plus à un espion qu'à un professeur, plaisanta Bormann. Eh bien, qu'est-ce qui ne va pas ? Racontez.

*

Le téléphone qui reliait Bormann à la Direction des services de la sécurité du Reich resta muet toute la nuit. Aussi, quand au matin le rapport de la table d'écoute tomba sur le bureau de Himmler, celui-ci commença par entrer dans une rage folle. Mais passée la première colère, il prit peur et convoqua Müller auquel il donna l'ordre d'élucider, avec toutes les précautions de rigueur, qui avait parlé la nuit avec Bormann depuis le poste des communications spéciales.

Durant la journée, Müller ne put recueillir le moindre renseignement digne d'intérêt. Le soir, on lui apporta les empreintes digitales laissées sur le combiné par l'inconnu qui avait appelé Bormann. Le surprenant, c'est que, si l'on en croyait le fichier, les mêmes empreintes avaient été relevées quelques jours plus tôt… sur l'émetteur de l'agent radio russe.

*

Le chauffeur de Bormann, qui, jusque-là, suivant l'ordre de son chef, s'était refusé à renseigner les SS, fut arrêté au moment où il rentrait chez lui après son travail. Pendant trois heures, il garda le silence, se contentant d'exiger une entrevue avec son patron. Quand ses inquisiteurs passèrent à la manière forte, il reconnut enfin qu'un inconnu avait rejoint Bormann la nuit dans son automobile. Le chauffeur était néanmoins incapable de dire sur quel sujet roula la conversation, parce que son chef avait pris soin de refermer la vitre pare-balles. Il brossa un portrait du visiteur : un homme en chapeau mou baissé sur les yeux, portant lunettes à grosse monture en écaille et moustaches grises. On lui fit passer sous les yeux plus de deux cents photographies, dont celle de Stierlitz. Mais, premièrement, Stierlitz y était représenté sans moustaches – un accessoire qui s'ajuste et s'enlève le plus aisément du monde chaque fois que nécessaire – et, deuxièmement, sa photo datait d'au moins cinq ans ; en cinq années de guerre, un homme peut changer assez sensiblement d'aspect, souvent jusqu'à devenir méconnaissable.

Informé par Müller de l'enquête en cours, Himmler l'autorisa à prendre discrètement les empreintes digitales de tout le personnel des services, comme il le proposait.

Müller suggéra en outre de faire disparaître l'infortuné chauffeur, par exemple en simulant un accident de voiture non loin de son domicile. Un premier temps, Himmler fut tenté d'accepter son plan, dont il ne pouvait nier la nécessité, mais finalement il se ravisa. Sa méfiance s'étendait maintenant à tous ses collègues, Müller compris.

— Je vous laisse le soin de régler ça vous-même,

dit-il évasivement. Peut-être même vaudrait-il mieux le relâcher purement et simplement ?

— C'est impossible, mes hommes l'ont pas mal abîmé.

C'était exactement ce que voulait le Reichsführer.

— Alors je ne sais pas, moi, bougonna-t-il, ce chauffeur est un type honnête. Nous autres, nous ne touchons pas à eux… Trouvez donc quelque chose vous-même.

Müller le quitta de fort mauvaise humeur. Il avait très bien vu que le Reichsführer craignait Bormann et préférait lui faire endosser seul la responsabilité de toute l'affaire.

— Eh bien, soit ! Dans ce cas, moi aussi je vais m'offrir mon petit numéro…, décida-t-il. Qu'il vive, ce satané chauffeur, il me rendra encore service.

*

Sitôt après cette conversation avec Müller, Himmler convoqua Otto Skorzeny[1].

— J'ai besoin des archives de Bormann, dit-il sans autre préambule. Vous comprenez, Skorzeny, ce que je vous demande ?

— Je comprends.

— C'est moins facile que de kidnapper le Duce.

— En effet.

— Mais c'est possible ?

— Je n'en sais rien.

— Skorzeny, cette réponse ne peut pas me satisfaire. Ces jours-ci, Bormann commence à évacuer ses archives. Où les dirige-t-il et sous quelle escorte, c'est à vous de l'apprendre. Schellenberg vous aidera, discrètement, à titre de consultation générale.

1. Otto Skorzeny (1908-1975), commandant SS proche de Hitler, collabora avec le Mossad après la guerre et se réfugia en Espagne.

*

LE 10 MARS 1945 (19H58)

Stierlitz avait pris l'express de nuit pour préparer le passage de la frontière suisse. Tout comme Schellenberg, il estimait que faire passer au grand jour le pasteur en Suisse risquait de donner à l'affaire une publicité indésirable.

Tout ceci se faisait à l'insu de la Gestapo. Dans l'idée de Schellenberg, ce serait à Stierlitz de dénoncer Schlag une fois que celui-ci aurait accompli sa mission.

Avec l'accord de Schellenberg, Stierlitz avait consacré plusieurs jours à préparer des candidats à la conjuration du pasteur, choisis pour la plupart au ministère des Affaires étrangères et à l'état-major de la Luftwaffe. Stierlitz connaissait ici des hommes particulièrement dévoués au nazisme. Ce qui plut à Schellenberg, c'est que tous ces personnages étaient fichés comme informateurs de la Gestapo.

— C'est une bonne chose, avait-il dit, finement concoctée.

Stierlitz l'avait regardé sans paraître comprendre.

— Oui, puisque nous pourrons couper l'herbe sous les pieds de tous ceux qui voudront entamer des négociations de paix sans nous. En Occident, on fait la différence entre la Gestapo et notre département.

Ce train de nuit qui faisait contraste avec tous les autres par son confort d'avant-guerre – de vraies courroies de cuir crissaient dans le petit compartiment, les cendriers étaient en cuivre, des serveurs vous offraient du café noir –, ce train qui empruntait le corridor Scandinavie-Suisse, n'était pratiquement utilisé que par les diplomates.

Stierlitz occupait la place 74. Le 56 du wagon suivant était occupé par un professeur suédois au nom imprononçable. Avec un général retournant sur le front italien après une période de convalescence, ils étaient les uniques passagers des deux voitures internationales.

Le général, qui s'ennuyait ferme, vint jeter un coup d'œil dans le compartiment de Stierlitz.

— Vous êtes Allemand ? demanda-t-il.

— Hélas ! répondit Stierlitz.

Ses chefs l'avaient autorisé à faire ce genre de plaisanterie, pour les besoins de la provocation. Si l'interlocuteur ne va pas vous dénoncer à la Gestapo, on peut songer à le recruter. Cette question avait été débattue en haut lieu : fallait-il couper court à une conversation jugée « déloyale », ou la laisser se développer ? Stierlitz était tout à fait d'accord avec ceux qui considéraient que la provocation devait être encouragée.

— Pourquoi « hélas » ? fit le général, mi-figue, mi-raisin.

— Parce que je n'ai pas droit à un deuxième café. Ils n'en donnent qu'à ceux qui sont nantis d'un passeport étranger.

— Ah oui ? Curieux. On m'en a apporté un deuxième, à moi. J'ai aussi du cognac, en voulez-vous ?

— Merci. J'ai le mien.

— Oui, mais vous n'aurez pas de lard, sans doute ?

— J'ai du lard.

— C'est donc que nous mangeons à la même écuelle, conclut le général, tout en surveillant ce que Stierlitz exhumait de sa sacoche. Quel est donc votre grade ?

— Je suis diplomate. Conseiller au troisième département du ministère des Affaires étrangères.

— Que le diable vous emporte, dit le général en s'installant sans plus de façon sur le siège monté à côté d'un lavabo miniature. C'est à vous que nous devons d'en être là.

— Pourquoi donc ?

— Parce que c'est vous qui décidez la politique extérieure, parce que c'est vous qui nous avez obligés à faire la guerre sur deux fronts à la fois. *Prost*[1] !

— *Prosit* ! Vous êtes du Mecklembourg ?

— Oui. Comment l'avez-vous deviné ?

— À la façon dont vous avez dit *prost*. Les gens du Nord avalent les voyelles.

Le général éclata de rire.

— C'est vrai, ça. Dites, ne vous aurais-je pas vu hier au ministère de l'Aviation ?

Stierlitz tressaillit : en effet, la veille, il y avait conduit le pasteur Schlag, pour « établir les contacts » avec des hommes proches de l'entourage de Göring. Au cas où l'opération réussirait, il fallait, au moment où la Gestapo entrerait en jeu, que le pasteur eût laissé des traces au ministère de l'Aviation, à la Luftwaffe et au ministère des Affaires étrangères.

« Non, se dit Stierlitz en versant le cognac, ce général n'a pas pu me voir ; personne n'est passé à côté de la voiture pendant que je m'y trouvais. Et je ne crois pas que Müller me fasse escorter par un général, ce n'est pas dans ses habitudes, il est moins sophistiqué. »

— Non, je n'y étais pas, dit-il tout haut. Par une étrange propriété de ma physionomie, tout le monde croit m'avoir vu quelque part !

— C'est parce que vous avez un type assez courant, répondit le général.

— Dois-je m'en plaindre ou m'en féliciter ?

— Si vous étiez un espion, ce ne serait pas gênant.

1. Santé !

Mais pour un diplomate… Dans votre métier il faut avoir un visage dont on se souvient.

— Et les militaires ?

— Les militaires, à l'heure qu'il est, ils doivent avoir de bonnes jambes.

— Et une tête, je suppose ?

— Pour quoi faire ? D'autres pensent à notre place. Nous, nous exécutons. Non, non. Je dis bien que ce qu'il nous faut, ce sont de bonnes jambes. Pour déguerpir au bon moment.

— Et vous ne craignez pas de tenir de tels propos à un inconnu ?

— Vous ne connaissez pas mon nom.

— C'est une chose très facile à établir, car votre visage à vous, on s'en souvient.

— Oui ? Diable, il m'a toujours paru tout ce qu'il y a de banal. De toute façon, le temps que vous fassiez votre rapport, le temps qu'ils trouvent un deuxième témoin, tout sera fini. Ce sont les autres qui nous jetteront sur le banc des accusés. Vous, les diplomates, au premier rang.

— Ainsi vous avez incendié, vous avez détruit, tué, et ce serait nous que l'on va juger ?

— Nous exécutions les ordres. Les excès, c'est aux SS qu'il faut les imputer. Nous autres, nous avons combattu. Vous auriez peut-être inventé une méthode spéciale : faire la guerre sans faire de victimes ?

— Oh, vous savez, qu'on le veuille ou non, la guerre est nécessaire. Moins imbécile que celle-là, bien sûr, qui est celle d'un amateur. Il a cru que la guerre était une affaire d'intuition, que ça ne s'apprenait pas. Lui seul sait ce qu'il nous faut. Lui seul aime la grande Allemagne. Nous autres, nous ne pensons qu'à la meilleure façon de la trahir, ceci au profit des bolcheviks et des Américains.

— *Prosit*…

— *Prost* ! Les États sont comme les hommes. Ils ont horreur de l'immobilité. Les frontières les étouffent. Il leur faut du mouvement, c'est un principe. Le mouvement, c'est la guerre. Mais si vous nous mettez encore dans ce bordel, satanés diplomates, on vous exterminera tous autant que vous êtes, jusqu'au dernier.

— Nous exécutions les ordres. Nous sommes des soldats comme vous. Les soldats du Führer !

— Ah, cessez de jouer la comédie. « Les soldats du Führer », ânonna-t-il. La piétaille qui a chaussé des bottes de général…

— Je suis épouvanté par cette conversation, général !

— Ne mentez pas ! Aujourd'hui toute l'Allemagne parle comme moi… ou pense comme moi, en tout cas.

— Les garçons des Jeunesses hitlériennes aussi, quand ils affrontent les chars russes ? Savez-vous qu'ils meurent en criant « Heil Hitler »… ?

— Le fanatisme ne donne jamais une vraie victoire. Les fanatiques peuvent l'emporter au début. Ils ne sont pas capables de conserver la victoire, parce qu'ils se fatiguent rapidement d'eux-mêmes. *Prost* !

— *Prosit*… Pourquoi alors ne poussez-vous pas votre division à se mutiner ?

— Mon corps d'armée.

— D'autant plus. Pourquoi ne vous constitucriez-vous pas prisonnier avec votre corps d'armée ?

— Et la famille ? Et les fanas de l'état-major ? Et les dégonflés pour lesquels il est plus facile de se battre pour une victoire impossible que de se laisser enfermer dans un camp des Alliés ?

— Vous pouvez donner l'ordre.

— On ordonne de mourir. On n'a encore jamais

ordonné de vivre en se rendant à l'ennemi. On ne nous a pas appris à rédiger de telles instructions.

— Et si on vous le donnait ?

— Mais qui le donnerait ? Ce neurasthénique qui nous entraîne tous dans sa tombe ? Mourir seul fait peur. Autant provoquer une hécatombe, plus on est de fous…

— Et si l'ordre venait de Keitel ?

— Celui-là son cul lui sert de tête. Un scribouillard, oui, pas un militaire.

— Bon, bon… Et le commandant en chef du front d'Italie ?

— Kesselring ?

— Oui.

— Il ne consentira jamais à le faire.

— Pourquoi ?

— C'est un produit de l'état-major de Göring. Celui qui travaille sous la férule d'un grand chef finit par perdre toute initiative, c'est la règle. Il apprend les ficelles, il devient un bon analyste, mais il perd la faculté de prendre des décisions. Avant de se décider à accomplir un tel pas, il ne manquera pas de prendre l'avion pour aller consulter le goret.

— Consulter qui ?

— Le-go-ret, scanda le général. Göring, si vous préférez.

— Vous êtes sûr qu'on ne peut pas faire prendre cette décision à Kesselring sans le feu vert de Göring ?

— Si je n'en étais pas sûr, je ne vous le dirais pas.

— Et vous pensez qu'il n'y a plus d'espoir ?

— Nous avons un espoir, celui d'une fin prochaine. Tous ensemble, en tas… Ce n'est pas si difficile quand on est beaucoup, croyez-moi. Et notre fin sera si cuisante que son souvenir brûlera le cœur de bien des générations d'Allemands…

*

À la frontière, Stierlitz descendit. Sur le quai il croisa le général. À sa vue, celui-ci baissa les yeux et fit le salut hitlérien :

— Heil Hitler ! lança-t-il d'une voix forte.

— Heil Hitler, répondit Stierlitz. Et au revoir ; je vous souhaite de tailler en pièces vos ennemis.

Le visage du général prit une expression de frayeur. Il devait être passablement éméché, la veille au soir.

— Merci, fit-il d'une voix aussi forte, sans doute à l'intention du conducteur qui était là. Nous leur écrabouillerons la cervelle !

— Je n'en doute pas ! répliqua Stierlitz en arpentant lentement le quai.

Dans les deux wagons, il ne restait plus que le professeur suédois qui s'en allait au-devant de la paix et de la tranquillité du paradis suisse. Stierlitz demeura sur le quai tout le temps que durèrent les formalités de douane et de police. Ensuite le train démarra lentement, et Stierlitz suivit longuement du regard le professeur installé à la vitre de son compartiment.

Ce Suédois était le professeur Pleischner. Il emportait à Berne un message chiffré pour Moscou qui informait sur le travail accompli, sur la mission de Schellenberg, sur l'entrée en contact avec Bormann, sur l'échec de Käthe. Dans son rapport, Stierlitz demandait qu'on lui envoie d'urgence un nouvel agent et il précisait où, quand et comment il le contacterait. Stierlitz avait demandé à Pleischner d'apprendre par cœur le texte qui partirait de Stockholm. Un texte banal mais les personnes auxquelles il était adressé devaient le faire parvenir sans délai à Moscou, au Centre. Là-bas, ils pourraient lire :

Par l'intermédiaire de Wolff, Himmler a entamé des pourparlers avec Dulles. JUSTAS.

Le train parti, Stierlitz aspira une grande bouffée d'air et prit la direction du bureau des services frontaliers où il savait trouver l'automobile qui allait le conduire au poste de montagne : celui que le pasteur Schlag allait emprunter « illégalement » pour passer en Suisse.

*

Information à méditer (Dulles)

L'agent que Schellenberg avait réussi à placer chez Dulles en qualité de bonne faisait savoir que son « patron » avait reçu la visite d'un ecclésiastique. Sans réussir à en préciser le nom, elle avait pu consigner presque mot pour mot leur longue conversation.

— Le monde maudira Hitler, avait dit Dulles en bourrant sa pipe, mais pas seulement pour les fours de Majdanek et d'Auschwitz… Paradoxalement, l'invasion allemande a déclenché en Russie un développement sans précédent. Elle a montré les immenses potentialités du régime soviétique. Dans toute son histoire, même à l'époque brillante et démocratique de la réforme, jamais la Russie n'avait fait un bond en avant comparable à celui de ces quelques années de guerre. Les Russes ont mis en place d'énormes capacités de production industrielle dans l'Oural et en Sibérie. On peut dire que Hitler a jeté la Russie dans les bras de l'Amérique. Grâce aux réparations allemandes – Staline compte sur vingt milliards de dollars –, les Russes relèveront l'industrie détruite des régions occidentales et doubleront leur potentiel industriel. La Russie deviendra la première puissance européenne.

— Mes amis du Vatican pensent aussi que les années de guerre ont appris aux Russes l'art de manœuvrer, en action comme en pensée, avait convenu l'ecclésiastique.

— Voyez-vous, avait poursuivi Dulles en bourrant sa pipe, je suis en train de relire les écrivains russes : Pouchkine, Saltykov, Dostoïevski… Eh bien, figurez-vous que je me maudis de ne pas connaître leur langue ! La littérature russe est sans doute la plus extraordinaire qui soit – je parle de leur XIXe siècle. Personnellement, j'en tire la conclusion que le caractère russe est davantage porté à se référer aux idéaux du passé qu'à s'aventurer dans la construction d'un modèle d'avenir. J'imagine qu'ils vont miser sur la paysannerie russe, estimant que la terre « guérit tous les maux » et unit toute chose. Cela produira avec le temps un conflit qu'ils ne pourront pas résoudre. Le progrès technologique ne le leur permettra pas.

— Très intéressant, avait fait l'autre. Mais je crains que dans vos considérations, vous n'ayez tendance à vous placer au-dessus d'eux, pas à côté.

— Me proposeriez-vous d'adhérer au PC russe ? avait plaisanté Dulles. Ils ne m'accepteraient pas !

*

LE 11 MARS 1945 (16 H 03)

Stierlitz ne s'attarda guère au poste-frontière. L'officier de service se montra bon garçon. Au début, Stierlitz s'étonna même que tout aille si bien, la police aux frontières n'avait-elle pas la réputation d'être aussi arrogante que les étudiants d'université du siècle passé ? Réflexion faite, il en comprit la raison véritable : à force de vivre dans la montagne, à deux pas de la neutralité suisse, dans cet univers singulier baigné de lune et de neige, si loin des bombardements, des ruines et des restrictions, les frontaliers avaient quelque peu baissé la garde, tout en prenant l'habitude de se montrer aux petits soins pour les rares voyageurs qui leur venaient de l'intérieur. Plus de questions déplacées, plus de curiosité intempestive. Cette atmosphère inaccoutumée démontrait une chose : la frontière avait cessé d'être imperméable.

L'idéal, pensa-t-il, serait de joindre Schellenberg ici même et de le prier d'envoyer jusqu'à la frontière un agent sûr de leur service avec le pasteur. Mais tout appel téléphonique à Berlin serait aussitôt enregistré par les services de Müller. Or l'échec de l'opération Schellenberg était destiné à devenir l'atout de Stierlitz lorsqu'il ferait son rapport à Bormann, photographies, films magnétiques, adresses, lieux de rendez-vous et rapport du pasteur en main, de façon à faire échouer les négociations, véritables celles-là, que le général Karl Wolff allait engager en Suisse.

Après s'être entendu sur le lieu où s'effectuerait le passage – un col planté de jeunes sapins – Stierlitz demanda une fois de plus le nom de l'hôtel qu'on apercevait de l'autre côté de la frontière, côté Suisse ; il s'informa aussi du nom du tenancier, du temps estimé pour faire monter un taxi de la ville ; il apprit où était le plus proche hôtel de la vallée, puisque dans le scénario prévu, le pasteur était censé remonter de la vallée à ski et s'être égaré dans la montagne. À Berne et à Zürich, Schlag avait des amis. La carte postale avec vue des quais de Lausanne qu'il devait envoyer signifierait que les conversations préliminaires étaient terminées, le contact établi et que l'on pouvait venir pour entamer les entretiens sérieux.

Au début, Schellenberg n'avait pas été très chaud pour le plan de Stierlitz.

— C'est trop simple, avait-il dit, trop léger.

— Il ne pourra pas se conduire autrement, objecta Stierlitz. Le meilleur mensonge, pour lui, c'est l'absolue vérité. Autrement, il va s'emmêler les pinceaux et la police locale interviendra.

*

Stierlitz ne fut chez lui, à Babelsberg, que tard dans la nuit. Il tourna la clef, chercha l'interrupteur, quand une voix, feutrée mais familière, l'arrêta :

— N'allumez pas.

— Holtoff ! s'exclama Stierlitz.

« Comment a-t-il pu entrer ? Quelque chose est arrivé, probablement, et de grave… »

*

Après avoir envoyé un télégramme à Stockholm, le professeur Pleischner descendit dans un petit hôtel de Berne. Il prit un bain et alla se restaurer. L'étude du menu commença par l'effarer. Ses yeux sautant du jambonneau à la colonne des prix, du homard à la colonne, il n'en finissait pas de retourner entre ses doigts le bristol bleuté. Un rire silencieux, involontaire, le secoua.

— Un beau salaud, cet Hitler, murmura-t-il.

Il était seul dans la salle. Le cuisinier remuait ses casseroles sur le fourneau, une odeur de lait frais et de pain chaud était suspendue dans l'air.

Pleischner répéta plus fort :

— Une saloperie, cet Hitler !

Cette fois on l'entendit car un garçon aux joues poupines s'approcha de sa table, tout sourire.

— Bonjour, monsieur, susurra-t-il.

— Chien de Hitler ! hurla Pleischner. Un chien, un salaud, une crapule !

Il ne pouvait plus s'arrêter, c'était la crise de nerfs.

Au début, le jeune homme s'efforça de sourire, prenant ceci pour un jeu, puis il alla chercher conseil à la cuisine, d'où pointa la figure inquiète du cuisinier.

— Je téléphone à la clinique ? demanda le serveur.

— Tu es fou, l'arrêta le cuisinier. On va nous envoyer une ambulance ! Tout le monde va parler d'empoisonnement !

Une heure plus tard le professeur quittait précipitamment l'hôtel pour une pension de famille moins en vue, située en bordure du lac. Après cette crise venue si mal à propos, rester là devenait dangereux. Sur le coup, l'incident l'avait épouvanté. Dans la rue il s'attendait à chaque instant à entendre derrière lui crisser les freins d'une voiture, à se sentir empoigné par des brutes silencieuses qui l'emmèneraient dans une cave, où il serait frappé à mort pour avoir profané le nom du grand Führer. Pourtant il continuait sa marche et personne ne semblait lui prêter attention. Passant devant un kiosque à journaux, il acheta quelques gazettes anglaises et françaises, dont les premières pages s'ornaient de caricatures de Hitler et de Göring. Pleischner recommença à rire silencieusement mais il se reprit aussitôt, craignant que la crise ne se répète.

— Mon Dieu, tout ceci est-il vraiment terminé ? soupira-t-il.

*

Il se rendait maintenant au logement clandestin que lui avait indiqué Stierlitz. La rue était déserte. Et de nouveau, il se passa une chose inexplicable : le vieil homme, d'une façon inattendue pour lui-même, esquissa un pas de valse. Il était là, à chantonner un air d'une autre époque et à tournoyer en marquant le pas du talon, à l'ancienne mode, puis à parcourir quelques mètres, comme il l'avait vu faire aux danseurs de café-concert autrefois…

Un homme à la forte carrure lui ouvrit.

— Otto me prie de vous dire qu'il a vainement attendu votre appel, hier au soir, récita le professeur.

— Entrez, fit l'homme et Pleischner franchit la porte, chose qu'il n'aurait pas dû faire avant qu'on lui réponde : « C'est étrange, j'étais chez moi, il se sera trompé de numéro… »

L'air enivrant de la liberté venait de lui jouer un mauvais tour : le logement secret avait été découvert par les hommes de Müller et ceux-ci l'avaient occupé dans l'attente d'éventuels « clients ». Le premier du nombre fut l'homme de liaison de Stierlitz, le professeur Pleischner.

— Eh bien, interrogea le colosse quand ils eurent passé dans le salon. Comment va-t-il ?

— Voilà, dit Pleischner en lui tendant une ampoule de verre. Tout est ici.

C'est ce qui lui sauva la vie – provisoirement. Les Allemands ne connaissant pas le mot de passe et n'ayant aucune idée de l'identité de ceux qui pouvaient venir, ils avaient décidé qu'au cas où l'homme chercherait à fuir, on le chloroformerait et on l'expédierait sous escorte en Allemagne. Si au contraire il n'y voyait que du feu, on le surveillerait de façon à remonter la filière.

Le géant passa dans la pièce voisine. Il brisa l'ampoule et en retira une feuille de papier à cigarette qu'il étala sur la table. Ce qu'il avait sous les yeux était évidemment un rapport chiffré. Le même chiffre était à ce moment à l'étude au service de décryptage de la Gestapo à Berlin : c'était celui dont se servait la radio russe transfuge.

L'homme tendit la feuille à son compagnon.

— À porter d'urgence à l'ambassade. Dis-leur qu'ils organisent la surveillance de ce type. Je vais le retenir et tâcher de faire un brin de causette. J'ai l'impression que c'est un amateur fourvoyé. Je m'en vais te le remuer…

*

Fiche de la SS-Unterscharführer Barbara Bekker (VIe section du RSHA), membre du NSDAP depuis 1944 : « Aryenne véritable. Caractère nordique, résolu. Irréprochable dans l'exécution de ses tâches. D'humeur égale et amicale avec ses camarades. Sportive. Implacable avec les ennemis du Reich. Célibataire. Aucune relation impure à signaler... »

Käthe faisait les cent pas dans la pièce, berçant dans ses bras l'enfant endormi. En l'absence de Stierlitz, elle avait été installée – comme celui-ci l'avait prévu – dans le local secret où la Gestapo avait son émetteur. Tout en examinant le visage paisible de son fils, Käthe s'étonnait : « Comme c'est étrange : tout doit s'apprendre dans la vie, comment faire des œufs sur le plat, comment trouver un livre dans le catalogue, comment faire une règle de trois. Être mère, ça ne s'apprend pas… »

— Nous incitons les gens à être naturels, lui dit un jour sa garde du corps, la demoiselle Barbara, une toute jeune femme qui aimait à bavarder en attendant l'heure du dîner.

Ce jour-là le garde SS Helmut, qui logeait dans la pièce voisine, dressa une table de trois couverts pour fêter les dix-neuf ans de cette pupille des Jeunesses hitlériennes. Pendant ce lunch solennel avec pommes de terre et bœuf bouilli, Barbara se montra particulièrement diserte. Elle déclara qu'elle avait hâte de voir l'Allemagne gagner la guerre, pour que les femmes puissent s'occuper de ce qui les concerne, quitter l'armée, le travail et « bâtir de grandes familles allemandes ».

— Enfanter et nourrir, voilà la mission de la femme, dit-elle. Tout le reste a été inventé par les démocraties bourgeoises pourries et le régime stalinien. Il nous faut une race saine et forte. Il n'y a rien de plus pur que les instincts animaux, je ne crains pas de le dire.

— C'est-à-dire ? s'intéressa Helmut, maussade.

Il venait d'être envoyé à l'arrière après une sérieuse contusion.

— Aujourd'hui avec moi, demain avec un autre et après-demain avec un troisième ?

— Horrible ! dit Barbara avec un dégoût plus feint que réel. La famille est une valeur sacrée, Helmut. Pourquoi ne puis-je pas, dans le lit de mon mari, le père de mes enfants, connaître les joies de l'amour de la même façon que si c'était le deuxième ou le troisième, comme vous dites ? Il faut s'affranchir de la fausse pudeur, c'est une autre chimère… Si la femme trouve auprès de son époux tout ce qu'elle demande à l'amour, pourquoi le tromperait-elle ? Une femme n'est infidèle que parce qu'elle est insatisfaite… Vous n'êtes sûrement pas d'accord ? dit-elle à l'adresse de Käthe.

— Pas tout à fait.

— La coquetterie est un appât féminin vieux comme le monde. Vous ne croyez tout de même pas que ce brave Helmut va vous préférer à moi ? dit Barbara en riant. Il craint les Slaves et puis, je suis plus jeune. Tenez, demandez-lui !

— Je hais les femmes, marmonna Helmut en guise de réponse.

— Oh ! le vilain, minauda Barbara avec un clin d'œil complice à Käthe. Dites-nous donc pourquoi !

— Pour ce que vous venez de dire. La femme est pire qu'un voyou : lui, au moins, il se présente pour ce qu'il est. Tandis que là, on te fait mille grâces, puis on te met le grappin dessus, on t'entortille et, par-dessus le marché, on va coucher avec ton meilleur copain… surtout si tu n'es plus tout à fait à la hauteur.

— Pas possible, votre femme vous a fait cocu ! s'esclaffa Barbara en claquant des mains à cette idée excitante.

Käthe remarqua qu'elle les avait très belles : minces, longues, avec des fossettes enfantines aux articulations et des ongles roses soigneusement vernis.

Helmut posa un regard lourd sur la jeune femme et ne répondit pas. Barbara était son supérieur.

— Excusez-moi, dit Käthe que cette conversation écœurait, puis-je passer dans ma chambre ?

Barbara ne cacha pas son mécontentement.

— Vous n'allez pas nous quitter si tôt ? Aujourd'hui on ne bombarde pas, vos séances n'ont pas encore commencé, vous pouvez rester un peu plus que d'habitude.

— J'ai peur que le petit se réveille… Peut-être me permettrez-vous de le prendre avec moi cette nuit ? hasarda Käthe. Je plains Monsieur. (Elle fit un signe de tête vers Helmut.) Le petit doit l'empêcher de dormir.

— C'est un petit très tranquille. Je ne l'entends pas du tout.

— Vous savez que c'est interdit, trancha Barbara. Vous avez ordre de dormir dans des pièces différentes.

— Ne vous inquiétez pas, je ne m'échapperai pas, répondit Käthe.

— Il est impossible de s'échapper d'ici. Nous sommes deux et les serrures sont solides. Non, je regrette fort, mais c'est un ordre du commandement. Essayez d'en parler à votre chef, si cela vous tient tant à cœur.

— De qui voulez-vous parler ?

— Du Standartenführer von Stierlitz. Lui seul peut déroger aux dispositions des supérieurs – à condition que vous collaboriez, bien sûr. Nous autres femmes, nous avons toujours besoin d'un stimulant. Pour les unes c'est l'argent, pour les autres ce sont les hommes ; pour vous, le meilleur stimulant ce sera votre enfant, n'est-ce pas ?

— Je crois que vous avez raison, répondit Käthe.

Il y eut un silence.

— Vous vouliez me dire quelque chose ? s'enquit Barbara tout en découpant avec minutie une pomme de terre.

Käthe avait remarqué que sa gardienne mangeait de façon très distinguée ; ses mouvements étaient si précieux que la pomme de terre piquée de vers pouvait passer pour quelque mets exotique.

— Je… je me demande ce que vous auriez fait à ma place, si vous aviez un petit…

— Comment vous dire… Entre parenthèses, vous ne lui avez toujours pas donné de prénom.

— Je l'appellerai Vladimir…

— En l'honneur de qui ? De votre père ou du sien ? Justement, comment s'appelait-il ?

— Qui ?

— Votre mari.

— Erwin.

— Je sais bien. Je vous demande son vrai nom, son nom russe…

— Je ne lui connaissais que celui d'Erwin.

— Il ne vous a pas dit son vrai nom ?

— Pour autant que je sache, vos agents secrets aussi

ne se connaissent que sous leur pseudonyme. Le fait que mon vrai prénom soit Katia ne doit guère être connu que de mon patron de Moscou et des chefs d'Erwin ici, probablement…

— Votre Lénine s'appelait bien Vladimir ? dit Barbara après un nouveau silence. Et remerciez Dieu d'être tombée chez le Standartenführer von Stierlitz, il a une solide réputation de libéralisme, chez nous…

*

Au Reichsführer-SS Heinrich Himmler.

Strictement personnel.
Rédigé en un seul exemplaire.

Mon Reichsführer,

Cette nuit je suis passé à la réalisation pratique de l'opération Vérité. La chose fut précédée d'une reconnaissance du site et des routes. J'ai estimé en effet qu'il eût été imprudent de chercher à se renseigner de façon plus poussée sur les chauffeurs qui auraient à transférer les archives du Reichsleiter Bormann, ou sur leur itinéraire supposé. Cela risquait d'éveiller les soupçons.

J'avais conçu l'opération de façon à faire le moins de bruit possible, mais les événements ont pris une tournure différente. Aussitôt que mes hommes, vêtus en civil, eurent mis leur camion en travers de la chaussée, le convoi qui transportait les archives du parti a ouvert un feu continu. Sans demander qui étaient ces hommes, sans vérifier leurs papiers, le premier véhicule s'est lancé sur notre camion et l'a renversé dans le fossé. La route était libre. Les cinq hommes qui l'occupaient sont remontés dans le véhicule qui suivait et le convoi a poursuivi son chemin.

J'ai pu voir qu'il y avait au moins cinq ou six hommes armés de mitraillettes dans chaque camion. Comme je l'ai appris après ce n'étaient ni des soldats ni des officiers, mais des militants de l'organisation nationale-socialiste locale, mobilisés dans la nuit qui a précédé l'évacuation des archives. Bormann en personne leur a donné l'ordre de tirer sur quiconque s'approcherait à moins de vingt mètres des véhicules, quel que soit son grade.

Voyant qu'il fallait changer de tactique, j'ai donné l'ordre de tronçonner le convoi : une partie de mes hommes s'est engagée sur une route parallèle et a rapidement atteint l'endroit où l'autostrade croise le chemin de fer. Le veilleur a été neutralisé et remplacé par un de mes hommes, avec mission de barrer la route en fermant le passage à niveau. Moi-même, après avoir coupé le convoi en deux (j'ai dû pour cela incendier à la grenade antichar le treizième camion à partir de la tête du convoi), je suis resté sur place. Malheureusement nous avons été obligés de faire usage de nos armes : chaque camion s'est défendu jusqu'à la dernière balle, bien que nous leur ayons proposé de se rendre. Les douze premiers camions sont arrivés à la hauteur du passage à niveau en même temps que nos voitures, mais il y avait là dix chars du 24e corps d'armée qui les ont pris sous leur protection. Nos hommes ont dû reculer pour ne pas laisser de morts sur le terrain. Les camions que nous avons réussi à isoler ont été incendiés, tous les sacs et caisses en zinc ont été transbordés dans nos véhicules blindés et acheminés jusqu'à l'aérodrome. Les chauffeurs ont ensuite été liquidés par notre groupe de choc.

Heil Hitler !

Bien à vous, Skorzeny

*

Contrairement à son attente, c'est Rolf, flanqué de deux sbires, qui vint lui rendre visite quelques heures plus tard, en pleine nuit. Il avait un coup dans l'aile et parsemait ses phrases de mots français.

Müller lui avait dit que Kaltenbrunner avait donné son accord pour que ce soit lui, Rolf, qui irait cuisiner la Russe pendant l'absence de Stierlitz.

— Schellenberg a envoyé Stierlitz en mission. Pendant ce temps, Rolf jouera sur le contraste en cuisinant la Russe : après le méchant enquêteur, les détenus ont un faible pour les gentils. Stierlitz est un gentil, non ?

Et Kaltenbrunner, un sourire rusé aux lèvres, tendit son porte-cigarettes à Müller. Tout en fumant, Müller réfléchit. Au fond, le fait que l'entretien de Bormann et de l'agent anonyme du SD fût connu de Himmler sans parvenir aux oreilles de Kaltenbrunner faisait son affaire. Cette marge lui donnait la possibilité de naviguer entre deux eaux. Aussi ne disait-il rien à Himmler des soupçons que Kaltenbrunner concevait à l'égard de Stierlitz, tandis que Kaltenbrunner, de son côté, ne savait rien de la mystérieuse conversation de Bormann, où Himmler avait vu une affaire de haute trahison et de délation caractérisée, ni plus ni moins.

— Vous voulez que je supervise la manière dont Stierlitz va s'y prendre avec la Russe ? demanda Müller.

— Pourquoi le contrôler ? Pour moi, il est suffisamment habile dans ces questions de code justement.

« Aurait-il oublié ses paroles ? s'étonna Müller. Ou bien il ourdit quelque chose contre moi ? Faut-il le lui rappeler ? Ou ce n'est pas dans mon intérêt ? Quelle sale baraque, il faut sans cesse louvoyer ! Au lieu d'entourlouper les autres, c'est les siens qu'on est obligé de mener en bateau ! Il y a des moments où j'en ai par-dessus la tête ! »

— Alors, je donne carte blanche à Rolf, avec cette petite pianiste.

Oui, c'est ainsi qu'on appelait les opérateurs radio, cependant que les responsables des groupes de renseignement étaient les « chefs d'orchestre ». Mais les derniers temps, dans le désordre créé par l'invasion de Berlin par les fuyards, quand il fallait trouver à installer le personnel des archives évacuées de Prusse-Orientale, d'Aix-la-Chapelle, de Paris et de Bucarest, on avait un peu oublié ces termes, et les agents secrets étaient le plus souvent désignés par leur spécialité et leur nationalité. Aussi est-ce d'une voix nostalgique que Kaltenbrunner répondit :

— La pianiste… Je ne sais pas. Peut-être suffira-t-il que Rolf reste en contact avec Stierlitz. Le but est unique, les moyens d'y parvenir peuvent être divers.

— Est-ce que les décrypteurs ont avancé ?

— Le système de codage est très sophistiqué.

— Secouez la Russe. Je ne peux pas croire qu'elle ne connaisse pas le chiffre.

— Stierlitz la travaille à sa façon.

— Pendant qu'il n'est pas là, Rolf n'a qu'à la secouer un peu.

— À l'aide de ses méthodes à lui ?

Kaltenbrunner voulut répondre mais la sonnerie du téléphone branché sur le bunker du Führer l'en empêcha. Hitler le convoquait pour une conférence.

Bien sûr qu'il se souvenait de son entretien avec Müller à propos de Stierlitz. Mais pas plus tard que l'avant-veille au soir, il avait longuement conversé avec

Bormann sur les questions ayant trait aux transferts de fonds à l'étranger et celui-ci avait dit, entre autres :

— Il faut que vos hommes garantissent le secret absolu de cette opération. Faites appel aux gens les plus sûrs, en qui nous avons toute confiance : Müller, Stierlitz…

Kaltenbrunner connaissait la règle du jeu. Si Bormann ne s'enquérait pas d'un homme, s'il le désignait lui-même, cela voulait dire que cet homme se trouvait dans son champ de vision, que c'était *the right man*.

*

Au premier examen des archives de Bormann, les collaborateurs de Himmler ne purent rien déceler de ce qui intéressait par-dessus tout le Reichsführer-SS : les canaux par lesquels le parti transférait l'argent dans les banques étrangères. Soit ces documents étaient déjà en sûreté, soit Bormann gardait dans sa mémoire phénoménale les combinaisons des coffres forts et les noms des agents financiers qui pourraient lui être utiles au premier jour de paix ; à moins, enfin, et c'était le plus vexant, que ces documents soient restés dans l'une des douze premières voitures qui avaient réussi à forcer le barrage de Skorzeny et à rejoindre les tanks de l'armée.

La partie des archives sur laquelle les hommes de Skorzeny avaient réussi à mettre la main permit néanmoins de découvrir des documents du plus haut intérêt. En particulier, il y avait là la lettre de Stierlitz à Bormann, laquelle, bien que non signée, témoignait éloquemment de la trahison qui couvait au sein du SD.

Himmler montra ce texte à Schellenberg, qu'il pria de procéder à une enquête. Schellenberg promit de s'acquitter de la mission, bien persuadé qu'elle était irréalisable. Mais l'existence de ce papier lui donna l'idée de rechercher dans les archives de Bormann des matériaux plus sérieux, qui lui permettraient de soumettre à une nouvelle vérification la fidélité de ses propres collaborateurs et d'apprendre s'ils ne travaillaient pas simultanément pour Bormann, et dans ce cas, à partir de quel moment, sur quelle question, et contre qui personnellement. Schellenberg ne craignait pas d'apprendre que ses hommes travaillaient pour deux patrons à la fois. Il désirait avant tout se faire une idée exacte de ce que Bormann savait de son secret suprême : en un mot, comment négocier la paix.

Plusieurs collaborateurs de Schellenberg furent missionnés pour ce travail. Presque tous les jours il allait aux nouvelles. On lui répondait invariablement : « Rien de spécial pour le moment. »

*

Tout est-il prêt à Berne ?

— Comment se porte le patron ? demanda le grand échalas. Sa petite santé ?

— Ça va, répondit Pleischner, radieux. Tout va bien.

— Vous prendrez un café ?

— Avec plaisir.

L'homme s'éloigna dans la cuisine, d'où il demanda :

— Vous avez une bonne couverture ?

— J'habite à l'hôtel, répondit Pleischner, qui visiblement n'avait toujours pas compris.

Tout en actionnant le moulin à café l'agent de la Gestapo émit un ricanement : il avait raison, ils avaient affaire à un dilettante, à un de ces auxiliaires bénévoles. Dans le jargon de tous les agents secrets du monde, « couverture » signifie alibi. « Surtout, ne nous précipitons pas, se dit-il, je l'ai dans la poche. Il va tout me déballer, il suffit d'y aller doucement… »

— Du comme ça, vous n'en trouverez pas en Allemagne, dit-il, en poussant la tasse de café devant Pleischner. Ces charognes donnent au peuple un horrible ersatz pendant qu'ici on vous vend du vrai café du Brésil.

— J'en avais oublié le goût, approuva le professeur, après avoir bu une petite gorgée. Il y a bien dix ans que je n'ai rien goûté de tel.

— Les Grecs m'ont enseigné à faire passer le café noir avec de l'eau glacée. Ça vous tente ?

Pleischner se trouvait dans un état euphorique ; tout lui paraissait facile – se mouvoir, penser, respirer. Il rit.

— Je n'ai jamais essayé.

— C'est assez curieux. Le contraste donne une sensation particulière, et cela fait moins d'effet sur le cœur.

— Mais oui, dit Pleischner en finissant d'avaler une gorgée d'eau. Très curieux.

— Qu'a-t-il demandé de me transmettre oralement ?

— Rien. Cette ampoule seulement.

— C'est étrange.

— Pourquoi ?

— Je pensais que vous me diriez quand je dois l'attendre.

— Il n'en a pas parlé.

— À propos, je ne vous ai pas demandé si vous aviez de l'argent.

— Assez pour les premiers temps.

— Quand vous en aurez besoin, passez me voir. Ne comptez pas sur une grosse somme, mais pour joindre les deux bouts… Ah oui, vous n'avez pas remarqué si vous étiez filé ?

— Vous voulez dire si j'étais suivi ?

— Oui.

— Vous savez, je n'ai pas pensé à ça…

— Ho ! ho ! ce n'est pas raisonnable ! Il ne vous a donc pas prévenu à cet égard ?

— Si, bien sûr, mais je dois avouer qu'après tant d'années et surtout après le camp de concentration, cette liberté soudaine m'a enivré. Merci de me l'avoir rappelé.

— Il ne faut jamais l'oublier, surtout dans ce pays neutre. La police y est rusée, très rusée… Vous n'avez plus rien pour moi ?

— Moi ? Non, rien.

— Passez-moi votre passeport.

— Il m'a dit de le garder en permanence sur moi.

— Vous savez que maintenant vous êtes sous mes ordres ?

— Non.

— Évidemment, ceci est dans le message que vous m'avez apporté. Nous allons réfléchir à l'affaire. Maintenant, vous allez…

— Rentrer à l'hôtel, me coucher et dormir.

— Non… Je parle de votre travail…

— Avant tout, j'ai besoin de sommeil, insista le professeur. Dormir. Un jour, deux jours, trois jours. Le travail, j'y penserai après. Mes manuscrits sont restés à Berlin. C'est vrai que je connais presque tout par cœur…

L'homme de la Gestapo prit le passeport suédois que Pleischner lui tendait et le jeta sur la table d'un geste négligent.

— Vous viendrez le chercher après-demain à deux heures, nous le ferons viser nous-mêmes au consulat suédois. Plus exactement, nous tâcherons de le faire.

Les Suédois ont une conduite déplorable, plus ça va, plus ils deviennent insolents.

— Qui ça ? fit Pleischner, qui ne saisissait pas.

L'autre se réfugia dans une quinte de toux. La gaffe était de taille : pour se redonner une contenance, il alluma une cigarette et tira quelques longues bouffées.

— Pour les Suédois, chaque personne qui traverse l'Allemagne est un agent des nazis. Ils se foutent de savoir quelle sorte d'Allemand tu es : un patriote en lutte contre Hitler ou un agent de la Gestapo.

— Il ne m'a pas parlé de consulat…

— C'est aussi dans le message chiffré.

« Son patron est donc à Berlin, récapitulait l'Allemand, puisqu'il y a laissé ses manuscrits. Ainsi, nous cueillerons l'homme à Berlin… Un bon coup de filet. Mais surtout, pas de précipitation, se répéta-t-il, ne nous pressons pas. »

— Eh bien, je vous remercie, dit Pleischner. Ce café était réellement délicieux, surtout avec l'eau froide.

— Vous lui avez déjà fait savoir que tout est en ordre, ou vous voulez que je m'en charge ?

— Vraiment, vous pourriez le faire par l'intermédiaire de vos camarades ?

« Un communiste, jubila l'homme de la Gestapo. De plus en plus intéressant, que diable ! »

— Oui, je transmettrai par les camarades. Et de votre côté, informez-le. Sans perdre de temps.

— J'aimerais le faire aujourd'hui même, mais je n'ai pas trouvé le timbre qu'il me faut.

— Vous l'aurez après-demain, s'il n'est pas en vente. Qu'est-ce que c'est comme vignette ?

— L'ascension du Mont-Blanc… En bleu, obligatoirement.

— Parfait. Vous avez la carte postale avec vous ?

— Non. Je l'ai laissée à l'hôtel.

— Mauvais, ça. On ne doit rien laisser à l'hôtel.

— Pensez-vous, sourit Pleischner, c'est une carte tout ce qu'il y a d'ordinaire, j'en ai acheté une dizaine à Berlin. Le texte, je le sais par cœur, vraiment, je ne vois pas…

Tandis qu'il serrait la main du professeur, dans l'entrée, l'agent de la Gestapo ajouta :

— Prudence ! encore une fois prudence, camarade ! Mettez-vous bien dans la tête que cette tranquillité, ici, n'est qu'apparente.

— Il m'a prévenu, je sais.

— Ah, oui, laissez-moi votre adresse.

— Virginia. Pension Virginia.

— Il y a des Américains ?

— Pourquoi ? s'étonna Pleischner.

— Un nom anglais. Ils ont la manie de descendre dans des hôtels portant des noms anglo-saxons.

— Non. Il me semble qu'il n'y a pas d'étrangers.

— Nous allons le vérifier. Si vous me voyez me pointer dans votre pension, nous ne nous connaissons pas ! Maintenant, dernière recommandation… S'il vous arrive quelque chose de spécial, appelez à mon numéro. Vous vous en souviendrez ?

Et il répéta deux fois le numéro.

Pleischner sortit de la maison, traversa la rue sans se presser. Un vieux en gilet de fourrure fermait la devanture de sa boutique. C'était un marchand d'oiseaux.

Pleischner s'attarda longuement devant la vitrine à regarder les volatiles s'ébattre dans leurs cages.

— Vous désirez quelque chose ? s'enquit le vieux marchand.

— Non. J'admire vos pensionnaires.

— Les plus intéressants sont à l'intérieur. Tout le monde met en vitrine ce qu'il a de plus aguichant, mais moi j'estime que les oiseaux, ce n'est pas une marchandise. Les oiseaux sont les oiseaux, continuait le vieux, décidément volubile. Beaucoup d'écrivains viennent me voir. Ils s'assoient et écoutent. L'un d'eux m'a dit qu'avant de se plonger dans l'enfer d'un nouveau livre, comme Orphée, il a besoin d'écouter la plus belle des musiques, celle des oiseaux. Sans ça, il se dit incapable de composer la chanson qui lui permettra de trouver son Eurydice…

Pleischner essuya furtivement les larmes dont s'étaient soudain remplis ses yeux ; s'arrachant à la vitrine, il murmura :

— Merci, merci beaucoup.

*

LE 12 MARS 1945 (02 H 41)

— Et pourquoi ne dois-je pas allumer ? Que craignez-vous ? demanda Stierlitz.

— Pas vous en tout cas, répondit Holtoff.

— Eh bien, allons-y à tâtons.

— Je me sens déjà comme chez moi, ici. C'est agréable et silencieux.

— Surtout quand ils bombardent, ricana Stierlitz. J'ai terriblement mal aux reins, j'ai dû prendre un coup de froid. Je vais avaler un cachet d'aspirine dans la salle de bains. Asseyez-vous. Tenez, prenez ce fauteuil.

Stierlitz alla dans la salle de bains et ouvrit la boîte à pharmacie.

— Dans cette obscurité, je risque d'avaler un laxatif à la place de l'aspirine, dit-il en revenant dans la pièce. Abaissons plutôt les rideaux, ils sont opaques, et allumons la cheminée.

— J'ai déjà essayé de le faire, mais il y a une astuce.

— C'est très simple, il faut décrocher les anneaux. Je vais arranger ça. Dites-moi plutôt, mon vieux, ce qui est arrivé ? Qui vous a donné pareille frousse ?

— Müller.

Stierlitz masqua la fenêtre et poussa l'interrupteur. Au bruit, Holtoff dit :

— J'ai retiré les plombs. Il est fort possible qu'on vous ait mis sur table d'écoute.

— Qui ça ?

— Nous-mêmes.

— Je n'en vois pas l'intérêt…

— C'est bien là l'objet de ma visite. Allumez donc votre cheminée et asseyez-vous. Nous avons peu de temps et beaucoup de choses importantes à voir.

Stierlitz s'affaira quelques instants devant l'âtre, et bientôt une flamme monta en ronflant ; elle était étrange, cette cheminée, cela commençait toujours par ce grondement, le calme ne revenait qu'une fois qu'elle s'était réchauffée.

— Eh bien ? demanda-t-il en approchant sa chaise du feu. Dites-moi donc comment vont vos affaires, l'ami ?

— Moi ? Ça va. Vous-même, où en êtes-vous ?

— En général ?

— En général aussi…

— En général, j'envisageais de prendre un bain et de me mettre au lit. Je suis transi et mort de fatigue.

— Écoutez-moi, Stierlitz, je suis venu vous voir en ami.

— Arrêtez, s'il vous plaît ! coupa celui-ci agacé. Nous ne sommes plus des gamins… Et d'abord, prendrez-vous quelque chose ?

— Volontiers.

Stierlitz alla chercher le cognac, en versa à Holtoff et se servit lui-même. Les deux hommes burent en silence.

— Bon, ce cognac.

— Encore ?

— Avec plaisir.

Ils levèrent le coude une deuxième fois et Holtoff, en faisant craquer les articulations de ses doigts, commença.

— Stierlitz, toute cette semaine je me suis occupé de votre dossier.

— Pas compris.

— Müller m'a demandé de vérifier discrètement votre affaire avec les physiciens.

— Écoutez, Holtoff, vous parlez par énigmes. Quel rapport ce physicien que vous avez coffré a-t-il avec moi ? Pourquoi vérifiez-vous mes affaires en douce et pourquoi Müller trame-t-il quelque chose contre moi ?

— Je ne puis vous l'expliquer pour la simple raison que je n'y comprends rien moi-même. Je sais seulement que vous êtes dans le collimateur.

— Moi ? s'exclama Stierlitz. Quelle ineptie ! Nos chefs auraient-ils complètement perdu la tête ?

— Stierlitz, vous m'avez vous-même appris qu'il fallait garder son sang-froid.

— Et c'est vous qui m'y conviez ? Après ce que vous venez de me dire ? Bien sûr que je suis inquiet. Je suis même indigné. Je vais appeler Müller sur-le-champ !

— Il dort. Et ne vous précipitez pas chez lui. Écoutez bien avant ce que j'ai réussi à découvrir dans cette affaire de physiciens. C'est une chose dont je n'ai pas encore parlé à Müller. Je voulais vous voir avant.

En l'espace d'un éclair, Stierlitz sut qu'il lui fallait un répit, si minime fût-il, pour rassembler ses esprits et récapituler : n'avait-il pas commis quelque bévue, à première vue insignifiante, peut-être, dans ses questions, dans la manière dont il avait consigné les réponses, dans son intérêt excessif pour les détails secondaires ?

« Voyons, que me veut ce garçon, réfléchit-il. Venir me dire qu'à la Gestapo on s'occupe en secret de ma personne, cela sent la cour martiale pour lui. C'est un nazi convaincu, quelle mouche a bien pu l'avoir piqué ? À moins qu'il ne me sonde sur l'ordre de Müller ? Peu probable. Ils n'ont pas de gens à eux ici, ils doivent comprendre qu'après pareille conversation, le mieux qui me reste à faire c'est de disparaître. Nous ne sommes plus en quarante-trois, le front est à deux pas. Serait-il venu de sa propre initiative ? Hum… pas assez intelligent pour jouer le grand jeu. Quoique des plus roués. Je ne saisis pas très bien le pourquoi d'une manœuvre aussi naïve, mais je sais que cette naïveté-là peut battre en brèche et la logique et le bon sens. »

Stierlitz remua les bûches dans l'âtre avec nonchalance et dit :

— Allez-y, mon ami. Déballez !

— Stierlitz, tout ça est fort sérieux, protesta Holtoff.

— Qu'est-ce qui ne l'est pas en ce bas-monde ?

— J'ai dû convoquer trois experts du département Schumann.

Schumann était le conseiller de la Wehrmacht pour les nouveaux armements ; ses gens s'occupaient de la désintégration de l'atome.

— J'ai fait la même chose quand vous avez coffré Runge.

— Oui. C'est nous, la Gestapo, qui l'avons arrêté. Mais pourquoi diable les services secrets auraient-ils dû s'en occuper ?

— Vraiment, vous ne voyez pas pourquoi ?

— Non, je ne vois pas.

— Runge a fait ses études en France et aux États-Unis. Est-il si difficile de deviner combien les contacts qu'il a laissés là-bas sont importants ? Nous péchons tous, voyez-vous, par manque d'envergure dans la vision des problèmes. Nous avons peur de lâcher la bride à l'imagination. Tout est cadré à l'avance, et pas un pouce ne doit dépasser. Voilà notre grande erreur.

— C'est vrai, convint Holtoff, pour ce qui est de l'audace, je ne discute pas. Mais dans ce cas précis, j'objecte… Runge affirmait qu'il fallait continuer d'étudier la possibilité d'obtenir du plutonium à partir de substances hautement radioactives, alors que c'était justement ce que lui reprochaient ses adversaires scientifiques. Et ce sont eux qui ont rédigé la dénonciation, je les ai fait avouer.

— Je n'en doutais pas un seul instant.

— Or voilà que nos agents nous ont communiqué de Londres que c'est Runge qui avait raison ! Les Américains et les Anglais ont choisi son hypothèse. Pendant ce temps, il moisissait chez nous, à la Gestapo.

— En effet, chez vous, à la Gestapo, confirma Stierlitz. Chez vous, Holtoff ! C'est vous qui l'avez arrêté, pas nous. C'est vous qui avez mené l'affaire, pas nous. Vous, Müller et Kaltenbrunner ! Et ce n'est ni moi, ni vous, ni Schumann qui avons une grand-mère juive, mais lui, Runge, et il le cachait…

Holtoff éclata.

— Même si son grand-père avait été trois fois juif, qu'est-ce que ça peut faire ? Que m'importe son grand-père, si lui-même est venu se mettre à notre service et s'il nous a servis fanatiquement ! Et vous, vous avez prêté foi à des gredins !

— Des gredins ? Eux, des vétérans du mouvement ?

De purs Aryens ? Des physiciens que le Führer a décorés personnellement ?

— Bon, bon, d'accord… C'est juste, vous avez raison. Versez-moi encore un peu de cognac.

Il y eut un silence, que Stierlitz rompit.

— Vous n'avez pas jeté les fusibles au moins ? demanda-t-il.

— Non, ils sont là-bas, sur le guéridon.

Holtoff avala son cognac cul sec.

— J'ai pris l'habitude de boire, dit-il.

— Qui ne l'a pas prise par les temps qui courent ?

— Ceux qui sont fauchés, essaya de plaisanter l'autre.

— Quelqu'un a dit que l'argent, c'est de la liberté en rondelles.

— Ça c'est vrai… Et que pensez-vous que sera l'attitude de Kaltenbrunner si je lui soumets les résultats de ma vérification ?

— Pour commencer, vous devez en référer à Müller. C'est lui qui a donné l'ordre d'arrêter Runge.

— C'est pourtant vous qui l'aviez pris en main, ce fameux Runge…

— Oui. Je l'ai fait sur ordre de mes supérieurs.

— Mais si vous l'aviez relâché, nous aurions gagné six mois de travail sur l'arme secrète.

— Vous pouvez le prouver ?

— Je viens de le faire, ce me semble.

— Et tous les physiciens sont d'accord avec vous ?

— La plupart. La plupart de ceux que j'ai convoqués. Dans ces conditions, je crains que vous ne soyez appelé à fournir certaines explications.

— Aucune, l'interrompit Stierlitz. Absolument rien. La valeur d'une recherche scientifique trouve sa preuve dans l'application pratique. Où est cette preuve ?

— Ici, dans ma poche.

— Oh, à ce point ?

— Oui, à ce point. J'ai reçu des nouvelles toutes fraîches de Londres. C'est votre verdict de mort.

— Écoutez, Holtoff, où voulez-vous en venir ? dit Stierlitz en changeant de ton. Vous voulez quelque chose de moi, mais je n'arrive pas à saisir quoi au juste !

— Je me répéterai encore une fois : volontairement ou involontairement, vous avez personnellement compromis, de façon sérieuse, la mise au point de l'arme secrète. Volontairement ou involontairement, au lieu d'en questionner cent, vous avez limité votre enquête à une dizaine de physiciens et en vous fondant sur les déclarations d'hommes qui avaient intérêt à isoler Runge, vous avez contribué à faire décrire son approche comme nuisible et improductive !

— Autrement dit, vous me conviez à me défier des vrais soldats du Führer, les hommes de confiance de Keitel et de Göring, et à prendre la défense d'un savant aux origines impures qui a opté pour la filière américaine ? C'est à cela que vous m'invitez ? À croire Runge que la Gestapo a arrêté – et la Gestapo n'arrête personne sans motif – et à ne pas croire ceux qui ont aidé à le percer au jour ?

— Bravo, Stierlitz, votre logique est parfaite. J'ai toujours envié la façon dont vous savez construire une trame inattaquable : vous frappez à la fois Müller, qui a donné l'ordre d'arrêter Runge, moi-même qui protège un Juif de troisième génération, et vous vous bâtissez sur nos ossements un monument de fidélité au régime. Bravo. Je vous félicite, Stierlitz. Mais ce n'est pas pour cela que je suis venu. Après tout Runge – et vous avez fait le nécessaire – n'est pas si malheureux dans son camp de concentration. Il est logé dans une villa de la cité SS où on lui laisse la possibilité de s'occuper de physique théorique.

Stierlitz, je vais vous dire l'essentiel. Je suis tombé dans une sale histoire… Si je remets les résultats de mes vérifications à Müller, il verra que vous possédez une arme infaillible contre lui. Même en tenant compte du fait que vous êtes devenu suspect et que plusieurs personnes, à part moi-même, vous surveillent. Oui, vous avez raison, c'est lui qui a décidé l'emprisonnement de Runge et personne d'autre. Si je lui dis maintenant que mes données vous accusent, il se sentira visé par la bande. Quant à moi, si drôle que cela paraisse, on me tombera dessus des deux côtés. Müller, parce que mes conclusions sont encore à contrôler et à recontrôler, et vous… bah, vous m'avez déjà dit la façon dont vous comptiez me couler ! Que dois-je donc faire, moi, officier de la Gestapo ? Dites-le donc, vous, l'officier des services secrets !

« Voilà donc où il veut en venir, comprit enfin Stierlitz. S'agit-il d'une provocation ? Si c'en est une, je sais ce que je dois faire. Mais s'il m'invitait réellement à essayer un pas de côté ? Tous ces loustics, il est moins cinq qu'ils n'abandonnent le navire, comme des rats. Il n'a pas parlé pour rien de la Gestapo et des services secrets. Bon. Tout est clair. Patientons encore un peu, un tout petit peu. »

— Quelle différence ? fit-il à haute voix, avec un haussement d'épaules. La Gestapo ou les services secrets ? En somme, malgré les brouilles, nous faisons la même chose.

— Oui, sauf que nous autres, les gestapistes, le monde entier nous tient pour des bourreaux et des monstres, tandis que vous, les services de renseignement politique, vous êtes des artistes, des « experts ». N'importe quel régime, n'importe quel État a besoin de vous. Nous, nous appartenons au Reich ; avec lui nous triompherons ou nous crèverons…

— Vous me demandez ce que vous devez faire ?

— Oui.

— Vous proposez quoi ?

— Je voudrais vous entendre d'abord.

— À en juger de la façon dont vous avez enlevé les plombs et m'avez prié de baisser les rideaux…

— Ça, c'est vous qui l'avez proposé.

— Ah oui ? j'ai oublié… Bref, il ne s'agit pas de cela. Vous voulez vous retirer du jeu ?

— Vous avez un moyen de passer la frontière ?

— Mettons.

— Si nous filions à trois en pays neutre ?

— À trois ?

— À trois, oui : Runge, vous et moi. Nous aurons sauvé un grand physicien pour l'humanité. Ici, c'est moi qui l'aurais fait, tandis qu'à vous reviendrait le mérite de l'évasion. Hein ? Et n'oubliez pas que c'est vous le suspect, pas moi. Je pense que vous savez ce que signifie être dans le collimateur de Müller ? Eh bien ? Votre réponse ?

— Encore un verre ?

— Oui.

Stierlitz alla prendre la bouteille sur la table et s'approcha lentement de Holtoff ; au moment où celui-ci tendait son verre, il abattit de toutes ses forces cette arme improvisée sur le crâne de Holtoff. Le verre éclata en morceaux, un flot de liquide brun se répandit sur sa face révulsée.

*

« J'ai choisi la bonne solution, se persuadait Stierlitz en écrasant l'accélérateur de sa Horch. Je n'avais pas d'autre issue. Même s'il est venu avec une proposition sincère, ma solution est la bonne. En perdant sur un terrain secondaire, j'ai gagné beaucoup plus : la confiance totale de Müller. »

Holtoff, à côté de lui, était affalé contre la portière tendue de cuir rouge. Il n'avait pas encore repris connaissance. Holtoff s'était trompé quand il avait dit que Müller dormait. Non, Müller ne dormait pas. Le service de décryptage venait de lui communiquer que les chiffres du message intercepté à Berne étaient les mêmes que ceux du code de la pianiste russe. Cela voulait dire – déduisit Müller – que le « chef d'orchestre » russe s'était mis en quête d'une nouvelle liaison, soit qu'il pensât que ses agents avaient péri sous les bombes, soit qu'il soupçonnât qu'il leur était arrivé quelque chose. Tout à sa réflexion, Müller fit effort pour s'abstraire de ces irritantes empreintes digitales relevées sur l'émetteur russe et sur le téléphone spécial. Mais plus il s'en échappait, plus elles l'obsédaient. En vingt années dans la police, il s'était forgé une qualité particulière : il commençait toujours par s'en remettre à son intuition ; ensuite seulement, il la vérifiait en soumettant les faits à analyse. Il s'était rarement trompé : au service de la république de Weimar, quand il fit charger les manifestants nazis ; quand il passa de l'autre côté de la barricade et se mit à jeter dans les camps de concentration les leaders de cette même république de Weimar ; quand il exécuta les ordres de Himmler et, plus tard, quand il entra dans l'orbite de Kaltenbrunner ; jamais son intuition ne l'avait trahi. Il sentait bien qu'il était peu probable que Kaltenbrunner ait oublié la requête qu'il lui avait faite concernant Stierlitz. Donc quelque chose était arrivé, et au plus haut niveau, il faut croire. Mais quoi et quand, Müller l'ignorait. Dans ces conditions il avait confié à Holtoff le soin d'aller trouver Stierlitz et de faire son cinéma : si Stierlitz venait le voir le lendemain matin pour lui parler de la « conduite » de Holtoff, il ne lui restait plus qu'à déposer tranquillement son dossier dans la chambre forte, et le considérer comme clos. Mais si Stierlitz acceptait la proposition de Holtoff, alors tout changeait. Alors il pouvait aller trouver Kaltenbrunner, cartes en main.

« Très bien, très bien, se disait Müller. Attendons Holtoff, on verra ensuite. Maintenant, revenons à la fille russe. Je pense qu'après que son chef s'est mis à chercher des contacts par la Suisse, on peut passer des gentils bavardages de Stierlitz à nos méthodes à nous. Je ne puis croire qu'elle ne soit qu'un instrument aux mains de ses chefs. Elle doit savoir quelque chose. Pratiquement, elle n'a pas répondu à une seule question. Or le temps presse. La clef du message chiffré qu'on m'envoie de Berne peut aussi être dans sa tête. C'est notre dernière chance. »

Il ne termina pas sa pensée : la porte s'ouvrit sur Stierlitz. Celui-ci soutenait sous les bras un Holtoff ensanglanté, aux mains passées dans de fines menottes chromées.

Müller qui, sur le seuil, eut le temps d'apercevoir le visage épouvanté de son aide de camp Scholtz, dit de la voix la plus calme qu'il pût :

— Vous êtes fou, Stierlitz !

— J'ai toute ma raison, au contraire, Gruppenführer ! répliqua celui-ci en laissant tomber avec dégoût son prisonnier dans un fauteuil. Si quelqu'un est devenu fou, c'est lui. À moins que ce ne soit simplement un traître !

— De l'eau, bégaya enfin Holtoff, donnez-moi de l'eau !

— Donnez-lui à boire, dit Müller en montrant de la

tête une carafe. Stierlitz, que s'est-il passé ? Expliquez-vous.

— Demandez-le-lui donc en premier, fit Stierlitz. Je consignerai tout cela par écrit, cela vaudra mieux.

Il remplit le verre d'eau, le tendit à Holtoff qui but goulûment, et le remit à côté de la carafe.

— Rentrez chez vous et faites-moi un rapport par écrit, dit Müller. Combien vous faut-il de temps ?

— En restant bref, dix minutes. Si vous voulez tous les détails, il faudra attendre demain.

— Pourquoi demain ?

— Parce que j'ai quelques affaires pressantes à terminer. Et aussi parce qu'il ne retrouvera pas ses esprits avant. Vous me permettez de me retirer, Gruppenführer ?

— Oui, faites.

Quand Stierlitz fut sorti, Müller commença par délivrer Holtoff de ses menottes, puis il lui donna une tape affectueuse sur sa joue bleue maculée de sang, et enfin, songeur, il revint vers la table où se trouvait le verre. Prenant soigneusement l'objet entre le pouce et l'index, Müller l'observa par transparence. L'empreinte des doigts de Stierlitz s'y dessinait très nettement. Celui-ci était au nombre des rares personnes haut placées qu'il n'avait pas encore eu le temps d'enregistrer dans son fichier anthropométrique. Sans y prêter d'importance particulière et suivant en cela son habitude paysanne de faire tout jusqu'au bout, Müller appela Scholtz :

— Qu'on me prenne les empreintes qui se trouvent sur ce verre, ordonna-t-il. Si je dors, inutile de me réveiller. Je ne pense pas que ce soit urgent.

Mais Müller fut tout de même réveillé en pleine nuit. Ce fut Scholtz en personne qui vint le tirer du sommeil. Les résultats de l'expertise étaient stupéfiants : les empreintes laissées sur le verre par Stierlitz étaient les mêmes que celles qu'on avait relevées sur le téléphone et, ce qui était encore plus terrifiant, sur l'émetteur russe…

*

Au Reichsführer-SS Heinrich Himmler.

Mon Reichsführer,

Je rentre à l'instant de Suisse et désire vous relater sans retard la marche des événements non seulement dans leur chronologie, heure par heure, mais en tâchant aussi de vous faire part de mon analyse objective du proche avenir qui, je dois dire, a nettement évolué vers le mieux à la suite de mes conversations avec Dulles.

Hier, donc, je suis parti pour la Suisse accompagné de Dollmann et de deux résistants nationalistes italiens du nom de Parri et Usmiani. Le passage de la frontière avait été préparé par un auxiliaire du capitaine Waibel, des services secrets helvétiques. L'opération se déroula avec une précision d'horloger suisse. Nous étions juste à l'heure pour le train de Zürich. Là, Parri et Usmiani ont été installés dans l'un des établissements de soins les plus huppés des environs. Dulles, comme on me le rapporta plus tard, s'y rendit immédiatement. Parri et lui sont en effet de vieilles connaissances ; les Américains préparent sans doute leur équipe pour le futur cabinet italien, des hommes bénéficiant de l'auréole de la Résistance, mais pas communistes, plutôt monarchistes ; en fait, des nationalistes fanatiques qui ne se sont brouillés avec le Duce qu'au dernier moment, quand nos troupes ont été obligées d'entrer en Italie.

Husmann est venu nous chercher pour nous conduire au domicile secret de Dulles. Il nous y attendait. Il s'est montré réservé mais bienveillant. Nous avons échangé une poignée de main et les entretiens ont commencé. Assis à contre-jour près de la fenêtre, Dulles a gardé le silence pendant un bon moment. Le premier à parler fut Gävernitz.

Il m'a demandé :

— N'est-ce pas vous qui avez fait libérer l'Italien Romano Guardini, sur la demande de Matilda Gedevils ?

Je n'ai rien répondu de précis parce que ce nom ne me disait rien. C'est peut-être une forme de vérification, me suis-je dit.

— Un philosophe catholique de grand renom, a poursuivi Gävernitz, très estimé par l'intelligentsia européenne.

J'ai souri « énigmatiquement », me souvenant des leçons de notre grand comédien Schellenberg.

— Général, m'a demandé Husmann, vous rendez-vous compte que l'Allemagne a perdu la guerre ?

Je voyais très bien où ces gens voulaient en venir : me faire subir un autodafé humiliant. En d'autres temps j'avais agi de même chaque fois que je cherchais à m'attacher un politicien récalcitrant. Me l'attacher assez pour pouvoir lui confier par la suite un poste administratif élevé ; l'épreuve de l'humiliation personnelle est un bon gage de loyauté ultérieure.

— Oui, ai-je répondu.

— Comprenez-vous que le point de départ d'éventuels pourparlers ne peut être que celui-ci : la capitulation inconditionnelle ?

— Oui, ai-je répondu, tout en me disant que les pourparlers en soi sont plus importants que leur objet. Le principal, dans le cas présent, n'est-il pas d'entamer

les pourparlers, quoi qu'il m'en coûte comme gradé SS et comme membre du parti ?

— Et si néanmoins, poursuivit Husmann, vous persistiez à vouloir parler au nom du Reichsführer Himmler, les conversations n'iront pas plus loin : M. Dulles sera obligé de se retirer.

J'ai regardé Dulles. Sans pouvoir discerner son visage (j'avais la lumière dans les yeux), j'ai remarqué qu'il a fait un signe d'assentiment de la tête, sans rompre pour autant son silence. J'ai alors compris qu'il s'agissait plutôt d'une question de forme, vu qu'ils savaient très bien au nom de qui un officier supérieur des Waffen-SS peut parler et parlerait. En posant ainsi la question, ils se sont placés en situation ridicule. J'aurais certes pu leur répondre que je ne parlerais qu'avec M. Dulles et que si j'apprenais qu'il représentait le capital monopoliste juif, je cesserais immédiatement tout commerce avec lui. Voyant qu'ils attendaient ma réponse, j'ai dit :

— J'estime que c'est un crime contre le grand peuple et le grand État allemand, bastion de la civilisation en Europe, que de poursuivre le combat, surtout quand nous avons réussi à nous asseoir à la table des pourparlers. Je suis prêt à remettre toute mon organisation, qui est la plus puissante d'Italie avec les Waffen-SS et la gendarmerie, à la disposition des Alliés, dans le but d'en finir avec les hostilités et d'empêcher la création d'un gouvernement communiste.

— Cela signifie-t-il, demanda enfin Dulles, que vos SS vont combattre la Wehrmacht de Kesselring ?

J'ai compris que cet homme voulait du sérieux en toute chose. Cela présageait de conversations réalistes.

— J'ai besoin de vos garanties, ai-je répondu, pour pouvoir parler avec le Feldmarschall Kesselring de façon concrète et argumentée.

— C'est entendu, a dit Dulles.

J'ai repris :

— Vous devez comprendre qu'à partir du moment où Kesselring donnera l'ordre de capituler en Italie, où il commandera un bon million et demi de soldats, ce sera le départ d'une réaction en chaîne sur les autres fronts, je veux dire les fronts ouest et scandinave, en Norvège et au Danemark.

J'étais sûr que lors de ce premier contact décisif, je devais dévoiler mon atout maître.

— Si je reçois vos garanties en ce qui concerne la poursuite des conversations, je m'engage à faire le nécessaire pour que l'Italie ne soit pas détruite comme le prévoit une disposition du Führer. Nous avons l'ordre d'anéantir tous les musées d'art, tous les monuments historiques, bref, de faire table rase de tout ce qui appartient à l'histoire de l'humanité. En dépit des dangers que cela me fait encourir personnellement, j'ai déjà sauvé et caché en lieu sûr les tableaux du musée des Offices et du Palais Pitti, ainsi que la collection de monnaies du roi Victor-Emmanuel.

Là, j'ai posé sur la table la liste des toiles en question. Il y avait des Titien, des Botticelli, des Greco. Les Américains ont interrompu la conversation pour l'étudier.

— Combien peuvent valoir ces tableaux ? m'a-t-on demandé.

— Ils n'ont pas de prix, ai-je répondu, plus de cent millions de dollars, peut-être.

Pendant une dizaine de minutes, Gävernitz nous a entretenus de la peinture de la Renaissance et de l'influence de cette époque sur l'évolution technique et philosophique de l'Europe. Puis Dulles s'est mis à parler ; sans aucune transition, il a dit :

— Je suis prêt à traiter avec vous, général Wolff, mais à votre tour, vous devez me garantir que vous

n'entreprendrez aucun autre contact avec les Alliés. Ceci est notre première condition. J'espère aussi que vous comprenez que l'existence des présents pourparlers ne doit être connue que des personnes ici présentes.

— Alors nous ne pourrons pas conclure la paix, ai-je dit, car vous n'êtes pas le président et je ne suis pas le chancelier.

Nous nous sommes souri silencieusement et j'ai su que j'avais leur accord pour vous informer de ces conversations et recevoir vos dispositions ultérieures. J'envoie cette lettre par l'intermédiaire de l'aide de camp du Feldmarschall Kesselring, qui accompagne son chef durant son voyage à Berlin. J'ai vérifié cet homme avec le plus grand soin. Vous vous en souviendrez d'ailleurs, car c'est vous qui avez agréé sa candidature quand il fut envoyé auprès de Kesselring pour vous informer de ses liaisons avec le maréchal du Reich Göring.

Il serait très souhaitable que vous invitiez Kesselring à venir s'entretenir avec vous. Notre prochaine rencontre avec les Américains aura lieu dans les jours qui viennent.

Heil Hitler !

Votre Karl Wolff.

Wolff disait la vérité. Les entretiens avaient bien pris cette tournure, à quelque chose près. Il n'avait tu qu'une chose : la longue conversation qu'il avait eue dans le train avec Husmann et Waibel, sur le chemin de retour. On y discuta de la composition du futur cabinet allemand. L'accord se fit sur les personnes suivantes : Kesselring à la chancellerie ; le SS-Gruppenführer von Neurath, ancien gouverneur du Land de Bohême-Moravie, au ministère des Affaires étrangères ; le membre *honoris causa* du Parti national-socialiste, Hjalmar Schacht, au ministère des Finances et le SS-Obergruppenführer Karl Wolff au ministère de l'Intérieur. Aucun portefeuille n'était prévu pour Himmler.

*

LE 12 MARS 1945 (08 H 02)

Pendant ce temps, Stierlitz roulait vers la frontière suisse de toute la vitesse que permettait le puissant moteur de sa Horch. Le pasteur Schlag, contracté, pâle, était assis à ses côtés. Stierlitz tourna le bouton de la radio et chercha la France. Paris donnait des airs interprétés par une toute jeune chanteuse du nom d'Edith Piaf. La voix était fortement timbrée, basse, les paroles simples et ingénues.

— Déchéance totale des moeurs, dit le pasteur. Non, je ne condamne pas, mais quand j'entends ces bluettes, je ne peux m'empêcher de penser à Haendel ou à Bach. Jadis, les artistes étaient plus exigeants envers eux-mêmes. Ils servaient la foi et se donnaient d'autres défis. Tandis que ça ? Du boniment de boulevard…

— Cette chanteuse aussi fera parler d'elle. Sûr qu'on parlera d'elle après sa mort, hasarda Stierlitz.

— Vous êtes bien indulgent !

— Non, j'aime Paris ! Mais trêve de bavardage, pasteur, nous reprendrons cette conversation après la guerre. Pour l'heure je vous prierai de répéter encore une fois ce que vous aurez à faire à Berne.

Après avoir doctement devisé sur l'entraînement de la mémoire que procure la lecture quotidienne de la Bible, Schlag se mit en devoir de réciter ce que Stierlitz lui inculquait depuis trois bonnes heures. Tout en l'écoutant, Stierlitz poursuivait sa réflexion : « Oui, Käthe est restée entre leurs mains. Mais si je l'avais amenée, ils se seraient souvenus du pasteur, quelqu'un a l'air de s'en occuper à la Gestapo, et alors c'eût été la fin des haricots, Himmler aurait pu l'attraper avec les autres, à Berne. En principe tout doit marcher, bien que Käthe puisse flancher et parler de moi s'ils torturent le petit, par exemple. Mais le pasteur aura déjà entrepris sa tâche tandis que Pleischner est en train d'accomplir la sienne… Ni l'un ni l'autre ne se doute de ce qu'il met en mouvement. Schlag sera d'ailleurs supervisé par nos gars que Pleischner aura contactés. Tout ira bien. Himmler ira se faire voir : trop tard pour s'asseoir à la table des négociations. Müller ignore tout de mon passage en Suisse et les gardes-frontières pensent que j'agis sur l'ordre du Reichsführer. Par conséquent, le pasteur sera aujourd'hui en Suisse. Demain il commencera son boulot. Notre boulot, pour être plus précis. »

— Non, dit-il tout haut. Vous devez fixer vos rendez-vous dans la salle rose et non dans la salle bleue.

— Il me semblait que vous ne m'écoutiez pas.

— Je vous écoute très attentivement. Continuez s'il vous plaît.

« Si le pasteur passe et que tout marche au poil, je mets Käthe en lieu sûr. Dès lors, je peux sortir le grand jeu… Les fils de pute ! Si je vois que je suis brûlé, nous filons avec elle en Suisse. Si on peut continuer – ils n'ont pas de preuves et ils ne peuvent pas en avoir –, il faudra s'assurer d'un alibi à travers Schellenberg. Je passe faire mon rapport chez lui ou à Hohenlychen[1], il est toujours fourré là-bas auprès de Himmler. Je

1. Complexe de sanatoriums où l'on soignait les cadres SS. Himmler s'y réfugia en avril 1945.

calcule le temps, j'élimine les gardes du corps, je brise l'émetteur et j'emmène Käthe. Le principal, c'est de bien calculer mon coup. Qu'ils cherchent, il ne leur reste plus longtemps à le faire. À la mine qu'a faite Müller en voyant Holtoff la tête en bouillie, celui-ci est à sa botte. Encore qu'il n'aurait pu aussi bien jouer son rôle si la mission qui lui était confiée ne coïncidait pas avec ses propres projets. Bah ! Dieu sait comment il se serait conduit par la suite si j'avais accepté sa proposition. Peut-être aurait-il flanché, ce n'est pas impossible. Je me souviens bien de la façon dont il me zieutait pendant l'interrogatoire de l'astronome et ce qu'il a dit... J'ai frappé juste. Mon départ inopiné, je le couvrirai, d'un côté par Schellenberg et, de l'autre, par Bormann. Le principal, maintenant, c'est Käthe. Demain matin je vais la trouver directement, sans passer chez moi. Quoique non, il ne faut jamais agir à l'aveuglette. Il me faut aller voir Müller. »

— Parfait, dit-il tout haut, je vous félicite d'avoir retenu ce détail : vous prenez le deuxième taxi de la file, et en aucun cas vous n'acceptez de monter dans des voitures de particuliers. D'une manière générale, je compte sur la couverture de vos amis du couvent. Et je répète encore ceci : tout peut se produire, tout. À la moindre maladresse, avant que vous ayez compris ce qui vous arrive, vous serez déjà dans la cave de Müller. Mais si cela devait se produire, sachez que mon nom, prononcé dans le délire ou sous la torture, signifie ma mort et avec moi, celle de votre sœur et de vos neveux. Si vous prononcez mon nom, rien ne pourra plus sauver les êtres qui vous sont chers. Comprenez-moi bien, ce n'est pas une menace, c'est la dure réalité, une réalité qu'il faut connaître et à laquelle il faut penser à tout moment.

*

Stierlitz gara sa voiture à une centaine de mètres de la place de la Gare. Celle des gardes-frontières l'attendait à l'endroit convenu. La clef de contact était à sa place, les vitres avaient été maculées de boue, pour qu'on ne voie pas les occupants. En peu de temps, ils furent dans la montagne ; une paire de skis était plantée dans la neige et une paire de chaussures attendait à côté.

— Changez vos vêtements, commanda Stierlitz.

— Un instant, murmura le pasteur. J'ai les mains qui tremblent, laissez-moi me remettre.

— Vous pouvez parler normalement, il n'y a personne pour nous entendre.

Une paix impressionnante régnait alentour. La neige dans la vallée était argentée, et noire dans les défilés. Tout était enveloppé d'un silence ouaté. Par instants seulement, apporté par le vent, parvenait le bruit du générateur de l'usine électrique.

— Allons, dit Stierlitz, je vous souhaite bonne route, pasteur.

— Que Dieu vous bénisse ! répondit ce dernier.

Et, chaussé de ses skis, il s'éloigna dans la direction indiquée. Stierlitz le vit tomber à deux reprises, exactement sur le tracé de la frontière. Il demeura auprès de l'automobile jusqu'à ce que Schlag lui crie deux fois, comme convenu, pour dire qu'il avait atteint la forêt qui recouvrait l'autre versant du col, côté suisse. L'hôtel se trouvait à deux pas. Tout était en ordre. Maintenant, il fallait s'occuper de Käthe.

Stierlitz redescendit en trombe au village, passa dans sa voiture et reprit aussitôt la route. Au bout d'une vingtaine de kilomètres, il se sentit assailli par une invincible torpeur. Un coup d'œil à sa montre : cela faisait deux jours qu'il était debout. « Je vais dormir une demi-heure, se dit-il, sinon je ne tiendrai jamais jusqu'à Berlin. »

Il dormit exactement vingt minutes. Après avoir avalé une large goulée d'alcool pour se secouer, il s'aplatit de toute sa masse sur le volant et appuya à fond sur l'accélérateur. La mécanique tournait rond, avec un bruit régulier et puissant. L'aiguille du compteur frôlait les cent vingt. Sur la route vide, l'aube commençait à poindre. Pour chasser le sommeil, Stierlitz se mit à chanter à tue-tête des chansons grivoises en français.

Quand il sentait le sommeil le gagner, il s'arrêtait et se frottait le visage avec de la neige. Sur les bas-côtés de la route, celle-ci se faisait rare. Les bourgs qu'il traversait étaient eux aussi bleutés et paisibles : les Alliés n'avaient pas accablé de bombes cette partie de l'Allemagne et de petits cottages aux toitures rouges s'inscrivaient harmonieusement dans ce paysage, à l'instar des forêts de pins, des torrents rapides dévalant la montagne ou des lacs dont la surface impeccablement lisse se libérait de la glace.

Stierlitz, qui aimait surtout le début du printemps, dit un jour à Pleischner :

— Bientôt la littérature n'emploiera plus de longues phrases, mais des concepts. Plus les humains, à l'aide de la radio et du cinéma, engloutiront d'information – et cela sera encore plus vrai pour les générations à venir –, et plus le sort de la littérature deviendra tragique. Alors qu'avant, un écrivain consacrait trois pages de son roman pour décrire la nature en éveil, le cinéaste prendra une demi-minute. L'artisan montre les bourgeons en train d'éclore et les rivières prises dans les glaces lorsque l'artiste rend la gamme chromatique et les sons précis.

Et cela se fait, notez-le bien, en un minimum de temps. Ils restituent simplement l'information. Sous peu, l'écrivain pourra produire un roman constitué de trois mots : « Couchers de soleil de mars… » Ces trois mots vous permettent-ils de voir les gouttes d'eau, la gelée blanche, les glaçons suspendus aux gouttières, la sirène de la locomotive qui siffle au loin dans la forêt, le petit rire étouffé de la collégienne qu'un garçon raccompagne à la maison dans la pureté glacée du soir ?

Cela fit rire Pleischner.

— Je n'aurais jamais cru que vous aviez un tel penchant pour la poésie. Avouez que vous écrivez secrètement des vers.

Stierlitz le dissuada : il estimait trop les poètes pour écrire lui-même, en revanche il avait essayé de peindre. En Espagne, deux couleurs le médusaient : le rouge et le jaune. Il lui semblait que la conjugaison harmonieuse de ces deux couleurs exprimait bien l'Espagne sur la toile. Il s'était longuement essayé à la peinture mais il avait fini par comprendre qu'un souci excessif de la ressemblance l'empêchait de saisir l'objet. « Pour moi, un taureau est un taureau, alors que pour Picasso, c'est un objet qui lui permet de s'exprimer. Moi je cherche l'objet, sa forme, alors que le talent discipline l'objet, la forme qu'incarne l'idée, sans égard pour le détail scrupuleux ». Il avait abandonné ses esquisses (comme il devait plus tard qualifier son hobby) lorsque ses collaborateurs lui avaient demandé une toile. « C'est ressemblant et très beau, lui avaient-ils dit, alors que le barbouillage des Espagnols est incompréhensible et horrible à regarder. » Ils s'exprimaient ainsi à propos de Goya : à Paris, il avait acheté sur les quais deux superbes albums du peintre et il n'en finissait pas d'admirer les toiles du grand maître. Après cet épisode, il avait dispersé ses tableaux et avait donné ses pinceaux et ses couleurs au fils du concierge de l'immeuble où il avait loué un appartement pour y rencontrer ses agents.

*

Rolf se présenta chez Käthe alors que le soleil n'était qu'un halo glacé. Le ciel était haut et sans couleur, avant les premières gelées. En le voyant entrer, celle-ci pâlit horriblement tandis que Barbara, assise à la table, sauta sur ses jambes et fit le salut hitlérien. L'autre coupa court à la formule de politesse qu'elle improvisait tant bien que mal et commanda sèchement :

— Laissez-nous seuls.

Le visage de Barbara, jusque-là obséquieux, se fit officiel. Tandis qu'elle passait dans l'autre pièce, Käthe, qui faisait un effort de tout son être pour supporter cette nouvelle épreuve, entendit les cris de l'enfant : c'était l'heure de la tétée.

— Je vous demande de me laisser donner le sein à mon fils, dit-elle aussi fermement qu'elle pût, sinon nous ne pourrons pas travailler.

— Il attendra.

— Mais c'est impossible… La tétée doit avoir lieu à intervalles réguliers.

— Bien. Elle aura lieu dès que vous aurez répondu à mon unique question.

Quelqu'un frappa à la porte.

— Je suis occupé ! cria Rolf.

La porte s'ouvrit néanmoins sur Helmut : il apportait l'enfant.

— C'est l'heure de la tétée, annonça-t-il, le petit a faim.

— Il attendra ! hurla Rolf. Fermez la porte !

Helmut voulut parlementer mais Rolf, en quelques

enjambées rageuses, alla claquer la porte au nez du SS, blessé de guerre.

— Eh bien, voilà ! Nous avons acquis la certitude que vous connaissez le patron.

— J'ai déjà expliqué…

— Je connais vos explications. J'ai lu votre déposition, j'ai écouté votre enregistrement. Jusqu'à ce matin, je m'en contentais. Mais depuis ce matin, elles ont cessé de me satisfaire.

— Que s'est-il donc passé… ce matin ?

— Certaines choses. Nous les attendions, nous savions tout depuis le début, seules les preuves nous manquaient. Ces preuves, nous les avons. Nous ne procédons jamais à une arrestation sans preuves, sans faits patents ou le témoignage d'au moins deux personnes.

— Mais il me semble que dès le commencement, je n'ai pas refusé…

— Assez joué la comédie ! Il ne s'agit pas de vous ! Vous savez parfaitement de qui il est question.

— Mais non, vraiment, je ne vois pas… Et je vous supplie de me laisser nourrir mon petit.

— D'abord veuillez me dire où et quand vous avez rencontré le chef d'orchestre ; vous pourrez ensuite vous occuper du gosse.

— J'ai déjà expliqué au monsieur qui m'a arrêtée que je ne connais ni le nom du chef, ni son adresse, ni enfin lui-même.

— Écoutez, siffla Rolf, cessez de faire l'idiote.

Il était exténué. Tous les proches collaborateurs de Müller n'avaient pas fermé l'œil de la nuit. L'ordre avait été donné de repérer coûte que coûte l'auto de Stierlitz et de la prendre en filature. Une embuscade avait été tendue devant sa demeure, une autre devant le logement du radio, mais Stierlitz avait disparu. Müller avait d'ailleurs interdit de dire à quiconque que l'on recherchait Stierlitz ; ni à Kaltenbrunner ni encore moins à Schellenberg. Il avait pris la décision de jouer la partie lui-même. L'affaire s'annonçait particulièrement périlleuse. Il savait surtout que Bormann disposait de sommes colossales déposées dans les banques de Suède, de Suisse, du Brésil et même, par personnes interposées, des États-Unis. Bormann n'oubliait jamais les services rendus. Mais il n'oubliait jamais non plus ses ressentiments. Il consignait tout ce qui touchait de près ou de loin à Hitler, sur ses mouchoirs s'il n'avait rien d'autre sous la main. Mais il ne consignait plus rien dès lors qu'il s'agissait de lui-même : cela, sa mémoire l'emmagasinait pour toujours. Pour toutes ces raisons, le chef de la Gestapo avait pris la décision d'orchestrer lui-même la partie qui l'opposait à Stierlitz, Stierlitz qui avait téléphoné à Bormann et l'avait rencontré. Toute l'affaire Stierlitz eût été simple, sans intérêt même, n'étaient ce coup de téléphone et ce rendez-vous. Le triangle s'était refermé : Stierlitz, le chiffre de Berne, la pianiste russe. Et ce triangle reposait sur Bormann, autant dire un roc. Voilà pourquoi le chef de la Gestapo et ses proches collaborateurs n'avaient pas fermé l'œil de la nuit, mettant en place leurs chausse-trapes, préparant le duel décisif.

— Je ne dirai rien de plus, déclara Käthe. Je me tairai jusqu'à ce que vous me laissiez m'occuper de mon fils.

La logique de la mère n'est pas la logique du bourreau. Si Käthe n'avait pas tant insisté sur l'enfant, c'est elle-même qui aurait eu à connaître les affres de la torture. Mais, poussée par l'instinct maternel, elle suggérait là à Rolf une décision qu'il n'avait pas en arrivant. Rolf connaissait les agents secrets soviétiques, leur courage qui leur fait préférer la mort à la trahison. Il sut ce qu'il allait faire.

— Bon, dit-il, ne perdons pas notre temps. Nous allons vous confronter prochainement avec votre chef : se sentant découvert, il a tenté de prendre la fuite, mais ça n'a pas marché. Il comptait sur son automobile. (Rolf jeta un regard coupant à Käthe qui accusait le coup.) Il a une bonne voiture, n'est-ce pas ? Mais il a mal calculé, nous en avons de meilleures. Dans tout ceci, vous nous intéressez peu. C'est lui qui nous intéresse et vous allez me dire maintenant tout ce que vous savez de lui. Tout, répéta-t-il durement, jusqu'au bout !

— Je n'ai rien à dire, souffla Käthe.

Rolf se leva, alla à la fenêtre et l'ouvrit toute grande.

— Voilà qu'il gèle à nouveau, dit-il. Quand donc viendra le printemps ? Nous en avons tant besoin…

Il referma la fenêtre et s'approcha de Käthe.

— Vos mains, je vous prie.

Käthe tendit ses mains ; une paire de menottes claqua sur ses poignets.

— Les jambes aussi, dit Rolf.

— Que voulez-vous faire ? Qu'avez-vous imaginé ? haleta la malheureuse.

Sans répondre, il fit claquer les bracelets sur ses chevilles et cria :

— Helmut ! Barbara !

Comme personne ne se montrait, il ouvrit brutalement la porte et appela une deuxième fois. Les deux gardes arrivèrent en courant car cette fois la voix de Rolf, d'habitude calme, était hystérique, frénétique même.

Rolf avait tous les motifs d'être nerveux : Müller lui avait donné l'ordre d'obliger cette fois la Russe à parler, par tous les moyens ; il entendait disposer de son atout principal avant même que Stierlitz se fasse prendre.

— Apportez le môme, commanda Rolf.

Pendant que Helmut s'exécutait, Rolf avisa une table basse et la poussa sous la fenêtre. Il dit :

— Je n'ai pas parlé pour rien du gel. Je déshabille votre gosse, je le mets nu sur cette table, je l'expose quatre ou cinq minutes au froid et il est raide. L'un ou l'autre. Décidez.

— Vous ne ferez pas ça ! hurla Käthe en se débattant sur sa chaise. Vous ne ferez pas ça ! Tuez-moi ! Mais tuez-moi donc ! Vous ne pouvez pas faire ça !

— Oui, ça serait terrible ! répondit Rolf. Mais au nom des mères du Reich, je le ferai ! Au nom des enfants du Reich qui meurent sous les bombes, soyez sûre que je le ferai.

Käthe roula de sa chaise, rampant et suppliant :

— Mais non, vous avez un cœur ! Que faites-vous ! Ce n'est pas possible !

— Où est l'enfant ? aboya Rolf. Apportez-le donc, que le diable vous emporte !

Barbara crut devoir intervenir :

— Voyons, Käthe, soyez raisonnable, vous êtes une mère…

Helmut entra. Rolf saisit le nourrisson, le posa sans ménagement sur la petite table et entreprit de défaire les langes. Un cri de bête blessée s'échappa de la bouche de Käthe.

— Alors ? hurla Rolf. Vous n'êtes pas une mère, vous êtes un assassin insensible ! Alors ?

Le petit pleurnichait, inconscient du drame. Sa bouche faisait un mouvement de succion comique à la recherche du sein maternel…

— Alors ? hurlait Rolf. Je ne compterai pas jusqu'à

trois, on n'est pas au cinéma ! J'ouvre la fenêtre et je retire la couverture. Compris ? Tu remplis ton devoir devant ton peuple, moi je le remplis devant le mien !

Käthe ressentit soudain un soulagement immense ; le bruit d'une sonnerie emplit sa tête et elle perdit connaissance.

Rolf s'appuya sur le coin de la table et commanda :

— Helmut, emmène le loupiot…

Le soldat voulut sortir mais l'autre se ravisa.

— Et puis non, reste. Dès qu'elle revient à elle, je continue… Barbara, apportez de l'eau, s'il vous plaît. Pour elle et pour moi. Et des gouttes pour le cœur.

— Combien lui faut-il de gouttes ?

— Pas pour elle, pour moi !

— Bien. Combien ?

— Est-ce que je sais ! Dix. Ou trente…

Il se mit à quatre pattes devant Käthe et lui tapota les joues.

— Combien ça dure quand elles font ça ? demanda Rolf à Helmut.

— Chez votre mère, combien de temps ça durait ?

— Oui… Chez ma mère… Ces salauds, ils veulent rester propres et me refilent le sale boulot… Passez-moi les allumettes, s'il vous plaît.

— Je ne fume pas.

— Barbara ! s'écria Rolf. Des allumettes !

Barbara apporta deux verres d'eau. Rolf but cette eau trouble, légèrement bleutée. Il fit une grimace :

— Pouah, quelle saloperie !

Après quelques bouffées de cigarette, il se remit à quatre pattes devant Käthe et lui souleva la paupière. Une pupille largement ouverte le fixait.

— Elle n'est pas morte ? demanda-t-il. À la bonne heure, vérifiez, Barbara !

Barbara tourna la tête de Käthe.

— Non, elle respire.

— Faites quelque chose. Le temps presse. Ils attendent.

Barbara se mit à donner des tapes à Käthe, doucement, presque avec tendresse. Prenant une grande gorgée du verre, elle lui aspergea le visage d'eau froide. Käthe soupira profondément et son visage se contracta plusieurs fois. Le bébé continuait de s'époumoner.

— Faites quelque chose ! supplia Rolf. Je n'en peux plus.

— Il veut manger !

— Cessez de répéter comme un perroquet ! Vous croyez être le seul à avoir un cœur !

Le petit pleurait sans pouvoir s'arrêter, poussant des cris perçants. Son visage était devenu bleu, ses paupières avaient enflé et ses lèvres pâli.

— Sortez ! fit Rolf avec un geste de la main et Helmut quitta la pièce.

C'est au moment où Helmut emporta son fils que Käthe reprit ses esprits. Le petit criait, mais son cri venait de la chambre voisine. Donc Rolf n'avait pas ouvert la fenêtre.

« Mieux vaudrait mourir, songea plaintivement Käthe. Ce serait le salut. Pour tous. Pour le petit, pour Justas et pour moi-même. Oui, c'est ça… la solution idéale… »

Rolf dit :

— Je crois qu'elle est revenue à elle.

Barbara vint s'agenouiller devant elle et lui souleva les paupières avec deux doigts. Ses yeux la regardaient et une paupière tressaillit.

— Oui, dit Barbara.

Käthe voulut continuer à simuler la perte de conscience

mais son visage la trahissait : dans la chambre voisine le petit s'époumonait et son visage, involontairement, reprenait vie.

— Allons, ça n'a que trop duré, dit Rolf. Tout à l'heure, c'était du vrai. Mais maintenant vous voulez essayer vos trucs de bonne femme. Eh bien, je vous dis que ça ne marchera pas. Vous vous êtes fourrée dans une affaire d'homme, ici vos trucs n'ont pas cours. Barbara, aidez-la à s'asseoir. Allez, ouvrez les yeux !

Käthe restait immobile, les yeux clos.

— Très bien, dit Rolf. Laissez-la, Barbara. Je vois bien qu'elle m'entend. J'appelle Helmut et j'ouvre la fenêtre. Quand elle ouvrira les yeux, il sera trop tard.

Un flot de larmes muettes jaillit des yeux de Käthe.

— Alors ? Vous vous êtes décidée ?

Rolf releva lui-même la malheureuse et l'installa sur la chaise.

— Vous parlerez ?

— Je ne sais pas ce que je dois vous dire… Vous voulez que j'invente quelque chose ? Dites, dites-le-moi…

— Je ne vous demande pas de mentir. Je veux la vérité !

— Mais je vous ai dit tout ce que je sais, tout !

— Je vais vous aider. Pour que vous ne vous sentiez pas dans la peau de Judas…

Il fouilla dans sa poche et en sortit la photographie de Stierlitz. Il la montra à Käthe de telle façon que Barbara ne puisse apercevoir le visage.

— C'est clair, maintenant ? Quel intérêt avez-vous à vous taire ? Nous allons parler ?

Käthe gardait le silence.

— Mais vas-tu parler, oui ou non ? hurla Rolf d'une voix stridente en abattant son poing sur la table. (Les fleurs artificielles se répandirent sur le sol.) Ou vas-tu continuer à te taire ? Helmut !

Helmut entra avec l'enfant. Käthe eut un mouvement de tout le corps vers lui. Rolf se saisit du petit et ouvrit la fenêtre. Käthe voulut se jeter sur le bourreau, mais elle trébucha et poussa un hurlement terrifiant.

Rolf hurlait aussi quelque chose, qu'elle n'entendait plus. C'est à ce moment-là que deux coups de revolver claquèrent sèchement dans la pièce.

*

Monseigneur Cadicelli, au Vatican

Cher ami,

Je comprends et j'apprécie hautement l'attention avec laquelle la cour pontificale, qui a fait preuve d'un admirable courage aux côtés de la résistance antinazie, étudie désormais les diverses possibilités d'aider l'humanité à rétablir sur cette terre une paix si nécessaire...

Je conçois les motifs qui vous font considérer avec tant de scepticisme les propositions prudentes que le général Wolff a soumises à votre examen. Vous avez connu l'occupation nazie, vous avez vu de vos propres yeux les exactions révoltantes perpétrées par les hommes des Waffen-SS sous les ordres directs de celui qui recherche maintenant la paix : le général Wolff. Aussi ai-je apprécié votre position comme évidemment négative, plutôt que dictée par la prudence : comment croire un homme dont une main sème le mal et l'autre fait mine de rechercher le bien ? L'équivoque et la duplicité, bien compréhensibles chez le commun des fils de Dieu, n'ont plus de justification chez celui qui définit la politique, chez une personnalité de l'armée ou de l'État nantie de pouvoirs.

Mais après avoir essuyé le refus du Vatican, le général Wolff a obtenu quelque succès en rencontrant ici, à Berne, le représentant du très honorable président Roosevelt, M. Dulles. Les renseignements dont nous disposons permettent de conclure que les pourparlers entre Wolff et Dulles vont bon train.

Comprenez bien ma position : si je réitérais devant M. Dulles ma mise en garde en ce qui concerne la poursuite des contacts avec le général Wolff, nos amis américains pourraient se faire une idée fallacieuse des motifs qui nous guident. Les gens qui font la politique d'État sont loin de toujours comprendre la politique des serviteurs de Dieu.

Parler à M. Dulles de la duplicité du général Wolff et des atrocités que les nazis ont commises sous ses ordres sur le sol de notre belle Italie n'a pas de sens, ce me semble. Primo, que ceux qui ont des yeux, voient, et secundo, il ne sied pas à la dignité des ministres de Dieu d'étaler nos déchirements. Nous savions ce qu'il en serait en choisissant notre chemin.

Longtemps la situation m'a paru tragique et sans issue, or voici qu'hier a débarqué chez nous le pasteur Schlag. Sans doute vous souvenez-vous de cet homme généreux qui a toujours prôné la paix lors de ses multiples voyages en Suisse, au Vatican et en Grande-Bretagne, qu'il effectua jusqu'en 1933, à une époque où quitter l'Allemagne n'était pas lié aux tracasseries policières qui se sont multipliées après l'accession au pouvoir de Hitler.

Selon ses déclarations, le pasteur Schlag est arrivé ici pour examiner toutes les possibilités réelles de paix rapide et juste. Il a été délégué, affirme-t-il, par des personnes que préoccupe le rapprochement des points de vue sur la future paix entre deux personnalités aussi différentes que Wolff et Dulles.

Pour le pasteur Schlag, sa mission consiste aussi à empêcher que les pourparlers entre Wolff et Dulles se poursuivent, dans la mesure où il est profondément convaincu que Wolff ne s'intéresse nullement à la paix et ne fait que sonder le terrain en vue de préserver le régime nazi, en échange de certaines concessions de la part de ceux qui détiennent actuellement le pouvoir véritable en Allemagne, les SS.

Il s'est également fait mission d'établir des contacts entre ceux qui, au péril de leur vie, l'ont fait sortir d'Allemagne et les représentants alliés. Les personnes qu'il dit représenter estiment de leur devoir constant de préparer la liquidation de tout ce qui est lié ou peut l'être à l'avenir avec les SS et le Parti national-socialiste.

Je vous demanderai l'autorisation d'engager des entretiens plus francs avec le pasteur Schlag. Il serait sans doute souhaitable de l'informer plus largement de ce qui se passe en ce moment à Berne. Aussi longtemps que je ne pourrai présenter au pasteur les preuves patentes de notre sincérité, il est difficile d'escompter une conversation franche qui lui permettrait de nous communiquer des renseignements plus complets sur ses amis d'Allemagne qui, dit-il, n'attendent qu'un signal de lui.

J'admets l'hypothèse que ses amis d'Allemagne sont loin d'être aussi puissants que nous l'aimerions. Schlag n'a jamais été un homme politique, il n'a jamais été qu'un honnête ecclésiastique. Mais quand je tourne les yeux vers l'avenir, je vois un immense avantage au fait qu'un pasteur, un serviteur de Dieu, un homme aussi pur et digne, ait recherché la paix au péril de sa vie, sans accepter de compromis avec le nazisme.

Ce bel exemple de courage civique de la part d'un fils et d'un serviteur de Dieu nous aidera, j'en suis sûr, à sauver les Allemands du bolchevisme, au moment où la nation allemande saignée à blanc aura à choisir son avenir. Et le pasteur Schlag – ou sa sainte mémoire – aidera nos prêtres à diriger la lumière là où régnait l'obscurité nazie.

Dans l'attente d'une réponse rapide,

Votre Norelli

*

Le chef de la direction des Services stratégiques Donovan proposa à Dulles de désigner à l'avenir les pourparlers avec Wolff sous le nom de code Crossword. Afin d'accélérer les négociations, deux généraux lui furent adjoints : Airey, le chef du service de renseignement du maréchal britannique Alexander et l'Américain Lemnitzer.

À Berne, une limousine déposa les deux hommes dans le logement discret, loué par des intermédiaires, où les attendait déjà Dulles. C'est ici que le trio conféra désormais, élaborant une plate-forme commune pour la poursuite des pourparlers avec le général SS Karl Wolff.

— Il nous reste peu de temps et beaucoup à faire, dit Dulles. La position des Alliés doit être nette et bien pensée.

— Celle des Alliés anglo-américains, dit le général Airey, sans qu'on sache bien si c'était une question ou une affirmation.

— Anglo-américains ou américano-anglais, c'est une

question de terminologie qui ne change rien à l'affaire, répliqua Dulles.

C'est ainsi que, pour la première fois depuis le début de la guerre, l'épithète « soviétique » fut bannie de la désignation de l'alliance antihitlérienne. À la place des Alliés « anglo-soviéto-américains », on vit naître à Berne les Alliés « anglo-américains ».

*

LE 13 MARS 1945 (10 H 31)

Eismann se présenta chez Müller sans prendre la peine de se changer. Il était pourtant maculé des pieds à la tête : longtemps il avait erré dans Neustadt sous une pluie battante, à la recherche de la sœur du pasteur Schlag. Cette personne ne se trouvait pas à son adresse habituelle. Eismann s'était rendu à la section locale de la Gestapo, mais là non plus on ne put rien lui dire sur les proches parents de Schlag. Seuls des voisins se souvinrent avoir entendu quelques jours auparavant, en pleine nuit, le bruit d'une automobile. Mais qui était venu, avec quelle voiture, où était Frau Anna et ses enfants, cela personne ne le savait.

Sa disparition n'était pas moins mystérieuse que celle du pasteur Schlag. Depuis quarante-huit heures que la police criminelle recherchait l'ecclésiastique, sa sœur et ses enfants, elle ne pouvait rien lui dire de précis.

Müller reçut Eismann avec le sourire. Après l'avoir écouté faire son rapport, il prit en silence un dossier dans son coffre-fort et en sortit une feuille de papier.

— Et qu'allons-nous faire de ceci ? demanda-t-il en tendant à son collaborateur la déclaration par laquelle celui-ci se portait garant de la personne du Standartenführer von Stierlitz.

Eismann resta un long moment silencieux. Enfin, il jeta avec dépit :

— Triples crétins que nous sommes !

— Ça c'est déjà mieux, concéda Müller en remettant le papier dans le dossier. Ce sera une excellente leçon pour vous, l'ami.

— Dois-je écrire un nouveau rapport à votre nom ?

— Pourquoi ? C'est inutile…

— Mais j'estime qu'il est de mon devoir de répudier mon opinion précédente !

— Croyez-vous que cela sera bien vu ? demanda Müller. Se dédire produit toujours une mauvaise impression.

— Que dois-je faire, dans ce cas, Gruppenführer ?

— Croire que je ne donnerai pas suite à votre premier rapport. Un point, c'est tout. Et continuer votre travail. Et savoir que vous aurez bientôt à vous rendre à Prague. De là-bas, il se peut que vous retourniez aussi auprès du pasteur et de votre fidèle ami, avec lequel vous vous êtes terrés sous les bombes à Smolensk. Vous pouvez disposer. Et ne vous faites pas de mauvais sang. Un collaborateur des services de contre-espionnage doit savoir qu'à notre époque on ne doit faire confiance à personne. Y compris, parfois, à soi-même.

*

En se rendant à l'heure dite à son rendez-vous, Pleischner se sentait d'une humeur non moins excellente que la veille. Le travail allait rondement, il ne quittait sa chambre que pour se restaurer et tout en lui vivait de la joie et de l'attente de la fin prochaine de

Hitler. Il achetait maintenant tous les journaux. Pour cet analyste, ce fin connaisseur de l'histoire, il n'était pas difficile de se représenter l'avenir. Il était déchiré entre deux sentiments : il savait quelles épreuves attendaient ses concitoyens quand la guerre serait finie mais il comprenait aussi que cette épuration tragique valait mieux qu'une victoire de Hitler.

Pleischner avait toujours pensé que la victoire du fascisme signerait l'arrêt de mort de la civilisation, avec comme ultime conséquence, la dégénérescence de la nation allemande. Rome a disparu parce qu'elle voulut régner sur l'univers. Les Barbares se chargèrent de lui donner le coup de grâce.

Les victoires à l'extérieur étaient d'un si grand attrait pour les Anciens, qu'ils en oubliaient le sourd mécontentement de leurs esclaves, le murmure des courtisans lésés dans leurs ambitions, l'éternelle insatisfaction de penseurs et de philosophes qui vivaient des modèles d'un avenir merveilleux mais n'applaudissaient nullement au présent. Les triomphes qu'ils obtenaient sur des ennemis plus tangibles entretenaient chez les empereurs, les pharaons, les tribuns, les tyrans et autres consuls la dangereuse illusion que si des pays entiers succombaient sous leurs coups, il ne leur coûterait rien de mettre au pas leurs propres sujets mécontents. Mais en agissant ainsi ils oubliaient que les frères, les enfants ou même les amis de ceux qu'ils auraient un jour à pacifier servaient dans leur armée. C'est dans ce hiatus entre les gouvernants et leurs sujets que Pleischner voyait les facteurs de progrès qu'il baptisait pour lui-même du nom de « ferment de la civilisation ».

Hitler avait conçu une expérience diabolique : la victoire du Reich sur le monde devait aboutir à de sensibles avantages matériels pour *chaque* Allemand, indépendamment de sa position dans la société allemande. Hitler voulait faire des Allemands les maîtres du monde, tous les autres terriens n'étant plus que leurs sujets. Il voulait empêcher que se manifestent ces « ferments de la civilisation », du moins dans un horizon prévisible. En cas de victoire, les Allemands seraient devenus une nation intégralement vouée à la guerre ; Hitler aurait désarmé tous les autres peuples, leur aurait retiré toutes leurs prérogatives d'État. Ainsi toute tentative de sédition aurait été condamnée à l'échec ; seule une organisation nationale d'une puissance identique aurait pu rivaliser avec l'organisation militaire de l'Allemagne.

Pleischner consulta sa montre. Il avait tout son temps. Derrière les vitres ruisselantes de pluie d'un petit café, il aperçut des enfants qui dégustaient une glace. Sans doute des écoliers amenés ici par leur institutrice.

« Tiens, voilà que je pense dans les catégories du Reich », observa-t-il en remarquant l'homme attablé avec les enfants ; il était jeune et il riait avec eux. « C'est seulement chez nous que tous les enseignants sont des femmes, parce que les hommes valides font la guerre. À vrai dire, l'école serait plutôt l'affaire des hommes. Comme à Sparte. La femme est une consolatrice, pas un éducateur. C'est le devoir de l'homme de préparer l'avenir, pour éviter aux enfants les illusions superflues. Il n'y a rien de plus cruel que la rencontre entre les illusions de l'enfance et la réalité des adultes… Au vrai, personne n'a encore songé à concevoir le monde sous l'angle de cette partition cardinale. Ni en Occident et Orient, ni en maîtres et esclaves, mais en *adultes et enfants*. C'est pourtant dans cette indivisible division que mûrissent les grandes choses, et apprendre à diriger cette maturation, pour éviter aux enfants de répéter les fautes des adultes, me paraît bien être la tâche principale à laquelle l'humanité devra s'atteler quand va prendre fin cette guerre. » Sur ces belles pensées, le professeur entra dans le café, s'installa dans un coin et commanda un tutti frutti. Les enfants riaient aux plaisanteries de leur maître. L'adulte parlait à des égaux, sans chercher à bêtifier, et au contraire, en les hissant avec tact et patience à son propre niveau.

Pleischner songea aux écoles du Reich, à leurs méthodes paramilitaires, à l'hystérie et à la terreur qui y régnaient.

« Comment pourrais-je souhaiter la victoire de mon pays quand je pense que les nazis imposeront ici aussi leurs méthodes, faisant de tous les gamins de petits soldats ? Ici, au lieu de jeux guerriers, on propose le sport et on transmet aux filles l'amour de la musique au lieu de la broderie. Avec Hitler, ils seraient là silencieux, à couver des yeux leur instructeur, ou plutôt leur instructrice, à défiler dans la rue au pas cadencé, à se saluer par ces grotesques "Heil Hitler". Sans doute est-ce affreux de souhaiter la défaite à son pays, mais je la souhaite, je la souhaite du tout mon cœur : une défaite aussi rapide que possible… »

Pleischner achevait sa glace sans se presser, souriait, écoutait les voix d'enfants. L'instituteur demanda :

— Vous ne voulez pas dire merci au tenancier de ce lieu agréable, qui nous a abrités et offert une si bonne glace, en lui chantant une chanson ?

— Si ! crièrent les gosses avec un bel ensemble.

— Je passe au vote. Qui est contre ?

— Moi, dit une petite rouquine. Je suis contre !

— Pourquoi ?

À ce moment la porte du café s'ouvrit et Pleischner vit entrer le géant aux yeux bleus du logement clandestin. L'homme secoua son imperméable sur le seuil.

Il était accompagné d'un personnage courtaud mais solidement charpenté, au visage brun taillé à coups de serpe. Pleischner fut sur le point de se lever, mais il se souvint que l'autre lui avait dit de ne pas le faire le premier. Il fit donc mine de se plonger dans la lecture d'un journal, tout en continuant d'écouter les enfants.

— Explique-nous donc pourquoi, demandait le maître. Tu as sans doute tes raisons. Nous t'écoutons.

— Maman dit qu'il ne faut pas chanter quand on mange une glace. On peut se casser la voix.

— Ta maman a raison. Si nous nous mettons à chanter très fort dans la rue, nous risquons d'attraper du mal. Mais ici je pense que nous ne courons aucun danger. Tu peux d'ailleurs t'abstenir. Nous ne t'en voudrons pas.

Et il entonna une amusante tyrolienne. Le patron s'approcha des enfants et les applaudit. Sous le regard ému de Pleischner, la joyeuse troupe sortit dans la rue. Puis ses yeux revinrent se poser sur le noiraud.

« Je l'ai déjà vu quelque part, se dit-il. Au camp de concentration ? Non, je ne crois pas. Mais je suis sûr d'avoir déjà vu ce visage. »

Son regard s'était fait trop insistant, sans doute, car l'homme lui répondit par un sourire. Ce fut comme un déclic. Immédiatement, Pleischner se souvint de ce sourire. Il entendit même glapir la voix : « Il n'a qu'à signer une déclaration de fidélité au Führer ! Pour qu'après il ne puisse pas dire : "C'est eux les fautifs, je n'étais pas dans le coup !" Aujourd'hui tout le monde est dans le coup ! La fidélité totale au Führer ou la mort, ainsi se pose le choix pour un Allemand qui sort des camps ! » Cela se passait au cours de la deuxième année de guerre : on l'avait convoqué à la Gestapo, comme chaque année au printemps. Ce petit homme inhabituellement halé était entré dans le bureau, il avait écouté attentivement le sermon du gestapiste en uniforme, puis il avait laissé éclater son fiel dans cette apostrophe que Pleischner n'allait plus oublier. À l'époque, il avait été rejoindre son frère médecin, et personne ne pouvait prévoir que celui-ci allait mourir un an plus tard. « Leur style habituel, avait commenté l'aîné. Ces mannequins fanatisés croient qu'en t'obligeant à signer une déclaration d'allégeance, ils te lient au régime ; ceci très sincèrement… »

Pleischner sentit un tremblement nerveux s'emparer de ses mains. Il ne savait que faire : s'approcher du grand type, le maître du logement, l'emmener à l'écart pour le prévenir, ou gagner la rue et voir s'ils allaient le suivre ensemble ou s'ils allaient se séparer ; ou encore filer au plus vite au logement prévenir le troisième homme – il avait entendu une seconde voix l'autre jour –, pour qu'il mette en place le dispositif d'alerte.

Une lumière soudaine, terrible, se fit en lui : « Stop ! se dit-il. Qu'y avait-il à la fenêtre quand je suis arrivé ? La fleur dont m'a parlé Stierlitz était-elle à sa place ? Allons, c'est impossible, pourquoi alors ce camarade… Non, non, c'est ma crise qui recommence… Stop ! D'abord se reprendre en main… »

Le grand, feignant toujours d'ignorer Pleischner, ressortit avec le noiraud. Le professeur tendit au glacier une coupure, sa dernière. L'autre, n'ayant pas la monnaie nécessaire, alla changer le billet au magasin d'en face. Quand il revint et que Pleischner put sortir dans la rue c'était trop tard, elle était vide.

« C'est peut-être un type du genre Stierlitz ? pensa-t-il. Peut-être jouait-il son rôle comme lui, en combattant les nazis de l'intérieur. »

Cette pensée le tranquillisa quelque peu.

Pleischner fut devant la maison. Par la fenêtre, il vit les deux hommes en conversation ; devant eux une grande fleur, bien en évidence, hurlait le danger. L'agent secret russe, se sachant découvert, avait eu le temps de mettre en place le signal d'alarme ; les hommes de la Gestapo n'avaient pu établir si c'était un feu vert ou un feu rouge. Mais comme ils étaient persuadés que l'éventuel visiteur ne saurait pas qu'on le guettait, ils laissèrent tout en place. Ensuite, quand Pleischner n'eut pas réagi à la fleur lors de sa première visite, ils crurent que tout était en ordre.

D'en haut les deux hommes virent leur victime et le grand, souriant, lui fit signe. C'était la première fois que Pleischner le voyait sourire et cela l'aida à tout comprendre. Il sourit également et entreprit de traverser la rue. De cette manière on ne le verrait plus de la fenêtre et il parviendrait à s'échapper, pensa-t-il. Mais en faisant mine de prendre garde à d'éventuelles voitures, il remarqua à quelque distance deux autres hommes qui étudiaient les vitrines avec un intérêt exagéré.

Le professeur sentit ses jambes flageoler. Crier ? Appeler au secours ? Ceux-là seraient les premiers sur lui. Il savait ce qu'ils feraient. Stierlitz lui avait dit comment on chloroforme un homme dans la rue, comment on le fait passer pour un dément.

À l'heure du péril, pour peu qu'on n'ait pas perdu la faculté de se battre, l'attention devient particulièrement acérée, et le cerveau ne fonctionne plus lentement qu'en apparence. Dans l'entrée où il s'était attardé l'avant-veille, Pleischner se souvenait d'avoir vu un coin de ciel bleu. « Un couloir à double issue, réalisa-t-il. Je dois coûte que coûte atteindre cette porte. »

Il alla vers l'entrée, à peine porté par ses jambes soudain paralysées, un sourire inerte sur son visage devenu gris. La porte était ouverte : ses bourreaux avaient eux-mêmes actionné le bouton. Il la referma et se jeta vers la seconde, qui donnait dans la cour. Elle était fermée. Il donna un coup d'épaule. La porte ne s'ouvrit pas.

Pleischner donna une deuxième poussée, plus violente. La porte ne bougea pas. Se faufiler par le vasistas à travers lequel il avait aperçu le coin de ciel ? C'était impossible. « Et puis, je ne suis pas un acteur de western, pensa-t-il en ressentant un immense accablement. Une vieille loque portant lunettes comme moi va sûrement se coincer dans la menuiserie… Les pieds dans le vide, il n'y aura plus qu'à me tirer en arrière. Ce sera d'un comique… »

Il gravit un étage, mais la fenêtre par laquelle il aurait pu sauter donnait dans la rue. Un coup d'œil par là lui permit de s'assurer que les deux types en chapeaux mous avaient abandonné leurs vitrines pour surveiller l'entrée. Il monta un autre étage. Ici la fenêtre donnait dans la cour mais elle était condamnée avec des planches.

« Le plus effrayant, c'est quand ils vous déshabillent, vous examinent la bouche… On se sent réduit à l'état d'insecte. Évidemment, je ne supporterai jamais la torture. L'autre fois, je n'avais rien à cacher. J'ai quand même dit tout ce qu'ils voulaient que je dise et écrit tout ce qu'ils voulaient que j'écrive. J'étais pourtant plus jeune. Maintenant, quand ils vont me manipuler, je vais m'effondrer aussitôt… Trahir la mémoire de mon frère c'est déjà mourir. Mieux vaut que je disparaisse sans trahir. »

Le professeur s'arrêta devant une porte. Une plaque en cuivre annonçait : *Franz Ulm, docteur en droit.* « Je vais sonner chez cet Ulm, pensa-t-il dans une sorte de délire, je vais lui dire que j'ai une attaque, que j'ai besoin d'un médecin. Ils n'ont qu'à me tirer dessus devant ce témoin. Au moins j'aurai le temps de crier quelque chose. »

Pleischner poussa le bouton. « Il va me demander mon adresse. Qu'est-ce que ça fait ? Mieux vaut être incarcéré par leur police. Hitler n'en a plus pour longtemps, je peux leur dire qui je suis et d'où je viens. »

Il sonna une deuxième fois, sans plus de succès. Personne ne venait ouvrir. « Cet Ulm est assis tranquillement au café, en train de déguster une pièce montée, pensa-t-il vaguement. Avec des fraises et des gaufres. Il lit son journal et il se soucie peu de moi. » Affolé, Pleischner reprit l'escalier. Il voulut sonner à la porte qui faisait vis-à-vis à celle du rendez-vous mais se fourvoya. C'est le gorille blond qui sortit sur le palier.

— Vous vous êtes trompé de numéro, camarade, ironisa-t-il. Dans cet escalier il n'y a que nous et le docteur Ulm, chez qui vous venez de sonner. Tous les autres locataires sont absents. Inutile de vous ronger ainsi les sangs.

Le professeur vit encore la fenêtre basse du palier, grande, sale. « Et mon manuscrit qui est resté sur la table, eut-il encore le temps de penser. Je me suis arrêté au milieu d'une page, ça marchait si bien pourtant. Si je n'avais pas entrepris cette équipée, je serais à Berlin, en train d'écrire et quand tout ceci prendra fin, j'aurais publié un livre. Et maintenant ? Quelqu'un comprendra-t-il seulement mon gribouillis ? »

Pleischner sauta par la fenêtre, les jambes les premières. Il voulut crier mais au moment où il se sentit happé par le vide, son cœur se rompit.

*

Entre soi ?

Quand on lui téléphona que Stierlitz était dans le couloir de la Sécurité et qu'il se dirigeait vers son bureau, Müller eut un moment de stupeur. Il était sûr qu'on se saisirait Stierlitz en quelque autre lieu. Sans pouvoir se l'expliquer, le pressentiment du succès prochain ne le quittait plus. Certes, il connaissait sa faute. Il se souvint de son attitude lorsqu'il avait vu Holtoff ensanglanté. Assurément, Stierlitz avait tout compris et c'est pour cette raison, estimait Müller, qu'il avait pris la clef des champs. Or voici que Stierlitz reparaissait dans les locaux de la Sécurité du Reich, voici qu'il déambulait dans ses couloirs en saluant les connaissances. Le doute s'empara de Müller, son assurance s'ébranlait.

Le calcul de Stierlitz était simple : méduser l'adversaire, c'est déjà remporter la moitié de la victoire. Il savait que le combat serait dur, Holtoff avait touché aux points les plus sensibles de son opération « arme totale ». Mais Holtoff était insuffisamment renseigné pour formuler une accusation valable et chacun des points auxquels il était parvenu, beaucoup plus par intuition qu'à l'aide de preuves, pouvait être réfuté ou du moins recevoir deux interprétations différentes. Il se souvint de sa conversation avec Schellenberg lors de la soirée de gala offerte à l'occasion de l'anniversaire du Führer. Après le discours de Himmler, il y avait eu un concert, après quoi ils étaient passés dans la grande salle où on avait dressé des tables. À son habitude, le Reichsführer buvait de l'eau de Seltz, tandis que ses subordonnés sifflaient du cognac. C'est alors que Stierlitz avait dit à Schellenberg que les hommes de Müller n'avaient pas la bonne manière de cuisiner Runge, le physicien arrêté trois mois auparavant.

— Bien ou mal, j'ai quand même fait la faculté de physique-mathématiques, avait-il dit. J'évoque cela de mauvaise grâce car j'étais proche du calamiteux, mais le fait est là. Et puis ce Runge a beaucoup de relations : il a fait ses études et travaillé outre-Atlantique. Il vaudrait mieux que nous nous en occupions, je vous assure.

— Stierlitz ! Vous finirez dans un camp, avait fait Schellenberg. Quoique Müller ne fera pas ça : vous en savez trop long. Les types de votre espèce ont droit aux obsèques de première classe après un petit accident de la route.

— Merci, chef. Notez que j'ai l'intention de déposer d'abord une couronne sur sa tombe.

— Oh, Müller ! Celui-là est immortel… Il est comme son job. Non, Müller ne peut pas mourir car si la race humaine a une passion, c'est bien celle de la découverte. Ceux qui l'incarnent au sens le plus noble deviennent des physiciens. Les autres – les minus dans notre genre – font dans le contre-espionnage.

— Voilà des mots que le Gruppenführer ne vous pardonnerait pas…

Schellenberg avait haussé les épaules.

— Pourquoi me les pardonner, quand ce sont les siens. Si ce Bavarois avait ça d'instruction, il ne serait pas dans notre immeuble. Il serait ailleurs, du côté de la porte de Brandebourg.

— Tout de même, pourquoi vous déteste-t-il si cordialement ?

Schellenberg n'avait même pas pris le temps de réfléchir. C'était un sujet auquel, apparemment, il avait souvent pensé. Il avait dit :

— Pour deux raisons. Primo, je suis deux fois plus jeune…

— Presque deux fois, avait rectifié Stierlitz.

— Bon, admettons. Ce n'est pas ça qui compte. Je suis sûr qu'il serait heureux de pouvoir dire qu'il a trois fois mon âge… Laissons ça aux vieilles coquettes… Secundo, il faut bien comprendre le sentiment qu'un homme mûr, qui a dû renoncer aux études pour gagner sa croûte, peut éprouver pour un jeune qui a eu la chance d'être mis en selle par le collège et l'université et qui s'est fait une carrière en trois ans. Lui y a consacré toute une vie… Peut-être même y a-t-il un tertio, avait ajouté Schellenberg, l'idée m'en vient à l'instant. C'est étrange, mais vous savez comme cela se passe dans la vie : les uns conçoivent, les autres exécutent. J'en viens à croire que Müller est furieusement jaloux à l'idée que j'aie eu si peu à exécuter. Lui, il n'a fait que ça.

Une fois cette idée suggérée à Schellenberg, il avait entrepris de raconter des anecdotes, puis, après que son chef eut bien ri, les deux hommes étaient allés vers la fenêtre, et la conversation avait roulé sur la dernière en date des opérations dont Schellenberg était en charge avec un groupe de collaborateurs dont Stierlitz faisait partie. Il s'agissait d'une vaste manœuvre de désinformation destinée à diviser les Alliés. Stierlitz n'avait pas été dupe de la façon dont Schellenberg travaillait à planter un coin entre les Alliés occidentaux et le Kremlin – mine de rien, avec mille précautions, en s'assurant de toutes les garanties. Et dans ce jeu très spécial, il visait surtout le Kremlin. En particulier, Schellenberg avait organisé la livraison aux troupes allemandes du mur Atlantique d'armes automatiques d'origine anglaise. Les Allemands les avaient acquises par le truchement de pays neutres ; l'acheminement s'était effectué par la France mais sans les habituelles mesures de précaution dont s'entourait ce genre de transfert. Les maquisards français réussirent ainsi à subtiliser un certain nombre de mitraillettes (ce coup de main fut mené avec beaucoup d'habileté), après quoi on fit publier un ordre aux termes duquel les militaires chargés de la garde des dépôts d'armes dont la vigilance serait prise en défaut, étaient passibles du peloton d'exécution. L'ordre fut dupliqué et les agents de Schellenberg spécialisés dans la lutte contre les partisans firent le nécessaire pour en faire parvenir un certain nombre d'exemplaires au maquis. Ces quelques renseignements confidentiels devaient amener les Russes à conclure que les Alliés occidentaux ne songeaient nullement à un débarquement en France ou en Hollande : sinon, pourquoi auraient-ils vendu des armes à l'adversaire ? Schellenberg était enchanté de la besogne de Stierlitz, lequel était chargé des questions d'organisation et qui lança à ce titre l'idée de coordonner l'opération avec les services de Göbbels et de Ribbentrop. Le chef de la Sécurité politique ne quittait plus son bureau, s'attendant à un moment ou à l'autre à un éclat de la part du Kremlin, à l'écroulement de la coalition Staline-Churchill-Roosevelt. Son homme de confiance abattait un travail formidable, toutes ses suggestions avaient son assentiment total. Mais il ne se produisit rien. À la Sécurité du Reich, on se perdait en conjectures. Qu'avait-il bien pu se passer ? Stierlitz avança plusieurs hypothèses qui avaient chacune son intérêt et son audace. Mais il se garda d'énoncer la seule juste, à savoir, qu'il avait communiqué à Moscou tout ce qu'il savait de l'opération au moment où celle-ci ne faisait que débuter, et démenti que Londres ait jamais vendu d'armes aux nazis. Toute la manœuvre n'était qu'un vaste bluff.

Au banquet d'anniversaire du Führer, Stierlitz avait donc évité de parler de l'affaire du physicien Runge et reporté tous ses efforts sur l'échec de la manœuvre montée contre le Kremlin. Il savait très bien que Schellenberg, ce professionnel-né du contre-espionnage, s'il lui arrivait d'oublier des détails, avait toujours présents à la mémoire les points décisifs de la moindre de ses conversations, même s'il l'avait eue avec son jardinier. C'était un adversaire de première force et, dans les questions de stratégie, il était difficile, voire impossible, de lui damer le pion. À force de l'observer, Stierlitz avait pourtant fini par remarquer ce détail : au début, Schellenberg faisait toujours mine de ne pas prêter attention aux suggestions dignes d'intérêt de ses collaborateurs, s'empressant d'aiguiller la conversation sur un autre sujet. Mais au bout de quelques jours, de quelques semaines ou même de quelques mois, non sans l'avoir enrichie de ses propres vues sur le problème, il revenait à cette idée, qu'il présentait maintenant comme une opération proposée, méditée et conçue par lui-même. Et il savait conférer tant d'éclat à une suggestion même fortuite, il savait si bien rattacher le nouveau thème à l'ensemble des problèmes qui se posaient au Reich, qu'il ne venait à l'idée de personne de subodorer le plagiat.

Stierlitz avait calculé juste.

— Mon cher Standartenführer, lui dit Schellenberg deux semaines plus tard, tout laisse à penser que la question de la suprématie technique va devenir le facteur décisif de l'histoire mondiale, surtout quand les savants auront percé le secret du noyau atomique. Mais j'ai l'impression que si les savants l'ont déjà compris, les politiciens, eux, n'en sont pas encore là. Nous allons assister à une dégradation de la profession de politicien dans l'acception à laquelle nous ont habitués dix-neuf siècles d'histoire. La science va se mettre à dicter l'avenir à la politique. Mais comprendre les mobiles premiers des chercheurs aux avant-postes du futur, saisir ce qui inspire leur quête au-delà du présent, ou pour mieux dire, projetée dans une perspective très éloignée, signifie que vous allez devoir travailler sur ce physicien incarcéré dont le nom m'échappe…

Stierlitz comprit immédiatement qu'il s'agissait d'un test. Schellenberg voulait vérifier si ce futé de Stierlitz saisissait où ce monologue prenait sa source et qui lui en avait suggéré l'idée quelque temps auparavant. Stierlitz s'était donc tu, se contentant d'examiner attentivement les cinq doigts de ses mains. Il attendit exactement ce qu'il fallait avant de poser sur le Brigadenführer un regard perplexe. Et c'est ainsi qu'il prit en main l'affaire Runge. C'est ainsi qu'il tua dans l'œuf le danger de voir les Allemands – pour peu que le point de vue de Runge eût triomphé – aborder la fabrication de la bombe atomique dès l'année 1944.

Il est vrai que les nombreuses journées passées auprès du physicien lui avaient permis de constater que le sort même semblait vouloir empêcher l'Allemagne d'acquérir la nouvelle arme : après la défaite de Stalingrad, Hitler refusait les crédits à tous les collectifs travaillant pour la défense nationale qui n'étaient pas en mesure de lui promettre un résultat tangible dans les trois mois, six mois au plus. Il est vrai aussi que lorsque le bruit des dissensions et des coteries qui éclatèrent entre les équipes de physiciens atomistes employées par les laboratoires de la direction aux munitions, par l'Institut Kaiser Wilhelm, par l'Institut de Médecine et même par le ministère des P.T.T., vint aux oreilles de Himmler, celui-ci s'intéressa de près à la bombe et constitua un « budget centralisé des recherches d'armements ». Mais Göring, le responsable aux affaires scientifiques, exigea aussitôt que la création de Himmler soit soumise à son contrôle. Bref, ce fut le départ d'un grenouillage écœurant. Les physiciens allemands, dont le génie était indiscutable, se trouvèrent en dehors de la zone d'intérêt de leurs dirigeants, et ceci d'autant plus que pas un des chefs de l'Allemagne nazie n'avait d'instruction supérieure, Speer et Schacht exceptés… C'est ce que Stierlitz fit savoir à Moscou, tout en faisant le nécessaire pour envenimer au maximum les rapports entre les partisans et les adversaires de Runge.

Désormais, il s'agissait de gagner la deuxième manche de la bataille, c'est-à-dire faire éclater sa bonne foi. Stierlitz passa en revue sa position ; elle lui parut forte. Il avait le devoir de vaincre Müller et il le vaincrait.

*

Stierlitz ne prit pas la peine de passer à son bureau. Dans la salle d'attente de Müller, il interpella négligemment Scholtz :

— L'ami, vous présenterez mes excuses au Gruppenführer. J'avais promis d'être de retour à neuf heures, et je vois qu'il est déjà 9 h 12. Quels seront les ordres, me reçoit-il immédiatement ou puis-je aller dormir une petite demi-heure ?

L'autre s'effaça derrière la porte capitonnée et ne reparut qu'au bout de deux longues minutes.

— Comme vous voudrez, dit-il. Le chef peut vous recevoir tout de suite ou, si vous préférez, remettre l'audience à ce soir.

« Variante plus ambitieuse, calcula Stierlitz. Il veut voir où je vais aller. Inutile d'atermoyer : de toute façon la partie va se jouer en une ou deux heures, grand maximum ; même s'il faut convoquer les experts. »

— Je ferai comme vous me le conseillerez, Scholtz. Mais je crains que dans la soirée il ne soit convoqué par les chefs et alors, je devrai poireauter jusqu'au matin. Qu'en pensez-vous ?

— Parfaitement vraisemblable, convint Scholtz.

Il ouvrit donc la porte et l'invita :

— Je vous prie, Standartenführer.

Le bureau de Müller était plongé dans la pénombre. Lui-même, installé dans son fauteuil poussé auprès d'une petite table, écoutait la BBC. C'était une émission de propagande antinazie. Sur ses genoux Müller avait étalé un dossier dont il feuilletait distraitement le contenu, sans cesser d'ajuster la longueur d'onde du poste. Il paraissait fatigué, le col de sa vareuse noire était déboutonné, la fumée du tabac planait dans la pièce comme un nuage dans la vallée.

— Bonjour, Stierlitz, dit-il. À vrai dire, je ne vous attendais pas de si bonne heure.

— Et moi qui craignais d'être blâmé pour mon retard !

— Vous êtes tous pareils... Est-ce que le vieux Müller a jamais grondé quelqu'un ? Au fond, vous savez, je suis un brave père tranquille sur le compte duquel on fait circuler bien des bobards. Votre Apollon de chef est mille fois plus méchant que moi. Sauf qu'il a appris dans ses universités à distribuer des sourires et à parler français. Moi, j'ignore jusqu'à présent quand il faut manger une pomme au couteau et quand on peut la croquer comme ça, à pleines dents.

Il se leva, boutonna le col de sa vareuse et dit :

— Allons.

Devant le regard perplexe de Stierlitz, il eut un sourire.

— Vous avez droit à une surprise.

En sortant du bureau, Müller ajouta à l'intention de Scholtz :

— Nous reviendrons… probablement.
— Mais je n'ai pas encore fait venir la voiture.
— C'est inutile, nous ne sortons pas de l'immeuble.

À pas pesants, Müller prit la direction de l'escalier de la cave. On avait aménagé là quelques cellules réservées à des prisonniers de choix. Trois SS en gardaient l'entrée. Les petits brownings que ces hercules portaient à la ceinture faisaient songer à de ridicules jouets. Qu'en avaient-ils à faire, ces gorilles qu'on eût très bien vu assommer un bœuf d'un seul coup de poing ? Müller sortit de sa poche arrière son Walter, qu'il tendit à l'une des sentinelles. Stierlitz l'interrogea du regard et, sur son signe de tête affirmatif, remit à son tour son parabellum, que le colosse empocha. Müller prit la pomme qui traînait sur la tablette de la sentinelle.

— On ne peut pas venir ici les mains vides, dit-il. Même si on est pour l'amour libre, sans engagement, il faut apporter un petit quelque chose quand on visite ses vieux amis.

Stierlitz se força de rire : il savait à quoi Müller faisait allusion. Un jour, pour faire chanter un diplomate latino-américain, ses hommes lui avaient soumis une série de photos sur lesquelles on voyait l'homme, dans une posture plus que compromettante, en compagnie d'une blonde capiteuse qui lui avait été recommandée par eux-mêmes. « Ou bien nous faisons parvenir ces photos à votre épouse, ou bien vous nous rendez certains services », lui dirent-ils. Le diplomate examina longuement les clichés, puis demanda : « Et ne pourrais-je pas revoir cette jeune personne ? Moi et ma femme nous adorons la pornographie. » Ça se passait peu après la publication de l'ordonnance par laquelle Himmler recommandait de prêter une attention spéciale à la vie privée des agents secrets allemands. Müller avait grogné : « Il faut confesser l'amour libre, sans engagement, dans ce cas on ne vous coiffera pas pour des peccadilles ! » À Holtoff, qui lui rapporta l'histoire, Stierlitz avait répondu, non sans émettre un sifflement admiratif : « Je crois que le Péruvien l'a eu. Je suis sûr qu'il a une frousse bleue de sa légitime, mais qu'il s'est montré suffisamment bon acteur pour le rouler. Vous n'auriez pas eu peur de votre femme, vous ? Bien sûr que si ! Moi, ça ne prend pas : je ne crains que moi-même parce que je n'ai d'engagement sentimental envers personne. Le seul inconvénient c'est que je n'aurai personne non plus pour m'apporter des colis en prison. » Bien entendu, Holtoff n'avait pas tenu sa langue.

Arrivé devant la cellule portant le numéro 7, Müller s'arrêta. Il regarda longuement par l'œil, fit un signe au gardien qui les accompagnait et l'autre ouvrit le lourd battant. Müller entra, suivi de Stierlitz. Le gardien demeura auprès de la porte.

La cellule était vide.

*

Himmler téléphona à Kaltenbrunner pour lui demander d'envoyer au général SS Krüger à Prague le projet d'un ordre secret du Führer.

— Sinon il va rater Prague comme il a raté Cracovie. Et lisez bien cet ordre vous-même, c'est un exemple du courage et du génie du Führer.

De la destruction des objectifs sur le territoire allemand.

Le combat pour la survie de notre peuple nous oblige de mettre en œuvre tous les moyens susceptibles d'affaiblir la combativité de l'adversaire et d'entraver sa progression, y compris sur le territoire allemand. Il est indispensable de mobiliser tous les moyens en causant un maximum de pertes, directes ou indirectes, à la puissance combative de l'ennemi. Il serait erroné de croire qu'après la reconquête des territoires perdus, il sera possible d'utiliser les voies de communication, les moyens de liaison, les entreprises industrielles ou de services municipaux qui n'auront pas été détruits ou mis hors service avant la retraite. L'ennemi ne nous laissera derrière lui que la terre brûlée et ne tiendra aucun compte des besoins des populations.

Ainsi, j'ordonne que :

1 – Soient soumis à la destruction immédiate ou dans un délai très court toutes les voies de communication, les moyens de liaison, les entreprises industrielles ou de services municipaux, ainsi que les ressources matérielles que l'ennemi est susceptible d'utiliser d'une manière ou d'une autre.

2 – La responsabilité de ces destructions incombe : aux instances de commandement militaire s'agissant des objectifs militaires (y compris les voies de communication et les moyens de liaison) ; aux chefs de district et aux commissaires chargés de la défense d'état s'agissant des entreprises industrielles, de services municipaux, ainsi que de toute espèce de ressources matérielles. Les troupes doivent leur prêter l'aide nécessaire dans l'exécution de ces tâches.

3 – Le présent ordre doit être immédiatement porté à la connaissance de tous les commandants. Toute disposition allant à l'encontre de cet ordre est nulle et non avenue.

Hitler

*

LE 13 MARS 1945 (11 H 09)

— Tout ceci me paraît logique, fit Müller quand Stierlitz eut terminé. Votre attitude à l'égard du physicien Runge est irréprochable. Sur ce point, vous pouvez considérer que je suis votre allié.

— Et la filature que vous avez envoyée pour pister la Horch du « diplomate suédois », c'était toujours en rapport avec lui ?

— Parce que vous vous êtes senti suivi ? Auriez-vous donc mauvaise conscience ?

— N'importe quel abruti se serait senti filé à ma place. Quant à avoir mauvaise conscience ! Je suis chez moi, non ? Si c'était à l'étranger…

Müller observa une pause puis demanda :

— Vous n'avez pas mal au crâne ?

— Pourquoi, à cause des soucis ? fit Stierlitz, souriant.

— La tension artérielle, répliqua Müller.

Et de sa main gauche, il entreprit de se masser la nuque.

« Il avait besoin de consulter l'heure, pensa Stierlitz. Il attend quelque chose. S'il n'avait pas une carte en réserve, il n'aurait pas monté tout ce cirque. De quoi s'agit-il ? Le pasteur, Pleischner, Käthe ? » Et à Müller :

— Je vous recommande fortement la gymnastique respiratoire des yogis.

— Je n'y crois pas… Quoique, montrez donc…

— Vous posez la main gauche sur la nuque. Non, non, les doigts seulement. La droite doit être posée le long du crâne. Comme ceci. Ensuite vous commencez des mouvements de massage réguliers… Fermez les yeux.

— Pour que vous me passiez à tabac, comme Holtoff…

— Si vous voulez que je trahisse mon pays, je puis le faire. Mon Gruppenführer, vous venez de consulter votre montre, puis-je vous informer qu'elle retarde de sept minutes ? Moi, j'aime jouer franc jeu ; avec les miens, en tout cas.

Müller ricana.

— J'ai toujours regretté de ne pas vous avoir dans mon service. Il y a longtemps que je vous aurais fait mon adjoint.

— Je n'aurais pas accepté.

— Pourquoi ?

— Parce que vous êtes jaloux. Comme une épouse aimante et dévouée. La forme de jalousie la plus détestable. Tyrannique, si je puis dire…

— C'est juste, ça. Il est vrai que cette jalousie tyrannique, comme vous dites, s'appelle encore « sollicitude pour les amis ».

Müller regarda de nouveau sa montre, cette fois sans se cacher. « Certes, c'est un professionnel de premier ordre, nota-t-il in petto. Il saisit tout par le geste et l'ambiance. Chapeau ! S'il travaille vraiment contre nous, je n'ose pas envisager le préjudice qu'il a causé au Reich. » Puis, à Stierlitz :

— Très bien, nous allons jouer cartes sur table. Tout de suite, mon ami, dans une petite minute…

Il alla vers la porte blindée qui s'ouvrit facilement, en dépit de son poids respectable.

— Téléphonez donc à Scholtz pour lui demander des nouvelles, ordonna-t-il à l'une des sentinelles, occupée à se curer les ongles.

Müller estimait que Rolf avait eu assez de deux ou trois heures pour faire parler la Russe. D'un instant à l'autre, il la lui amènerait ici pour confrontation. « Oui-oui, non-non. » Un professionnel du contre-espionnage a le devoir de vérifier les faits. Il avait monté avec non moins de précision la mécanique de l'interrogatoire de Stierlitz : aussitôt que Rolf avait fini de cuisiner l'opératrice, Müller abattait ses atouts, observait le comportement de Stierlitz et le confrontait avec la « pianiste ».

— Tout de suite, lança-t-il en direction de la cellule. Je n'attends qu'une toute petite communication…

Stierlitz haussa les épaules.

— Pourquoi avez-vous eu besoin de m'amener ici ? demanda-t-il.

— C'est plus tranquille. Si tout finit comme je le souhaite, nous retournerons comme nous sommes venus et tout le monde saura que nous avons travaillé ensemble dans mon département.

— Mon chef aussi ?

— La jalousie de qui craignez-vous donc le plus : de sa part ou de la mienne ?

— Et vous-même, qu'en pensez-vous ?

— J'aime assez vous voir accepter l'épreuve de force.

La sentinelle vint annoncer :

— Il fait dire que personne ne répond.

Müller eut une moue de surprise. « Sans doute a-t-il décidé de rentrer sans m'appeler, se dit-il. Ma ligne pouvait être occupée et il n'aura pas voulu perdre de temps. Parfait, cela veut dire que Rolf et la Russe seront là dans quelques minutes. »

— Parfait, répéta-t-il tout haut. Comment c'est déjà,

dans la Bible : « Le temps de réunir les pierres et le temps de les jeter » ?

— Vous n'étiez pas très fort en catéchisme, remarqua Stierlitz. L'Ecclésiaste dit : « Un temps pour lancer des pierres ; un temps pour ramasser des pierres ; un temps pour embrasser et un temps pour s'éloigner des embrassements. »

Müller ironisa :

— C'est avec votre protégé de pasteur que vous avez si bien appris la Bible ?

— J'ai beaucoup lu les textes saints, en effet. Pour vaincre l'adversaire, il faut connaître son idéologie, n'est-ce pas ? Se mettre à l'étudier quand la bataille est engagée, c'est se condamner à la perdre.

Maintenant son cerveau travaillait fiévreusement. « Auraient-ils intercepté le pasteur ? Ce n'est pas impossible. Quoique sur le chemin du retour, je n'aie pas vu une seule voiture. Il est vrai qu'ils auraient pu me devancer et se poster à l'affût. Et maintenant, ils seraient en route pour Berlin… Bien. Dans ces conditions, je dois exiger une entrevue immédiate avec mon patron. Attaquer à tout prix. En aucun cas se défendre. Et si Müller me demande où est l'agent Klaus ? J'ai sa lettre à la maison. C'est un alibi trop voyant, mais qui pouvait prévoir que les événements les mettraient sur la piste du pasteur, précisément ? Pour ce qui est de Klaus, il faut encore le prouver. Or, le temps travaille pour moi. »

Müller extrayait lentement une enveloppe bleue de sa poche extérieure…

« Après tout, poursuivit Stierlitz en sourdine, j'ai rempli ma mission. L'idiot, il imagine qu'il va m'hypnotiser avec ses lenteurs et que je vais perdre contenance. Grand bien lui fasse. Le pasteur peut parler, mais ce n'est pas si terrible. L'essentiel, c'est que Pleischner ait averti les nôtres que Käthe est grillée et que Wolff a entamé les pourparlers. Ou est en train. Ils pourront continuer sans moi, maintenant qu'ils sont en mesure de voir d'où vient le vent. Müller ne pourra pas trouver mon code, personne n'est au courant en dehors de moi-même et du chef. Et ce n'est pas moi qui le leur donnerai, inutile d'y compter… »

— Tenez, dit enfin Müller en alignant dans sa main trois clichés d'empreintes digitales. Regardez donc comme c'est curieux ces traces de doigts.

Et il tendit à Stierlitz le premier cliché.

— Nous les avons relevées sur le verre d'eau que vous avez donné au malheureux, au stupide et confiant Holtoff. Et ces empreintes-ci… (Müller tira le deuxième cliché, comme on fait d'une carte.) Nous les avons trouvées… Où pensez-vous donc que nous les ayons trouvées, hein ?

— Vous pouvez trouver les empreintes de mes doigts en Hollande, fit Stierlitz, à Madrid aussi, à Tokyo, à Ankara.

— Et où encore ?

— Je peux essayer de m'en souvenir, mais cela va nous prendre une bonne partie de la journée et nous manquerons et le déjeuner, et le dîner…

— Ça ne fait rien, je suis prêt à jeûner. À propos, vos yogis ne tiennent-ils pas le jeûne pour l'une des techniques les plus efficaces ? Alors, vous vous souvenez ?

— Si vous devez me coffrer et que vous m'en informez officiellement, je répondrai à vos questions en tant que prévenu. Si je ne le suis pas, je préfère m'abstenir.

— Je préfère m'abstenir…, singea Müller.

Il consulta de nouveau sa montre. Dès que Rolf

arriverait, Müller commencerait par la Russe. Mais son agent tardant à paraître, il dit :

— S'il vous plaît, tâchons de reconstituer, minute par minute autant que possible, ce que vous avez fait après avoir téléphoné depuis le centre des communications spéciales, dont l'accès – vous le savez – est catégoriquement interdit à qui que ce soit ?

« Il n'a pas encore parlé de son troisième cliché, enregistra Stierlitz. Il a donc quelque chose en réserve. Je dois riposter sur-le-champ, pour rabattre son assurance. »

— Après ma petite visite au centre des communications spéciales – et je vous ferai remarquer que les téléphonistes de service devraient être traduits en cour martiale : ils ont détalé comme des lièvres pour se mettre à l'abri, laissant même la clef dans la serrure ! –, j'ai eu une entrevue avec le Parteigenosse Bormann, une entrevue qui a duré plus de deux heures. Le sujet de notre conversation, je le garderai pour moi, naturellement.

— Ne bluffez pas, Stierlitz, ne bluffez pas… Je suis votre supérieur, en grade et en âge, ne l'oubliez pas !

« Il me fait comprendre que je ne suis pas en état d'arrestation, nota rapidement Stierlitz. S'il en est ainsi, c'est qu'ils n'ont pas de preuves, mais qu'ils en attendent, y compris de moi-même. J'ai donc une chance de m'en sortir. »

— Excusez-moi, Gruppenführer.

— Cela vaut mieux ainsi. Eh bien, de quoi avez-vous parlé avec Bormann ? Avec le Parteigenosse Bormann ?

— Je ne pourrai répondre à votre question qu'en sa présence, je vous prie de bien me comprendre.

— Si vous me le disiez tout de suite, cela vous épargnerait probablement d'avoir à répondre à ma troisième question…

Müller regarda encore sa montre : Rolf devait être en train de descendre l'escalier de la cave (il était persuadé d'avoir une notion infaillible du temps).

— Si elle me concerne personnellement, et n'engage pas les intérêts du Reich et du Führer, je suis prêt à répondre à votre troisième question, Gruppenführer.

— C'est précisément le cas. Mes gens ont relevé ces empreintes sur la valise de la radio russe. Je pense, Stierlitz, que ce sera là la question la plus embarrassante.

— Mais pourquoi donc ? Bien au contraire ! Cette valise, je l'ai examinée dans le bureau de Rolf, il vous le confirmera.

— Il l'a déjà fait.

— Que me voulez-vous encore, alors ?

— Il se trouve que… vos empreintes digitales ont été relevées à la Gestapo du quartier bien avant que la valise n'échoue chez vous.

— Une erreur est exclue ?

— Absolument.

— Le hasard ?

— Possible. Mais un hasard qui prend l'allure d'une preuve. Comment expliquer que sur les vingt millions de valises qu'on peut trouver à Berlin, les traces de vos doigts aient été relevées précisément sur celle dans laquelle la pianiste russe transportait son matériel ? Comment l'expliquer, hein ?

— Hum… hum… C'est en effet diablement difficile, même impossible, pratiquement. À votre place, tout ce que je vous dis me laisserait aussi sur ma faim. Je vous comprends, Gruppenführer, je vous comprends très bien…

— Je serais enchanté de recevoir de vous une réponse

probante, Stierlitz. Parole d'honneur, j'ai beaucoup de sympathie pour vous.

— Je vous remercie.

— Dans un instant Rolf sera là avec la Russe et je suis certain que cette personne nous aidera à comprendre comment vos empreintes ont pu s'égarer sur sa valise.

— La Russe ? (Stierlitz haussa les épaules.) Celle que j'ai été prendre à la maternité ? J'ai une mémoire visuelle infaillible, Gruppenführer. Si je l'avais déjà rencontrée, je n'aurais pas oublié son visage. Non, je ne crois pas qu'elle puisse nous aider…

— Elle le fera, rétorqua Müller. Comme nous aidera également… (Il se remit à fouiller dans sa poche extérieure.)… ceci…

Müller exhiba le message chiffré intercepté à Berne sur Pleischner.

« Alors là, c'est le fiasco, réalisa Stierlitz avec stupeur. Le krach complet. Je ne suis qu'un idiot. Pleischner est un lâche, une nouille ou un agent provocateur. »

— Ainsi donc, Stierlitz, réfléchissez.

Müller se leva lourdement et sortit sans hâte de la cellule.

Stierlitz fut pris d'un sentiment de vide lorsque la porte de la cellule se fut doucement refermée. Une impression qu'il avait ressentie plusieurs fois. Il lui sembla qu'il ne tenait plus sur ses jambes et que son corps lui était devenu étranger, qu'il avait cessé d'être réel, tandis que les objets qui l'entouraient prenaient un relief nouveau, que les contours en étaient plus marqués (plus tard, il s'étonna d'avoir réussi à discerner autant d'angles au cours de ces minutes et il s'amusa de cette étrange capacité) ; de plus, il distinguait avec acuité la démarcation des couleurs, allant même jusqu'à distinguer l'endroit précis où une couleur l'emporte sur les autres. Il avait éprouvé cette sensation en 1940, à Tokyo, aux derniers jours d'automne, alors qu'en compagnie du résident SS à l'ambassade d'Allemagne, il marchait dans la rue et qu'à l'angle de la Tokyo Bank il était tombé nez-à-nez sur un vieux camarade de Vladivostok, l'officier de contre-espionnage Pimezov. Celui-ci s'était jeté dans ses bras après avoir traversé la rue sans regarder (un Russe est un Russe, quel que soit le lieu, il s'adapte à tout, sauf qu'il traverse la chaussée sans se soucier des règles de circulation ; plus tard, Stierlitz devait identifier ses compatriotes à l'étranger d'après ce critère), il avait même lâché le dossier qu'il tenait en s'écriant :

— Mon cher Max !

À Vladivostok, ils se vouvoyaient et il était amusant de penser qu'un jour Pimenov lui donnerait du « Max » au lieu du « Maxime Maximovitch » que requiert l'usage. Il s'agit là d'une singularité des Russes à l'étranger qui n'avait pas non plus échappé à Stierlitz : tout compatriote qu'ils croisent devient un camarade et la moindre relation, fût-elle lointaine, le meilleur ami du monde. Aussi redoutait-il Paris où vivaient beaucoup de Russes, ainsi qu'Istanbul, deux villes où il devait se rendre assez souvent. Après cette rencontre où il avait feint la stupéfaction méprisante et écarté le fâcheux d'un index dédaigneux, l'homme s'était écarté, l'air défait, affichant un sourire obséquieux. Stierlitz eut le temps de remarquer son col crasseux (ni blanc ni gris, presque noir : une couleur indéterminée qu'il crut avoir reproduite sur une feuille de papier avec une précision photographique une fois rentré à l'hôtel). C'est après cette rencontre à Tokyo qu'il avait commencé à se plaindre de sa vue auprès des médecins. Six mois plus tard, il portait des verres fumés sur prescription médicale en raison d'une inflammation de la glande lacrymale gauche causée par le surmenage. Il savait que les lunettes, surtout teintées, modifient l'apparence d'un homme jusqu'à le rendre parfois méconnaissable, pourtant il n'était pas judicieux d'adopter les lunettes juste après l'incident de Tokyo et il observa un délai de six mois. Naturellement, les services secrets soviétiques à Tokyo mirent ce temps à profit pour s'assurer que les Allemands ne s'intéressaient pas de trop près à Pimezov. Mais non, visiblement l'officier SS avait jugé que l'émigré russe loqueteux n'était pas digne de son attention.

La deuxième fois où il avait ressenti ce vide et cette sensation d'irréalité de soi, c'était à Minsk en 1942. Il faisait alors partie de la suite de Himmler et participait avec le Reichsführer à la tournée d'inspection des camps de prisonniers soviétiques. Les prisonniers gisaient au sol, les vivants mêlés aux morts. C'étaient des squelettes, des squelettes vivants. Himmler en avait eu un haut le cœur et son visage s'était fait livide. Stierlitz marchait à ses côtés et brûlait du désir de sortir son walter et de le décharger sur sa face couverte de taches de rousseur et chaussée d'un pince-nez. Le sentiment que cette tentation était parfaitement réalisable lui donnait la chair de poule et le ravissait.

« Et que se passera-t-il après ? avait-il eu la force de se demander. On mettra un autre monstre à sa place et on renforcera sa garde. C'est tout. » Juste avant de vaincre la tentation, son corps s'était fait léger et étranger. Et comme s'il s'était agi d'une hallucination diabolique, il avait repoussé la perception quasi photographique qu'il avait du visage de Himmler. Les taches de rousseur jaunâtres sur les joues et les tempes, nettement brunes autour de l'oreille gauche et noires sur le cou. Il lui avait fallu un an pour qu'il puisse enfin rire de cette vision obsédante…

Stierlitz obligea son corps à rassembler son énergie et, sentant un léger tremblement de ses muscles, il s'immobilisa l'espace d'une minute. Le sang lui afflua au visage tandis que de petits éclats verts frappaient ses pupilles.

« C'est bien, se dit-il. Il faut sentir son corps tout entier, comme un poing fermé. Peu importe si les murs sont peints dans trois couleurs, en gris, en bleu et en blanc. »

Et il se mit à rire. Il ne s'obligea pas à le faire. « La faute à ces maudites couleurs. Qu'elles aillent au diable. Heureusement que Müller est parti. Il a fait la bêtise de ne donner le temps de réfléchir. Il ne faut jamais le faire lorsqu'on considère l'interlocuteur comme un ennemi. Ainsi, Müller, quelque chose chez toi ne tourne pas rond. »

*

Müller s'était rendu sur les lieux du drame avec ses meilleurs limiers. C'étaient des vieux de la vieille, de ceux avec qui il avait pourchassé successivement des criminels de droit commun, les nationaux-socialistes de Hitler, les communistes de Thälmann[1] et Brandler. Müller ne les convoquait que dans les situations extrêmes. Il ne les prenait pas chez lui « pour ne pas qu'ils rouillent » : à la Gestapo, tout inspecteur estime pouvoir compter sur le secours des experts, des mouchards, des dictaphones. Müller était un admirateur

1. Dirigeant du Parti communiste allemand qui passa dans la clandestinité à partir de la victoire du nazisme en 1933.

de Čapek. Les détectives de cet écrivain se débrouillaient avec leur tête et leur expérience.

— Vraiment rien ? demanda Müller. Pas le moindre indice ?

— Rien du tout, répondit un vieux aux cheveux blancs et au teint terreux.

Müller avait oublié son nom, mais ils se tutoyaient depuis 1926.

— Cela ressemble au meurtre sur lequel tu as eu à enquêter à Munich.

— À Egonstrasse ?

— Exactement. Au numéro 9 de la rue, si je me souviens…

— Au numéro 8. Il les a allongés du côté pair.

— Ça, quelle mémoire !

— Est-ce que tu te plains de la tienne ?

— Je prends de l'iode.

— Et moi de l'eau-de-vie.

— Évidemment, un général peut se le permettre. Où veux-tu que je trouve le fric pour me payer de l'eau-de-vie ?

— Arrange-toi pour palper des pots-de-vin, ironisa Müller.

— Pour finir dans les mains de tes tortionnaires ? Non, merci. Je préfère encore quelques gouttes d'iode.

— Bon, bon, va pour l'iode. Je te jure que je changerais avec plaisir mon eau-de-vie contre ton iode.

— Trop de boulot ?

— Pour l'instant, oui. Mais je crains qu'il n'y en ait plus pour longtemps… Alors, qu'allons-nous faire, hein ? Vraiment rien ?

— Tu peux toujours faire examiner dans ton labo les balles qui ont tué les deux victimes.

— Ça, pas besoin de me le dire… on l'aurait fait !

Un autre vieux entra ; s'emparant d'une chaise, il vint s'asseoir auprès de Müller. « Voyez-moi ce vieux beau, nota rapidement celui-ci. C'est qu'il se teint les cheveux ! Non, non, il se teint les cheveux ! »

— Alors, demanda-t-il, qu'y a-t-il chez toi, Günter ?

— Certaines petites choses.

— Dis-moi, avec quoi tu te teins les cheveux ?

— Avec du henné. Tu sais, ils ne sont ni gris ni noirs, une drôle de couleur. C'est depuis que mon Ilsa est morte. J'ai remarqué que les boniches préfèrent les jeunes soldats aux vieux détectives… Écoute, il y a environ une heure, la concierge d'en face a vu sortir une femme et un soldat. La femme portait un gosse, elle avait l'air très pressée.

— Comment était habillé le soldat ?

— Comment ? Il portait l'uniforme.

— Évidemment. Je ne te demande pas s'il était en caleçons. L'uniforme était noir ?

— Heu… je suppose que oui. Vous ne confiez pas la garde aux uniformes verts.

— Ils sont partis en auto ?

— Elle dit qu'ils ont pris l'autobus.

Sur le coup de la surprise, Müller se leva de sa chaise.

— L'autobus ?

— Oui, le 17.

— Direction ?

— Direction banlieue, fit Günter en accompagnant sa réponse d'un geste vague.

Müller bondit, saisit le téléphone, composa un numéro et commanda :

— Scholtz ! Vite ! Faites patrouiller le trajet de l'autobus numéro 17. Primo… La Russe et le gardien. Quoi ? Son nom ? Faites le nécessaire ! Secundo, préparez-moi immédiatement un dossier : qui est-il, d'où vient-il, où est sa famille. Je veux tous ses états de service, immédiatement. S'il s'est trouvé ne serait-ce qu'une fois sur le chemin de Stierlitz, faites-le-moi savoir tout de suite ! Faites surveiller l'appartement de Stierlitz.

Maintenant Müller avait repris place sur sa chaise près de la porte. Les experts de la Gestapo et le photographe étaient partis. Ils restaient trois dans cette pièce – lui et ses vieux qui égrenaient des souvenirs en s'interrompant comme des gamins.

« J'ai perdu, se disait Müller, quelque peu apaisé par la compagnie de ses anciens collègues. Mais j'ai encore Berne en réserve. Certes, ça ne sera pas du gâteau. La police, les gardes-frontières étrangers qui échappent à notre contrôle… Tout de même, j'ai laissé filer un gros atout, le plus gros sans doute. S'ils ont fui en autobus, c'est que c'était improvisé. Non, il est absurde de parler d'opération. Les Russes tiennent à leurs gens, mais risquer plusieurs hommes pour tenter, tenter seulement de libérer cette fille, je n'y crois pas. Quoique d'autre part, ils voyaient bien que le gosse est son point faible… Non, c'est impossible, il ne peut être question de risque calculé : ils ont pris l'autobus, tu parles d'un calcul !… De l'enfantillage, pas plus. »

Sa main chercha de nouveau le téléphone.

— Ici Müller. Informez également la police du métro. Donnez le signalement de la femme avec l'enfant, dites que c'est une voleuse, une meurtrière, tout ce que vous voudrez. S'ils font du zèle et plus d'arrestations que nécessaire, je passerai l'éponge. Mais qu'ils ne la laissent échapper à aucun prix !

*

Stierlitz frappait à la porte de sa cellule : sans doute depuis les heures qu'il était enfermé, il y avait eu la relève de la garde puisque devant sa porte le gars à la bouille rubiconde avait été remplacé par Siegfrid Becker avec lequel Stierlitz avait plusieurs fois fait équipe sur les courts de tennis.

— Salut, Sieg ! lui lança-t-il en ricanant. Un joli coin pour se revoir, n'est-ce pas ?

— Numéro 7, pourquoi m'avez-vous appelé ? demanda Becker d'une voix impassible, légèrement étouffée.

« Il a toujours eu un temps de retard. Il avait un bon coup gauche, mais un poil trop lent. C'est ainsi qu'on a perdu face à l'attaché de presse turc. »

— Ai-je tellement changé que tu ne me reconnaisses pas ? demanda Stierlitz en tâtant ses joues qu'il n'avait pas rasées depuis l'avant-veille.

La barbe avait poussé mais elle n'était pas si drue ; elle ne l'était que le soir et il avait pris l'habitude de se raser deux fois par jour.

— Numéro 7, pourquoi m'avez-vous appelé ? répéta Siegfrid.

— Tu es devenu fou ou quoi ?

— Silence ! aboya Becker et il fit claquer la lourde porte.

Pour la énième fois, Stierlitz regarda le cadran de sa montre. Voilà trois heures que Müller était parti. « La petite ne parle pas, se dit-il. À moins qu'ils l'aient confrontée à Pleischner ? Ce n'est pas dangereux, ils ne savent rien l'un de l'autre… En tout cas, il y a quelque chose qui ne tourne pas rond. Quelque chose s'est produit qui me fait bénéficier d'un sursis. »

Il arpentait la cellule sans se presser, reconstituant

dans sa mémoire tout ce qui pouvait se rapporter à cette maudite valise. Oui, c'est exact, il l'avait attrapée dans le bois, au moment où Erwin faillit tomber en glissant sur une branche. C'était la nuit d'avant le bombardement. Une seule fois.

« Stop ! fit Stierlitz. Avant le bombardement ! Après, j'ai filé là-bas dans ma voiture... Il y avait beaucoup d'autos... Un embouteillage causé par les pompiers. Qu'est-ce que je faisais là ? Ah, oui ! La route du Ku'damm était obstruée. J'exigerai qu'on convoque les policiers qui assuraient le service d'ordre ce matin-là. Donc, j'étais là parce que la police m'a obligé à faire le détour. J'ai parlé à un agent. Je me souviens de sa bouille et lui doit se rappeler de ma carte du SD. J'ai aidé à transporter une valise, qu'il essaye donc de dire le contraire. Il ne le fera pas, et j'exigerai une confrontation avec cette femme en pleurs que j'ai aidée à transporter un landau d'enfant ; elle confirmera aussi, ces choses-là ne s'oublient pas. »

Maintenant Stierlitz frappait à coups de poings redoublés contre la porte, qui s'ouvrit d'elle-même. On n'avait pas tourné la serrure ! Deux des gardiens étaient là. Le troisième passa dans le couloir, escortant un homme qui portait la tinette. Dans cet homme au visage tuméfié, Stierlitz reconnut immédiatement le chauffeur qui conduisait la voiture de Bormann, le jour de son entrevue avec le chef de la chancellerie du parti.

— Téléphonez d'urgence au Gruppenführer Müller, ordonna Stierlitz. Dites-lui que je me rappelle. Oui, j'ai tout reconstitué. Priez-le de venir me voir d'urgence.

« Pleischner n'est pas encore à Berlin, et d'une ! Rien ne va avec Käthe, et de deux ! Ma seule chance de m'en sortir, c'est de gagner du temps. Le temps et Bormann. Le moindre retard, et c'est Müller qui gagne ! »

— À vos ordres, grommela l'un des gardiens. Je vais au rapport.

*

La porte de l'asile pour les nourrissons s'ouvrit sur un soldat, qui traversa la rue et s'enfonça dans la cave d'un immeuble sinistré. Là, assise sur des caisses brisées, Käthe était en train de donner le sein à son fils.

— Alors ? demanda-t-elle.

— Rien de bon, répondit Helmut. Ils disent d'attendre une demi-heure. C'est l'heure de la tétée, tout le monde est occupé.

— Nous attendrons, le rassura Käthe. Nous attendrons… Comment pourraient-ils savoir où nous sommes ?

— En principe, vous avez raison. Mais il faut quitter au plus vite la ville, sinon… Je sais, moi, comment ils opèrent. Peut-être partirez-vous la première ? Dès que j'ai réussi, je vous rattrape. Hein ? Il n'y a qu'à convenir de l'endroit où je vous retrouverai.

— Non, Helmut, répondit Käthe en secouant la tête, c'est inutile. J'attendrai… De toute façon, je n'ai nulle part où aller…

*

Scholtz appela Müller au logement de la Russe :

— Stierlitz vous fait dire qu'il a tout reconstitué.

— Non ? s'anima Müller, tout en faisant signe à ses détectives de modérer leur rire. Quand ?

— À l'instant.

— Bien. Dites-lui que j'arrive. Rien de neuf, à part ça ?

— De substantiel, non.

— À propos de ce garde ?

— Rien, des bêtises.

— Mais encore ? s'enquit Müller machinalement, plutôt pour les convenances, tout en attrapant de sa main libre son pardessus jeté sur la chaise voisine.

— On a juste quelques informations sur sa femme, ses enfants et ses parents.

— Et vous appelez ça des bêtises ! se fâcha Müller. Ce ne sont pas des bêtises ! C'est tout sauf des bêtises dans une affaire comme celle-là, l'ami Scholtz. J'arrive dans un instant, nous examinerons ça ensemble… A-t-on envoyé des gens chez sa femme ?

— Sa femme l'a quitté il y a deux mois. Il a été hospitalisé après sa contusion cérébrale, elle est partie avec un commerçant de Munich.

— Les enfants ?

— Un instant, fit Scholtz, qui feuilletait le dossier, un instant que je regarde… Voilà… Il a une mioche de trois mois qu'elle a placée à l'asile.

Müller eut une illumination : « La Russe a un nourrisson ! Il lui faut une nourrice ! Rolf a sans doute exagéré avec l'enfant ! »

— Le nom de l'asile ?

— Il n'y a pas de nom. Ça se trouve à Pankow, 7 Schillerstrasse. Voilà… Maintenant, sa mère…

Müller n'écoutait plus ce que Scholtz lui disait sur la mère de Helmut. Il raccrocha violemment, sa lenteur avait disparu et après avoir passé son pardessus, il dit :

— Les enfants, on risque d'avoir du grabuge dans quelques instants. Vous pouvez préparer vos « mignons ». Qui connaît l'asile de Pankow ?

— Schillerstrasse, numéro 8 ? demanda le vieux aux cheveux blancs.

— Tu t'embrouilles à nouveau, lui dit Müller dans le

couloir. Tu confonds toujours les pairs et les impairs ? Numéro 7.

— C'est pareil ! répondit l'autre sans se démonter. Rien de particulier. On peut opérer tranquilles : un coin très calme, pas de gêneurs… Pour ce qui est des pairs et des impairs, t'as raison, ça me vient de l'enfance. J'avais la rougeole quand le maître nous apprenait ça.

Il rit de son bon mot et tout le monde l'imita. Ils ressemblaient en ce moment à des chasseurs qui venaient de lever un cerf.

*

Non, Helmut Kalder n'avait pas partie liée avec Stierlitz. Nulle part leurs chemins ne s'étaient croisés. Jusqu'en 1941 Helmut avait honnêtement fait son devoir de soldat. On lui avait dit qu'il combattait pour la patrie, pour la sécurité de sa mère, de ses trois frères et de sa sœur. Il était persuadé qu'il faisait la guerre pour l'avenir de l'Allemagne. Contre ces sous-hommes de Slaves qui occupaient d'immenses territoires sans être capables de les cultiver, contre ces Anglais et ces Français qui s'étaient vendus à la ploutocratie d'outre-Atlantique ; contre ces Juifs qui pressuraient le petit peuple en spéculant sur son malheur. Il croyait que le génie du Führer rayonnerait dans les siècles à venir.

Ce fut en tout cas ainsi jusqu'à l'automne 1941, c'est-à-dire aussi longtemps que lui et ses potes des blindés SS défilèrent chanson aux lèvres à travers l'Europe et que l'air grisant de la victoire en fit de joyeux et bienveillants lurons en goguette. Mais après la bataille de Moscou, quand s'engagea une lutte terrible contre les partisans et que l'ordre fut donné de tuer les otages, Helmut perdit quelque peu de son assurance.

Le jour où non loin de Smolensk – un convoi avait déraillé –, sa section reçut l'ordre de fusiller quarante otages, Helmut se trouva devant un dilemme insoluble : il y avait là des femmes, des enfants et des vieillards. Les mères, serrant leur marmaille contre elles, fermaient les yeux et demandaient qu'on en finisse au plus vite…

Il se mit à boire. Pour de bon. Plusieurs de ses copains sifflaient également leur eau-de-vie en silence, et personne ne raconta plus d'histoires drôles, personne ne joua plus de l'harmonica. Puis les combats reprirent et l'acharnement des empoignades avec les Russes finit par l'emporter sur le souvenir du cauchemar passé.

À sa première permission, la voisine vint en visite avec sa fille Luisa. C'était une jeune personne bien faite, soignée et saine. Helmut finit par rêver d'elle chaque nuit. De dix ans son aîné, le sentiment qu'il conçut pour elle était une immense tendresse. Il imaginait à longueur de journée quelle bonne épouse et mère elle ferait. Helmut avait toujours souhaité voir s'aligner chez lui, sous la patère, une rangée de souliers d'enfants : il adorait les mioches. Comment ne les eût-il pas aimés, lui qui combattait pour leur bonheur ?

À la permission suivante, Luisa devint son épouse. Il dut regagner très vite son unité tandis qu'au bout de deux mois de langueurs, sa jeune femme s'aperçut qu'elle était enceinte. Prise de panique, elle partit s'installer en ville. Quand l'enfant naquit, elle le plaça à l'asile. Au même moment, Helmut fut blessé. Quand il revint au foyer pour sa convalescence, Luisa n'y était plus : elle avait filé avec un autre. Helmut pensa aux femmes russes. Un jour, un de ses copains avait couché avec une institutrice pour cinq boîtes de conserves : elle n'avait rien à donner à manger à sa fille. Au matin, la Russe fut retrouvée pendue. Elle avait confié l'enfant à des voisins, avec la photo du père et les fameuses boîtes de conserves serrées dans ses langes. Tandis que Luisa, membre des Jeunesses hitlériennes, une vraie Aryenne et non pas une quelconque barbare slave, avait abandonné sa fille comme la dernière des putains…

Maintenant il allait à l'asile une fois par semaine et on l'autorisait de temps à autre à faire une promenade avec la petite. Il jouait avec elle, lui chantait des chansons et cet amour devint bientôt le centre de de sa vie. Il avait observé comment la pianiste russe berçait son fils. « Mon Dieu, mais qu'est-ce que nous faisons ? s'était-il demandé. Ce sont des êtres humains comme nous, ils aiment leurs mioches comme nous, comme nous ils sont prêts à se sacrifier pour eux. »

Et quand il vit Rolf ouvrir la fenêtre, la décision lui vint du cœur, non de la raison. Rolf et Barbara – qui observait la scène d'un œil imperturbable – s'identifiaient dans son esprit à Luisa devenue le symbole de la trahison.

*

Une demi-heure plus tard, Helmut était de nouveau à l'asile, planté devant la cloison vitrée peinte en blanc, sentant que quelque chose s'était rompu en lui.

— Bonjour, madame, dit-il à la femme qui se montra au guichet. Ursula Kalder. Ma fille, on m'autorise…

— Je sais, monsieur. Mais c'est l'heure de la sieste.

— Madame, je pars pour le front. Je voudrais la prendre pour une courte promenade, elle dormira dans mes bras. Je reviendrai pour faire changer les langes.

— Je crains que le docteur ne le permette pas.

— Madame, je pars pour le front, répéta Helmut.

— Évidemment, je comprends… Attendez, je vous prie, je vais voir.

Les dix minutes qu'il lui fallut attendre lui parurent une éternité. Enfin une porte s'ouvrit et on lui tendit un paquet blanc. Le visage de la fillette était protégé par une gaze d'une blancheur immaculée. Elle dormait.

— Vous irez dans la rue ?

— Quoi ?

Helmut ne comprit pas la question. Les mots lui parvenaient d'une région lointaine, comme si on lui parlait à travers une fenêtre calfeutrée. Depuis sa blessure, cela se produisait à chaque émotion forte.

— Vous pouvez passer dans notre jardin, c'est plus calme. Et s'il y a une alerte, vous serez plus vite à l'abri.

— Merci, madame. Je sors seulement vérifier si on ne m'attend pas déjà…

Helmut sortit. Au moment de traverser la rue, il y eut un grand crissement de pneus. Le chauffeur du camion militaire qui venait de stopper à deux pas de lui cria par la portière :

— Alors quoi, t'es aveugle ?

Helmut serra plus fort son précieux fardeau et, marmonnant quelque chose d'inintelligible, se hâta vers la cave où Käthe l'attendait. Elle était là, son garçon installé tant bien que mal sur une caisse.

— Un instant, dit-il en lui passant l'enfant. Restez là, je vais jusqu'à l'arrêt. Quand l'autobus débouche après le virage, je viens vous chercher.

En voyant avec quelles précautions Käthe prenait sa petite, les larmes brouillèrent sa vue et il s'engouffra dans la brèche qui trouait le mur.

— Mieux vaut y aller ensemble, s'écria Käthe, mieux vaut y aller ensemble !

— Non, non, je suis là dans un instant. Ils peuvent

avoir votre photo. Moi, je suis méconnaissable depuis ma blessure. Je reviens tout de suite.

La rue était vide. Il s'engagea résolument sur le trottoir. « Si on évacue l'asile, comment retrouverai-je ma fille ? songeait-il. Et s'il faut mourir sous les bombes, autant le faire ensemble. Cette femme saura la nourrir, il y a bien des jumeaux. Et puis, le bon Dieu me pardonnera tout pour ça. Au moins Smolensk… »

Des gouttes de pluie s'écrasèrent sur l'asphalte. « Nous allons jusqu'au zoo. Là, nous prendrons le train. Ou bien nous fuirons avec les réfugiés et nous nous perdrons dans la foule. Elle lui donnera le sein jusqu'à Munich. Là-bas, ma mère nous aidera. On pourra trouver une nourrice. Mince, j'oubliais qu'ils vont me rechercher. Impossible d'aller chez maman. Tant pis, le plus pressé c'est de quitter Berlin. Nous pouvons aller dans le Nord, au bord de la mer. Chez Hans, par exemple : qui aura l'idée de me chercher chez un copain du front ? »

Helmut couvrit ses oreilles avec la chapka. Il commençait à retrouver son sang-froid. « Heureusement qu'il pleut, se dit-il, au moins il se passe quelque chose. Quand il neige ou qu'il pleut, on se sent moins seul. »

L'averse continua, puis les nuages s'écartèrent d'un seul coup, découvrant un morceau d'azur dans lequel brillait un soleil éclatant. « Tiens, voilà le printemps, pensa Helmut, bientôt l'herbe va pousser. »

Il vit le bus apparaître au virage. Il allait retourner sur ses pas quand surgirent deux voitures noires, qui vinrent s'arrêter devant la porte de l'asile, indifférentes au code de la route. De nouveau, Helmut sentit ses jambes flageoler, sa main gauche refroidir : c'était la Gestapo ! Son premier réflexe fut de fuir, mais il comprit aussitôt qu'ils attraperaient la Russe avec sa fille et les emmèneraient. Se faire tout petit, gagner une arrière-cour… ? Il eut peur d'avoir une crise de nerfs qui le laisserait à leur merci. « Ensuite ils prendront la fillette, il fait encore froid… Non, non… Elle va entendre, cette Russe, elle va tout comprendre. Ce n'est pas possible. »

Helmut alla sur la chaussée, sortit le revolver de sa poche et tira plusieurs coups dans le pare-brise de la première voiture. Sa dernière pensée, quand il vit la flamme de la rafale de mitraillette qui allait le coucher et avant même d'avoir ressenti le choc des balles, fut qu'il n'avait pas eu le temps de dire à la Russe le nom de sa fille. Cette pensée fugitive ne le fit souffrir qu'une fraction de seconde. L'instant d'après il était mort.

*

— Non, monsieur, disait l'infirmière qui avait apporté l'enfant à Helmut. Il y a à peine dix minutes…

— Mais où est l'enfant ? demanda le vieil inspecteur d'une voix morne, en évitant de regarder le corps de son compagnon aux cheveux teints.

Il était allongé sur le sol, à l'entrée, et l'on voyait maintenant qu'il était très vieux : il y avait longtemps qu'il avait fait sa teinture car l'acajou de sa chevelure laissait voir le gris de la racine.

— Il me semble qu'ils sont partis en camion, dit une autre femme. J'en ai vu un s'arrêter à côté de lui.

— Vous voulez dire que le bébé est monté dans le véhicule ?

— Non, répondit la femme d'un ton très sérieux, il n'a pas pu partir tout seul, c'est encore un nourrisson…

Müller intervint :

— Examinez soigneusement les lieux, je dois

rentrer. On vous envoie une autre voiture, elle est déjà en route… Mais qui a bien pu emmener l'enfant en camion ? dit-il encore au moment de franchir la porte. Qu'est-ce que c'était comme véhicule ?

— Un grand camion de couleur verte…

— Tout ça me paraît diablement farfelu… Faites donc fouiller les maisons alentour…

— Il n'y a que des ruines.

— Fouillez les ruines également… Bah, tout ceci est si rocambolesque qu'il devient impossible de faire son boulot. Allez donc comprendre la logique d'un amateur !

— À moins que ce soit un professionnel particulièrement malin, commenta le vieux flic en allumant une cigarette.

— Un professionnel particulièrement malin ne serait pas venu à l'asile, répondit Müller sombrement et il sortit.

Tout à l'heure, quand il avait appelé Scholtz, l'autre lui avait fait savoir que le contact russe porteur du message chiffré saisi à Berne s'était suicidé.

*

LE 13 MARS 1945 (16 H 11)

Aux premières heures de la matinée, Schellenberg fut appelé au téléphone par l'un des hommes chargés de dépouiller les archives Bormann.

— On y voit un peu plus clair, lui dit l'homme, et si vous pouvez venir, nous vous montrerons quelques papiers.

— J'arrive tout de suite, coupa Schellenberg.

Rendu au siège, sans prendre le temps de se dévêtir,

Schellenberg alla droit à sa table et saisit les quelques feuilles qu'on lui avait préparées. Les ayant parcourues, il leva un sourcil surpris, puis, sans se presser, ôta sa capote, la déposa sur le dos de la chaise et s'installa confortablement, en croisant les jambes. Le collaborateur n'avait pas exagéré : ces documents étaient du plus haut intérêt. Le premier disait : *Au jour X seront à éloigner Kaltenbrunner, Fold, Schellenberg, Müller.* Le nom de Müller avait été ensuite biffé d'un trait rouge et Schellenberg enregistra le fait en traçant un grand point d'interrogation sur l'un de ces bristols glacés qu'il avait toujours dans sa poche ou sur son bureau. *Tout laisse supposer*, poursuivait le texte, *qu'isoler les dirigeants mentionnés de la Gestapo et du SD produira une sorte de diversion. La recherche des dirigeants mis à l'index, responsables des difficultés concrètes, mobilisera l'esprit de tous ceux qui pourraient en tirer avantage : d'un point de vue opérationnel aussi bien que stratégique.*

Puis l'auteur du document produisait une liste de cent soixante-seize noms.

Ces officiers de la Gestapo et du SD sont d'une manière ou d'une autre susceptibles d'éclairer la politique extérieure du Reich davantage grâce aux détails secondaires qu'à la doctrine fondamentale. Incontestablement, qu'il le sache ou non, chacun d'eux constitue une pièce du puzzle, laquelle ne signifie rien individuellement, mais devient précieuse pour la reconstitution de l'ensemble. Ces hommes peuvent donc être utiles aux adversaires du Reich qui cherchent à noircir les idéaux du national-socialisme en les confrontant à sa pratique. De ce point de vue, les opérations dirigées par chacun des officiers supérieurs susnommés, si elles viennent à être réunies en un tout, brosseront un tableau défavorable au Reich. Dans le cas présent, il est impossible, malheureusement, de tracer une démarcation rigoureuse entre les consignes du parti et la pratique de la Gestapo, vu que tous ces officiers sont des vétérans du mouvement ayant adhéré au NSDAP entre 1927 et 1935. Par conséquent, éloigner ces hommes apparaît comme raisonnable et légitime.

Schellenberg ne fut pas dupe. « Tiens, se dit-il, voilà qu'il fait bien des façons, notre chef. Nous autres, nous appelons ça "liquider". Ainsi donc, il convient de m'éloigner, tandis que Müller, lui, mérite d'être conservé. À vrai dire, je m'y attendais un peu. L'étrange, c'est qu'il ait laissé Kaltenbrunner sur la liste. Quoique ça puisse se comprendre : Müller est toujours resté dans l'ombre, il n'est connu que des spécialistes, tandis que Kaltenbrunner jouit maintenant d'une large publicité dans le monde. Son orgueil le perdra. Quant à moi, j'en conclus que ce qui m'a été fatal, c'est mon désir de servir le Reich. Paradoxal, non ? Plus on veut être utile à son pays, et plus on risque gros. Des hommes comme moi n'ont pas le droit d'emporter dans la tombe des secrets d'État qui sont devenus des secrets personnels. Des hommes comme moi, il faut les éliminer vite et bien fait… Comme Heydrich. Je suis persuadé qu'il a été supprimé par les nôtres. »

Schellenberg se plongea dans un examen attentif de la liste des hommes à « éloigner ». Il y avait là une foule de ses collaborateurs. Sous le numéro 142 figurait le SS-Standartenführer von Stierlitz.

*

Le fait que le nom de Müller ait été rayé de la liste et que celui de Stierlitz y soit demeuré témoignait du chaos qui régnait aux archives du parti. L'ordre d'introduire des correctifs dans la liste noire avait été donné par Bormann quarante-huit heures avant l'évacuation. Mais le désordre était tel qu'on avait oublié de rayer le nom de Stierlitz. C'est ce qui évita à celui-ci, dans l'attente d'un éventuel « éloignement » par les soins des hommes de Bormann, d'être « liquidé » sans plus attendre par les soins des hommes de Schellenberg.

*

LE 13 MARS 1945 (17 H 02)

— Qu'est-il arrivé ? attaqua Stierlitz quand Müller reparut. Je commençais à m'inquiéter !

— Vous aviez raison de le faire, convint Müller. J'avoue que moi aussi je m'inquiétais un peu.

— J'ai tout reconstitué, Gruppenführer.

— Quoi précisément ?

— Comment les traces de mes doigts ont pu s'égarer sur la valise de la Russe… Oui, où est-elle, celle-là ? J'étais sûr que vous nous arrangeriez un rendez-vous.

— À l'hôpital. Elle sera bientôt là.

— Il lui est arrivé quelque chose ?

— À elle, non. Mais pour la faire parler, Rolf a un peu rudoyé l'enfant.

« Il ment, traduisit Stierlitz. Il ne m'aurait pas laissé mariner tout ce temps si Käthe avait parlé. Il n'est pas loin de la vérité, mais il ment. » Et tout haut :

— Ce n'est pas grave, nous avons encore du temps devant nous.

— Pourquoi « encore » ? Nous avons le temps, un point c'est tout.

— Je dis bien « encore », répéta Stierlitz. Et si cette

histoire de valise vous préoccupe vraiment, je suis en mesure de vous éclairer. Cela m'a coûté quelques cheveux blancs supplémentaires, mais la vérité finit toujours par triompher. C'est ma conviction.

— Je suis heureux de constater qu'elle concorde avec la mienne. Allez droit aux faits.

— Pour cela, je vous prierai de convoquer tous les agents du service d'ordre déployé dans le secteur où mon auto a été stoppée. J'ai eu beau produire ma carte du SD, on m'a forcé à faire un détour. Puis j'ai été arrêté une seconde fois et je suis resté bloqué. Je suis descendu voir ce qui se passait, mais il y avait là deux agents, un jeune garçon à la mine maladive – tuberculeux sans doute – et un autre dont je ne me souviens pas très bien. Ils ne voulaient rien savoir. J'ai ressorti ma carte et je suis allé chercher un taxiphone pour prévenir Schellenberg. Juste à ce moment-là, j'ai vu une femme avec des gosses empêtrée avec son landau dans les ruines. Je l'ai aidée. Ensuite j'ai déplacé quelques valises pour les mettre à l'abri des flammes. Rappelez-vous le cliché de la valise trouvée après le bombardement. Et d'une. Confrontez ceci avec l'adresse de la radio russe. Et de deux. Convoquez les policiers qui m'ont vu aider les sinistrés à trimbaler leurs fringues. Et de trois. Si une seule de mes affirmations s'avère mensongère, donnez-moi un revolver et une balle : il ne me reste plus rien d'autre pour prouver ma bonne foi.

— Hum, fit Müller. Pourquoi pas ? Essayons. Écoutons pour commencer nos Allemands, puis faisons un brin de causette avec votre Russe.

— Avec « notre » Russe, corrigea Stierlitz du même ton sarcastique.

— Ça va, ça va, ne jouez pas sur les mots…

Tandis que Muller allait téléphoner au chef de l'école

de police, l'Obersturmbannführer docteur Hellwig, Stierlitz mettait à profit ce nouveau répit pour continuer son analyse. « Même si Rolf avait brisé la fille, calcula-t-il, et Müller n'a pas mentionné l'enfant par hasard, c'est ici qu'ils l'auraient conduite et non à l'hôpital. Si Pleischner était entre leurs mains, ils n'auraient pas lambiné. Dans de telles situations, l'initiative vous échappe au moindre contretemps… »

— On vous a donné à manger ? s'enquit Müller qui revenait. Cassons la croûte, voulez-vous ?

— Il est grand temps, répliqua Stierlitz.

— J'ai demandé qu'on nous descende quelque chose.

— Merci… Avez-vous décidé de convoquer les types de service d'ordre ?

— Oui, c'est chose faite.

— Savez-vous que vous avez mauvaise mine, Gruppenführer ?

— Ce n'est rien, fit Müller avec un geste fataliste. Encore heureux que je tienne debout… Revenons à nos moutons. Pourquoi disiez-vous tout à l'heure « encore » ? « Nous avons encore le temps » ? Allez, Stierlitz, déballez tout !

— Vous pouvez être sûr que je le ferai dès que la confrontation sera terminée, répondit Stierlitz, mystérieux. Avant, ça n'a pas de sens. Si ma bonne foi n'est pas démontrée, à quoi bon dévoiler toutes mes batteries ?

La porte s'ouvrit sur un gardien porteur d'un plat recouvert d'une serviette amidonnée. Elle couvrait une assiettée de bœuf bouilli, du pain, du beurre et des œufs.

— Dans une prison comme celle-ci, et dans les sous-sols par-dessus le marché, je ne refuserais pas de rester enfermé un jour ou deux. Pour dormir, ce doit être idéal. On n'entend même pas le bruit des bombes !

— Mais faites donc.

— Merci beaucoup ! fit Stierlitz en éclatant de rire.

— Mais non, reprit Müller, je vous parle très sérieusement… Votre attitude me plaît. Beaucoup d'autres se sont montrés moins brillants dans cette cave. Vous boirez ?

— Non, merci.

— Vous ne buvez pas par principe ?

— Pourquoi ? Je pense que vous devez connaître jusqu'à la marque de mon cognac préféré…

— Voyons Stierlitz, soyez modeste, vous n'êtes pas Churchill ! Je ne sais de lui que sa préférence pour le cognac russe. Enfin, cela vous regarde. Moi, je bois. C'est un fait, je ne me sens pas dans une forme très brillante.

*

Müller, Scholtz et Stierlitz étaient dans le bureau de Holtoff, assis sur des chaises disposées le long du mur. L'Obersturmbannführer Eismann ouvrit la porte et introduisit un policier en tenue réglementaire.

— Heil Hitler ! glapit celui-ci en voyant Müller, en uniforme de général, qui ne répondit pas à son salut.

— Connaissez-vous l'une de ces trois personnes ? lui demanda Eismann.

— Non, répondit le policier en louchant craintivement sur la barrette fournie et la croix de fer qui ornaient la vareuse de Müller.

— Vous n'avez jamais vu aucune de ces personnes ?

— Pour autant que je me rappelle, jamais.

— Peut-être les avez-vous aperçues distraitement, lors d'un des derniers bombardements, quand vous étiez du service d'ordre ?

— Vous savez, y en a beaucoup en uniforme qui viennent voir les destructions, répondit l'autre. On peut pas se les rappeler tous, hein…

— Je vous remercie, fit Eismann. Invitez le suivant.

Le policier sorti, Stierlitz remarqua :

— Votre uniforme les hypnotise. Ils ne voient que vous.

— Ce n'est pas grave, rétorqua Müller. Vous ne voudriez pas que je me mette nu ?

— Précisez-leur au moins l'endroit, insista Stierlitz. Comment voulez-vous qu'ils se rappellent un cas précis quand il leur arrive de rester à leur poste dix heures d'affilée ?

— Ça c'est faisable. Vous n'avez qu'à les aider. Celui-là, en tout cas, vous le remettez ?

— Non. Je ne remets que ceux que j'ai vus.

Le témoignage du deuxième policier ne donna rien non plus.

Le jeune sergent à la mine terreuse, probablement tuberculeux, dont Stierlitz avait parlé fut le septième.

— Avez-vous déjà vu l'une de ces trois personnes ? répéta Eismann.

— Non… il me semble que non.

— Vous étiez de service le jour du bombardement de la Kopenigstrasse ?

— Ah, mais oui ! se réjouit l'autre. Où avais-je la tête ! Ce monsieur-là m'a présenté sa carte. Je l'ai laissé s'approcher de l'incendie.

— Il vous a demandé de le laisser passer ?

— Heu… non, il a simplement exhibé sa carte. Il était en auto et la consigne était de ne laisser passer personne…) Là, le sergent fut pris d'un doute. (Peut-être n'avait-il pas le droit ? Mais je connais l'ordre, moi. Les gens du SD et de la Gestapo, on doit les laisser passer.

— Si, si, il avait le droit, fit Müller en se levant. Ce n'est pas un ennemi, ne vous en faites pas, sergent, nous travaillons ensemble. Dites-nous seulement ce qu'il cherchait dans cette fournaise… Une femme en couches, peut-être ?

— Oh, celle-là on l'avait évacuée la nuit… Lui, il est arrivé le matin.

— Il voulait prendre les effets de cette malheureuse, non ? L'avez-vous aidé ?

— Non, non, protesta le sergent visiblement à la torture. Voilà, je me rappelle ! Il a aidé une femme à transporter une voiture d'enfant. Oui, une voiture d'enfant. Moi, j'étais sur l'autre trottoir.

— Elle était avec des valises ?

— Qui ça ? La voiture ?

— Non, la femme.

— Ça, je me rappelle pas. Je crois qu'il y avait des valises, mais je suis pas sûr. Je me souviens bien du landau parce qu'il était un peu cabossé et que ce monsieur l'a remis en état avant de l'amener sur mon trottoir.

— Dans quel but, croyez-vous ? insista Müller.

— C'était moins dangereux, et puis les pompiers étaient là avec leurs lances. La femme a ensuite descendu son landau dans un abri, ça je me rappelle. J'ai même vu son gosse qu'elle a couché dedans…

— Je vous remercie, dit Müller. Votre témoignage nous a beaucoup aidés. Vous pouvez disposer.

Quand la porte se fut refermée sur le témoin, Müller pria Eismann de renvoyer tous les autres agents.

— Vous ne voulez pas entendre le deuxième policier ? lui demanda Stierlitz.

— Ça suffit comme ça, répondit-il de mauvaise grâce.

— Et pourquoi n'a-t-on pas convoqué ceux qui m'ont fait prendre un autre trajet ?

— Allons, c'est une affaire entendue. Scholtz, tout est bien confirmé ?

— Oui, Gruppenführer. Les témoignages de Hellwig sont sur votre table. C'est lui qui était responsable de la mise en place du dispositif d'ordre, ce jour-là.

— Merci. Vous pouvez disposer.

Scholtz et Eismann se dirigèrent vers la porte. Comme Stierlitz leur emboîtait le pas, Müller l'arrêta.

— Stierlitz, je vous retiendrai encore une minute.

Les deux hommes partis, Müller alluma une cigarette, vint se jucher sur le coin de son bureau – une habitude que chaque collaborateur de la Gestapo avait fait sienne.

— Bref, les petits détails collent et moi je crois aux petits détails. Une dernière question, maintenant : où est le pasteur Schlag, mon cher Stierlitz ?

Celui-ci ne put que jouer la stupéfaction. Se tournant d'un bloc, il s'exclama :

— Mais c'est par là qu'il fallait commencer !

— Je sais mieux que vous par où je dois commencer, Standartenführer ! Je conçois que vos nerfs aient été mis à rude épreuve aujourd'hui, mais cela ne vous dispense pas de faire preuve de tact envers vos supérieurs…

— Herr Gruppenführer, je me permettrai de vous parler franchement.

— Vous vous permettrez ! Et moi, aurai-je mon mot à dire ?

— Herr Gruppenführer, je sais très bien que les conversations téléphoniques de Bormann viennent sur le bureau du Reichsführer après avoir été visées par Schellenberg. Je sais aussi que vous ne pouvez pas ne pas obtempérer aux ordres du Reichsführer, même s'ils sont inspirés par votre ami qui est mon chef. Je veux donc croire que la Gestapo a arrêté le chauffeur de Bormann sur un ordre direct d'en haut. Bref, je suis persuadé que c'est sur un ordre exprès que vous avez fait arrêter cet homme.

Müller posa sur Stierlitz un regard las. Celui-ci put réaliser à quel point il avait touché juste : le chef de la Gestapo s'attendait à tout sauf à ce coup-là.

— Pourquoi pensez-vous…, commença-t-il.

Mais Stierlitz l'interrompit.

— Gruppenführer, je comprends que la consigne vous a été donnée de me compromettre à n'importe quel prix, sans doute afin de m'empêcher de continuer à voir le Parteigenosse Bormann. Je ne suis pas dupe de la façon dont vous avez bâti l'emploi du temps de votre journée. Vous aviez pour vous tout l'arsenal dont vous usez d'habitude, moins l'inspiration, parce que vous savez qui a intérêt et qui n'a pas intérêt à mettre fin à mes rencontres avec Bormann. Je ne pense pas qu'il soit de votre intérêt de m'éliminer.

— Où devez-vous le voir ?

— Près du musée d'Histoire naturelle.

— Qui sera au volant ? Le second chauffeur ?

— Non, nous savons qu'il travaille pour Schellenberg par le truchement de la Gestapo.

— Qui ça, « nous » ?

— Nous, les patriotes allemands, les fidèles du Führer.

— Vous irez au rendez-vous dans ma voiture, dit Müller. Ceci pour votre propre sécurité.

— Je vous remercie.

— Vous prendrez dans votre serviette un dictaphone et vous enregistrerez toute la conversation. Et convenez avec Bormann du sort du chauffeur. Vous avez vu juste : on m'a obligé à l'arrêter et à lui appliquer la procédure numéro 3. Vous retournerez ensuite ici et nous écouterons l'enregistrement ensemble. L'auto vous attendra au même endroit, près du musée.

— Ce n'est pas prudent, répliqua Stierlitz qui évaluait la nouvelle situation. J'habite dans les bois, ce sera mieux là-bas. Voici ma clef. La dernière fois, Bormann m'a déposé à mon domicile. Si le chauffeur avait avoué cela, j'espère que vous ne m'auriez pas cuisiné tout ce temps !

— Au contraire, j'aurais peut-être dû exécuter l'ordre, rétorqua Müller, et vos angoisses auraient cessé du même coup.

— Si cela s'était passé ainsi, Gruppenführer, vous seriez resté seul en face de nombreux ennemis, ici même, dans cet édifice. Et je ne suis pas sûr que vous auriez eu le dernier mot.

Sur le point de partir, Stierlitz demanda :

— À propos, Gruppenführer, dans l'opération que j'ai conçue, la Russe m'est indispensable. Pourquoi ne l'avez-vous pas amenée ? Et tant qu'à faire, à quoi rime ce numéro gratuit avec le chiffre de Berne ?

— Mon cher Stierlitz, tout n'est pas aussi gratuit que vous le pensez. Nous en reparlerons chez vous, à votre retour, si vous le désirez.

— Heil Hitler ! salua Stierlitz.

— Bon, bon, ça va, grommela l'autre, j'en ai déjà par-dessus la tête…

Ce fut comme si Stierlitz avait été stoppé par une main invisible.

— Je ne vous comprends pas, dit-il en s'arrêtant devant la porte massive dont il tournait déjà la poignée.

— Si, si, Stierlitz, vous comprenez très bien. Le

Führer n'est plus capable de prendre une décision. Il ne faut pas confondre les intérêts de l'Allemagne avec la personne d'Adolf Hitler.

— Gruppenführer ! Savez-vous bien ce que vous dites ?

— Mais oui ! Je pèse parfaitement mes mots. Il n'y a pas de micro, ici, et s'il vous vient à l'idée de rapporter mes paroles, personne ne vous croira. Vous ne l'oseriez pas, du reste. Mais pour vous-même, à moins que vous ne meniez un jeu encore plus subtil que celui dans lequel vous semblez vouloir m'embarquer, dites-vous bien que Hitler a conduit l'Allemagne à la catastrophe. Personnellement, je ne vois pas d'issue à la situation actuelle. Vous saisissez ? Je n'en vois pas ! Mais asseyez-vous, asseyez-vous, mon cher Stierlitz. Vous avez encore le temps... Que croyez-vous, que Bormann a un plan de sauvetage ? Un plan différent de celui du Reichsführer ?... Les hommes que Himmler a disposés à l'étranger sont grillés. Ses agents, il leur demandait de faire le boulot, il ne les ménageait pas. Par contre, pas un homme des institutions « germano-américaines », « germano-britanniques », « germano-brésiliennes » de Bormann n'a été arrêté, jusqu'à présent. Himmler ne pourrait plus se faire « oublier » dans ce monde. Bormann le peut. C'est à cela que je vous convie de réfléchir. Et expliquez-lui bien – voyez seulement comment le faire de la façon la plus adroite – qu'il ne pourra pas se passer des vrais professionnels quand le château s'écroulera. La plupart des dépôts bancaires effectués par les hommes de la SS et de Himmler à l'étranger sont connus des Alliés. Bormann, lui, en a cent fois plus et personne ne les connaît. En l'aidant maintenant, ménagez-vous des garanties pour l'avenir, Stierlitz. L'or de Himmler, ce sont des broutilles. Hitler savait parfaitement que cet or servait à financer des objectifs immédiats, tactiques. Tandis que l'or du parti, l'or de Bormann, il n'est pas destiné aux agents pouilleux ou aux chauffeurs ministériels « retournés ». Il est destiné à ceux qui comprendront avec le temps que le chemin de la paix passe forcément par le national-socialisme. L'or du parti, c'est un pont jeté vers le futur, c'est notre message à nos enfants, à ceux qui ont maintenant un mois, un an, trois ans... Dix ans c'est déjà trop, ils ne nous pardonneront pas la disette et les bombardements. Mais ceux dont la tête est encore vide, ceux-là parleront de nous comme d'une légende, une légende qu'il faut alimenter, pour laquelle il faut former des conteurs capables de transposer nos idées d'un monde nouveau, à l'usage de la génération qui atteindra l'âge adulte dans vingt ans. Dès que vous entendrez dire *heil* au lieu de *bonjour*, vous saurez qu'on vous attend et c'est à partir de ce jour-là que commencera notre grande résurrection ! Quel âge aurez-vous en 1965 ? Dans les soixante-dix ans ? Vous avez de la chance : vous vivrez jusque-là. Et soixante-dix ans, c'est l'âge d'or des politiciens. Moi, si je suis encore de ce monde, j'aurai dans les quatre-vingt... Voilà pourquoi je pense essentiellement à la décennie qui vient, et si vous voulez faire votre tambouille sans avoir à me craindre mais, au contraire, en comptant sur mon aide, mettez-vous bien ceci dans le crâne : Gestapo Müller est un vieil homme fatigué. Ce qu'il désire désormais, c'est finir tranquillement ses jours dans une petite ferme où il y aura une piscine bleue. Pour cela il veut bien consentir un dernier effort... Et encore – mais ceci n'est pas pour les oreilles de Bormann –, pour s'installer dans ce petit ranch quelque part sous les tropiques, il ne faut pas se précipiter. Bien des laquais du Führer auront levé le camp d'ici peu. Ils se feront prendre ; c'est quand les canons russes tireront sur Berlin, quand on se battra pour chaque immeuble, c'est à ce moment-là qu'il faudra prendre congé, discrètement. Et emporter avec soi le secret de l'or du parti, que Bormann, présentement, est seul à détenir avec Hitler. Et quand Hitler aura rejoint le néant… Ce jour-là il faudra être indispensable à Bormann, car Bormann sera devenu le comte de Monte-Cristo du XXe siècle. Vous voyez donc, mon cher Stierlitz, que c'est une guerre de position qui se livre en ce moment, mais les mobiles qui conduisent les belligérants sont les mêmes… Des mobiles simples et nobles… Et maintenant, allez. Scholtz vous apportera le dictaphone dans la voiture… Alors, qu'attendez-vous ? Je ne vous croirai pas si vous me dites que vous êtes convaincu que Hitler vaincra. Non, non, ne dites rien. Il suffit que vous réfléchissiez à ce que je viens de vous confier, tout à l'heure, en roulant… Et puis, j'espère que vous apprécierez la façon dont je vous ai conquis : en cinq minutes et sans truquer. Schellenberg, nous en parlerons ce soir à tête reposée. Mais vous devez dire à Bormann que sans mon intervention personnelle, vous ne ferez rien de bon en Suisse.

— Dans ce cas, répliqua gravement Stierlitz, l'homme dont il aura besoin, c'est vous. Moi, je serai en trop…

— Mon ami, Bormann comprend très bien que sans vous je ne puis rien. Je n'ai pas tant de gens à moi au département de votre patron…

*

L'espace de quelques minutes

Quand elle entendit le bruit de la fusillade, Käthe sut immédiatement que quelque chose d'irrémédiable venait de se produire. Hasardant un coup d'œil au-dehors, elle vit les deux voitures noires et Helmut qui se tordait convulsivement sur le trottoir. Elle se précipita au fond du refuge où son fils, posé sur la caisse, s'était mis à gigoter dangereusement. La petite, qu'elle serrait toujours dans les bras, était plus calme : elle suçotait en dormant. Käthe l'installa également sur la caisse. Ses mouvements s'étaient faits fébriles, ses mains tremblaient et elle se dit à elle-même : « Allons, silence ! », quoique ses lèvres n'eussent pas émis le moindre son.

Elle avançait maintenant dans le noir le plus total, les mains tendues en avant, tantôt trébuchant sur une brique, tantôt accrochant une poutre. C'est ainsi qu'ils jouaient à la guerre quand ils étaient gosses. Elle avait le rôle d'infirmière et Erwin Bertsis, un garçon du bâtiment 6, était tombé amoureux d'elle. Il avait le titre de commandant des Rouges et il l'avait prise comme infirmière, puis nommée médecin militaire de base. Ils avaient pour quartier général la cave d'un immeuble du boulevard Spassonalivkovski. Un jour, dans la cave qui était un vaste labyrinthe, la lumière s'éteignit. Leur chef du quartier général, un certain Igor, s'était mis à pleurer de terreur. Erwin l'avait pris dans son groupe parce que c'était un excellent élève. « Pour qu'on ne nous traite pas d'anarchistes, s'était-il justifié, il nous faut au moins un premier de la classe. Et puis, quel rôle peut bien jouer dans notre guerre un chef de quartier général ? Aucun. Il restera dans la cave et rédigera mes ordres. Les quartiers généraux étaient importants chez les Blancs ; chez nous, les Rouges, seul compte le commissaire. » Quand Igor s'était mis à chialer, le silence s'était fait dans la cave et Katia avait senti qu'Erwin était tout désarçonné. Il respirait lourdement et ne disait mot. Les pleurs d'Igor se faisant plus plaintifs, un autre camarade s'était mis lui aussi à pleurnicher. « Allons, silence ! avait alors crié Erwin. Je vais vous faire sortir ! Restez à vos places et ne bougez pas ! » Il était revenu au bout de dix minutes, quand on eut remis la lumière. Il était couvert de poussière et avait le nez tuméfié. « On va éteindre la lumière, avait-il dit. Il faut apprendre à sortir dans le noir pour plus tard, quand ce sera la vraie guerre ». « Quand ce sera la vraie guerre, avait objecté Igor, on se battra dehors, pas dans des caves. » « Toi, ferme-la, tu es viré, avait répliqué Erwin. À la guerre, pleurer, c'est trahir ! Compris ? » Il avait retiré la petite ampoule et les avait tous fait sortir. C'est alors qu'elle l'avait embrassé pour la première fois.

« Il nous avait conduits le long du mur, songeait-elle, ses mains ne quittaient pas le mur. Lui avait des allumettes. Mais non ! Comment en aurait-il eu ? Il n'avait que neuf ans. »

Käthe regarda autour d'elle : elle ne voyait plus la caisse où se trouvaient les petits. À l'idée de se perdre, elle fut prise de panique. Son fils ne tarderait pas à chouiner à cause des langes mouillés et il réveillerait la petite. On allait les entendre dans la rue. Consciente de son impuissance, elle éclata en sanglots et entreprit de revenir à tâtons sur ses pas, tâchant de coller au mur. Dans sa hâte désordonnée, elle accrocha du pied une conduite et perdit l'équilibre. Il y eut une myriade de feux verts dans son crâne, suivis d'une douleur violente. Käthe s'évanouit.

*

Combien de temps était-elle restée étendue au sol, une minute ou une heure ? Ouvrant les yeux, Käthe entendit un bruit étrange. L'objet métallique, anguleux et froid, que sa tête avait heurté, rendait un bruit qui lui rappela le bouillonnement d'un torrent. Elle avait déjà eu l'occasion d'entendre rouler les eaux cristallines d'un torrent dans un vallon. Elle pensa que c'était l'effet du choc. Quand elle releva la tête, le bruit cessa. Plus exactement, il s'atténua. Elle voulut se relever et comprit soudain qu'elle s'était cogné la tête contre une plaque d'égout. Elle vérifia de la main. Oui, c'était bien ça. Erwin parlait du puissant système de canalisations qui parcourait les sous-sols de Berlin. Käthe essaya de soulever la plaque, mais sans succès. Fourrageant à l'aveuglette autour d'elle, elle finit par poser la main sur un bout de fer rouillé dont elle se servit comme d'un levier. Le bruit sourd amorti par la plaque monta des bas-fonds.

*

Elle se souvint. Ils gravissaient le vallon, leurs deux amis, Erwin et elle. Ils chantonnaient en marchant le refrain du moment : « Loin au-delà des mers, mon pays bien-aimé[1]… » À l'entrée du vallon, il faisait très chaud et l'odeur des résineux prenait à la gorge. La forêt de conifères s'étendait alentour. La pente raide, le chemin pierreux eut tôt fait de les assoiffer, mais il n'y avait point d'eau. Ils en étaient très surpris : le vallon débouchant sur le névé de Krasno-Poliana[2] aurait dû abriter

1. Chanson populaire en URSS en 1939.
2. Région de Sotchi, dans le Caucase.

quelques ruisseaux. Mais non, seul le vent balançait le faîte des pins. Bientôt, les pierres blanches desséchées par le soleil s'assombrirent et ils aperçurent enfin un ruisseau courant dans les pierres. Un bruit lointain leur parvint puis, comme ils suivaient le cours d'eau, un grondement envahit tout. Ils atteignirent la neige et une fois sur le névé, le silence revint, le torrent était maintenant au-dessous d'eux. Ils grimpèrent encore et encore, enveloppés dans le silence de la neige.

*

Le détective aux cheveux blancs alluma sa lampe ; un faisceau de lumière troua les ténèbres de la cave.

— Dites, les deux SS qui gardaient la Russe, ils ont été descendus avec la même arme ? demanda-t-il à l'un des hommes qui l'accompagnaient.

— J'ai appelé le labo, on n'a pas encore les résultats, répondit une voix.

— Et on prétend que la Gestapo est rapide. Tu m'en diras tant ! Tenez, regardez donc ici, je vois mal : n'est-ce pas une trace de pas ?

— Difficile à dire, si c'était l'été.

— Si c'était l'été, si on avait un chien policier, si on possédait un vêtement quelconque de la bonne femme qui a filé au nez des SS, si on avait suivi la piste aussitôt… Et ça, ce mégot ?

— Un vieux truc. On voit bien qu'il est tout durci.

— Regardez-y donc de plus près. Dans notre boulot, il ne faut rien laisser échapper… Dieu merci, Günter vivait seul. Je vous vois d'ici aller dire à ma femme qu'on m'a transporté raide mort à la morgue.

Un homme, qui vérifiait si la cave n'avait pas d'autre issue, rejoignit le groupe.

— Eh bien ? demanda le vieux.
— Il y avait deux sorties, mais elles sont obstruées.
— Avec quoi ?
— Des gravats de briques.
— Beaucoup de poussière ?
— Non, comme ici.
— Pas de traces, par conséquent ?
— Que voulez-vous qu'il y ait sur des débris ?
— Retournons voir, à tout hasard.

Le groupe revint sur ses pas, échangeant des propos à mi-voix, les faisceaux des torches et des lampes fouillant les renfoncements obscurs, les amoncellements de briques et de poutres. Le vieux s'arrêta.

— Une seconde, dit-il, j'en grille une.

Il s'arrêta sur la plaque d'égout.

*

Käthe était là. Elle entendait les voix des policiers sans distinguer les mots, parce que le rugissement de l'égout couvrait tout. Un bébé dans chaque bras, elle s'était accrochée à deux étriers. À tout instant son précaire équilibre pouvait se rompre. En bas, tout au fond, grondait une eau nauséabonde. S'ils soulevaient la plaque, elle se laisserait tomber dans le cloaque. Ce serait mieux ainsi. Pour tout le monde… Son fils se remit à pleurer. Ce n'était qu'un vagissement ténu, mais il sembla à Käthe qu'il remplissait toute la cave. Impossible de le bercer, son équilibre ne tenait qu'à un fil… Elle entonna une berceuse. Mais le petit, sans ouvrir ses paupières gonflées criait de plus en plus fort.

Maintenant ses jambes s'engourdissaient. La fillette se réveilla et se mit aussi à pleurer. Et voilà qu'ils pleuraient en chœur. Mais Käthe avait compris : là-haut, on n'entendait rien ; elle-même n'avait perçu le grondement de l'égout que lorsque sa tête avait heurté la plaque métallique. Le danger semblait écarté, mais une peur tenace, animale, l'obligeait à garder encore sa cachette un bref instant.

« Combien de temps a-t-il pu s'écouler, supputait-elle. Une heure ? Plus ? Moins ? Allons, c'est décidé. Je soulève la plaque. S'ils sont embusqués, je me laisse tomber dans le vide... »

Elle poussa avec la tête le disque de fonte, une fois, deux fois. La plaque ne bougea pas. « C'est parce qu'ils ont marché dessus, réalisa-t-elle. Elle s'est coincée. Mais ça ne fait rien, je finirai bien par la débloquer, j'ai tout mon temps. Oui, oui, je l'ouvrirai... » Elle voulut donner un peu de répit à son bras gauche, mais sans résultat : il ne lui obéissait plus.

« Ce n'est rien, se dit-elle, j'aurai un fourmillement à la main et dans un instant la circulation va revenir. Je tiendrai les enfants à droite... Ils ne sont pas lourds... Pourvu que la petite ne remue pas trop. Elle est plus grande. Et aussi plus lourde... »

Käthe se mit à plier et déplier doucement ses doigts.

Elle se souvint de leur voisin, à la datcha. Un grand vieillard maigre, avec des yeux bleus singulièrement brillants. Il s'avançait jusqu'à leur véranda et, l'air dédaigneux, les regardait manger les tartines de pain beurré. « Il est insensé de manger du saucisson, c'est du poison ! Le fromage aussi ! Des déchets organiques, très nocifs ! Et le pain ? Du mastic ! Il faut manger de la viande cuite dans du calendula ! Des poivrons ! Du chou ! Du navet ! Comme ça vous deviendrez centenaires ! Moi je peux vivre un million d'années ! Je sais que vous me prenez pour un charlatan ! Mais non, simplement je me permets de penser avec plus d'audace que tous nos toubibs obscurantistes ! Les maladies, ça n'existe pas ! Ridicule de soigner les ulcères ou la tuberculose ! C'est la cellule qu'il faut traiter ! Le point de départ de la jeunesse éternelle, c'est la diète, le souffle et la psychothérapie ! Si vous nourrissez avec intelligence votre cellule qui est le fondement ultime du vivant, si vous lui apportez l'oxygène qu'il lui faut et l'entretenez avec un bon exercice, vous en faites votre alliée lors des dialogues que vous avez avec elle et les millions d'autres cellules qui déterminent votre substrat. Comprenez bien que chacun de nous n'est pas cet être faible, vivant à la merci des circonstances, mais le maître du royaume le plus raisonnable de tous ceux qui existent sous le soleil ! De la constellation ! Du système galactique ! Comprenez enfin qui vous êtes ! Ouvrez les yeux sur vous-même. Apprenez à vous respecter et n'ayez peur de rien. Les terreurs de ce monde sont éphémères et ridicules dès que l'on a compris que la vocation de l'homme, c'est d'être un homme ! »

Käthe voulut dégourdir ses doigts. Mais les enfants hurlaient de plus en plus fort et elle comprit qu'elle n'aurait plus le temps de dialoguer avec l'armée de ses cellules. Elle leva le bras gauche toujours ankylosé et de ses doigts gourds se mit à gratter la plaque au-dessus d'elle. Celle-ci se souleva de quelques centimètres. Elle donna une poussée de la tête et le lourd couvercle bascula. Sans prendre la peine de vérifier si la cave était vide, Käthe émergea à mi-corps, déposa les enfants à même le sol, se hissa enfin elle-même et vint s'affaler, à bout de force, à côté des petits, sans plus rien comprendre.

*

— Les personnes qui m'ont généreusement promis leur assistance m'ont dit qu'il vous était possible de me mettre en contact avec ceux dont dépend le destin de millions d'Allemands. Si nous réussissons à gagner un jour, quelques heures de paix, il nous sera beaucoup pardonné.

— Je voudrais d'abord vous poser quelques questions.

— Je vous en prie. Je suis prêt à répondre à tout ce que vous me demanderez.

L'interlocuteur du pasteur était un Italien long et sec, d'un âge fort avancé sans doute, mais affichant une allure ostensiblement jeune.

— Non, pas à toutes. Je ne vous croirais plus si vous acceptiez de répondre à toutes mes questions. Monsieur, je ne suis pas diplomate. Je suis venu sur la demande...

— Oui, oui, je sais. On m'a parlé de vous... Première question : qui représentez-vous ?

— Pardon, mais j'aimerais savoir d'abord qui vous êtes vous-même. Je vais vous entretenir de gens qui sont restés là-bas, chez Hitler. Des gens qui sont en danger de mort, eux et leurs proches. Vous, rien ne vous menace, vous êtes ici en pays neutre.

— Parce que vous croyez que les agents de la Gestapo n'interviennent pas en territoire neutre ? Bah, c'est un détail sans rapport avec notre conversation, je ne suis pas Américain. Ni Britannique...

— Je l'ai compris à votre anglais. Italien, sans doute ?

— Oui, de naissance. Mais je suis un citoyen des États-Unis et c'est pourquoi vous pouvez me parler en toute franchise, pour peu que vous fassiez confiance aux personnes qui ont contribué à notre rencontre.

Le pasteur Schlag se souvint des recommandations de Brüning.

— Mes amis allemands estiment – et je partage entièrement leur point de vue – que la capitulation immédiate de toutes les armées allemandes et la liquidation de toutes les unités SS peuvent sauver des millions de vies. Mes amis voudraient savoir qui seront les représentants des Alliés avec lesquels nous devons entrer en contact.

— Vous envisagez une capitulation simultanée de toutes les armées du Reich : à l'ouest, à l'est, au sud et au nord ?

— Vous auriez une autre solution à proposer ?

— Notre conversation prend un curieux tour, révérend. Enfin, voyons, ce sont les Allemands qui demandent des pourparlers, n'est-ce-pas ? Les Allemands, oui ? C'est donc à eux de formuler leurs positions, n'est-ce pas ? Pour que mes amis puissent avoir avec vous un entretien positif, il nous faut un minimum de renseignements. Comme nous l'enseignent les anciens : Qui ? Quand ? Combien ? Par quels moyens ? Pourquoi ? Si nous n'avons pas de réponse à ces questions, rien ne nous interdit de penser que vous êtes envoyé par la Gestapo, un franc-tireur ne représentant personne, un naïf dont quelqu'un se sert pour brouiller les cartes, que sais-je encore… ?

— Je ne suis pas un homme politique, admit Schlag. Peut-être avez-vous raison… Je vous demande cependant de croire à ma sincérité. Je ne connais pas tous les membres du groupe qui m'a envoyé ici, mais je sais que l'homme qui les représente est suffisamment influent.

— C'est jouer à colin-maillard ! En politique, pasteur, tout doit être clair dès le départ. Les politiciens négocient, et c'est parce qu'ils n'ont pas de secrets entre eux qu'ils le peuvent. Les politiciens pèsent le pour et le contre. S'ils représentent un État totalitaire, quand ils le font mal, on les destitue. Et s'ils représentent une démocratie parlementaire, on les remercie aux élections suivantes. Je vous recommande de dire à vos amis que nous ne pouvons accepter de traiter avec eux aussi longtemps que nous ne savons pas qui ils représentent, quel est leur programme – idéologique en premier lieu – et ce qu'ils comptent faire en Allemagne avec notre aide.

— Le programme idéologique est net : il se fonde sur l'antinazisme.

— Et comment vos amis conçoivent-ils la future Allemagne ? Quelle sera son orientation ? Quels mots d'ordre proposez-vous aux Allemands ? Si vous ne pouvez pas répondre pour vos amis, j'aimerais au moins entendre votre opinion.

— Ni moi ni mes amis n'avons envie de voir l'avenir de l'Allemagne peint avec le rouge du bolchévisme. D'un autre côté, il me paraît non moins monstrueux d'envisager de conserver – même sous une forme aménagée – l'un des appareils de répression du peuple allemand actuellement à l'œuvre en Allemagne.

— Il s'ensuit une autre question : qui pourra maintenir l'ordre au sein de la société allemande si Hitler s'en va ? Les gens d'Église ? Les hommes qui se trouvent aujourd'hui dans les camps de concentration ? Ou bien les chefs de la police actuelle qui auraient décidé de rompre avec l'hitlérisme ?

— Les forces de police allemandes sont subordonnées au Reichsführer Himmler…

— Je l'ai entendu dire, sourit l'interlocuteur de Schlag.

— Mais alors… quoi, il serait question de conserver

les SS, capables, selon vous, d'empêcher l'anarchie, de maintenir l'ordre public ?

— Qui donc a fait cette suggestion, révérend ? Pour autant que je sache, la question n'a encore été discutée nulle part, répondit l'Italien en posant, pour la première fois, sur le pasteur un regard attentif et grave.

Schlag prit peur. Il venait de lâcher le morceau. Ce finaud d'Italien allait se saisir de lui et lui extorquer tout ce qu'il savait des conversations des Américains avec les SS. Le pasteur ne savait pas mentir : son visage finissait toujours par le trahir.

Cependant, une fois rentré chez lui, l'Italien, membre de l'équipe Dulles, prit un long temps de réflexion avant de commencer son rapport. « On a affaire soit à un zéro absolu, supputait-il, ne représentant rien ni personne en Allemagne, soit à un agent de premier ordre. Il ne sait pas négocier, mais il ne m'a rien dit. Ses derniers mots indiquent toutefois que son groupe sait quelque chose de nos entretiens avec Wolff… »

*

LE 13 MARS 1945 (20 H 24)

Käthe n'avait pas de quoi acheter un ticket de métro. Il lui fallait pourtant trouver d'urgence un refuge où il y aurait un poêle, pour changer les deux bébés. Depuis le temps qu'ils étaient dans le froid, c'était une question de vie ou de mort. Si c'est pour mourir, il valait mieux en finir ce matin. Ou bien dans l'égout…

La fatigue avait affaibli son instinct du danger : elle abandonna la cave, et sans autre forme de précaution, se dirigea vers l'arrêt d'autobus. Elle ne savait pas où elle irait, ni comment elle règlerait le trajet, ni où elle coucherait les petits. Au receveur, elle dit qu'elle n'avait plus rien sur elle, que tout était resté sous les décombres. L'homme bougonna quelque chose dans sa moustache et lui conseilla de se présenter au centre d'hébergement des sinistrés. Käthe s'installa près d'une vitre. Très vite, la chaleur relative qui régnait dans le véhicule fit son effet. Une invincible torpeur l'envahit. « Non, se défendit-elle faiblement. Je ne dormirai pas… Je n'ai pas le droit ! » Et elle sombra dans le sommeil. Un peu plus tard elle sentit que quelqu'un la secouait par l'épaule, mais le sommeil était plus fort, le braillement des bébés semblait venir d'une région lointaine.

— Madame, madame !

Maintenant on la secouait si fort que sa joue effleura la vitre froide. Käthe ouvrit les yeux.

Dans l'autobus sombre, il n'y avait plus que le receveur et un agent de police.

— Qu'y a-t-il ? demanda-t-elle à mi-voix, en serrant plus fort les enfants.

— Une alerte, répondit le receveur. Suivez-nous vite.

— Où voulez-vous aller ?

— Dans l'abri, dit l'agent. Donnez-nous les petits, nous allons vous aider.

— Non ! s'écria Käthe, dans un réflexe de terreur. Ils resteront avec moi !

Le receveur haussa les épaules, mais n'insista pas. Le policier la soutint par le bras jusqu'à l'abri. Il y faisait chaud et sombre. Deux garçonnets se levèrent aussitôt pour lui céder la place. Tant bien que mal, Käthe installa les deux petits près d'elle et s'adressa à la militante des Jeunesses hitlériennes qui gardait le refuge.

— Mademoiselle, je n'ai plus de maison, je n'ai plus rien, pas même des langes. Aidez-moi, s'il vous plaît.

Je ne sais plus quoi faire… Ma voisine a été tuée et j'ai pris sa petite. Je n'ai plus rien.

La jeune fille hocha la tête et revint bientôt avec des couches.

— En voici quatre pour vous permettre de parer au plus pressé. Demain matin, vous n'aurez qu'à vous adresser au premier bureau de secours aux sinistrés. Il suffit d'avoir un certificat du commissariat et votre carte d'identité.

— Je vous suis infiniment reconnaissante, fit Käthe en se mettant à changer les bébés. Dites-moi encore si je pourrais trouver ici un peu d'eau et un poêle. Je pourrais ainsi laver les langes sales, ce serait déjà ça pour demain.

— Il y a de l'eau froide et on vous donnera, je crois, du savon. Venez me voir ensuite, je vais faire ce qu'il faut.

Bientôt les enfants propres, nourris et calmés s'endormirent. Käthe s'adossa au mur et décida de dormir elle aussi une petite demi-heure. « Pour l'instant, je suis incapable de réfléchir, se dit-elle. J'ai de la fièvre, j'ai sûrement pris froid dans l'égout. Non, les petits vont bien parce qu'ils étaient au chaud dans leurs couvertures. Je dors un peu et puis je réfléchirai à la suite. »

À peine endormie, elle fut à nouveau assaillie par des images, une suite décousue avec un télescopage de couleurs, bleu, blanc, rouge et noir, qui fatiguait ses yeux. « Ce doivent être les muscles oculaires qui travaillent sous les paupières, comprit-elle soudain. Et depuis l'école, je sais que ça se remarque. » Terrifiée, elle se leva brusquement. Autour d'elle, tout le monde sommeillait : au loin, les bombes tombaient, l'aboiement sourd des canons antichars et le sifflement des bombes leur parvenaient comme ouatés.

« Je dois aller chez Stierlitz, se dit-elle, tout étonnée de pouvoir à nouveau réfléchir tranquillement, avec logique et clarté. Non. » Quelque chose en elle protestait. « Il ne faut pas ! Ils t'ont questionnée sur lui. Tu signes ton arrêt de mort et le sien. »

Elle s'endormit de nouveau. Pour une demi-heure. Lorsqu'elle ouvrit les yeux, elle se sentait mieux. Soudain, alors qu'elle avait oublié qu'elle avait pensé à Stierlitz, son numéro lui revint : le 42-75-41.

— Dites, demanda Käthe à l'adolescent assoupi à côté d'elle en le poussant du coude, savez-vous s'il y a un téléphone dans les parages ?

— Quoi ? demanda le garçon qui, de frayeur, bondit sur ses pieds.

— Chut ! le rassura Käthe. Je vous demandais s'il y avait un téléphone pas loin.

Visiblement, la militante des Jeunesses hitlériennes les avait entendus.

— Je peux vous aider ?

— Non, je vous remercie, tout va bien, répondit Käthe.

Au même moment, la sirène sonnait la fin de l'alerte.

— Elle demandait où trouver un téléphone, intervint le garçon.

— À la station de métro, expliqua la jeune femme, tout près, au coin de la rue. Vous voulez essayer de joindre des amis ou des parents ?

— Oui.

— Je m'occuperai des enfants pendant que vous irez téléphoner.

— Mais je n'ai même pas les vingt pfennigs nécessaires…

— Ce n'est pas une affaire ! Tenez !

— Merci. Ce n'est pas loin ?

— À deux minutes d'ici.

— S'ils se mettent à pleurer…

— Je les prendrai dans les bras, dit-elle en souriant, ne vous inquiétez pas !

Käthe sortit. Le métro n'était pas loin. Les flaques d'eau qui constellaient le trottoir près du téléphone public commençaient à geler sous l'œil bleu d'une lune brillante et ronde.

— Les téléphones ne fonctionnent plus, lui dit un agent. Le souffle de la bombe a fait sauter la ligne.

— Mais où pourrais-je donc téléphoner ?

— À la station voisine, si cela presse vraiment. Suivez-moi.

L'agent fit descendre Käthe dans le hall vide, ouvrit le local de la police, tourna le commutateur.

— Téléphonez, dit-il en indiquant du geste l'appareil sur la table, mais faites vite.

Käthe contourna la table, s'assit dans le haut fauteuil et composa le 42-75-41. Le numéro de Stierlitz. Comme elle écoutait la sonnerie, elle ne remarqua pas tout de suite la grande photo posée sous le verre, à côté de la liste dactylographiée des numéros de téléphone. Le policier était là, derrière elle, grillant une cigarette. Cette photo c'était la sienne.

*

Illogisme de la logique

Stierlitz ne voyait plus que le cou de Müller. Un cou fort, tondu à ras, qui faisait un avec la nuque. Stierlitz voyait les deux plis transversaux qui semblaient marquer la frontière entre la boîte crânienne et le reste du corps, lui aussi robuste, puissant, soigné et donc formidablement semblable à tous les corps et à tous les crânes dont il était entouré depuis son arrivée en Allemagne. Il lui arrivait d'être las de la haine qu'il éprouvait pour les hommes avec lesquels il devait travailler depuis douze ans. Au début, il s'agissait d'une haine consciente et franche : un ennemi est un ennemi. Ensuite, plus il se coulait dans le travail quotidien de l'appareil du SD, plus il lui était donné de voir fonctionner réellement le mécanisme de l'intérieur, depuis le saint des saints de la dictature fasciste. De sorte que la vision de l'hitlérisme comme force unie, tournée vers son objectif, qu'il avait eue de prime abord lui devint peu à peu complètement incompréhensible tant les chefs se comportaient de façon illogique et criminelle envers leur peuple. Les gens de Schellenberg et de Canaris n'étaient pas les seuls à partager ces critiques, il arrivait même que des agents de la Gestapo, des collaborateurs de Goebbels et des fonctionnaires de la chancellerie du Reich se risquent à le faire. Fallait-il soulever le monde contre soi avec l'arrestation massive des prêtres ? Les humiliations infligées aux communistes dans les camps étaient-elles nécessaires ? Le martyre massif des Juifs avait-il un sens ? Le traitement barbare des prisonniers de guerre, russes en particulier, était-il justifié ? Autant de questions que les agents de base n'étaient pas seuls à se poser : elles hantaient aussi des chefs comme Schellenberg, et Müller tout à la fin. Ils avaient beau se questionner entre eux et comprendre le caractère funeste de la politique de Hitler, ils continuaient à la servir avec zèle et efficacité, certains même en déployant une virtuosité et une créativité admirables. Ils donnaient corps aux idées du Führer et de ses proches, les transformaient en actes ostensibles soumis au jugement du monde entier.

Ce n'est qu'une fois convaincu que c'étaient souvent les mêmes gens, critiques envers les postulats du régime et responsables de la politique du Reich, que Stierlitz comprit à quel point sa haine avait changé de nature : elle s'était muée en fureur, parfois aveugle. Derrière sa colère, il y avait l'amour pour le peuple, pour les Allemands parmi lesquels il vivait depuis douze longues années. « Les cartes d'alimentation ? La faute au Kremlin, à Churchill et aux Juifs. La retraite devant Moscou ? La faute à l'hiver russe. La défaite de Stalingrad ? La faute aux généraux traîtres. La destruction de Essen, Hambourg et Kiel ? Le bandit Roosevelt aux ordres de la ploutocratie américaine. » Les gens croyaient à ces réponses mitonnées par des hommes qui n'en croyaient pas un mot. Le cynisme se trouvait érigé en norme de la vie politique et le mensonge devenait l'attribut du quotidien. Un nouveau concept, inconnu jusque-là, est apparu lorsque les gens connaissant la vérité se disaient droit dans les yeux des contrevérités en sachant pertinemment que l'interlocuteur interprétait ce mensonge indispensable à l'aune de ce qu'il savait. Dès ce moment, Stierlitz se prit à détester l'impitoyable proverbe français selon lequel « chaque peuple a le gouvernement qu'il mérite ». Il y voyait du nationalisme à l'envers, une justification de l'esclavage et des crimes. De quoi le peuple affamé par Versailles et réduit au désespoir était-il coupable ? La faim engendre ses « tribuns », Hitler et ses acolytes.

Pendant un temps, Stierlitz eut peur de sa propre haine pour ses « collègues ». Il y avait parmi eux nombre d'observateurs intelligents qui savaient regarder la réalité en face et réfléchir en silence.

Il remerciait le bon Dieu d'avoir invoqué à temps une maladie des yeux qui l'obligeait à porter constamment des lunettes fumées ; au début, elles lui meurtrissaient les tempes et lui fendaient le crâne : en fait, il avait une excellente vue.

« Staline a raison, songeait-il, les hitlériens vont et viennent, alors que les Allemands restent. Mais qu'arrivera-t-il quand Hitler sera parti ? Est-il interdit de faire confiance aux tanks – soviétiques et américains – pour empêcher le nazisme de revenir en Allemagne ? D'attendre que la génération de mes "camarades" – conscrits et collègues – ait disparu ? D'ici là, elle aura eu le temps d'infester la jeunesse et ses propres enfants avec les germes du mensonge accepté et de leur fourrer la terreur dans le cœur et dans le crâne. Faut-il se débarrasser de cette génération ? Le sang engendre le sang. Il faut donner des garanties aux Allemands. Ils doivent apprendre à faire bon usage de la liberté. Rien n'est visiblement plus difficile que d'enseigner à un peuple entier l'art d'user de la liberté – le bien le plus précieux – solidement garantie par la loi… »

Un temps, Stierlitz crut que le mécontentement sourd et massif de l'appareil face à l'aveuglement absolu à la fois du peuple et du Führer aboutirait à un putsch de la bureaucratie militaire, des SS et du parti. Ce putsch n'eut pas lieu parce que chacun des trois groupes poursuivait ses propres intérêts et ses médiocres objectifs. Tout comme le Führer, Himmler ou Bormann, ils ne juraient que par le Reich et la nation allemande, mais en vérité seul leur sort, leur petit « moi » les intéressait ; plus ils s'éloignaient des préoccupations et des besoins des gens ordinaires et plus ceux-ci devenaient de simples abstractions. Et comme le peuple s'obstinait à se taire, la sentence « chaque peuple a le gouvernement qu'il mérite » revenait de plus en plus souvent dans la bouche de ses « collègues ». Pire, ces mots étaient dits tranquillement, avec humour et parfois même avec dérision.

« Ce sont des arrivistes qui profitent des avantages de l'instant, indifférents au peuple. Non, songeait Stierlitz, ils ne fomenteront aucun putsch. Ce sont des rats. Et ils crèveront comme des rats, chacun dans son trou. »

*

Müller, assis dans le fauteuil préféré de Stierlitz près de la cheminée, demanda :

— Et le chauffeur, il n'en a pas été question ?

— Si, mais l'enregistrement s'est interrompu. Je ne pouvais pas arrêter Bormann : « Une minute, je retourne la bobine, Parteigenosse ! » Je lui ai dit pouvoir confirmer que vous aviez fait, personnellement, le maximum pour sauver la vie de cet homme.

— Qu'a-t-il répondu ?

— Il s'est borné à dire que le chauffeur est sans doute brisé, après les tortures qu'on lui a fait subir dans votre cave, et qu'il ne pourra plus lui faire confiance. La question n'a pas semblé l'intéresser outre mesure. Sur ce point, je crois que vous avez les mains libres, Gruppenführer.

— Vraiment, vous pensez qu'il ne s'y intéressera plus ?

— Dans quel but ? Ce chauffeur est un filon épuisé. La pianiste russe, en revanche, en voilà une qui pourrait nous être bigrement utile. On l'a ramenée de l'hôpital ?

— Je ne vois pas en quoi consisterait son utilité. Elle fera ce que nous lui ordonnerons de communiquer comme intox à la radio. Pour le reste…

— En principe vous avez raison, acquiesça Stierlitz. Mais… Mais imaginez que nous parvenions à la faire contacter Wolff en Suisse, hein ?

— Utopie, Stierlitz.

— Peut-être. Je ne fais que laisser courir mon imagination.

— Et puis, plus généralement…

— Quoi ?

— Rien, répondit Müller en faisant visiblement marche arrière. J'analysais votre suggestion. Je l'ai fait transporter ailleurs, cette dame. Rolf s'en occupe.

— Il a exagéré ?

— Oui. Quelque peu exagéré.

— Et c'est pour ça qu'on l'a tué ? souffla Stierlitz.

Il l'avait appris d'un collaborateur dans le couloir de la Gestapo, tandis qu'il se rendait au rendez-vous de Bormann.

— Cela me regarde, Stierlitz. Et puis, mettons-nous bien d'accord, voulez-vous ? Ce qu'il vous faut savoir, vous l'apprendrez de moi. Je n'aime pas qu'on regarde par le trou de la serrure.

— De quel côté de la porte ? riposta Stierlitz. Moi, ce qui me déplaît, c'est qu'on me prenne pour l'idiot du vieux jeu de cartes polonais. Je suis un joueur, pas un idiot.

— Dans tous les cas ? sourit Müller.

— Presque.

— D'accord. Cela reste à voir. En attendant, écoutons donc une seconde fois ce passage.

Müller appuya sur le « stop » qui coupa la parole à Bormann et fit :

— Rembobinez une vingtaine de mètres.

— À votre aise… Je vous fais un autre café ?

— Allez-y.

— Cognac ?

— Je ne peux pas le sentir, pour être franc. En général, je bois de l'eau-de-vie. Le cognac contient du tanin, c'est mauvais pour les artères. L'eau-de-vie, la vraie gnôle de la campagne, ça vous donne un coup de fouet, et c'est tout.

— Vous désirez noter le texte ?

— Inutile, je m'en rappellerai. Il y a là des choses curieuses…

Stierlitz remit le dictaphone en marche sur la voix de Bormann :

— Est-ce que Dulles sait que Wolff représente Himmler ?

— Je pense qu'il le devine, disait Stierlitz.

— Ce n'est pas une réponse. Si j'avais la preuve qu'il considère Wolff comme l'homme de Himmler, on pourrait envisager sérieusement l'éclatement prochain de la coalition. Et s'ils acceptent de traiter avec le Reichsführer, j'aurai besoin d'avoir l'enregistrement de leur entretien. Pouvez-vous me le procurer ?

— Il faudrait d'abord faire dire à Wolff qu'il est le porte-parole de Himmler.

— Pourquoi pensez-vous qu'il n'a pas donné les assurances nécessaires à Dulles ?

— Je n'en sais rien. Ce n'est qu'une supposition. La propagande ennemie déverse des flots d'ordures sur le Reichsführer. Une « engeance infernale », disent-ils. Je crois plutôt qu'ils vont chercher à éluder la question. Ce qui va les intéresser surtout, c'est ce que Wolff représente sur le plan de la puissance militaire.

— Je dois obtenir qu'ils apprennent qui Wolff représente, et cela de la bouche même de Wolff. Oui, de Wolff… Ou, en dernière extrémité, de vous.

— Je n'en vois pas l'utilité…

— Une utilité très précise, Stierlitz. Croyez-moi.

— Pour pouvoir mener l'opération, je dois en connaître tous les ressorts, Reichsleiter. Ç'aurait pu être évité si je travaillais en équipe. Chacun apporte au chef son morceau de puzzle et l'ensemble lui permet de reconstituer le tableau complet. Dans ce cas je n'aurais pas eu besoin de connaître toute la partition : je remplis ma mission, je monte mon affaire. Malheureusement, nous n'en sommes pas là…

— Dites-moi, Stierlitz, croyez-vous que Staline sera content si on s'arrange pour lui faire apprendre que ses Alliés occidentaux négocient avec Himmler, le patron des SS ? Non point avec un groupe quelconque de généraux désireux de capituler, ni avec cette crapule de Ribbentrop, qui est définitivement corrompu et dégoûté, mais avec l'homme qui saurait faire de l'Allemagne un mur d'acier face au bolchevisme ?

— Je pense en effet que Staline ne sera pas très content.

— Mais il refusera de le croire si c'est moi qui le lui communique… Si donc nous chargions de cette mission quelque ennemi du national-socialisme ? Votre pasteur, par exemple, ou quelqu'un du genre…

— Sans doute le choix de la personne devra-t-il être approuvé par Müller. Lui saura vous trouver l'homme qu'il faut et organiser sa fuite.

— En effet, Müller ne manque pas une occasion de me faire des amabilités.

— Pour autant que je sache, sa position est très délicate. Il ne peut pas jouer son va-tout comme moi, c'est une figure trop exposée. Et puis, il est aux ordres directs de Himmler. Cela étant, je pense, Reichsleiter, et vous serez d'accord avec moi, qu'il est le mieux placé pour remplir ce genre de mission, surtout s'il sent qu'il a votre appui.

— Oui, oui… Mais laissons ça pour plus tard. C'est un détail. Le principal maintenant : votre mission à vous. Elle ne consistera pas à faire échouer les pourparlers, mais au contraire, à les favoriser. À ne pas dissimuler les liens des comploteurs de Berne avec Himmler, mais à les mettre en pleine lumière. Suffisamment pour compromettre Himmler aux yeux du Führer, Dulles aux yeux de Staline, Wolff aux yeux de Himmler.

— Et si j'ai besoin d'une assistance pratique, qui dois-je contacter ?

— Suivez les ordres de Schellenberg et votre succès est assuré. Ne négligez pas l'ambassade, ça les contrarierait beaucoup : le conseiller aux affaires du parti sera informé sur vous.

— J'ai compris. Mais il se peut aussi que j'aie besoin d'être aidé contre Schellenberg, également. Et cette aide-là, Müller est le seul à pouvoir me la fournir. Dans quelle mesure puis-je m'appuyer sur lui ?

— Je n'aime pas trop les gens qui se montrent trop loyaux. Je préfère ceux qui se taisent…

À ce moment précis le téléphone sonna. Stierlitz arrêta le magnétophone, non sans remarquer la contrariété de Müller.

— Vous permettez, Gruppenführer, dit-il en décrochant d'autorité : Ici, Stierlitz…

La voix qu'il entendit dans l'écouteur était celle de Käthe.

— Oui, fit-il. Je vous écoute, Parteigenosse. Où dois-je vous attendre ?

— C'est moi, répétait Käthe.

— De quel côté dois-je venir ? continua-t-il à lui souffler tout en promenant son regard du dictaphone à Müller, pour faire comprendre à celui-ci que c'était bien Bormann.

— Je suis dans le métro… Au poste de police.

— Comment ? Compris. Je vous écoute. Je dois me rendre ?

— Je suis entrée téléphoner ici…

— Où est-ce ?

Il écouta l'adresse que lui communiquait Käthe, puis répéta « Bien, Parteigenosse » et reposa le combiné.

Stierlitz n'avait plus le temps de réfléchir. Si son téléphone était toujours surveillé, les résultats de l'écoute ne seraient sur la table de Müller qu'au matin. D'ici là, il avait les coudées franches. Après, on verrait. Le principal, maintenant, c'était de sortir Käthe du pétrin. Pour le reste, il en savait déjà assez long, ce n'était plus qu'une affaire de déduction. Käthe avant tout.

*

Là-bas, dans le métro, Käthe raccrochait également l'appareil et, plus morte que vive, ramassait le béret dont elle avait recouvert la photo. Précaution inutile d'ailleurs : le policier ne lui prêtait aucune attention. La police avait reçu l'ordre d'arrêter une jeune femme de vingt-cinq ans environ, portant un enfant dans ses bras. Or il n'y avait dans ce poste de police qu'une créature sans âge aux traits ravagés, avec des cheveux blancs et seule… Il ne manquait pas dans le vaste monde de femmes qui avaient les mêmes yeux qu'elle.

— Peut-être m'attendrez-vous ici, Gruppenführer ? demande Stierlitz.

— Pour que Scholtz aille informer Himmler que j'ai disparu Dieu sait où pendant plus de trois heures ? Ce coup de téléphone, c'était à propos de quoi ? Vous ne m'aviez pas dit qu'il devait vous rappeler.

— Vous avez entendu vous-même qu'il me convoque d'urgence.

— Dès que vous aurez terminé je veux vous voir chez moi. Je passerai la nuit dans mon bureau.

— Vous pensez que Scholtz manigance contre vous ?

— Je crains qu'il ait commencé. Il est stupide : j'ai

toujours eu des secrétaires diligents et stupides. Tant que la victoire est là, ils sont parfaits, mais dès qu'on côtoie l'abîme, ils gesticulent dans tous les sens pour sauver leur peau. Il est assez idiot pour croire que je veux mourir en héros… Quant au Reichsführer, il complote tellement pour parvenir à la paix que même mon Scholtz pourrait comprendre… Plus de Scholtz ? Il y aura à sa place quelque gamin fanatique – par-dessus le marché, il est poète…

*

Trente minutes plus tard, Stierlitz installait Käthe dans son auto. Il employa une autre demi-heure à parcourir la ville afin de semer une éventuelle filature, écoutant la jeune femme lui faire le récit décousu, ponctué de sanglots, des péripéties de cette terrible journée. Tout en s'efforçant de contenir sa propre émotion, il essayait de deviner si cette évasion sensationnelle entrait dans le jeu diabolique de Müller ou si c'était là l'intervention de ce fameux hasard que chaque agent secret espère mais qu'il ne rencontre qu'une fois dans sa vie.

Maintenant l'automobile roulait dans les rues de la banlieue berlinoise. Il faisait chaud. Käthe était assise à sa droite, les deux bambins endormis sur ses genoux. Stierlitz songea avec amertume : « Si Müller apprend que ce n'est pas Bormann qui m'a appelé, tout s'écroule. Je ne pourrai plus couler la manœuvre de Himmler à Berne. C'est d'autant plus contrariant que j'atteins le but. »

Devant un panneau de signalisation, il ralentit : trois kilomètres jusqu'à Rubinerkanal ; de là il pouvait joindre Babelsberg par Potsdam. « Non, décida-t-il. Si j'en juge d'après la pagaille qu'ils ont mise dans la cuisine, les hommes de Müller ont fait un tour chez moi.

Qui sait s'ils ne vont pas revenir "assurer ma sécurité" après ce coup de téléphone. » Et tout haut :

— Fillette, passe donc sur la banquette arrière.

— Qu'y a-t-il ? s'inquiéta-t-elle.

— Rien, tout va à merveille, petite. Tout va à merveille. Nous avons gagné, toi et moi. Tire les rideaux et dors. Je laisse le chauffage et je t'enferme ici. Sois tranquille, personne ne te touchera.

— Et où allons-nous ? demanda Käthe en s'installant de son mieux.

— Pas bien loin. Dors tranquillement, il faut que tu reprennes des forces. Demain la journée sera rude… Oh, rien que de très agréable, se hâta-t-il d'ajouter, non sans penser que Käthe lui causerait bien des tracas encore.

Mais après un tel choc, comment pouvait-il lui en tenir rigueur ?

Il s'arrêta à trois immeubles de la villa de Walter Schellenberg. « Pourvu qu'il soit chez lui, répétait-il pour conjurer le sort, pourvu qu'il ne soit pas parti chez Himmler à Nauen ou chez Gebhardt[1], à Hohenlychen, pourvu qu'il soit chez lui. »

Schellenberg était là.

— Brigadenführer, attaqua Stierlitz sans prendre le temps d'ôter son manteau, en s'asseyant sur le coin de la table en face de Schellenberg qui avait passé un peignoir chaud et chaussé ses pantoufles.

Stierlitz nota mécaniquement que l'épiderme de ses chevilles était aussi tendre que celui d'un enfant.

— Müller a eu vent de la mission de Wolff en Suisse.

1. Docteur Karl Gebhardt (1897-1948), directeur du sanatorium de Hohenlychen et auteur des expériences médicales sur les prisonniers des camps de concentration.

— Vous êtes fou, s'écria-t-il, c'est impossible !

— Müller m'a proposé de travailler pour son compte.

— Et pourquoi vous l'a-t-il proposé, à vous précisément ?

— Probablement parce que ses hommes ont repéré la trace du pasteur ; c'est notre salut et je dois filer sans plus attendre à Berne. Je prends le pasteur en main, et vous désavouez Wolff dès que je vous fais signe.

Stierlitz allait toujours au fond des choses. Schellenberg saisissait sa pensée au vol.

— Oui, allez à Berne immédiatement, dit-il.

— Et les papiers ? À moins que j'emprunte le passage de la montagne ?

— Ce serait idiot. Le contre-espionnage russe va vous attraper. La bagarre se termine, il leur faut montrer patte blanche face aux Rouges et aux Américains. Non, passez chez nous et prenez des papiers sûrs. Je donne un coup de fil.

— Non, écrivez-moi plutôt un mot.

— Vous avez un stylo ?

— Je préfère que vous preniez le vôtre.

Schellenberg se passa la main sur le visage et dit en se forçant à rire :

— La vérité, c'est que je suis mal réveillé !

*

LE 14 MARS 1945 (06 H 32)

Stierlitz, deux passeports en poche – l'un au nom d'Albrecht von Kirstein et l'autre au nom de son épouse Ingrid –, roulait à vive allure vers la frontière. Quand la barrière marquant la frontière allemande fut dépassée, il se tourna vers Käthe :

— Et voilà, fillette, tu peux considérer que c'est fini !

Ici, en Suisse, le ciel était haut et d'un bleu éclatant. Derrière, à quelques dizaines de mètres, il y avait un ciel en tout point identique, aussi bleu et aussi insondable, et l'on y découvrait la même lune, disque jaune délavé dans la lumière matinale, et les mêmes alouettes frissonnaient là-haut, immobiles. Mais c'était le ciel d'Allemagne. Un ciel où à chaque minute pouvaient surgir les jolis avions alliés et leurs bombes, étincelant dans les rayons du soleil, apportant la mort et la désolation.

Stierlitz ne réduisait pas son allure. Comme il traversait un petit bourg, il dut donner un coup de frein pour laisser passer une ribambelle d'écoliers qui dévoraient de gros sandwiches. Käthe se mit à pleurer.

— Qu'est-ce qui ne va pas ? demanda Stierlitz.

— Rien, dit-elle, j'ai juste vu le monde, et lui ne le verra plus…

— Dis-toi plutôt que pour le petit tout est fini, répliqua-t-il, et pour la fillette aussi.

Il eût voulu lui dire quelque chose de très tendre et d'apaisant ; mais les mots lui manquaient. Combien de fois les avait-il dits en secret, ces mots tendres et pleins de crainte, à l'adresse de sa lointaine Alexandra. Le mot secret gardé pour soi doit se faire poésie ou mourir, devenant au fond du cœur une douleur lancinante…

— Il faut penser à l'avenir, à l'avenir seulement ! fit Stierlitz en comprenant aussitôt l'inutile banalité de sa phrase.

— Sans passé, il n'y a pas d'avenir, répondit Käthe en essuyant ses larmes. Pardonne-moi… Je sais combien il est pénible de consoler une femme qui pleure.

— Mais non, pleure… L'important pour nous maintenant, c'est que tout soit fini, tout est derrière nous…

*

Les bonnes intentions

Quand il retrouva à Berne le pasteur Schlag, Stierlitz sut à quel point il s'était trompé en disant à Käthe que tout était fini. Non, rien n'était fini. Bien au contraire, tout cela n'était encore que le début. Il le comprit en prenant connaissance de l'enregistrement de l'entretien qui avait eu lieu entre Dulles et l'agent SS Hohenlohe[1]. Le pasteur avait obtenu l'enregistrement par l'intermédiaire de proches du chancelier Brüning. Les ennemis y parlaient en amis et leur attention était surtout focalisée sur « le danger russe ».

À Alex, en complément au matériau relatif aux entretiens Dulles-Wolff.

En vous adressant la copie ci-dessous des entretiens que Dulles a eus avec le colonel SS, le prince Hohenlohe, j'estime devoir vous faire part de ce qui suit :

1) À ce qu'il me semble, Dulles n'informe pas entièrement son gouvernement sur ses contacts avec les SS. Probablement se borne-t-il à parler de contacts avec des « adversaires » de Hitler. Or ni Hohenlohe ni Wolff n'en font partie.

2) Roosevelt a déclaré à plusieurs reprises que l'objectif de l'Amérique, de même que celui de tous les protagonistes de la coalition antihitlérienne, est la capitulation inconditionnelle de l'Allemagne. Or, Dulles

1. Issu d'une famille de la haute noblesse germanique.

parle de compromis et envisage même de conserver certaines administrations hitlériennes.

3) Toute coalition suppose une loyauté réciproque des protagonistes. Si j'admets un instant que Dulles, en donnant ce tour aux entretiens, cherche à sonder les Allemands, je suis obligé de m'opposer un démenti, car il est évident pour tout agent que dans cette opération les Allemands sont les gagnants, au détriment de Dulles : en effet, les Allemands ont appris davantage sur les positions de l'Amérique que Dulles sur les positions et les intentions de Hitler.

4) J'ai également envisagé l'idée que l'agent secret Dulles essayait de provoquer les Allemands. Mais la presse helvétique lui donne le titre officiel de représentant du président. Un homme représentant personnellement Roosevelt peut-il se permettre une provocation ?

Conclusion. De deux choses l'une : ou bien certains milieux occidentaux ont décidé de mener le double jeu, ou bien Dulles n'est pas loin de trahir les intérêts des États-Unis en tant que pays membre de la coalition antihitlérienne.

Recommandations : Il importe de faire savoir aux Alliés que nous sommes au courant des conversations suisses. J'espère pouvoir acheminer sous peu, par un canal sûr, tous les détails des conversations Wolff-Dulles. Au reste, j'hésiterais à considérer cela comme des conversations diplomatiques. J'y verrais beaucoup plus des négociations séparées. La situation est devenue critique et exige des mesures urgentes, destinées à préserver la coalition antihitlérienne de tomber dans le piège tendu, il n'est pas interdit de le penser, de part et d'autre.

Justas.

*

Dès qu'il eut envoyé sa missive au Centre, Stierlitz fila vers le lac à la recherche d'un peu de silence et de solitude. Il ne s'était jamais senti aussi mal : il était vidé, en miettes.

Cela lui rappela l'horrible sensation qu'il avait éprouvée toute la journée du 22 juin 1942, lorsque Londres gardait le silence. Et l'énorme soulagement qu'avait été le discours de Churchill. En dépit des immenses épreuves qui frappaient son pays depuis l'été 1941, il savait, avec une certitude raisonnable et logique, que la victoire était inéluctable quelles que soient les difficultés. Aucun grand pays n'avait réussi à faire la guerre sur deux fronts à la fois.

La cohérence des objectifs ressortit au génie, lequel agit selon les lois de la logique. Or l'hystérie incontrôlée du Führer qui vivait dans l'univers de ses propres fantasmes condamnait la nation allemande à la tragédie.

À son retour de Cracovie, Stierlitz avait été convié à une réception de l'ambassade de Roumanie. Il y régnait une atmosphère solennelle ; les visages étaient radieux, les lourdes décorations des généraux rendaient un éclat terne, miroitait le vin doux de Roumanie, imitation du champagne, des discours grandiloquents saluaient l'alliance invincible de l'Allemagne et de la Roumanie. Stierlitz avait l'impression d'assister à un grossier spectacle de foire où les acteurs ayant accédé au pouvoir se seraient livrés à la magie de la vie, aveugles à leur inconsistance et à leur destin tragique. Pour Stierlitz, coincée entre l'Union soviétique et la Grande-Bretagne et bientôt les États-Unis, l'Allemagne signait son arrêt de mort : il en était convaincu.

Minsk, Babi Yar ou Coventry représentaient à ses

yeux un drame unique : tous ceux qui avaient pris les armes pour combattre l'hitlérisme étaient frères d'armes. À deux reprises, à ses risques et périls, il avait lui-même sauvé des agents britanniques en Hollande et en Belgique, de sa propre initiative. En sauvant la vie de camarades de combat, il n'avait fait que son devoir.

Il avait été fier des gars d'Eisenhower et de Montgomery lorsqu'ils avaient traversé la Manche pour sauver Paris ; heureux lorsque Staline s'était porté au secours des Alliés dans les Ardennes. Il croyait que ce monde, immense et microscopique, las de la guerre et des trahisons, des morts et de la haine obtiendrait une paix durable et véritable, que les enfants oublieraient les masques anti-lumière et les adultes les petits cercueils.

Il avait refusé de croire à une quelconque collusion entre les hitlériens et les Alliés jusqu'à ce qu'il l'ait sous les yeux.

Il pouvait comprendre que c'était le désir de sauver des vies et la peur d'être jugés responsables qui animaient Schellenberg et son entourage ; ces motifs purement personnels se paraient de beaux discours sur la survie de la civilisation occidentale et sa résistance aux hordes bolcheviques. Oui, il comprenait tout cela et il trouvait la démarche de Schellenberg raisonnable : il ne voyait pas ce que des nazis auraient pu faire d'autre. En revanche, il avait beau faire tous les efforts du monde pour s'astreindre à l'objectivité, il ne parvenait pas à comprendre la position de Dulles qui, par ces seuls entretiens, enfonçait un coin dans l'unité des Alliés.

« Mettons que Dulles ne soit pas un homme politique, et même pas un politicien », continuait-il à spéculer. Il était assis sur un banc près du lac, tassé sur lui-même, le képi ramené sur les yeux, envahi par un sentiment de solitude plus lourd que d'ordinaire. « Et s'il n'était simplement qu'un joueur obsessionnel ? On peut très bien ne pas aimer la Russie et craindre les bolcheviks, mais il ne peut ignorer que provoquer un conflit entre l'Amérique et nous, c'est vouer le monde à une guerre dont l'horreur dépassera tout ce que l'humanité a connu jusque-là. Est-il possible que la haine soit si fortement enracinée dans le cœur des hommes de cette génération pour qu'ils ne sachent regarder le monde qu'au travers de représentations rétrogrades ? Est-il possible que des politiciens décrépits et de vieux agents de renseignement nous dressent contre les Américains ? »

Stierlitz se leva : un vent pénétrant montait du lac ; il frissonna et se dirigea vers la voiture.

Il se rendit à la pension Virginia où était descendu le professeur, ainsi qu'il le lui avait fait savoir par cette phrase anodine jetée au dos d'une carte postale : *Leur tabac de Virginie est excellent !* Il avait été convenu que tout ce qui aurait trait au domicile de Pleischner serait évoqué en termes de buraliste. S'il avait choisi le Grand-Hôtel, la formule eût été : « Même au Grand-Hôtel, je n'ai pas pu mettre la main sur ce que vous demandez : tous les tabacs sont d'importation. »

Au Virginia, Stierlitz trouva les lieux étrangement vides ; presque tous les clients avaient rejoint la montagne. La saison tirait à sa fin, tous ceux qui en avaient la possibilité tâchaient de profiter des dernières joies de la neige.

— J'ai ici quelques livres pour le professeur suédois… Je ne me rappelle plus très bien son nom, dit-il au portier.

— Le professeur suédois a fait faux bond, répondit l'autre. Il a sauté par la fenêtre et il est mort…

— Que dites-vous là ? Quand cela est-il arrivé ?

— Voici trois jours, le matin. Si vous l'aviez vu partir, tout joyeux ! Il n'est jamais revenu, le pauvre.

— Quel drame… Mon ami, lui aussi un savant, m'avait prié de lui remettre ces livres. Et de prendre ceux qu'il avait déjà prêtés au professeur.

— Rien de plus simple, monsieur. Vous n'avez qu'à téléphoner à la police. Ils vous restitueront tout ce que vous voulez, pourvu que vous puissiez prouver que cela vous appartient !

— Merci beaucoup, c'est ce que je vais faire.

Stierlitz remonta dans le taxi qui l'avait amené et pria le chauffeur de le conduire dans la rue du rendez-vous clandestin. À la fenêtre, il vit le vase de fleurs servant à donner l'alarme. Stierlitz eut tôt fait de reconstituer la scène. « Et moi qui le tenais pour un lâche », pensa-t-il. Involontairement, il imagina la scène de la défénestration, l'horreur qu'avait dû ressentir en ses derniers instants le petit homme malingre et silencieux qui avait choisi de se suicider ici, en terre libre, loin de l'Allemagne dont il s'était échappé. Un coup de la Gestapo, c'était clair comme le jour. Ces brutes avaient pu également simuler le suicide, après s'être persuadés que le professeur ne parlerait pas.

*

LE 15 MARS 1945 (18 H 19)

Quand, dans la chambre d'hôtel, Käthe et les deux petits se furent endormis, Stierlitz avala deux cachets de caféine – il ne se rappelait plus quand il avait fermé l'œil pour la dernière fois – et après avoir donné un coup de téléphone pour s'assurer qu'il serait attendu, il fila à son rendez-vous avec le pasteur Schlag.

— Ce matin je n'ai pas osé vous demander des nouvelles des miens. Je brûle de savoir comment va ma sœur ?

— Vous connaissez son écriture ?

Stierlitz tendit au pasteur une enveloppe cachetée.

Schlag l'ouvrit et en fit glisser ce court billet :

Mon cher frère, merci pour le soin héroïque que tu prends de nous. Ici, à la montagne, nous avons déjà oublié le cauchemar des bombardements. Nous vivons chez des fermiers, les enfants donnent un coup de main à l'étable. Nous mangeons à notre faim et nous nous sentons en pleine sécurité. Nous prions Dieu pour que les malheurs qui se sont abattus sur toi finissent au plus vite. Bien à toi, Anna.

— Quels malheurs ? demanda le pasteur. De quoi parle-t-elle ?

— J'ai été obligé de lui dire que vous étiez arrêté… J'ai été la voir en me faisant passer pour l'une de vos ouailles. Voici l'adresse où vous pourrez les retrouver une fois que tout sera fini. J'ai aussi une photo pour vous, j'espère qu'elle vous apaisera définitivement.

Stierlitz sortit un petit cliché de contact d'assez mauvaise qualité, car le temps était gris, ce jour-là. Le pasteur l'examina longuement et dit, comme pour s'excuser :

— Vous savez, je vous croyais de toute façon… Mais qu'avez-vous, mon ami, vous m'avez l'air bien fatigué, tout d'un coup ?

— En effet, il y a un peu de ça… Eh bien ? Quelles sont vos dernières nouvelles ?

— Des nouvelles, j'en ai. En revanche, je suis bien incapable de les apprécier à leur juste valeur. J'en viens à penser qu'il me faut cesser de croire au monde entier, ou alors me livrer au cynisme intégral. Bref, les Américains ont entamé les pourparlers avec les SS. Ils ont choisi Himmler.

— Les faits ? De quels faits disposez-vous ? De qui les tenez-vous ? Sur quels documents vous appuyez-vous ? Si vous vous fiez à de simples bruits, nous pouvons être les victimes d'une entourloupe savamment montée.

— Hélas, je serais le premier à vouloir croire que les Américains ne traiteront pas avec les créatures de Himmler. Mais vous avez dû lire ce que je vous ai remis ce matin. Voyez ceci, maintenant. Et il tendit à Stierlitz quelques feuillets de papier couverts de son écriture serrée, ronde, légèrement penchée à gauche.

Wolff. Bonjour, messieurs.

Les autres. Bonjour, nos salutations.

Dulles. Mes collègues sont ici pour diriger les pourparlers.

Wolff. Je suis heureux de constater que nos pourparlers vont se dérouler à un niveau aussi représentatif.

Gävernitz. Difficile de traduire en anglais : « Niveau représentatif » ?...

Wolff (en riant). Au moins j'aurai établi que monsieur Gävernitz joue ici le rôle d'interprète...

Dulles. Je ne crois pas utile de décliner pour le moment la véritable identité de mes collègues. Je dois dire que moi-même et mes amis avons été très favorablement impressionnés par le fait qu'au moment d'entamer les pourparlers, aucun officier supérieur des Waffen-SS n'avance d'exigence d'ordre personnel.

Wolff. Mes exigences personnelles sont la paix pour les Allemands.

Voix non identifiée. Bravo ! Voilà la réponse d'un vrai soldat !

Dulles. Quoi de neuf de votre côté ?

Wolff. Le maréchal Kesselring a été convoqué au Q.G. du Führer. C'est la nouvelle la plus inquiétante.

Dulles. Vous supposez...

Wolff. Je n'attends jamais rien de bon de ces convocations éclair au Q.G. du Führer.

Dulles. Selon nos renseignements, Kesselring a été mandé à Berlin pour y recevoir une nouvelle nomination, celle de commandant en chef du front ouest.

Wolff. Je l'ai entendu dire, mais jusqu'ici l'information n'a pas été confirmée.

Dulles. Elle le sera. Dans le plus bref délai.

Wolff. Dans ce cas, vous pourriez peut-être me dire aussi qui doit succéder à Kesselring ?

Dulles. Oui, je puis le faire : le général Vietinghoff.

Wolff. Je connais cet homme.

Dulles. Qu'en pensez-vous ?

Wolff. C'est un militaire de carrière très consciencieux.

Dulles. Il me semble qu'on peut en dire autant de la grande majorité des généraux de la Wehrmacht.

Wolff. Même de Beck et de Rommel ?

Dulles. Ceux-là étaient de véritables patriotes.

Wolff. De toute façon, je n'ai pas eu de contacts directs avec le général Vietinghoff.

Dulles. Et Kesselring ?

Wolff. En sa qualité d'adjoint de Göring à la Luftwaffe, le maréchal était en contact direct avec presque tous les chefs militaires du Reich du rang de Vietinghoff.

Dulles. Et que diriez-vous si nous vous proposions d'aller voir Kesselring pour le convaincre de capituler sur le front ouest, après vous être assuré au préalable *de l'accord de Vietinghoff pour une capitulation simultanée en Italie ?*

Wolff. La démarche est risquée.

Dulles. Est-ce que nous ne risquons pas tous autant que nous sommes ?

Voix non identifiée. De toute façon, une entrevue avec Kesselring sur le front ouest vous serait utile pour mesurer s'il est prêt à accepter la capitulation à l'ouest...

Wolff. Il l'a acceptée pour l'Italie, on ne voit pas pourquoi il changerait de décision ?

Dulles. Quand pourrez-vous lui rendre visite sur le front ouest ?

Wolff. On m'a appelé à Berlin. Je n'ai remis le voyage que parce que nous avions convenu de la présente rencontre.

Dulles. Par conséquent, vous pouvez prendre l'avion pour Berlin sitôt après votre retour en Italie ?

Wolff. En principe, c'est possible, mais...

Dulles. Je vous comprends. Effectivement, vous risquez gros ; beaucoup plus, sans doute, que nous tous. Toutefois, je ne vois pas d'autre issue à la situation.

Voix non identifiée. Il y en a une.

Gävernitz. Certes, vous avez pris l'initiative des pourparlers, mais vous bénéficiez probablement d'un certain soutien à Berlin. Voilà qui doit vous permettre de justifier une visite à Kesselring.

Dulles. S'il est vrai que vous songez surtout au sort de l'Allemagne, celui-ci, en l'occurrence, est dans une certaine mesure entre vos mains.

Wolff. Assurément, votre argument ne peut pas me laisser indifférent.

Dulles. On peut donc compter que vous vous rendiez sur le front ouest, chez Kesselring ?

Wolff. Oui.

Dulles. Et il vous semble possible de faire pencher Kesselring en faveur de la capitulation ?

Wolff. Je le crois.

Dulles. Par conséquent, le général Vietinghoff suivra son exemple ?

Wolff. Une fois que je serai rentré en Italie.

Gävernitz. Et au cas où Vietinghoff hésiterait, vous saurez influer sur les événements ici ?

Wolff. Oui. Toutefois, si le besoin s'en fait sentir, vous pourriez rencontrer aussi le général Vietinghoff, ici ou en Italie.

Dulles. Si cela vous paraît utile, nous accepterons d'entrer en contact avec Vietinghoff. Quand peut-on attendre votre retour de chez Kesselring ?

Wolff. Je touche du bois.

Dulles. Je touche aussi du bois.

Voix non identifiée. Touchons du bois.

Wolff. Si tout va bien, je rentrerai dans une semaine avec, pour vous et Vietinghoff, la date exacte de la capitulation des troupes du Reich à l'ouest. À la même heure capitulera notre armée d'Italie.

Gävernitz. Dites-nous combien de détenus se trouvent actuellement dans vos camps.

Wolff. Nous détenons dans les camps du Reich d'Italie plusieurs dizaines de milliers de personnes.

Dulles. Quel sort les attend dans l'avenir immédiat ?

Wolff. L'ordre a été donné de les anéantir.

Gävernitz. Cet ordre peut-il être mis à exécution durant votre absence ?

Wolff. Oui.

Dulles. Peut-on entreprendre quelque chose pour s'y opposer ?

Wolff. Le colonel Dollmann me remplacera. Je lui fais

autant confiance qu'à moi-même. Vous avez ma parole d'officier que cet ordre ne sera pas mis à exécution.

Gävernitz. Messieurs, passons sur la terrasse ; la table est servie, à ce que je vois. Nous y serons plus à l'aise pour poursuivre notre entretien. Il fait trop chaud ici...

*

LE 16 MARS 1945 (23 H 28)

Dans la nuit, Käthe prenait le train pour Paris. La gare était vide et silencieuse. Il pleuvait. La locomotive haletait. La lumière des réverbères s'allongeait en dessins bizarres sur le goudron mouillé. Käthe pleurait à tout bout de champ : maintenant que la tension atroce des derniers jours était retombée, l'image d'Erwin s'imposait à ses yeux et ne la quittait plus. Elle le voyait toujours pareil : installé dans le coin de la chambre, à côté des appareils, bricolant quelque poste de radio entre deux séances de liaison avec Moscou.

Stierlitz choisit sa place au café de la gare de façon à pouvoir surveiller tout le convoi.

— Et pour Monsieur, s'enquit la serveuse, une grosse fille souriante.

— De la crème fraîche, je vous prie, et une tasse de café.

— Au lait ?

— Non, un bon café noir.

Quelques instants plus tard, la fille apportait une crème fouettée et un café.

— Vous savez, dit Stierlitz avec un sourire embarrassé, je n'aime pas la crème fouettée, je n'y peux rien, c'est depuis que je suis petit. Je voudrais juste de la crème. Un demi-verre.

La fille bredouilla une excuse ennuyée, sortit de la poche de son tablier le registre des tarifs qu'elle feuilleta rapidement.

— Nous avons huit sortes de crèmes fraîches : crème fouettée, crème à la confiture, crème au fromage, mais je ne vois pas de crème fraîche nature… Vraiment, je suis désolée, monsieur. Je vais voir le chef-cuisinier, peut-être qu'il pourra faire quelque chose pour vous… Chez nous, on ne mange pas la crème fraîche nature, mais je vais voir…

« Chez eux, on ne mange pas la crème fraîche nature… Chez nous, on ferait bombance d'un simple croûton de pain sec… Un pays neutre ! Huit sortes de crèmes fraîches, monsieur, et l'on vous recommande la crème fouettée… Pas mal, tout de même, la neutralité. Pour les citoyens et pour le gouvernement. Sauf qu'on risque de s'apercevoir au fil des années que pendant qu'on veillait à la neutralité et qu'on mangeait de la crème fouettée, quelque chose d'énorme s'est passé à côté… Vous parlez de neutralité ! Si Hitler n'avait pas reçu une correction à Stalingrad, ses armées seraient maintenant en Suisse. Elles seraient belles à voir votre neutralité et votre crème fouettée… »

Mais la serveuse revenait déjà.

— Monsieur, je vous apporte de la crème fraîche nature ! Mais ça sera un peu plus cher, parce que ce n'est pas sur le menu…

Stierlitz partit d'un grand éclat de rire.

— Très bien, ça ne fait rien. Je vous remercie.

Quelques instants plus tard le train s'ébranlait. Stierlitz eut beau accompagner du regard chaque fenêtre, il ne put apercevoir Käthe : elle devait être recroquevillée dans un coin du compartiment, comme une souris craintive, les deux petits contre elle.

Il resta ainsi un bon moment, jusqu'à ce que les feux du convoi eussent disparu dans la nuit. Il partit sans avoir touché à sa crème « nature ».

À huit heures du soir, Molotov fit mander au Kremlin l'ambassadeur de Grande-Bretagne, Sir Archibald Kerr. Le commissaire du peuple aux Affaires étrangères renonça à convoquer en même temps Harriman, l'ambassadeur des États-Unis, sachant que Kerr était un diplomate de carrière, avec lequel on pouvait traiter sans tomber dans l'inutile dramatisation que Harriman apportait d'ordinaire aux débats.

Après avoir soigneusement écrasé le carton de sa *papirossa* – une Kazbek – entre le pouce et l'index, Molotov tira plusieurs bouffées rapides. Sa réputation de gros fumeur était surfaite : de même que Staline, il n'avalait jamais la fumée.

En présence de Kerr, il se montra ostensiblement sec, ses yeux vifs et foncés lançant sous les verres du pince-nez des éclats ombrageux. L'audience fut courte : après avoir parcouru la note que lui avait remise Pavlov, l'interprète du commissaire, l'ambassadeur de Grande-Bretagne déclara qu'il la porterait sans délai à la connaissance du gouvernement de Sa Majesté.

Tout en accusant réception de votre lettre concernant les pourparlers actuellement en cours à Berne entre le général allemand Wolff et des officiers de l'état-major du maréchal Alexander, je désire vous faire savoir que le gouvernement soviétique voit dans cette affaire quelque chose de beaucoup plus grave qu'un simple malentendu.

Il ressort de votre lettre du 12 mars, ainsi que du télégramme qui l'accompagne en date du 11 mars émanant du maréchal Alexander, que le général allemand Wolff et les personnes qui l'accompagnent sont venus à Berne pour négocier avec les représentants du commandement anglo-américain les conditions de la capitulation des armées allemandes en Italie du Nord. Lorsque le gouvernement soviétique a déclaré que la participation à ces pourparlers de représentants du commandement militaire soviétique lui paraissait indispensable, il s'est heurté à une fin de non-recevoir.

Nous constatons ainsi que depuis deux semaines se poursuivent à Berne, dans le dos de l'Union soviétique, le pays qui supporte le poids essentiel de la guerre contre l'Allemagne, des négociations entre des représentants du commandement militaire allemand, d'une part, et des représentants des commandements britannique et américain, de l'autre. Le gouvernement soviétique considère qu'il s'agit là d'une conduite parfaitement inadmissible.

V. Molotov.

*

Chose inattendue, la première réaction de Bormann, lorsqu'il apprit de Stierlitz les détails des entretiens Wolff-Dulles, fut de se réjouir. Lui-même en fut d'ailleurs surpris : Berlin flambait sous les bombes anglaises, Francfort était pilonnée par les canons russes, le Reich partait en morceaux, et là-dessus, cet insolite sentiment d'euphorie vengeresse ! Ce fin analyste sut néanmoins comprendre que sa joie ressemblait fort à cette espèce particulière de jubilation envieuse que ressentent les femmes vieillissantes devant des rivales plus jeunes.

Bormann croyait à l'autosuggestion. Il ne prenait presque jamais de médicament. Quand il se sentait malade, plutôt que d'avaler un cachet, il commençait par retirer ses vêtements, puis s'efforçait d'entrer dans un état de transe, de concentrer toute sa volonté sur la région de son organisme qu'il pensait atteinte par le mal. Par ce procédé, il guérissait une angine en vingt-quatre heures et supportait un coup de froid ordinaire sans qu'il y paraisse. Il était tout aussi habile à contenir les élans de jalousie, à briser les accès de mélancolie, au point que personne ne se doutait que de terribles crises d'hypocondrie le persécutaient depuis l'adolescence. Et c'est avec la même facilité qu'il savait étouffer cette joie indigne qu'il lui arrivait de ressentir aussi vivement que de façon imprévisible.

— Ici Bormann, dit-il dans le combiné. Bonjour, Kaltenbrunner. Je vous prie de passer me voir immédiatement.

Bormann reposa l'appareil et reprit sa réflexion. « Oui, il s'agit de prendre ses précautions ; en passant par Kaltenbrunner. Et d'ailleurs, ne rien lui dire à celui-là non plus. Je le prierai seulement de convoquer une seconde fois Wolff à Berlin, je lui dirai que d'après mes renseignements, Wolff est en train de trahir le Reichsführer. Je lui demanderai de ne rien en dire à mon ami Himmler, pour ne pas l'inquiéter inutilement. Il n'a qu'à coffrer Wolff et lui faire avouer toute la vérité. Quand Wolff aura craché le morceau, quand Kaltenbrunner aura déposé personnellement le procès-verbal de son interrogatoire sur mon bureau, je n'aurai plus qu'à montrer ça au Führer, et c'en sera fini de Himmler. Je resterai seul auprès de Hitler. Goebbels ? Un hystérique… il ne compte pas… Et puis, il ne sait pas tout ce que je sais. Beaucoup d'idées, mais pas de sous. Moi j'aurai à la fois leurs idées et l'argent du parti. Et je n'ai pas l'intention de répéter leurs erreurs. La victoire m'est assurée. »

Comme tout haut fonctionnaire de l'appareil nazi ayant longuement travaillé à l'ombre du Führer, Bormann commettait une erreur fondamentale dans ses raisonnements par ailleurs très pertinents : il était persuadé de tout pouvoir, de tout savoir et de tout comprendre beaucoup mieux que ses rivaux. Convaincu d'être le pivot idéologique du mouvement national-socialiste, Bormann avait tendance à négliger les menus détails, les petites particularités, en un mot, tout ce qui confère le fini professionnel à l'activité d'un leader.

Cela sonna sa perte. Naturellement, Kaltenbrunner ne souffla mot à Himmler, puisque tel était l'ordre du Reichsleiter. Sur son indication, il convoqua une deuxième fois le général Wolff. Mais dans l'énorme appareil du RSHA rien n'échappait à l'attention jalouse de ces deux puissants concurrents qu'étaient Müller et Schellenberg. Le radio du Q.G. de Kaltenbrunner, un homme de Schellenberg, fit part à celui-ci de la dépêche secrète envoyée en Italie : « Surveiller le départ de Wolff pour Berlin. » C'en était assez pour que Schellenberg donne l'alarme. La suite était un jeu d'enfant : les services de renseignement eurent tôt fait d'apprendre l'heure exacte de l'arrivée de Wolff. À l'aérodrome de Tempelhof, deux voitures attendaient le général. L'une était un fourgon cellulaire blindé où avaient pris place trois agents de la Gestapo. Dans l'autre se trouvait le chef des services secrets pour l'étranger, le SS-Brigadenführer Walter Schellenberg en personne. On vit donc s'avancer vers la rampe les silhouettes trapues de trois gorilles aux faces dégénérées escortant l'élégante figure d'intellectuel du général tiré à quatre épingles.

Quand la porte du Dornier se fut ouverte sur Wolff

et que celui-ci sentit ses phalanges craquer entre les puissants doigts de Schellenberg, il ne savait pas encore qu'il venait d'échapper au pire : en principe, c'étaient les menottes des gorilles qui devaient se refermer sur ses poignets. Les agents, en effet, ne se risquèrent pas à intervenir, se contentant de suivre la voiture de Schellenberg. Le SS-Brigadenführer conduisit Wolff à l'appartement du général Fegelein, représentant personnel de Himmler au Q.G. du Führer. La présence de Himmler n'aurait pas arrêté Bormann. Ce qui l'arrêta, c'est que Fegelein était le mari de la sœur d'Eva Braun, donc un parent par alliance de Hitler. Le Führer lui donnait même du « mon cher beau-frère » en prenant le thé en sa compagnie…

Mettant la radio à fond, Himmler s'abattit sans ménagement sur l'infortuné Wolff.

— Vous avez mis toute l'opération par terre, et vous m'avez compromis personnellement, est-ce clair ? De quelle manière Bormann et Kaltenbrunner ont-ils eu vent de vos pourparlers ? Comment les mouchards de cette crapule de Müller ont-ils pu découvrir le pot aux roses ?

Quand Himmler eut enfin fini de crier, Schellenberg se tourna vers lui et dit d'une voix calme et posée :

— Reichsführer, vous vous rappelez sans doute que c'est à moi qu'il revenait de préparer tous les détails de cette affaire, n'est-ce pas ? Eh bien, l'opération de couverture est au point. Pour Wolff, voici ce que j'ai trouvé : il s'est glissé parmi les conjurés qui s'efforcent, effectivement, d'obtenir une paix séparée à Berne. Nous allons convenir de tout le reste ici même. Je vais dicter à Wolff les termes de son rapport sur ces pourparlers avec les Américains que nous avons découverts, nous, le contre-espionnage SD. Cela en votre nom.

*

C'est quand il vit Himmler et Schellenberg sortir du quartier général du Führer en compagnie de Wolff que Bormann comprit qu'il avait été floué. Tandis qu'il serrait la main au général en le remerciant « très sincèrement » pour son courage et sa loyauté, son cerveau travaillait fébrilement. Fallait-il faire venir Stierlitz pour mettre au pied du mur ce gredin à face laiteuse de Wolff qui trahissait le Führer en Suisse ? La même pensée le hanta quand Himmler eut quitté les lieux avec toute sa bande, savourant sa victoire.

Aucune décision précise ne lui venait à l'esprit. Soudain, il vit très nettement le visage de Müller.

« C'est ça, se dit-il. Je dois voir cet homme. Avec Müller, je peux envisager toutes les possibilités, y compris parler de Stierlitz. De toute manière je garde comme atout les renseignements collectés par Stierlitz. Ils pourront m'être utiles si Wolff passe devant le tribunal du parti. »

— Ici Bormann, dit-il au téléphone. Demandez à Müller de passer me voir.

Message personnel du président Joseph Staline au président Franklin D. Roosevelt.

1) Je n'ai jamais douté de votre honnêteté ou de votre bonne foi, comme je n'ai jamais remis en question l'honnêteté et la bonne foi de M. Churchill. Ce dont je parlais, c'est qu'au fil de notre correspondance, une différence de conceptions s'est fait jour sur ce qu'un allié peut ou non se permettre à l'égard de l'autre. Nous autres Russes, nous croyons qu'au vu de la présente situation militaire sur les fronts, situation dans laquelle l'ennemi est acculé à une reddition inévitable, quand les représentants d'un des Alliés rencontrent les Allemands pour négocier les termes de la capitulation, les représentants de l'autre Allié doivent être assurés de pouvoir prendre part à cette rencontre. C'est absolument nécessaire, surtout si l'autre Allié désire participer à la rencontre. Mais les Américains et les Britanniques ont un point de vue différent : ils estiment la position russe erronée. Pour cette raison, ils ont refusé aux Russes le droit d'être présents à la rencontre avec les Allemands en Suisse. Je vous l'ai déjà écrit, et je crois qu'il n'est pas inutile de le répéter, qu'en face d'une situation similaire, les Russes n'auraient jamais refusé aux Américains et aux Britanniques le droit d'assister à la rencontre. Je continue de considérer que le point de vue russe est le seul correct, car il exclut la suspicion mutuelle et enlève à l'ennemi toutes chances de semer le doute dans nos rangs.

2) Il me paraît difficile de suivre ceux qui disent que l'absence de résistance des Allemands sur le front ouest est due uniquement au fait qu'ils ont été battus. Les Allemands ont cent quarante-sept divisions sur le front est. Ils pourraient transférer sans dommage entre quinze et vingt divisions du front est pour suppléer à leurs forces du front ouest. Ils ne l'ont pourtant pas fait et ne s'apprêtent pas à le faire. En ce moment ils se battent avec l'énergie du désespoir contre les Russes pour Zemlenice, une gare sans intérêt de Tchécoslovaquie, dont ils ont autant besoin qu'un mort d'un cataplasme, tandis qu'ils rendent sans résistance des villes aussi importantes que Osnabrück, Mannheim et Kassel, situées au cœur de l'Allemagne. Vous admettrez que l'attitude des Allemands est pour le moins singulière.

3) En ce qui concerne mes informateurs, je puis vous assurer que ce sont des gens aussi simples qu'intègres, qui remplissent leur devoir consciencieusement et n'ont nullement l'intention de blesser quiconque. Nous avons pu le vérifier en de multiples occasions.

*

Stierlitz reçut de Schellenberg l'ordre de regagner Berlin sur-le-champ et de faire son rapport sur les progrès accomplis à Berne en vue de déjouer « les pourparlers félons du traître Schlag ».

Se rendre à Berlin maintenant était exclu : d'un jour à l'autre, il attendait l'homme de liaison du Centre. Sans lui, il eût été inutile de continuer. Cet homme devait aussi le rassurer sur Käthe : était-elle arrivée à bon port et le message qu'elle emportait était-il parvenu au Centre et au Politburo ? Ce qu'il lisait dans les journaux soviétiques l'étonnait ; à Moscou, on paraissait considérer que l'Allemagne était finie, que les jours du Reich étaient comptés, et qu'aucun retournement de situation ne pouvait plus se produire.

Or Stierlitz, maintenant qu'il était entré dans le secret des négociations avec l'Ouest, maintenant qu'il connaissait à fond la puissance potentielle de l'armée et de l'industrie allemandes, craignait plus que jamais un tel revirement.

Certes, il avait parfaitement conscience de sa situation. Regagner Berlin c'était se passer la corde au cou. Revenir comme ça, tout seul, simplement pour périr n'avait aucun sens. Durant sa longue carrière d'agent secret, Stierlitz avait eu tout le temps d'apprendre à voir sa vie de l'extérieur, comme une instance existant en dehors de lui-même. Pour que son retour à Berlin ait un sens, il lui fallait une liaison sûre, un canal le mettant en contact immédiat avec Moscou. Sans cela, il pouvait sortir du jeu, il avait rempli sa mission.

*

LE 17 MARS 1945 (22 H 57)

La rencontre eut lieu dans la boîte de nuit convenue. Une fille un peu cinglée, qui prétendait faire des études à la faculté de mathématiques, l'avait entrepris et ne voulait pour rien au monde laisser échapper sa proie. Bien en chair, saoule, mais belle tout de même et désirable. Elle ne cessait de lui chuchoter à l'oreille :

— On dit des mathématiciens qu'ils sont secs comme des biscottes ! Quels bobards ! En amour aussi nous sommes inventifs ! En amour… je suis Einstein ! Oui, oui, je suis relative et non relative ! Je te désire, beau mâle grisonnant…

Impossible d'être plus collante ! Stierlitz avait déjà reconnu l'homme de liaison. À sa pipe, à sa sacoche et à son portefeuille. Il fallait immédiatement lui faire signe mais cette satanée mathématicienne ne voulait pas le lâcher d'une semelle.

— Va m'attendre dehors, lui dit Stierlitz. Je te rejoins dans un instant !

Les informations que lui communiqua l'agent de liaison étaient les suivantes : le Centre ne pouvait insister sur son retour en Allemagne, la situation y étant explosive, le danger plus grand que jamais. Mais si Justas avait encore assez de ressources pour y retourner, le Centre, évidemment, ne cachait pas son intérêt. La décision était laissée au camarade Justas, et l'on ajoutait que le directeur avait requis pour lui auprès du Comité national de la défense et du Præsidium du Soviet suprême le titre de Héros de l'Union soviétique. Pour avoir démasqué l'opération Crossword. Au cas où le camarade Justas choisirait de retourner en Allemagne, il disposerait de deux radios : un à Potsdam et un autre à Wedding. Des bases solides en place depuis deux ans.

*

LE 18 MARS 1945 (16 H 31)

Au SS-Gruppenführer Müller, chef de la IVe *section de la direction de la sécurité du Reich.*

Prague.

Absolument secret, dactylographié en deux exemplaires.

Mon cher Gruppenführer,

Ayant reçu l'ordre historique du Führer de faire de chaque ville et de chaque maison une forteresse imprenable, je me suis à nouveau penché sur la situation de Prague qui, à l'égal de Vienne et des forts alpins, doit devenir le cœur de la bataille définitive contre le bolchevisme. La transformation de Prague en place forte a été confiée au lieutenant-colonel du contre-espionnage militaire Berg que vous connaissez, m'a-t-on dit, depuis l'affaire Canaris, cet ennemi de la nation allemande. Il m'apporte une aide précieuse grâce au recrutement de l'agent russe Grichantchikov, très apprécié du SS-Standartenführer de l'appareil central von Stierlitz. Ce Grichantchikov mène en ce moment une enquête très poussée sur les hommes de l'armée du général Vlassov, constituant pour moi un dossier très intéressant.

Dans la mesure où la mission de ces deux hommes concerne les plus grands secrets du Reich, je vous prierai de faire procéder à une vérification supplémentaire à la fois du lieutenant-colonel Berg et de l'agent Grichantchikov.

Je me permets de vous demander en outre de me fournir tout ce qui dans le travail de la IVe *section concerne Prague, sachant que les tâches qui m'incombent ne sont en rien comparables à l'immense responsabilité qui est la vôtre dans la préparation de la victoire finale.*

Heil Hitler !

Bien à vous, Krüger

La lecture de la lettre de Krüger laissa Müller perplexe et il envoya une note furieuse à Eismann :

Je ne connais ce Berg ni d'Ève ni d'Adam. Et encore moins le Russe Grichantchikov. Faites vérifier leurs dossiers et désormais ne venez pas me distraire de mon travail par ce genre de détails. Müller.

Lorsqu'il lut à son tour la lettre, Eismann buta sur le passage où Krüger disait que l'agent Grichantchikov était très apprécié par Stierlitz.

Il téléphona au service des archives.

— S'il vous plaît, rassemblez-moi absolument tout ce qui concerne le voyage de Stierlitz à Cracovie et aux contacts qu'il a eus dans cette ville avec des individus de race inférieure…

*

LE 18 MARS 1945 (16 H 33)

Le moteur de la Horch tournait rondement. *Berlin 247 km*, lut Stierlitz sur une borne. Dans l'intervalle des nuages bas, quelques rares îlots de ciel bleu se montrèrent. La neige avait fondu, laissant apparaître un sol jonché de feuilles de chêne rouillées. L'air était imbibé d'une senteur de terre mouillée.

Une voix aux accents chauds – Marika Rökk, sans doute – venait du poste, ajoutant au trouble inexplicable que ressentait Stierlitz : « Dix-sept instants de printemps demeureront dans ton cœur, un air de musette sera notre lien… »

Sur la route déserte, il freina brutalement. Sans prendre la peine de garer la voiture sur le bas-côté, il descendit et s'enfonça dans la pinède. Celui qui l'aurait aperçu alors eût douté de ses facultés : Stierlitz s'accroupit lentement sur le sol où pointaient par endroits de timides pousses d'herbe ; sa main se mit à caresser délicatement la terre mouillée. Il resta longtemps dans cette position, à flatter les tendres messagers du printemps. Oui, il savait à quoi s'en tenir en décidant de retourner à Berlin. Il avait donc le droit de rester là autant qu'il le voudrait, à caresser la terre froide, humide et déjà renaissante…

Moscou – Berlin – New York, 1968.

MIXTE
Papier issu de sources responsables
FSC® C003309
FSC
www.fsc.org

10/18, une marque d'Univers Poche, est un éditeur qui s'engage pour la préservation de l'environnement et qui utilise du papier fabriqué à partir de bois provenant de forêts gérées de manière responsable.

Imprimé en France par CPI

N° d'impression : 3037527
X07716/01